译文纪实

DEEP DOWN DARK

Héctor Tobar

[美]赫克托·托巴尔 著　　　　卢会会 译

深暗

上海译文出版社

目　录

主要人物

负责人

路易斯·乌尔苏亚　轮班主管

弗洛仁科·阿瓦洛斯　工头，乌尔苏亚的下级

胡安·卡洛斯·安吉拉　机修组组长

马里奥·塞普尔维达　外号"狗仔"，铲车操作员

机修工和南部来的矿工

劳尔·巴斯塔斯　海啸后失业才来此地工作

乔斯·安立奎　福音教会基督徒，在地下被称为"牧师"

胡安·伊利亚内斯　讲故事高手、劳动法权威

埃迪森·佩纳　电工、运动员以及"猫王"的粉丝

理查德·比亚罗埃尔　从小就失去父亲的准爸爸

北部的老矿工们

乔尼·博瑞斯　50 岁，拥有两个家的工人

豪尔赫·加利古洛斯　56 岁，揭露矿山结构变形的工人

马里奥·戈麦斯　63 岁，之前事故中掉了两根手指

富兰克林·洛沃斯　52 岁，卡车司机、前足球运动员

乔斯·奥捷达　47 岁，鳏夫，写了那张言简意赅的关键字条

奥马尔·里伊加达　56 岁，白发，好脾气的虔诚教徒
埃斯特班·罗哈斯　54 岁，科皮亚波本地人，巴勃罗的堂兄弟
巴勃罗·罗哈斯　45 岁，老矿工，父亲几天前刚去世
达瑞欧·塞戈维亚　48 岁，事故当天为了加班费而下井
维克多·塞戈维亚　48 岁，在地下写日志的矿工

北部的年轻矿工们

克劳迪奥·阿库纳　钻机组的一员，在地下负责拍摄视频
奥斯曼·阿拉亚　福音教会基督徒
里那恩·阿瓦洛斯　工头弗洛仁科的小弟
萨穆埃尔·阿瓦洛斯　曾兜售盗版光碟，故得外号"CD"
卡洛斯·博瑞斯　避难所矿工们推选的组长
卡洛斯·布古埃诺　矿井加固组的一员
佩德罗·孔蒂斯　负责地面与井下的通讯设备
丹尼尔·埃雷拉　矿井加固组的一员
卡洛斯·马玛尼　玻利维亚移民矿工
吉米·桑切斯　18 岁，还没到井下工作的法定年龄
艾瑞·泰特纳　妻子第三次怀孕，即将临产
阿莱克斯·维加　居家好男人，外号"鸭仔"
克劳迪奥·雅尼兹　被困期间变得相当瘦弱、无精打采
维克多·扎莫拉　在靠近秘鲁的阿里卡街头长大

一些家属成员

玛利亚·塞戈维亚　达瑞欧·塞戈维亚的大姐
杰西卡·奇拉　达瑞欧的妻子，两人育有一女
莫妮卡　弗洛仁科·阿瓦洛斯的妻子
维加家人：

杰西卡　阿莱克斯·维加的妻子

乔斯　阿莱克斯的父亲

普里西拉　阿莱克斯的姐姐

罗伯特·拉米雷兹　普里西拉的男友

卡门·贝里奥斯　路易斯·乌尔苏亚的妻子

埃尔韦拉·瓦尔迪维亚　马里奥·塞普尔维达的妻子

弗朗西斯科　他们的儿子

斯嘉丽　他们的女儿

玛尔塔·萨利纳斯　乔尼·博瑞斯的妻子

苏珊娜·巴伦苏埃拉　乔尼的女友

政府官员

塞巴斯蒂安·皮涅拉　智利总统

劳伦斯·戈尔本　矿业部长

安德烈·苏格雷特　资深矿场管理者、救援总指挥

克里斯蒂安·巴拉　总统派驻矿场内的调停者

钻机操作工

爱德华多·赫塔多奥　Terraservice钻探队负责人

尼尔森·弗洛雷斯　Terraservice钻工

杰夫·哈特　美国资深专业钻工

佩德罗·加洛　当地企业家、通讯技术专家

公司管理人员

卡洛斯·皮尼利亚　圣埃斯特万矿业公司总经理

亚历杭德罗·博恩和马塞洛·凯梅尼　公司所有者

前　言

沙漠中的小城

圣何塞铜金矿（San José）① 位于智利阿塔卡马（Atacama）沙漠② 中一座陡峭、光秃的圆形大山内。大风常年呼啸，蚕食着山体，橘灰色的细粉尘在山脚堆积，逐渐形成连绵起伏的沙丘。矿场上方，蔚蓝色的天空万里无云，太阳肆无忌惮地炙烤着这片干涸的大地。大概每隔十几年，这里才会下一场叫得上名字的大雨，而每次雨后，灰头土脸的圣何塞都如刚搅拌过的石灰浆一般。

很少有人会造访这处荒凉的沙漠之角，但自然博物学家达尔文在十九世纪英国皇室派遣的环球考察中，确实在此作过短暂的停留。他听着当地人讲述起那些降雨稀少与频发地震相关联的荒诞无据的故事，特别惊诧于这里的空旷无边和荒无人烟。因此，在日志中，他这样写道："比最狂暴的洋流更为糟糕的一片隔离带。"直至今日，途经此处的打猎者们都说，这里基本不见任何鸟禽。在沙漠最深处，唯一明显的生命迹象就是采矿的工人，偶有女工，他们坐着卡车或小客车来到这沙漠的荒山中，开采铜金铁等矿物。

荒山底部蕴藏着丰富的矿物资源，吸引着众多工人来此打工。他们大多来自附近的科皮亚波市（Copiapó）③，还有些人从智利偏僻的角落远道而来。其中，胡安·卡洛斯·安吉拉（Juan Carlos Aguilar）更是跋涉了一千多英里。地图上，智利形如蛇状，而安吉拉从家到矿场的漫长行程则覆盖了蛇身的一半。他每周从智利南部气候温和的雨林地带坐车上班。在矿里，他是三人小组的头儿，主要负责铲车和长臂螳螂状的敦实机器"挖掘机"（jumbo）的维修工作。每周四早上，为期七天的轮班工作就要开始了。但通常情况下，他周二傍晚就得从智利湖大区（Los Lagos）的县城出发。当地的工作远没有沙漠中采矿的报酬高，所以人到中年的安吉拉便拖着疲惫的身躯挤上了紧凑的普尔曼（Pullman）客车，开始他漫长的上班之旅。车窗外，山毛榉斑驳的树影、桉树环绕的农场，还有大大小小的山川河流都忽闪而过。外面的天气沉闷阴暗，雨滴敲打着车窗，正如安吉拉此刻的心情。每次出发上班，天上都会飘起雨点。在他的家乡，南纬四十度，年平均降水量可达一百零二英尺。

安吉拉组里另一名机修工住得离圣何塞稍近一些。劳尔·巴斯塔斯（Raul Bustos）家住港口城市塔尔卡瓦诺（Talcahuano），南纬三十七度左右。五个月前，这里曾遭遇八点八级特大地震，并引发了强海啸。灾难夺走了五百多人的生命，全市各处可见成滩的水洼，数千条鱼在"吧嗒吧嗒"乱跳。这次大海啸也冲毁了巴斯塔斯工作的海军基地。他是两个孩子的父亲，细心、可靠，也是一位忠诚的丈夫。每周，他都会坐上这趟北上的巴士，沿途经过智利平坦的农业地带，随处可见温室花房、拖拉机以及或闲置或繁忙的田地。车会经过智利镇（Chillian），安吉拉手下的另一名机修工会在这里上车；然后，路过塔尔卡市（Talca），这里同组那个开"大钻机"的大高个儿会搭另一趟巴士，他是个虔诚的基督徒。在圣何塞，矿工们分成两班，一班和

---

① 智利北部阿塔卡马沙漠中一个小矿场。——译者

② 智利北部的干旱地区。南北长 1000～1100 公里，绝大部分在安托法加斯塔（Antofagasta）和阿塔卡马两省境内，泛美高速公路南北纵贯该地区。从亚马孙盆地吹来的潮湿气团，被安第斯山脉挡住，使这个地区成为世界上最干旱地区之一。

③ 智利北部城市，阿塔卡马区和科皮亚波省首府，位于首都圣地亚哥以北 800 公里处，以丰富的金银铜矿资源出名。圣何塞铜金矿在该市的西北部 45 公里处。

二班，每次轮流上班七天。刚才提到的那几位都在一班。同一班的工人再夜班和白班两班倒，矿场昼夜不停地开工，从早八点到晚八点，再从晚八点到早八点。

很快，一班那些乘车上班的工人们就会抵达圣地亚哥市，这里满是正在建设中的摩天大楼和纵横交错的高架桥。那些南部来的人到达这里的时间应该是周三清晨时分。这是一座正在蓬勃发展的拉美首都，其最显著的特色便是附近安第斯山脉雄伟高耸的轮廓，虽然常隐没消失在臭名昭著的雾霾之中。

圣地亚哥中心的城际客车站离智利总统府不远，更多的工人从这里开始朝圣何塞出发。马里奥·塞普尔维达（Mario Sepulveda）就是其中之一，他是两个孩子的父亲，热情、疯狂。在工友们眼中，他开铲车很是生猛（因此，总得找机修工修理），说话太多太吵，行动莫测，情绪也捉摸不定。周三下午，他从圣地亚哥出发，开始了前往圣何塞的五百英里行程。其实，这个时间出发有点晚，他很有可能无法准时到达矿场。在矿里，他被称呼为“狗仔”（Perri），是“狗”（Perro）的昵称词。你若问马里奥为什么会被叫狗仔，他会告诉你，一是因为他爱狗（家里就收养了两条流浪狗）；二是因为他像狗：像狗一样忠诚，但你若伤他，他便咬你。他跟妻子埃尔韦拉（Elvira）有两个孩子，第一个孩子是在一次激情的邂逅中“站着靠在一根柱子上”孕育的。如今，他们在圣地亚哥郊区安家，他最珍贵的财产是一间大大的冷藏室，他最爱的地方是客厅里那个方形小餐桌。他喜欢跟妻子、十来岁的女儿斯嘉丽和小儿子弗朗西斯科在桌边匆匆吃个晚餐，然后再北上出发上班。

离开圣地亚哥中心，穿过北部工薪阶层聚居的郊区，那些载着一班矿工们的巴士便会陆续驶入山谷地带。道路两边满是葡萄园和果树，八月皑皑冬雪覆盖的安第斯山就在右侧的远处。这里属地中海气候，但每过一小时，每北上一个纬度，三十三度、三十二度、三十一度，周围的绿意便越发得少了起来。很快，他们就乘车到达了干旱荒芜的诺特奇柯（Norte Chico）近北区。

智利有史以来不断有采矿人和探险家沿此路线行走。北部是智利的沙漠边界，属于"西大荒"（Wild West）。国家前军人首脑奥古斯托·皮诺切特①曾在此囚禁俘虏，一千多名政治异见者被圈禁在一处废弃的硝石矿洞内。在沙漠纯净的天空下，他们观天象、研天文，聊以度日。北部也见证了智利工会运动的诞生：工会二十世纪初由硝石矿工们成立，后在伊基克市②遭镇压。在如今民主的智利，很多北部人依然是左翼忠诚的拥护者。皮诺切特还把屠杀的男男女女草草地埋在沙漠浅坟里，就在诺特格兰德（Norte Grande）远北区，四十年后，那些寻觅"失联亲人"的家属们还能在那里找到一些残骨遗骸。

工人们到达港口城科金博（Coquimbo）后，距圣何塞矿场仅有250英里远，之后的行程就跟达尔文1835年的航线一样了。当年，智利还很年轻，刚建国二十五年。达尔文跳下"贝格尔"号皇家海军舰艇，驾着四匹马和两头骡子到内陆来考察地质和动植物。科金博和科皮亚波之间的道路穿越智利历史最久的采矿区，这位英国博物学家沿此路线缓慢跋涉，也遇到了很多采矿工人。

在奥尔诺斯镇（Los Hornos），工人们乘坐泛美高速公路五号线，顺海滩而行，沿途可瞥见壮观的太平洋，夕阳的余晖在阔大的洋面温暖地跳跃着。想来，这差点是这些人最后一次看到这样的海、这样的地平线，还真是有点残酷：因为接下来的七天，他们会在两千英尺的地下过着昏天暗地的生活，他们容身的山洞也仅有一辆巴士大小。南

---

① 奥古斯托·皮诺切特（Augusto Pinochet）：1973年至1990年任智利军事独裁首脑。1973年在美国支持下他通过流血政变，推翻了民选左翼总统阿连德，建立右翼军政府。

② 伊基克（Iquique）：位于智利北部，塔拉帕卡（Tarapacá）大区首府，也是智利重要的港口城市，西临太平洋，东靠阿塔卡马沙漠。

半球的冬季，在工作周里矿工们难得见到阳光，大概只有在轮班开始前清晨的短暂几分钟，以及从矿洞里出来吃午饭的时候，才能感受这温暖的照耀。在离奥尔诺斯海滩不远的地方，达尔文曾看到过一座矿山，经过一系列开采后，"千疮百孔如巨大蚁窝"。他后来得知，当地的矿工们有时也会大发横财，然后"像满载而归的水手一样"，总会设法"挥霍"掉自己的财富。他遇到的那些工人都嗜酒如命、挥霍无度，用不了几天时间就又"身无分文"，再次回到痛苦无比的工作中，继续"牛马不如"的生活。

可是，一班的这些矿工们可不会很快就身无分文。实际上，与大多数智利工人相比，他们的待遇甚是丰厚。挣得最少的每月也有一千二百美元（这大约是智利最低工资水平的三倍），再加上一些私下的额外津贴，他们的实际收入还要高。这些矿工并没有挥霍辛苦钱，而是努力去营建一种中产阶级的生活方式。他们拥有全套消费者债务①、商业和住房贷款，并且赞同付给前妻赡养费以及承担孩子上大学的费用等。班里有几个工人是福音派的禁酒主义者，而机智善变的马里奥·塞普尔维达则是耶和华见证人教会的一员，他也是滴酒不沾。但是，在一天劳累的工作结束之后，大多数人还是会舒舒服服地喝上几口，舒缓放松一下。他们比较偏好威士忌、啤酒、红酒等。当然，总会有那么几个贪杯的会喝大了。在科皮亚波，那些南部工人们乘车上班所到的最后一站，他们的北部工友可能正喝得酩酊大醉、不省人事，第二天一早他很有可能没法赶去上班。即使是在现代的智利，地下采矿工作依然非常艰辛，繁重的体力劳作会让人觉得自己"牛马不如"，而且死亡的幽灵时刻威胁着工人的生命。当年达尔文骑马北上之时，曾偶遇一位采矿人的葬礼。遗体由四名工友抬着走向墓

---

① 消费者债务（consumer debt）：指汽车贷款和信用卡债务，不包括如购买房屋等的分期付款。

地，他们身着怪异的"礼服"：长长的黑羊毛衫子、皮质围裙，腰间系一根明艳的腰带。现在，工人们已不再穿这样的装束，但最近几年，圣何塞的矿工们又开始穿丧服为遇难的工友哀悼。有时候，那些看似牢固坚硬的岩体会突然坍塌，他们就眼睁睁地看着工友被砸伤致残。矿难是最不可预测的。劳尔·巴斯塔斯，那名来自塔尔卡瓦诺港市的机修工，算是刚来圣何塞的新人，他也见到过工友们在地下为遇难者建的神龛。此刻在巴士上，他正拿着一串念珠，等上班时带到矿井下，为那些亡灵念经祈祷。

巴士之行的最后一段儿，他们会进入阿塔卡马沙漠的南部外缘。这片平地上，达尔文曾费力地给骡子和马找草料。阿塔卡马是地球上最干旱，或许也是最古老的沙漠。那里，有的气象台常年检测不到一滴雨水。从车窗向外望去，你会觉得上帝似乎决意拔除这里所有的绿树，大多数灌木、矮树丛也被撤离，只剩零星几株耐旱植物来点缀这棕褐色、带点儿橄榄黄的荒凉之地。当巴士驶入科皮亚波河谷时，路边的景色又恢复了生机，满眼都是灌溉过的各式各样的绿色。胡椒树，美国沙漠城市中随处可见的绿植，原产地便是智利的这片地区。车辆驶入科皮亚波后，这种树便多了起来，细长的叶子低垂着奔拉到地面。行程的最后四五百米，他们会路过该市最古老的公墓，这里安息着好几辈的采矿工人，其中便有一班一名矿工的父亲：也是个退休矿工，喝酒致死，前几天刚安葬在此。之后，巴士很快穿梭过一片铁皮屋顶的棚户区，智利最贫穷的地方之一，然后再从短桥上跨过科皮亚波河。

圣何塞的矿工们大多居住在科皮亚波，离矿场最近的城市。他们主要为退休矿工，四五十岁或六十出头，在他们记忆中，这片河床地带是美好的。他们小时候，这条河生机勃勃，在凉爽、没过脚面的河水中，总会有孩子嬉戏打闹的身影。那时，高速五号线过桥的地方，河塘边满是美丽的丁香，当年达尔文来到这里也在日志中记下了这花的芬芳。大约三十年前，这条河开始慢慢消亡，如今已成为一条黄褐色的死河，垃圾遍布、荆棘灌木肆虐、惨不忍睹。这里年平均降水量不足半英寸，河道里已经多年未见水流。最近的一次大暴雨也是十三年前的事儿了。

巴士到达终点站，一班的工人们下车取了行李，然后坐出租车穿过科皮亚波市，来到两间出租房里。接下来的一周，他们白天上班，晚上就在此过夜。8 月 5 日，轮班开始前的几个小时，除了一个人，整个一班的工人都已到达科皮亚波或者附近工人聚居的郊区。

1835 年，达尔文到达智利时，地质学初步发展。南美航海之旅中他阅读了该学科的基本理论书籍之一：查理斯·莱尔爵士[①]的《地质学原理》（*Principles of Geology*）。他刚到智利，就经历了安第斯山上的一次火山爆发。他当时观察到，海平面以上几百英尺的地面中，竟然有贝壳的存在。在智利南部瓦尔迪维亚（Valdivia）附近一处森林小憩时，他又经历了一次突如其来、仅持续了两分钟的大地震。这些经历和观察让达尔文推断，他所站立的地面正在被逐渐向上推移，这股推力导致了火山的喷发。而一个世纪之后，板块构造理论才正式面世。当时他就写道："我们完全可以得出这样的结论，那些慢慢、逐步向上推移地面的力量，跟那些导致火山物质从山口向外持续喷泻的力量，是同一种力。"如今，地质学家们认为，智利正好处于"太平洋火圈"[②]（Ring of Fire）上，此处为地球内部大陆板块间的接缝。纳斯卡板块移动至南美板块下方，就像小孩非要挤上床上，

[①] 查理斯·莱尔（Charles Lyell，1797—1875）：英国地质学家、律师，"均变说"的重要论述者，月球与火星上各有两个坑洞以他的名字命名。其《地质学原理》一书于 1838 年出版。达尔文航行五年，旅途中就以《圣经》和此书为伴。——译者
[②] 太平洋火圈：指北太平洋边缘、亚洲东部边缘和美洲西海岸所组成的环形地带。从陆地到海底，这一地区地震活动频繁，最近发生的一些严重的自然灾害皆因此造成。——译者

被子就会鼓起大包一般，纳斯卡也推高了南美板块，因此形成了两万英尺高的安第斯山峰。地质学家们称这一过程为"碰撞造山"。

科皮亚波北部山脉内的岩石由地壳深处的岩浆生成，岩体内交织密布大量如斑点般的含矿沉淀物。最初，这些矿脉形成于一点四亿年以前的爬行动物时代，这大概是在开花植物首次出现在地球之后的两千万年。而这之后再两千万年，蜜蜂才飞来地球；四千万年之后，世界最大的恐龙阿根廷龙才开始徜徉漫步于大陆之上。这一富矿基向上推移穿过地壳，挤过阿塔卡马断层的缝隙，过程持续了大概一亿年，从侏罗纪的结束到古近纪的开始。最终，矿基成为二百米高圆柱状的坚硬含矿岩，地质学上称"角砾岩管"；也有的成为矿脉分层交织的"网状脉"。这些富含石英石、黄铜矿以及其他矿物的隐伏矿床从西南到东北横贯整片山脉。在探矿者的地图上，这些矿脉线的走向跟地下好几英里处大陆板块的移动如出一辙。

在科皮亚波，公司派来的两辆微型班车——人称"兔八哥"（liebres）——开始来接一班的矿工们，一辆负责接送出租房里的那些人，另一辆主要从沿途站点接人。8月5日这天早上，市里有很多辆班车穿梭往返，因为最近又是经济繁荣的时期。过去三百年里，科皮亚波市见证了经济繁荣与萧条的交替循环。十八世纪，这里经历了淘金热的兴起与衰退；后来，在达尔文来此之前三年，又有一股淘银热潮，直到十九世纪末期银矿消耗殆尽才终止。随后，硝酸盐炸药的发明又让人们对硝石趋之若鹜，开采范围更是延伸至阿塔卡马沙漠北部。正是智利矿工们提供的基本原材料，才让欧洲人得以开火开战，展开大规模杀戮。同时这带来财富的矿脉也驱使智利侵略周边硝石储量高的玻利维亚、秘鲁等国，而科皮亚波正是其开展军事行动的基地之一。但是，太平洋战争的胜利造成了科皮亚波的经济衰退，因为投资资金都流入了智利新征的领地中。随后，二十世纪全球铜矿需求不断增长，全新的繁荣期再次到来，1951 年当地还筹建了一间炼铜厂。二十世纪后期，"东亚经济奇迹"进一步催化对矿石的大量需求，越来越多的工人奔赴科皮亚波采矿，尤其是 1994 年坎德拉里亚（Candelaria）露天铜矿建成之后。而在最近的一次采矿热潮中，科皮亚波河也终于枯竭死去，因为城市的增长和现代的采矿方法都需要消耗大量的水。

　　二十一世纪的头十年，金价增长了四倍，铜价也达历史新高，于是人们越采越深，纷纷前往原本无利可图的圣何塞铜金矿以及科皮亚波河谷的其他矿场。该市人口迅速增长至十五万人，越来越多的高楼拔地而起，其中包括该市最高建筑、阿塔卡马街上十五层高的豪华公寓楼。另外，城市还建起了第一个度假胜地，纳特依赌场酒店（Antay Casino and Hotel），这是一座非常现代的建筑，从其深红色土耳其帽状圆筒穹顶便可见一斑。不断攀高的矿石价格也让圣何塞矿工们的钱包鼓了起来。最近几年，一班的工人们会常常聚会来庆祝自己的好运气。他们通常会置办房产或给儿孙辈举办派对。有时，他们会在埃尔普雷蒂尔（El Pretil）公园举行家庭聚会，那里有绿地草坪、桉树林立，还有一个小小的动物园，里面有美洲驼、猫头鹰和关在浅紫色笼子里的两头饥饿的狮子。

　　上次轮班结束时，一班大概有二十几人去维克多·塞戈维亚（Victor Sagovia）家参加了一个庆祝完工的聚会。维克多是负责操作"挖掘机"的。他酒瘾很大，很有音乐天分。大伙儿在大锅里煮上牛肉、鸡肉、猪肉和鱼肉等，由主人负责炖烩这道当地称为"肉汤"（cocimiento）的菜肴，这菜本身就是对富足生活的一种庆祝。维克多的堂弟达瑞欧·塞戈维亚（Dario Segovia）还计划在几天后的 8 月 5 日给他的小女儿举办一场生日聚会，可有消息说，他那天得去加班（他本该休息的一天）。加班一天的报酬是九万比索，相当于一百八十美元，丰厚到压根儿没法拒绝。于是，他便跟孩子的妈妈、他的爱人杰西卡·奇拉（Jessica Chilla）说推迟几天搞派对。杰西卡很是不满，跟他怄气不说话。于是，加班前的那一晚，他也没能吃上晚饭。

第二天凌晨上班前，这夫妻俩就和好了。大概早上六点半，达瑞欧吻别了爱人，从二楼的卧室起身下楼，准备出门。可突然，他停下身，又折回楼上，深情地抱住了他的爱人。他们拥抱了好几秒钟，此时此刻，这位身板结实、满手硬茧的四十八岁汉子需要这样的柔情。这算是他道歉的方式，但这拥抱也意味着又一次小别离，所以达瑞欧出门后，杰西卡便开始担心起来。

路易斯·乌尔苏亚（Luis Urzua），一班的班长，家住科皮亚波中产阶级聚居的社区。其他的班长都自己开车上下班，可他却跟下属一样坐班车。他从另一个站点上车——二十年前，他跟妻子卡门·贝里奥斯（Carmen Berrios）也是在这里相遇的。出生在矿工家庭的他，十几岁就开始下矿工作。但当年与卡门相遇时，他有一份体面的工作，还可能会拿下地形学学位。卡门是一个聪明的女人，生性浪漫，灵感来了还要作诗。这些年来，她一直致力于改造自己勤劳的丈夫。因为家境贫寒，乌尔苏亚习字不多，说话总是咕咕哝哝、含糊不清，而卡门竭力让他吐字清晰点儿。他晚上八点下班，卡门早早就备好晚饭，等他回家一起用餐。他们的两个孩子已长大成人，现在都在读大学。

外面，浓雾笼罩着昏暗的城市。这里几乎不下雨，可空中却总氤氲着湿气。街灯灯光下，雾气蒙蒙；远处峡谷中，水气缭绕。大雾几乎天天光顾这里，因此得名"浓湿雾"（la camanchaca）。有时，浓雾会严重妨碍通往矿场高速路的交通，一天的工作也会因此推迟，直到大雾散去。可今天却不是这样的一个浓雾天。科皮亚波市各个街角处，矿工们正在等待"兔八哥"的喇叭声，等待那即将从雾气中隐现而来的班车。

一班的矿工们来圣何塞上班，似乎都是为了自己的女人：妻子、女友、母亲或是女儿。吉米·桑切斯（Jimmy Sanchez），18岁，还没到下矿打工的法定年龄（21岁）。但他女朋友怀孕了，因此他的亲属恳求矿场经理给他这份工作。在普拉特街区，以太平洋战争时的英雄阿图罗·普拉特（Arturo Prat）[①]命名的街区，小巧英俊的阿莱克斯·维加（Alex Vega）刚跟妻子分别。他妻子杰西卡没有像往常一样跟他吻别，她正在生闷气，虽然她很快就会忘记生气的缘由。离此处半英里，在以已故教皇约翰·保罗二世（Pope John Paul II）命名的街区，一名加固矿下通道的工人正从女友家出来。乔尼·博瑞斯（Yonni Barrios）是一个说话柔和、大腹便便的"罗密欧"，脸上有些伤疤。他正跟新女友同居，吵架时就回家找老婆。巧的是，这俩女人住得不远，仅隔一个街区。今天，他从女友家出门赶班车，放眼就能看到自己的家。他从银行贷款办了一间便利店，妻子在家负责经营。要偿还这笔贷款，还要帮着女友还贷，是他这么早起床等坐班车去矿里打工的原因之一。

这里流传有很多关于女人和矿场的迷信，也反映了男权文化对女性和地下劳动的矛盾心理。有传大山本身就是女人，所以"每次开山凿洞，都是对她的亵渎"，这也解释了大山不时塌方使人遇难的原因。另有说，在矿下劳作的女人会带来厄运（虽然有一名矿工的妹妹在自家矿场里工作已经几十个年头了），所以圣何塞里几乎不见女人的踪影。在家、在城市，女性为主导；在沙漠的矿场中，男性是中心。这道分水岭很深，多数矿工的女人们都从未来过圣何塞，甚至都不知它所处何地。

[①]　阿图罗·普拉特（1848—1879）：智利民族英雄、海军第一英雄。十九世纪后期，南美太平洋战争爆发，智利凭借强大的海军打败了秘鲁和玻利维亚的联合军队。普拉特慷慨激昂的战前演说振奋了智利军人的士气，他勇往直前的大无畏精神鼓舞智利取得了胜利。智利很多街道、地标都以他的名字命名。2010年智利独立两百周年的新版纸币上，一万比索即是普拉特的头像。——译者

班车到达时，这些半睡半醒的工人便上车入座。车辆在大雾中的科皮亚波缓慢行驶，途经市北阿塔卡马大学芥末黄色的楼群。一班有一名矿工的女儿就在这里读书，是市政工程专业的学生。然后，他们到达泛美高速公路的北向路，逐渐驶出市区，朝着沙漠深处那古老硝石矿附近的残骨遗骸驶去。出了科皮亚波，还得开三十五英里才到圣何塞，此程最后一个地标就是城市边缘区的一座岩石山，人称"呼啸之山"（Cerro Bramador）。当年达尔文也曾见过此山，记录下了它发出的清楚可辨的噪音。如今，山体发出的声响还常被喻作拉美乐器"雨声棒"（rainstick）的声音。当地有传言，这声响是狮子的咆哮，它在守护着山内的黄金宝藏；还有人说，这是一条不为人知的地下河的流水声。其中比较科学的解释是，山体内的磁铁矿沉积物吸引或排斥各种沙尘微粒，致使其在风中震颤，故而发出声响。

　　达尔文正是沿此路线，途经呼啸之山，去到"HMS 贝格尔号"等待他的港口。随后，他便坐船继续往前航行到加拉帕格斯群岛（Galapagos），他对那里的鸟类进行观察，得出了"自然选择"理论。但是一班的工人们在过了呼啸之山后，就会向右拐弯，驶下泛美高速，沿着一条狭窄、破旧的柏油路向北开去。开始的几公里道路还算顺直，驶过一片丑陋的灰褐色沙土平地，路边满是碎石和终日被风吹得东倒西歪的沙漠植物。然后，班车沿一条小路到达"磁力山"（Cerro Iman），山内开有一座铁矿。接下来，车辆会驶入秃山环绕的狭窄山谷，自此道路便开始曲折迂回。大片大片的灰褐色沙海里，山丘宛若红红的岛屿，路边的灌木也如海胆一般。直至今日，这里的风景与地貌跟当年达尔文所见也无二致，一如既往的空旷与冷酷：没有动物跑跳，没有加油站、便利店，人迹罕至；大小山丘都呈栗色或橘色，仿佛火星照片所见到的景象。终于，班车驶进了另一座山谷，迎面可见一块蓝色路标，指示路口通往圣埃斯特万矿业公司（San

Esteban Mining Company)① 以及隶属其下的两座兄弟矿场：圣安东尼奥与圣何塞。从这里，车内的工人们便可以望见矿场里那些饱经风霜、日渐腐旧的木制、锡制或钢制建筑。在这凄寂的环境中，它们显得那么孤独与悲伤。随后，班车缓慢爬坡，很快山坡上熟悉的建筑愈见清晰起来：行政办公平房、更衣室、淋浴间以及餐厅等。但是，工人们都知道，矿场就像"冰山城市"一般，这些地面建筑只是一小部分，地下蔓延着更为广阔的空间。

地底下，圣何塞遍布"之"字形迂回的道路，通往众多炸药与机器开凿出的山洞、地道或峡谷等。地下的圣何塞也有自己独特的天气，每天气温升升降降，风力时强时弱。地下通道也设有交通标志，需要遵守交通规则：好几批测量员规划、绘制并改进着这一庞大的地下布局图。连接各个通道、巷道的主干隧道被称为"斜坡"（La Rampa），按"之"字形螺旋向下延伸，最深处的距离与地球上最高的建筑一样。开车沿斜坡道向下行驶到最底部大约得 5 英里。

圣何塞铜金矿成立于 1889 年，位于矿床上部。矿物资源分布在两座平行的软岩石内，呈六十度角嵌在更为坚硬、类似花岗岩的灰色闪长岩石中。山坡上的木头建筑是矿石离地面最近的地方。以前这里有一架绞车，主要负责运送井下的工人和矿石出山，但已经废弃了几十年，如今看来倒像是西方的古老遗迹。圣何塞开矿一百二十一年后的今天，清晨时分，木屋下两千英尺的地方，夜班工人们正在忙碌着最后的收尾工作。汗涔涔、黑乎乎的矿工开始陆续聚集到地下的某个矿洞，那里就像地下公交站一样，他们等着坐四十分钟的卡车回到地面。在刚结束的十二小时工作中，他们大都听到了远处传来的类似哀

---

① 圣埃斯特万金铜矿公司（CMSE）：总部位于圣地亚哥首都大区的普罗维登斯市，由匈牙利移民于 1957 年创立，以违规操作、漠视行业安全规则而臭名昭著，曾多次发生塌方事故，一度被迫倒闭。公司隶属智利铜业巨头、全球最大的铜生产商智利国家铜业公司（Codelco），圣何塞正是其私营矿场之一。——译者

号的隆隆声。矿山深处某些废弃矿洞内，大吨位的岩石正在脱落，崩塌带来的声响与振动透过岩体传播开来，就像闪电穿射大气层与地表层一样。他们都说，矿山"哭"得很凶（La mina esta llorando mucho）。其实，这如雷般的哀号并不罕见，但这么频繁地出现却也少有。矿里的工人们仿佛听到了愈来愈大的隆隆声，有一种强风暴即将来袭的感觉。幸运的是，他们的工作已经结束。有几个人会通知白班，也就是一班的工人们进入矿下。"矿山哭得很凶，"可是，圣何塞不会因此停工。工人们已经习惯了这种风暴来袭前的声响，隆隆声总会减弱，大山终会恢复平静。

一班工人们来到矿山，先经过一处警卫棚，再通过"斜坡"进入矿下。这个斜坡是十几年前在闪长岩内爆破打凿出的一条通道。圣何塞矿山的出入口有五米宽、五米高。从外面看，洞口边缘类似许多大石牙。载满矿工与矿石的卡车陆续出来，上一班工人已经收工。他们开采了成百吨的含矿岩石，内含指甲盖大小的硫化铜，散发出淡淡的大理石光泽，就像新艺术派的画作一般：呈暗红色、森林绿、栗褐色以及铜黄色（四方晶系的黄铜矿）。每公吨（一千公斤）矿石可加工出至多四十磅的铜（价值一百五十美元）以及不到一盎司的黄金（价值几百美元）。矿石中的黄金肉眼不可见，但一班的老矿工们都听父辈说过，这种矿石中的黄金咬一口就能尝出来。

矿工们陆续进入更衣室，这里特别狭窄，还散发着浓重的霉味儿，就像老航船上的更衣间一样。他们换上工作服，腰带绑上刚充满电的电池，给自己蓝色、黄色或红色的安全帽上安好矿灯。乌尔苏亚戴的是白色帽，这是经理级别的象征。另外，他还在腰间别了一个手掌大小的自救氧气罐。其实作为班长，乌尔苏亚还相对比较随和。他算是圣何塞的新人，对自己手下的工人们还不太了解，这也是因为人员总是变动中。比如今天，就有一个新人加入，第一次下矿工作。进矿的时候，乌尔苏亚注意到，还有一个人今天没赶来上班。

塞普尔维达从圣地亚哥出发赶到科皮亚波时已经太晚了，没能赶上班车。他站在科市的街角，心想或许这是个好事儿。上次他跟管理另一个矿场的朋友聊天，那朋友说，圣何塞正面临严重的财政危机，经营状况岌岌可危，并提出要让他去别处工作。现在已经上午九点钟，矿友们都开工一个多小时了。塞普尔维达想，或许自己够幸运，矿场会因为这次旷工开除自己，那他就可以轻松地接受朋友的邀请，去他的矿上工作了。他正这么想着，圣何塞的另一趟班车正好路过，有人瞅见了他。

"狗仔！"班车司机从车窗里喊道，"没赶上班车么？我正好要过去，捎上你吧。快上车！"

忠诚如狗的他在九点半到达了圣何塞，晚了半个多小时。那会儿，浓雾已经散去，塞普尔维达就站在沙漠炽热的阳光里，停留了片刻，然后坐卡车下到了井中，来到了自己的工作岗位。

第一章
隆隆的大山之内
深深的悲痛之中

一 一班三十三人

在圣何塞，海平面是主要的参照标准。在海平面以上七百二十米，即海拔高度七百二十米处，五乘五米宽的"斜坡"通道自此开始，按"之"字形向山脉内部延伸，再往里便成螺旋状。矿工们驾驶重型卡车、铲车、皮卡车以及其他各类机器行驶过海拔二百米处，直到抵达含矿岩石。他们打通矿洞进行开采，然后再将矿物装车运回地面。2010 年 8 月 5 日清晨，海拔四十米，距地面约七百米深的矿洞中，一班的几个矿工正在装运新开采的矿石。海拔六十米处，另一拨工人正在加固通道。一个月前这附近发生事故，一名工人失去了一条胳膊。有几个人停下工作，聚集在避难所（El Refugio）附近，休息兼偷懒。避难所，顾名思义，是一处应急避难场所，为一个教室大小的封闭区域，位于海拔九十米处的岩石上。因为有新鲜空气从外面进入，这里也被工人们当作休息室，可以短暂逃离矿洞的高湿和高热。一般来说，相对湿度 98％，温度可高达四十度。工人们都把矿场比作"地狱"，这个称呼还真有些科学依据，因为是地热，越向下温度当然越高。

海拔一百五十米处，由卡洛斯·安吉拉带队的机修组工人们搭起了临时工作间，正在避热休息。此处离那个叫"拉约"（Rajo）的岩内大裂口"深坑"不远，空气在里面循环流通，能有一点微风吹向工作间。工人们正在让马里奥·塞普尔维达给他们展示如何操作铲车：

只见马里奥踩下离合，直接挂倒挡，没踩空挡就刹车了。

"谁教你开车的啊?"他们纷纷说道，"错了，你不应该这样刹车。"这样会损坏变速器，磨损差速器。

"没人教我，"他回答说，"我就是看别人开，自己琢磨的。"这些机修组工人所在的公司与矿场有器械维修服务的合约。他们很快就发现，在圣何塞铜金矿，工人不经专门培训就能上机操作一些昂贵的设备，这是司空见惯的。圣何塞成立时间长，规模较小，以偷工减料、图省事出名，简陋的工作环境以及敷衍了事的安全措施人尽皆知。另外，这里的垂直逃生通道形同虚设，竟然连梯子都没有。

明白如何正确使用离合器之后，塞普尔维达就离开这里去海拔九十米处工作了。

整个上午，矿山上一直断断续续传来雷鸣般轰隆的哀号，先是远处的一声爆炸声，紧接着是长时间的哀鸣音。圣埃斯特万矿业公司的总经理卡洛斯·皮尼利亚（Carlos Pinilla）正坐着皮卡车，在圣何塞的各个矿洞内巡视，他也听到了这些噪音。本来，他的办公室在地上，但为了整顿工作期间散漫无序的纪律，他现在几乎常驻矿下。"我必须得从上到下训诫每个人，"他说，"这些家伙没一个听话的。我不想让他们害怕我，但是如果我下到矿洞里，看到六七个人正闲坐聊天，我希望他们至少可以站起身来表示一下起码的尊敬。这样都不行的话，这地方就得垮了……"

皮尼利亚五十岁左右，脸微胖，他从公司底层打杂干起，一步步爬到如今的位置，成了圣埃斯特万下属两家矿场的总经理。矿工们都觉得他傲慢骄横，对人颐指气使，好像浑身汗涔涔、脸上脏兮兮、头顶安全帽的他们本身对他就是一种侮辱似的。在智利这种阶层分明的国家，干苦力的劳动者永远都得忍受工薪阶层那种赤裸裸、高高在上的屈尊态度。在这里，对矿工们而言，皮尼利亚也是盛气凌人的"白帽"。而他的下属，一班主管乌尔苏亚说话柔声细气，这就更显得他嚣张跋扈了。最近几周，一班的卡车司机丹尼尔·埃雷拉（Daniel Herrera）好几次找到皮尼利亚，要求更换空气过滤器以及工人们戴的防护面罩。最终，他讽刺地答复道，"成，我去给你运一卡车过滤器来吧。"五十六岁的矿工豪尔赫·加利古洛斯（Jorge Galleguillos）说，皮尼利亚总经理简直就是"矿场的主人和上帝"（el amo de la mina）。这些上了岁数的工人还是很害怕他的，因为他有权开除任何人，而在矿场这种看重年龄和体格的行业，老工人失业后要想再就业是相当困难的。不过，也正是这些上了年纪的经验丰富的老人，才敢直言矿山出现的日渐严峻的结构问题。

圣何塞铜矿已有一百二十一年的开采历史，工人和机器早已掏空了这座大山，幸运的是，这座山的主体大多是由坚硬的灰色闪长岩构成。在采矿术语中，闪长岩就是"好石头"，因为即使被打穿，它也不会坍塌。如果说含矿岩石像酥脆蛋糕，你一戳它就开始碎裂；那闪长岩就是又硬又劲道的蛋挞。一般来说，闪长岩是用来打凿通道的较为稳固的优质岩体，基本不需要很多加固工程。圣何塞的斜坡道正是在这种岩石上打凿出来的，是进出矿洞的唯一通道。直到最近，也没人相信这里会有坍塌的危险。可事实上，几个月前，海拔五百四十米处的斜坡道内就出现了手指头宽的裂缝。

马里奥·戈麦斯（Mario Gomez）刚发现这个裂缝就立马向主管乌尔苏亚进行了汇报。戈麦斯，六十三岁，三十吨重型卡车驾驶员。"我要开车出去，"他当时汇报说，"我不会再开进来，你必须把经理还有工程师们都召集过来，让他们检测下这个裂缝，否则不能有人再进矿场。"几小时后，工程师和经理来到现场，他们将几面镜子放进这个半英寸宽的裂缝内，说"如果山体还在变化和开裂，镜子肯定会碎的"。可直到现在，这些镜子还都完好无损。

"大家都知道，斜坡道非常安全，"经理跟矿工们说道，"你们听到的那些爆裂声是从深坑里传来的，就算那里塌了五米，斜坡道这里也会安然无恙。"后来，又发现有水从裂缝中渗漏，他们又在里面放置了更多的镜子。好几个月过去了，这些镜子都纹丝未动。加利古洛斯每次开车路过都会认真地查看一下。他还在笔记本上写下了一些令人担忧的发现："海拔五百四十米，有东西从顶上掉落；海拔五百四十米，通道墙体出现断裂……"然后，他强行让矿场经理在笔记本上签字。后来，他又去找经理当面对峙。

"我们怎么知道你有没有趁我们不注意，去把镜子摆正了呢？"他质问道。

"你怎么了？"经理反驳说，"你是胆小鬼么？"

此刻，皮尼利亚正开着皮卡车在矿洞内巡查，他跟矿工们打过好几次照面。上午十点左右，海拔六十米处，乔尼·博瑞斯和他组里的工人们看见了他，并告诉他，"山里听到一些异常的声响，平常在这么深处是听不到的。""别担心，"他说，"这只是山在沉降而已。"往上，海拔一百五十米处，另一拨工人也和他进行了类似的对话。当时，山里每个角落都能听到轰隆隆的响声，这让矿工们非常焦虑。可很快，他们大多自行否定了这种担忧。采矿，本来就是一个危险的职业，时刻面临极大的风险，那些有几十年地下工作经验的老矿工们对此还深感自豪。一班的矿工们也常跟妻子或恋人抱怨圣何塞的状况，但他们基本都委婉地说，情况很"复杂"，然后在被继续追问细节的时候，又刻意掩饰了其中的危险。

主管乌尔苏亚也跟妻子提过矿里的"复杂"状况。几个月前，他接受这份工作时，就完全清楚这里频发的安全事故。今天上午，他听工人们跟他抱怨山里的轰鸣声，甚至有几个工人坚持要返回到地面上去。可他说，再等等吧。乌尔苏亚，五十四岁，有地形测量学学位，擅长绘制矿区内复杂的地形图。他坦然承认说，自己害怕"上级"。

其实，他有好几次机会跟老板皮尼利亚当面对质，要求撤离所有工人。但他都唯唯诺诺没去，当时好几个矿工都觉得他太弱了。可当时，这些工人自己也都没有大声抱怨，没抗议说要罢工，或者说要立即撤离之类的。其实，之前圣何塞也发生过类似的罢工撤离。

六十三岁的马里奥·戈麦斯是一班年龄最大的矿工，他左手少了两根手指头，由此可见地下工作的风险有多大。大约中午十二点，劳尔·比利加斯（Raul Villegas）开着自动卸载卡车经过戈麦斯，他警告说海拔一百九十米处冒"烟"了。但戈麦斯却听从了脑海中传来的强硬声音：你应该小心，但不该担心。开车经过这些"烟"时，他瞟了一眼，却安慰自己：只是尘土而已，矿里看见尘土不是很正常么。

还是不断有人汇报各种异常的声响和爆炸。终于，上午晚些时候，大头儿皮尼利亚的举止也奇怪起来，好几个下属都有所察觉。海拔四百米，乌尔苏亚和二把手弗洛仁科·阿瓦洛斯（Florencio Avalos）看到他坐皮卡车过来，用一只巨大的手电筒照射斜坡道的墙壁。当时另一名工人也看到了，还说，"他那手电筒真是大啊，比我们的大多了。干嘛用这么大的手电筒，不会出事儿了吧。我都开始紧张了。"之后，又有其他工人看他拿着那个大手电，走进深坑里挖的一个矿洞，在里面照来照去。另外，他们还看他站在皮卡车旁，好像在听什么声响，想感受山内的动静。他还在海拔四百米的矿洞口停了下来，似乎也在听动静，然后还把写着"请勿进入"和"请绕行"字样的蓝白标牌给擦拭干净了。"太奇怪了，"乌尔苏亚说，"大头儿竟然在擦交通标牌。"午后，阿瓦洛斯又遇见了他。总经理跟他说他的车胎瘪了，需要立马换备胎。"他看起来很紧张，"阿瓦洛斯说，"刚换上轮胎，拧上最后一颗螺丝，他就开车离开了。之后，我们谁也没再见过他。"

大概下午一点钟，皮尼利亚开车朝地面驶去。斜坡道内，他碰到了富兰克林·洛沃斯（Franklin Lobos），前足球运动员，在当地小有名气。他个头很高，有点秃顶，在矿里以发牢骚、闹脾气出名，主要负责开卡车载矿工们进出矿场。此时，他正往里开车，准备拉工人们出来吃午饭。

"富兰克林，我要跟你说两件事儿，"皮尼利亚说，"首先，我得表扬你，你把避难所收拾得很干净、很整洁。"避难所里备有两铁箱的食物，大概可以够一整个班的工人维持两天。作为运送工人的司机，洛沃斯拿着铁箱的钥匙，负责维持避难所的秩序。"第二，"皮尼利亚继续说道，"我希望你一有时间就去找一下物资主管，我们还得再囤更多的应急物资。"他说，需要更多的食物、毯子、急救箱等东西。

皮尼利亚似乎迫不及待地要离开矿场，并且正在做一些应急准备。但他解释说，这么做并非担心矿里会出事故，只是害怕智利负责矿业安全的政府机构会因此而关闭矿场。他说，用巨型手电只是在对深坑内的矿洞进行常规检查，洞内有些地方高达六百英尺，他必须用特强的光束才能照明。而关于准备更多的应急物资，他说，是因为总有矿工偷吃里面的食物（他给箱子上了锁，并用铝条捆了起来预防偷吃），而一旦有安全检查员发现避难所物资缺乏，他们肯定会关闭铜矿。

2007 年，圣何塞铜金矿发生山体爆炸，炸死了地质学家曼努埃尔·维拉格兰（Manuel Villagran），政府曾一度要求关闭该铜矿。之后，矿主们承诺，他们会采取措施，提高安全性，这才得以重新开业。在事发地，也就是维拉格兰和车辆的葬身之地，他们建起了神龛、燃起了蜡烛。跟科皮亚波市的其他矿场不同，圣何塞铜矿并不隶属大型跨国集团，而是由矿场已故创建者的两个儿子在经营。1957 年，豪尔赫·凯梅尼（Jorge Kemeny）从匈牙利共和国流亡至此，创建了这间私营矿场。很可惜，两个儿子马塞洛和艾默科·凯梅尼并没有遗传父亲经营铜矿的智慧和热情，艾默科更是将自己的股份转给了妻舅亚历杭德罗·博恩（Alejandro Bohn）。凯梅尼跟博恩费力地维持矿场生计，在基本遵循政府要求的情况下，勉强能获得微薄的利润。之前，政府要求公司在通风隧道内安装逃生梯，以作备用的应急逃生出口；还要求增加风扇数量来加大空气流通，缓解矿井深处的高热（有时温度可迫近五十摄氏度）。或许矿主们也意识到了矿场在安全措施上的不足，于是他们跟一家叫 E-Mining 的公司签订合同，由它来负责矿场的日常运营。这家公司推荐安装一种地震监测系统，专门用来监测山体内部结构可能发生的灾难性位移，可这压根就没被列上采购计划。另外，他们还建议安装一个叫"地震检波器"的山体移动监测装置，可刚一个月，这些检波器的光纤电缆就被卡车压坏了。最后，圣埃斯特万公司拖延付款，导致 E-Mining 单方面解除合同，撤走了管理人员。于是，公司便雇用圣何塞的老员工皮尼利亚来负责矿场的管理。实际上，公司根本没钱购置地震监测仪，也没钱来维护那些检波器。当然，他们也没有按照政府的要求安装那些梯子和通风扇。从根本上说，如果这些都做到了，那这家中型矿场也就没法盈利了。此外，公司还欠债二百万美元，大债主是智利国家矿业公司（ENAMI），一家专门负责中小型矿场矿石冶炼与加工的国企。正如矿工们铤而走险去工作一样，矿主们也是如此，明知危险还要以身试法、千方百计维生。为了公司的苟延残喘，为了攫取金钱利润，也为了可能的一点社会责任，圣埃斯特万公司一直在拿矿工们的生命做赌注。

当皮尼利亚开车驶向地面时，他的所作所为正是矿主们需要的：保证矿场的运营，保证矿石的开采，不遗余力削减成本。切勿悲观，要相信，经过一百多年的爆破、挖掘后，即使山体发生塌方，斜坡隧道所处的坚硬闪长岩也不会倾塌，也会让工人们成功逃脱。

而此时，如果皮尼利亚宣布停工，命令工人们撤离，可随后矿山并未坍塌，那他必然会被炒鱿鱼。当然，此刻的皮尼利亚深信，圣何塞怎么也得二十年后才塌掉。

刚过下午一点钟，有两个人在斜坡隧道中相遇：一个朝上走，一个朝下。皮尼利亚，头戴白色安全帽，从仓库员工一步步向上爬到如今的位子。当时，他踩下油门，加速朝地面、朝光明驶去。而洛沃斯，这个运气很差的家伙，头顶蓝色安全帽，注视着老大从他身边疾驰而去。随后，他松开了卡车急刹闸，重力使车滑行了一段后，他朝地下更深处驶去。他打开了雾灯——因为前灯一直就是坏的——朝着海拔一百米处的避难所开去。那里，矿工们正陆续围聚，等着他开车来接他们出去吃午饭。

往下，到海拔五百米处，洛沃斯看到迎面开来一辆卡车。在矿里，按规矩都是下行车避让上行车。于是，洛沃斯停车让它先过。开车的是劳尔·比利加斯，他车上拉着好几吨重的矿石。就是他，刚才发现矿洞里冒"烟"。

两人挥手打招呼后就告别了。很快，洛沃斯就又往下赶路了。海拔四百米处，刚被皮尼利亚擦拭过的交通标牌似乎更亮了些。老矿工加利古洛斯上了车，坐在洛沃斯旁边的副驾驶位置，他要下去检查水箱和水管，正是这些设施将水从地面引入到矿洞里来。这一路驶来，缓慢、沉闷，雾灯光束照射着隧道内单调、灰暗的路面，卡车弯曲、迂回地行驶着，仿佛正驶入矿工们那黑暗、潮湿、空洞的潜意识一般。半小时的行程，一个转弯接着一个，一条隧道通往另一条，满眼净是岩石爆破后留下的锯齿状表面。大概海拔一百九十米，他们俩看到前窗外有白色光束，从右往左闪过。

"看到了么？"加利古洛斯说道，"是一只蝴蝶。"

"什么？蝴蝶？不可能，"洛沃斯回答说，"应该是一块白色矿石。"矿山中矿石含量非常丰富，储有大量的乳白色透明石英石，一遇光线就会发光。

"是蝴蝶。"加利古洛斯坚持说。

洛沃斯觉得，蝴蝶根本不可能飞到地下一千英尺的地方来。但当时他也没再争辩。

"好吧，你说得对，是蝴蝶。"

他俩又往前开了二十米。突然，只听到后面传来巨大的爆炸声，隧道里瞬间弥漫起浓厚的灰尘。他们身后，就在刚才他俩说是矿石或是蝴蝶闪过的地方，斜坡道"轰"的一声坍塌了。

爆炸声和冲击波迅速传到了工作中的三十四名矿工那里：他们有人正用液压机搬运石头；有人只能听到石头撞击车斗底板的咚咚声；还有的正在等卡车接他们出去吃午饭、在岩石上打孔或开柴油机。他们全都灰头土脸，浑身土渣石屑。

塌方发生时，三十四个人，唯一成功逃脱的是卡车司机比利加斯。他惊恐地看着浓浓的尘雾在后视镜里蔓延开来，瞬间就笼罩了车身。他猛踩油门，加大马力朝出口飞驰而去，到达斜坡道出口时，尘土也随之翻滚而出。褐色的沙尘云团从这难看的洞口源源不断涌出，长达数小时之久。

海拔一百九十米处，卡车驾驶室内的洛沃斯和加利古洛斯距离这次塌方事故最近。他们听到了震耳发聩的咆哮声，仿佛魁伟的摩天大楼在身后轰然倒塌一般，洛沃斯如是说。这个比喻非常恰当。这座庞大、无序的大矿山，经过一百多年的爆破打凿，最终发生了灾难性的塌方。一整块巨大的闪长岩石，有四十五层楼高的一大块，从山体上塌落下来，压垮了层层叠叠的"之"字形隧道，最终堵死斜坡，引起了山内的恶性连锁塌方。花岗岩等矿石也都松动脱落，不断相互撞击，整个矿井如地震一般震颤。尘土向四面八方弥漫，在迷宫般的矿场内，沿着各个通道、巷道，迅速地蔓延开来。

离出口垂直距离一百英尺的办公室内，皮尼利亚，那个咄咄逼人的总经理，也听到了雷鸣般的隆隆之声。他的第一反应是：**今天不该**

出事儿啊。他想，或许又是深坑里的石头坠落了，不用太担心。但轰鸣声滚滚而来，并没有很快停止。电话铃响了，那头有声音说："你出来，看看矿井的入口。"皮尼利亚走出办公室，外面阳光明媚，他看到了井口涌动着巨大的尘土云团，如波浪般翻滚，前所未有的巨大。

二 一切都完了

　　"巨型"闪长岩塌落时，发出了冲击力极大的声响。但那三十四个矿工中有很多人压根儿没听到，因为是在矿井深处作业，他们或是戴着护耳罩，或是正开着噪音很大的重型机。海拔一百五十米，机修工们正在一台 Toro‑400 "深蹲铲运"机上工作。这台机器重二十七吨，就在离深坑险峻的斜道大概三十英尺远的地方。他们工作进度有点落后，因为有人去地上取扳手，这一等就是一个半小时。现在，他们正在赶时间，争取午饭前完工。一点四十分，机器五尺高的车轮旁，三名工人正用扳手机拧紧最后两颗螺丝。这时，他们听到了枪击般的声响，片刻后他们便被一股巨大的冲击波给掀翻了。随后，他们耳边传来岩石坍塌滚落的声音，四周的墙体也开始震颤，不断有橘子大小的石头坠落。劳尔·巴斯塔斯五个月前刚遭遇了地震和海啸，他急忙躲到铲运机车身的底盘下。理查德·比亚罗埃尔（Richard Villarroel）也躲了过来，他二十六岁，女友怀孕六个月。从智利南部雨林来此工作的卡洛斯·安吉拉则顺手抓住了旁边的一条水管。整整两分钟，他们耳内一直充斥着山石坍塌的声音：有人说，这像很多手提钻同时轰鸣着，在掘拆人行道一样。接着，又一股冲击波传来，跟刚才方向相反，它横扫过整个隧道，更多石头坠落了下来，大大小小的石块几乎要把这个临时工作间填满了。当撞击声和各种嘈杂声终于小了点，这仨人环顾四周，发现靠近矿洞边上的一台机器已经半埋在石块里了。

他们振作起精神，大声呼喊着，达成了统一意见：沿着斜坡道去寻找组里的另一名成员。那人开着皮卡车，或许，他们可以一起坐车逃脱。

几分钟前，组长安吉拉让胡安·伊利亚内斯（Juan Illanes）开车去下面的避难所取点儿饮用水来喝。刚过海拔一百三十五米，伊利亚内斯就看到了坠落的一大块石板，大约六尺长、十寸厚，非常大，车根本开不过去。他必须下车，挪开石板，或是绕道过去。于是，他挂了倒挡，手刚从变速杆上拿开，就听到一声巨大的"导弹爆炸"的声音。斜坡道的墙体上进出一些小石块，他踩下油门，想要继续倒车，可仅几秒就停了下来。他感到有一股冲击波撞到车上，四周尘土弥漫，然后大山就如地震般晃动起来。整个斜坡道好像都在一个纸盒里，"突然有人就开始使劲晃荡纸盒子"，他后来说。等了一会儿，他忽然想起工友们还在海拔一百五十米处。于是，他将卡车掉头，又朝临时工作间开去，一头扎进了翻涌呼啸而来的尘土之中。灰尘太浓太厚，他根本看不清路，不断撞到隧道墙上。终于，他还是决定停车，静静地等在那里，车灯开着，引擎也没关。他就坐在驾驶室的座椅上，这时，一个身影从尘土中走了出来，走到了卡车的车灯处——是头儿，安吉拉！另外两人跟在他身后，是巴斯塔斯和比亚罗埃尔，他们一起朝卡车跑过来。

伊利亚内斯告诉他们，灰尘太多，坡道里根本没法开车。于是，他们四个人找到一处墙体用钢筋网加固的地方，倚靠着这处屏障，挤作一团。但在这塌方的矿山内，这里也脆弱得不堪一击。

坍塌之声和爆炸冲击波持续不断地向矿井更深处延伸，经过了海拔一百零五米处。那里，另一拨矿工们正在岩石上钻孔，有四十七岁的乔斯·奥捷达（Jose Ojeda）。海拔一百米，阿莱克斯·维加等人正在等车来接他们去吃午饭。他一边休息，一边跟其他工人闲聊着，其中还有埃迪森·佩纳（Edison Pena），电工，三十四岁的圣地亚哥人。在矿友们眼中，他是一个苦恼忧虑、麻烦不断的人。他身体强健，经常骑自行车往返于矿场和科皮亚波市之间。他给自行车起名"瓦纳萨"，一个色情明星的名字，佩纳非常佩服她的"运动能力"。午饭时间快到了，佩纳却郁闷沮丧起来。本来他以为山里的这些异常响动会让大伙儿放一下午假，可没曾想根本就没听到任何通知。他们两人都听到了上面传来的雷暴般的声响，但透过几百英尺的花岗岩石到达这里，声音已经有所减弱。"我们都习惯了噪音，"阿莱克斯后来说，"矿山经常会发出'嘎吱嘎吱'的摩擦音和突来的巨响，就像老大说的那样，'矿山是有生命的'。"但是，这次的声音却跟以往完全不同，随后而来的轰隆声也越来越大。跟维加和佩纳在一起的其他矿工，戴着蓝色、黄色和红色安全帽，都开始四处张望。他们相互注视，脸上都写着同一个问题：谁知道那是什么声音？终于，有人大声喊道："山要塌了！"只见先是一阵狂风掀过，接着大团大团的尘土从废旧的矿洞中蔓延而出，沿着各个通道涌向斜坡道，尘雾扑面而来，瞬间就将他们笼罩。尘土和碎石铺天盖地般袭来，大家纷纷朝避难所飞奔而去。

距维加和佩纳垂直大概九米的地下，还有一拨工人聚在避难所或附近，也在等车接他们上去吃午饭，其中有萨穆埃尔·阿瓦洛斯（Samuel Avalos）。他过去的工作经历甚是混乱动荡，比大多数人都要复杂。不久前，他还在街头摆地摊儿，现在还在兼职卖盗版光碟，因此被工友们戏称为"CD"。除此之外，他还卖过花儿和各种器皿。他个头不高，风趣外向，还有点儿自嘲讽刺的幽默感，或许正是凭借这种性格，他才能承受如此不安多舛的命途吧。一进避难所，他就习惯性地脱掉工服，只剩内裤，完全不顾其他几个工友就站在旁边。换作其他任何场所，他这一举动都让人觉得很怪，甚至有些疯狂。可在矿井下，工作仅半天，衣服就会被汗水完全浸透。因此，每天中午，他都会脱下衣服，拧拧水，再挂到一根水管上晾干。避难所是在岩石里挖出来的一个房间，铺着白色地砖，用煤渣砖围起了墙，还有一面钢门把它跟斜坡道隔开。大伙儿进进出出，可没人跟他搭话，阿瓦洛斯就光着膀子站在那里休息。他在这里待了挺长一段时间，衣服早就干得差不多了，而他刚准备穿衣服，就听到了雷霆霹雳般的声响。

起初，阿瓦洛斯以为有人在山里进行爆破，但他接着就意识到，今天并没有爆破计划。要是有人不提前警告其他人就擅自爆破的话，那就太糟糕了，虽然这种事儿之前也发生过。不过，这声响可比爆破声大多了。会是什么呢？

当时，卷发的维克多·扎莫拉（Victor Zamora）也在避难所附近，他来自近秘鲁边境的阿里卡市（Arica）。他烟瘾很大，刚刚又点着了一根烟。虽然一颗龋齿隐隐作痛，偶尔还剧烈抽搐，他还是很舒服悠闲地坐在石凳上抽烟休息。他负责矿下的加固工作，此刻正跟同组的人坐在一起。而很快，这般惬意的满足，这些兄弟的交谈，都会被无情打断。在圣何塞，一个班的工人们都彼此称呼"孩子"，不管你是二十一岁还是六十一岁。扎莫拉很喜欢这里的工作，因为大家平等相待、一视同仁，这让他很舒服自在。可他只是偶尔来这里工作，而且他还太年轻，在听到爆炸声后，也只是深深地吸了一口烟。

大概一分钟后，第一股爆炸冲击波传到这里，坐在石凳上的扎莫拉被掀翻倒在地上，附近避难所的重金属门也被猛烈地撞击开来。他站起身，快速跑到避难所里。

接下来的几分钟，各种恐慌失措，维加、佩纳以及其他几个等车的矿工都跑了进来，跟阿瓦洛斯、扎莫拉和其他人在里面汇合。很快，这里就聚集了十几个人。金属门外，矿山正在塌陷。大概过了十五或二十分钟，声音小了点，这些家伙们鼓起勇气向外跑去，他们跑出金属门、煤渣墙，跑向斜坡道，朝着将近四英里远的地面飞奔而去。

整个上午，乌尔苏亚都在开车巡视各个海拔高度的工作。此刻，他正在海拔九十米处，离"狗仔"塞普尔维达开铲车的地方不远。下午一点四十，他听到了一声巨大的轰响，声音盖过了附近铲车的鸣叫，好像是深坑中塌落了一块巨大的岩块。如果有工人恰好在更高处开采矿石，这样的声响很正常，所以乌尔苏亚并没有很担心。可五分钟后，他又听到了一声轰隆。于是，他让塞普尔维达停下铲车，马里奥也早就熄火了，因为他感觉刚才铲车的一个大轮胎爆胎了。他摘下了护耳罩，这时塌方引起的压力波穿过这里的通道，瞬间冲进他的双耳。"什么鬼东西？"他纳闷。弗洛仁科·阿瓦洛斯开着乌尔苏亚的白色丰田海拉克斯皮卡车过来了，他说，好像有塌方。这两人立马跳上车，三人沿着斜坡向上面的避难所开去。到了那里，他们发现，塌方时本该在此避难的人们早已不见了踪影。

于是两个工头，乌尔苏亚和阿瓦洛斯，以及塞普尔维达就开着皮卡掉头朝更深处驶去。他们没有开往更安全的地面，因为深处还有自己的工友。"我们必须保证那些'笨蛋们'都出来了。"乌尔苏亚如是说。他每次进矿时，都告诫自己的职责所在：那就是一天的工作结束时，必须让每一个工人都平安地走出矿山。

垂直往下三十米，海拔六十米处，玻利维亚移民卡洛斯·马玛尼（Carlos Mamani）正在操作另一台铲车。今天，他是第一次下矿作业。几天前，他才刚通过了铲车驾驶的考试。就在今天早上，在一名机修工人的监督下，他进行了最后一次矿下操作测试。跟他呆了几分钟后，那名机修工就走开了，只剩下马玛尼一人，第一次单独开大铲车，这是他朝思暮想了好几年的时刻。马玛尼二十四岁，略带婴儿肥，热情认真。他说一口艾马拉语（Aymara）[1]，从小在荒凉美丽的阿尔蒂普拉诺高原（Altiplano）[2] 农场长大，那是南美洲最贫穷国家里最贫穷的角落。十几岁的时候，他就随移民大军移居到智利，靠帮人摘葡萄或当建筑工人维生。不过一直以来，马玛尼的梦想是成为一名侦探。可是他并没有读大学，而是学了一门技艺。今天，他第一次单独出阵，在这台瑞典制造的巨大机器操作间里，握着操作杆，看着仪表，开始了一通忙活。黑暗的矿洞里，仪表发出醒目的光芒，好像他的工作也更神圣了：他正在操纵一台无比复杂的现代化机器设备。

马玛尼的铲车上装有一只大吊篮，里面有两个人正拿着手提钻在"加固"通道的顶部。跟他一起工作的有四个人：有乔尼·博瑞斯，那个家里有妻子、外面有情人的家伙；还有达瑞欧·塞戈维亚，那个清早临别前跟妻子深情拥抱特长时间的家伙。他们正将六英尺长的金属棒钻到岩石里，以加固预防石头掉落的钢筋网。一个月前，一块一吨多重的石头就从这儿塌落，砸伤了矿工基诺·科特斯（Gino Cortes），导致他左腿被截肢。但马玛尼并不知道这件事，这是他第一天下矿，吊篮里的那俩人可知道。另外，马玛尼还忘记带矿灯了，他把灯落在了更衣室里。博瑞斯告诉他别担心，等会儿吃午饭的时候再去拿就行。马玛尼甚至还不清楚矿里工作的流程，他一直在看表，已经快下午两点了，他脑子里一直在想：什么时候吃午饭呢？这些家伙什么时候才停工呢？他们到底停不停下来啊？下次，我早餐必须得多吃点儿。

他上方工作的俩人突然停了下来。透过驾驶间的窗户，马玛尼看着他们。博瑞斯和塞戈维亚互相对视着，好像在说："那是什么

---

① 安第斯山脉的艾马拉人所讲的语言。艾马拉人属南美洲印第安人的一支，主要分布在玻利维亚西部及秘鲁南部，少数分布在智利北部。——译者
② 南美洲安第斯山区的高原，原特指玻利维亚西部的高原。——译者

声音？"

博瑞斯正拿着手提钻钻孔，他戴着耳罩，并没有听到远处传来的爆炸声。但他感到一股压力波穿透了身体，好像整个人正被挤压着，过一会又被松开了。整个身体就像在打气筒的圆筒里一样，有人一会儿往下压活塞，一会儿又提上去。塞戈维亚听到了爆炸声，他低头看了看下面的两名助手，埃斯特班·罗哈斯（Esteban Rojas）和卡洛斯·布古埃诺（Carlos Bugueno）。其中一人大喊："出事儿了！我们的耳朵都快被震聋了！"但这几个人竟然还是继续工作。几分钟后，碎石开始从顶上飞落，矿洞里弥漫起浓厚的尘土。

驾驶间里，马玛尼还在纳闷，外面越来越浓的沙尘是不是也是工作的一部分。但肯定不是，因为工友们开始打手势让他降下吊篮，并让他快速把铲车开到斜坡道上。马玛尼照做了，然后掉头就看到丹尼尔·埃雷拉朝车门跑来。他一打开门，马玛尼就感到耳朵"嗡"的一声，几乎什么也听不见了。他看到人们的嘴唇在动，但听不清楚说的是什么。

然后，一个工人开始挥着手电筒画圆圈。这个暗号，马玛尼在之前工作的矿场里得知，是指非常可怕的事情：**快撤！全部撤离！立刻撤离！**从他们所在的地方到地面出口有五英里路程，垂直距离为两千英尺，开车下来需要四十分钟。没人知道开上去得多长时间，因为马玛尼从来没有开车上去过。

片刻后，马玛尼就开到了斜坡道里，载着几个矿工，沿着烟尘弥漫的隧道，朝避难所开去。一路上，铲车不时撞着墙体，因为他根本看不清路。

再往上点，海拔九十米处，他们看到了轮班主管乌尔苏亚和工头阿瓦洛斯，他们正往下开车。俩头儿说，继续往上开，我们一会儿去追你。我们得下去找最底下的两个人。

整个上午，马里奥·戈麦斯开车进出矿场三次。开空车往下走，大概需要三十分钟；可拉满铜金矿石后，车只能开到一挡或二挡，嘎嘎作响地爬坡，得一个多小时才能到达地面。刚过正午，马里奥在上面卸完了车，他决定先去吃午饭。走进瓦楞铁皮搭建的食堂，他把装有米饭和牛肉的饭盒放进微波炉加热了一下，拿出来刚吃了一口就停了下来。戈麦斯的工资是底薪加提成，每下去拉一车矿石就能多拿一份提成。于是，他想了下，决定先下到矿里，等装载机装车时再趁机吃饭，这样就能多拉一趟了。这一趟可以多拿四千比索，约九美元，却差点要了他的命。

　　戈麦斯爬进驾驶室，开车下到海拔四十四米，停到一个堆满矿石的巷道。此时的他位于矿山的最深处，离地面垂直距离大概二千二百一十八英尺。开铲车装载机的工人不在，所以戈麦斯坐在车里吃饭，发动机轰轰响着，一百度的高温，空调必须开着。十分钟后，装载机操作工来了，是五十六岁、满头白发的奥马尔·里伊加达（Omar Reygadas）。他铲起一铲矿石，举起，卸到卡车车斗里。正在这时，戈麦斯感到一股气扑面而来，很奇怪，因为车窗都关得紧紧的。然后，他的双耳突然发胀，感觉头颅好像正在被充气的气球一样，他回忆说。卡车的引擎突然停下，几秒钟后又自动发动起来。与此同时，里伊加达一直在用装载机装车，矿石碰撞车斗底部发出的巨响掩盖了其他所有声音，因此他俩什么也没听到。里伊加达也感到了隆隆的声音和那股压力波，可他以为这肯定是主管乌尔苏亚没通知大伙儿就又进行爆破了。这破烂煤矿里的又一桩破烂事儿，真是让人受不了。**就这样了**，他自己想道，**等干完今天这活儿，我就去找那个傻瓜乌尔苏亚，告诉他我不干了！**

　　卡车装满后，戈麦斯朝地面驶去。可刚过几百英尺，在斜坡道的一个陡坡上，他突然发现周围隧道弥漫起浓重的尘土。但这并不太让人担心，因为之前也出现过这种情况。所以，他依然开着车费劲地往前行驶。而尘土越来越浓，他只能看清几英尺远，随时可能撞到墙上，所以只好停下来，下车摸摸墙壁，确保是直的，不是弯的，然后再爬上车，以更快的速度直行前进。他就这么一边摸索一边开车，直到乌尔苏亚出现在车窗边，示意他停下来。戈麦斯一降下车窗，立马感到一股振聋发聩的声音，这冲击太大，他接连数天、数周甚至数月都忘不掉，并且每次想起都会潸然泪下。同时，他还听到了多处爆炸的隆隆声以及岩石碎裂的声响，周围摇摇欲坠的墙体仿佛随时都会裂开坍塌一般。

在爆炸的间隙，避难所里的矿工两次试图逃走。第一次逃脱不成后，他们退回到避难所。第二次，他们发现，如地震般的隆隆声又开始了。坚固的岩石似乎变成了会呼吸、有脉搏的庞然大物，斜坡道的顶部和底部都在晃动，矿山从黑暗处甩出大块小块的石头，滚出来又朝着更深处弹跳去，每块石头都足以致命。"我们就像一群绵羊，大山要将我们一口吞掉。"乔斯·奥捷达事后回忆道。对维克多·扎莫拉而言，岩石炸裂的声响就像是瞄准他们开火的机关枪发出的声音。太响、太可怕、太危险，所以他们开始朝下跑去，就像是在一座被风吹得摇晃不止的桥上奔跑一样，其中一名矿工如是说。此时，路易斯·乌尔苏亚和弗洛仁科·阿瓦洛斯正开车过来，看到这群恐慌的人们朝卡车跑过来。突然，第二股大爆炸波传来，这群人就这么呆呆地立着，仿佛魔怔了一般。这股冲击波似乎要把阿莱克斯·维加给顶起来，他最矮也最轻，一下子就被吹了起来，就像是人形的风筝突然遇到一阵大风一样，摇摇欲坠。其他人也都被推翻在地，双手胡乱挥动着。这群人就这么跌跌撞撞地蹒跚着：他们是穿工装的大男人，是喝酒、吃肉、体格强健的壮汉，是妻子、母亲眼中的大男孩。扎莫拉被吹到了墙上，摔破了脸，撞掉了好几颗牙齿，有真牙也有假牙。这种剧烈尖锐的疼痛，再加上蛀牙带来的那种闷闷的感觉，实在苦不堪言。当大家看到主管的皮卡车时，都纷纷起身，朝车跑去。扎莫拉满身尘土、嘴巴血肉模糊地挤进了驾驶座后座。

　　大多数人都跳上了皮卡的车斗，"快！快！快开车！"上车后，人们喊道。阿瓦洛斯朝地面上全速开去。二十多人的负载，卡车艰难行进着。密密麻麻的人，就像是"蜂巢里的蜜蜂一样"，卡洛斯·马玛尼说。他站在卡车尾部的保险杠上，双臂紧紧搂着站在车尾处的工人的大腿。驾驶室里的人感到车顶似乎都要飞起来了，卡车就像是不堪重负的飞机，竭尽全力试图起飞。周围的尘土越来越浓厚，能见度又低到不行，塞普尔维达走出驾驶室，用手电筒照明引路。就这样，他们在尘土中摸索着往前行驶，又遇见了工作间里的巴斯塔斯和其他三名合同机修工。他们也都挤上了车斗，跟大伙儿讲起了他们的经历。突然，这群人听到前方传来"嘎吱嘎吱"的声响，原来是那辆载人卡车，是洛沃斯和加利古洛斯。塞普尔维达拿手电筒照了下他们，看到他们脸上苍白恐惧的表情。他们俩年纪更长些，也讲述了自己脱险的经历，而加利古洛斯还是坚持说刚才看到的是一只蝴蝶。乌尔苏亚让他们调头往山上开。洛沃斯照做了，大多数工人都上了他的车。两辆车继续向上开，沿"之"字形隧道驶过了海拔一百五十米、一百八十米，每次拐弯，斜坡道上的碎石都愈发多起来，好像他们离石头大战的战场越来越近。一个拐弯，又一个拐弯，从避难所，他们一直开过了大概八个弯道，越来越逼近海拔一百九十米。期间，他们被迫停下了几次，因为尘土太浓厚，他们只能停车等上五分钟、十分钟，甚至十五分钟，等灰尘稍微落定点，才能继续前进。道上的石头越来越多，终于，车根本开不了了。于是，大家都下车，开始步行前进。十度斜坡，往上爬，人很快就会精疲力竭，尤其在如此温度和湿度下。但是，这群肾上腺素激增、极度恐惧的矿工，就这么毫不知倦地爬着，想象着外面正午的美好阳光就在这漫长、断续的旅程尽头——如果斜坡道能如矿主和经理们承诺般结实的话。矿灯、手电的光线下，浓厚的尘土中，他们又前行了大概四十五米，突然光束打在了一个挡道的物体上。这是一块表面灰白的大石板，在打旋飞扬的尘土中，它的形状与大小完全不可预测。大家就在尘雾中坐着，等了几分钟，能见度稍好了些，他们清晰地看到了这一障碍物的庞大。

斜坡道被堵住了，从上到下，所有的通道都被堵了，被一块巨大的石墙填满了。

对乌尔苏亚而言，这石墙仿佛"耶稣墓穴上的石碑"；其他人觉得像一挂石头帘，其中一名矿工更是认为它像绞刑架。这是一块扁平、光滑的蓝灰色闪长岩，它就那么巧合地卡在斜坡道中间，就像动作片中突然出现的陷阱门一样，戏剧般恰到好处地将人逮个正着。在埃迪森·佩纳看来，这块大石很新，这让人很是不安——石头很干净，完全未被矿里的煤烟和尘土所沾染，好像新开凿出来专门为了堵住他们的出路似的。

事后，他们才得知面前这块巨石的庞大尺寸。智利政府报告将其称为"巨型块"，一整块的山体完整地塌方陷落。矿工们就像站在一座巨大花岗岩悬崖的底部，面前的庞然大物高五百五十英尺，重七亿公斤，约七十七万吨，是帝国大厦重量的两倍。而有些矿工已经感到了这次灾难的严重性。马里奥·戈麦斯深信，其他人也如此认为：这次塌方事故发生在海拔五百四十米处，几个月前那里的斜坡道上就出现了大裂缝并开始渗水。正是在那里，在加利古洛斯和别的老矿工们的再三坚持下，矿主才安放了镜子来检测山体是否移位。镜子一直没破过，可此时此刻，直觉告诉戈麦斯、加利古洛斯等人，塌方就发生在那里。经他们快速（基本正确的）测算，这次塌方大概毁坏并堵塞了十个海拔高度的斜坡道。

"Estamos cagados，"一名矿工如是说，大意是"我们完蛋了"。

所有人中，阿莱克斯·维加似乎最想离开。换作平日，和煦的阳光下，阿莱克斯是个英俊潇洒、略带忧伤的肌肉男，就像香烟广告中的男模一样，连鬓胡稍长、英眉如剑。他身高五尺六，在这巨石面前显得尤为小巧。此时，这娇小的身形也正是希望所在。他趴到地上，朝石头底下的一道小缝儿里望去——或许他是唯一能钻进去的人。

跟很多智利北部人一样，维加也是一个安静的居家男人。他十五岁的女友杰西卡怀孕了，他们便结了婚，这一过就是十五年。在圣何塞，大伙儿都称呼他"阿莱爸爸"（El Papi Ricky），阿莱爸爸是智利一部肥皂剧的男主人公，也是年纪轻轻就生了女儿。几年前，这小两口贷款在科皮亚波的普拉特街区购买了一块地皮，然后开始慢慢盖起了几间房子，用煤渣石块砌起了低矮的围墙。围墙是好运和勤勉的象征，现在暂时只有三尺高，但阿莱克斯决定继续在煤矿当机修工挣钱，他相信很快就能完工。期间，他父亲和两个兄弟（曾在圣何塞工作过）曾再三警告他下矿的危险，但他依然没有辞掉工作。现在，阿莱克斯想回家，唯一的通道就是这道缝儿。他跟其他人说，他应该能钻过去。

"不行。"乌尔苏亚说。其他几个人也觉得这太疯狂了。

可维加很是坚持，最终，乌尔苏亚妥协了，跟他说，"一定要小心。我们会在这里听着动静，如果岩石又要开裂或移动，我们就立刻喊你。"

维加小巧的身体挤进了这块锯齿般的岩石缝隙中。"那时，我觉得自己英勇极了，毫不畏惧，"他事后回忆道，"根本就没有考虑或预测有多大的风险。"不久，他就会知道：**这么做有多愚蠢**。

手提矿灯，他往里爬了大概有二十英尺，然后就爬不动了。

"根本不通。"爬回去后，他跟大伙宣布。

对一些上了岁数或者当了一辈子矿工的人来说，这块巨石还有维加的话让他们产生了一种终结感。很多人都曾被困山下，但往往只是小石块塌方，推土机几个小时就能清道。可是，眼前这面巨型灰墙完全超出了他们的经验范围。这块巨石就像是死神的化身，置身此前，他们都不禁开始思考山外的世界：生命的世界，亲人、浓雾、微风，还有自己的家、自己当父亲的责任。生命中所有未完结的事都浮现在脑海中：加利古洛斯在想，他再也见不到自己的小孙子了，于是泪流满面；戈麦斯意识到，跟死于硅肺病的父亲一样，他也太疲于奔命，一直在地下试探、消耗自己的运气，这样的塌方他见过太多次了，先是没了两根手指头，如今连命也搭上了。他就这么死掉了，作为一名矿工。他想，**我这一生也就如此了吧**。

所有人都在沉默着、困惑着，但很快就传来班长点人头的声音。开卡车的劳尔·比利加斯不见了，富兰克林·洛沃斯和加利古洛斯说见到他往地面驶去，所以他很可能已经逃脱。"三十，三十一，三十二……"乌尔苏亚又数了一遍，还是三十二人，但人员一直在变动，所以他也搞不清矿下到底有哪些人。在圣何塞里，工人名单每天都会变化，矿下工作根本没有任何确定的事儿。但此时，乌尔苏亚却很确信，这次或许根本无法逃脱，救援也无法到达这片深暗之下。

三　晚餐时间

　　下午两点，正在歇班的矿工巴勃罗·拉米雷兹（Pablo Ramirez）接到了一个电话，这本身并不新鲜。但这通电话是圣埃斯特万总经理卡洛斯·皮尼利亚的秘书打来的。"矿里出事了，"秘书说，"斜坡道的问题。卡洛斯先生让通知你过来，看来你们夜班只需要几个操作人员就行。"当时，拉米雷兹正在科皮亚波的家中，悠闲地享受上班前的这段休息时光。当矿里一班的工人们结束白班后，作为轮班主管的他就会跟乌尔苏亚交接工作，开始他们的夜班工作。但这怎么也得五个小时后才开始啊。从秘书那淡定的语气中，拉米雷兹猜测，肯定是深坑里又有石块塌落。下矿救人很常见，却也很费劲，需要几个机器操作工来清理斜坡道上的石块。又损失了一天的产量。

　　开车去矿场的路上，拉米雷兹就是这么想的。他并没有非常担心被困山中的那些人，其中他认识一大半。白班班长弗洛仁科·阿瓦洛斯是他的好友，他的两个儿子喊他"叔叔"。他们两人都三十多岁，年轻机智，在矿里发展得不错。此刻，拉米雷兹还在想着，稍后他俩得坐下来喝一顿。下午四点半，巴勃罗到达矿场，可眼前的景象让他开始担心起来。矿山的出口，有且仅有的唯一出口，正在向外喷涌尘土。其实，有尘土冒出来并不罕见，但是拉米雷兹从未见过如此滚滚翻腾的尘雾云，"像火山喷发一样"，从洞口升腾而出。另外，山里还传出各种噪音：岩石塌落的爆炸声、反复再三的隆隆声等等。但这其实也并不算很少见，因为矿山一直会发出各种声响，例如工人们在山内爆破时，如雷般的轰鸣就会沿着隧道穿越出来。但是，这次，轰隆声一直没停，洞口的尘土也没见少。大概五六点钟，洞口冒出的尘土还是非常浓厚，人根本无法进入。时间慢慢过去，矿工们、矿主们都聚集在外面，都有点不知所措，卡洛斯·皮尼利亚也在其中，戴着他那象征阶层的白色安全帽。之前，他曾两次试图进入矿中，可只下到海拔四百四十米就不得不退出来，因为隧道内的烟尘太浓厚了，根本无法通行。

大约五点钟，南半球冬日的黄昏快速降临，皮尼利亚又带领一队人进到矿中：巴勃罗·拉米雷兹以及其他两位主管。

他们坐着皮卡车进去，比较顺利地驶过了几个弯道，到达海拔四百五十米，他们在斜坡道的地上看到了一个两英寸宽的裂缝。这块"好"石头上凿出的隧道，进出矿场的唯一隧道就这么开裂了，裂口之大拉米雷兹前所未见，他就在此刻意识到了事故的严重性。又往下开了会儿，顺着卡车的灯光，拉米雷兹觉得随时都会看到塌方的巨石。可是，直到海拔三百二十米，从入口开车四点五公里后，车灯光束才照射在一块平滑的灰色巨石上，他们见到了这个巨大障碍物。斜坡道，从上到下，都被这一整块巨石堵住了。拉米雷兹觉得自己已经见过很多次的塌方，实施过很多次的营救，可从未想象过如此这般的可怕景象，好像有人拿刀把矿山一切为二一样。几个人下车，站在塌方巨石面前，匪夷所思地望着这块本不可能在此的坚硬石墙。

"完蛋了。"有人不知不觉地重复说。这词儿，那些被巨石困在四百二十五英尺下的矿工们也说了无数次。我们完蛋了。拉米雷兹一直自豪地认为，自己能应对矿里出现的每个问题，可如今，他也感到一种深深的无助。不管是他还是老板，都没法救出大石那边的三十三名矿工。最后的一丝希望就在那些通风道上，可这需要专门的特警队，配备专门的登山工具才能攀爬通过。

站在这庞大的巨石前，头戴白色安全帽的皮尼利亚目瞪口呆。他是圣何塞管理权利最大的人，他是塌方前匆忙离开下属的焦躁老板。可此时，他却哭了。"他通常都是个蠢货，面对这些事故都表现得很男人，"拉米雷兹后来说，"可那会儿，他却立马就哭了起来。"

"我觉得，不对，我确信，肯定有人被砸死了。"皮尼利亚后来说。下午一点四十五分，塌方事故发生的时间，卡车应该正在上坡的路上，拉着工人们出来吃饭。而那些合同机修工们当时更不应该在矿里，很有可能，他们也正准备出矿吃午饭。皮尼利亚想象着斜坡道被压垮的瞬间，他们都葬身石下，也忍不住想：**我就是那个派他们下去的混蛋**。

他们开车回到了地上，找到了等在外面的矿主、戴白帽的马塞洛·凯梅尼和亚历杭德罗·博恩。他们必须请求援助，别无他法。凯梅尼和博恩开着卡车往高速路方向行驶，去寻找手机信号——矿上本来有电话线，但没有启用。傍晚七点二十二分，塌方发生后五个多小时，圣何塞的矿主们才第一次打通电话向政府请求支援。

电话打到了当地消防局，然后转到国家地质与采矿服务中心（National Geology and Mining Service），最后消息到达智利内务部防灾办公室，这里负责监管全智利的警察与安全部队。一小时后，智利警察特别行动小组派六人带着攀爬工具赶到这里。他们乘皮卡车进矿，沿斜坡刚到海拔四百五十米，经过那处裂缝时，车爆胎了。皮尼利亚和拉米雷兹开车跟在后面，他们看到这个裂缝又大了一倍。

要是警队知道这裂缝是新的，并且两小时就扩大了这么多的话，他们就会明白矿山此时非常不稳定，会中止援救行动。于是，根据拉米雷兹后来的陈述，当他们下车换备胎时，皮尼利亚把手指竖在唇边，示意他别吱声。拉米雷兹立刻心领神会，没告诉他们这个越裂越大的可怕缝隙。其实，这是个警告信号：还会再次发生塌方。

时间一分一秒过去，三十三个人就这样被困在这尘雾与巨石之中，可圣埃斯特万的管理层却并没有立刻打电话通知家属。"在一些矿场，发生塌方时，第一本能是尽可能长时间地掩盖事故。"一名智利官员后来说。下午三点，他们本该打电话说矿里发生塌方，救他们出来需要时间，别等他们回家吃晚饭了。傍晚七点，他们本可以说，情况比预期的严重，我们不知道什么时候才能救出他们，但就目前情况看来，他们都很安全。但是，出事八小时后，到了周四深夜，甚或周五凌晨，公司法人还是缄口不语。后来，通过广播和电台的公告，那些通常是含糊、不准确或散布恐慌消息的电台公告，事故的消息才传到了科皮亚波以及其他城镇，传到了妻子、父母与子女们的耳中。

最早得到消息的女人是从可靠来源了解到圣何塞的事故的，可她的名字却并没登记在任何矿场的档案中，也没有获悉个人信息的合法权益。她就是乔尼·博瑞斯的情妇苏珊娜·巴伦苏埃拉（Susana Valenzuela），一个脸颊红扑扑、整天乐呵呵的高个子女人。

苏珊娜的姐夫也在矿场上班，就在科皮亚波附近的彭塔铜矿（Punta del Cobre）。消息在矿区传开了，说圣何塞需要救援，于是他就打电话告诉了他妻子，苏珊娜的姐姐。而姐姐晚上七点就赶到了科皮亚波的妹妹家中，问她："乔尼在这儿吗？"

"他不在啊。"苏珊娜说。

姐姐打通了丈夫的电话。"今天下午两点，矿山发生了塌方，矿工们都被活埋了，"他在电话那端说，"绝对不可能逃脱。"

"他就是那么跟我讲的，'被活埋'、'不可能逃脱'，"苏珊娜后来说，"矿里工作的人都知道这么说是什么意思，所以我感到很绝望。"

苏珊娜和姐姐一起到了智利国家警署在当地的分局，去找那些高大威风、正直高效、手持卡宾枪的警察们。可是，警局也没有收到任何消息。正当姐妹俩在那儿的时候，事故消息传来了，她俩看着警车匆忙朝圣何塞奔驰而去。快去医院吧，警察告诉她们，可是首先，她俩得回街区，把消息告诉玛尔塔（Marta），乔尼的妻子。

　　跟苏珊娜比，玛尔塔年龄更大，也更矮小一些，是一个严肃正经的女人。过去几年，乔尼总在两家之间窜来窜去，所以这两个女人也彼此认识。苏珊娜跟乔尼还是在玛尔塔家里认识的。苏珊娜跟玛尔塔提到说，她需要人帮忙打点家具。"我家那丑陋的老男人自己做的那些家具，"玛尔塔说，"我烦透他了。"然后，乔尼就从屋里出来了，"从他被关押的'牢房'里出来"，苏珊娜是这么说的。玛尔塔还说，她已经忍了他的轻浮好几年了。可苏珊娜心想：这家伙一点也不丑。他那略带伤感、落寞的笑容里，会有那么一丝狡猾、吸引人的感觉，就像是个受伤男人想要对你吐露心声一般。只要你跟他走，跟他单独相处，他就会立马敞开心扉。"所以，我就把他带到我家，我很喜欢他，"苏珊娜如是说，"我给他做了午饭，然后我们就睡在了一起。"那家具也根本没打成。而如今，这段喜剧般的小轶事竟揭开了这位深埋地下的轻浮男人的大悲剧。当从情妇口中得知丈夫出事的消息后，玛尔塔冷漠地说："你跟他就此了断吧。现在，该我管了。去给我拿结婚证。"结婚证（libreta de matrimonio）像一种银行存折，由民政局官员签发，可以用来申请各种政府补贴，也可获得配偶探访权（比如，去医院或验尸房等）。这证一直是乔尼保管，放在苏珊娜家中。

　　苏珊娜顺从地回家取回了她情夫的结婚证，然后，她跟乔尼的合法妻子一起赶到了医院。

　　科皮亚波市，卡门·贝里奥斯在公交车上，司机正用无线电台听歌，全车人都被迫一起听这快节奏的墨西哥音乐。她今天回娘家探望父亲了，现在正赶回家，为丈夫路易斯·乌尔苏亚和两个孩子准备九点半的晚饭。突然，吵闹的手风琴声被广播员的声音取代。"号外，号外，号外，"这电台播报的简讯难免会带一丝欢愉的意味，"圣何塞悲剧！矿山发生塌方！"就播报出事儿了，然后就又开始放墨西哥音乐。可对卡门而言，丧夫的消息和欢快的民谣是如此奇怪的组合，残酷且让人无法忘怀。

"司机，广播里说的是什么？"她问道。实际上，卡门也不太确定丈夫路易斯在哪里上班。几个月前，他刚换工作，而她还从未去过这个新矿场，所以也不太确定广播里的那个矿场就是路易斯上班的地方。那一会儿，这一丝小小的怀疑成了她希望的源泉。"你能换个电台吗？"她请求司机，"或许，还有别的消息呢。"

"就这些了，"司机回道，"就是个号外。可能稍后才有进一步消息吧。"

她回到家，从电台听到了更多的新闻：有矿工受伤、遇难，现在她完全确定那就是路易斯工作的矿场。"就像突如其来的噩梦，我们都无法确定是否真实。"客厅里的钟表滑过了九点半，可路易斯还没回家。他们的两个孩子，都在上大学的一儿一女，正在安静地学习，并没有意识到晚饭晚点了。十点半，她把孩子们喊了过来，然后说，"我们得开个家庭会议。电台广播说，你父亲上班的矿场发生了事故。"她给他们打开了收音机，里面传来了各种伤员被运往科皮亚波医院的报道。可是，卡门决定，她必须去一趟矿上，她得确认塌方时丈夫到底有没有在里面。她女儿的朋友开卡车载她前往，还得用 GPS 定位，因为她没去过，根本不知道路。

漆黑的夜里，到处都是形状怪异的山丘暗影，卡门·贝里奥斯坐在车里，回想起她最近做过的一个梦：路易斯被埋在地下了，可梦中，他逃了出来，坐着巴士回到了地面上。卡车驶下了高速路，开到了通往矿场的小道上，远处的矿山到处是晃眼的光亮。到了前门，过了哨岗，她下车走进了干冷刺骨的寒夜中。那时，已将近午夜。

科皮亚波，中等中产阶级的街区，班长弗洛仁科·阿瓦洛斯的家中，妻子莫妮卡·阿瓦洛斯正在缝衣服。她手里拿着十六岁儿子的运动衫，正在给他收紧一点，同时，厨房里还给弗洛仁科煮着汤。她丈夫非常爱喝汤，莫妮卡今天为他煮了丰盛的牛杂汤，她记得弗洛仁科就喜欢这口儿。诱人的香味儿弥漫在整个客厅以及旁边的小餐厅里，他们一家四口每晚都坐在这里吃饭。莫妮卡没开电视，也没听广播，两个儿子在自己房间里，她就喜欢这种安静的感觉。现在，唯一陪伴她的就是客厅里的大钟了，滴滴答答，快到九点半了，弗洛仁科快到家了，而她也准备上饭了，这个点儿正是南美人习惯吃晚饭的时间。

突然，电话铃响了，是她姐姐。"听着，我不想让你担心，但是矿里出事了，是一次大塌方。就是弗洛仁科工作的地儿，圣何塞。他到家了么？"

"还没，但他随时可能进门。"挂断电话，很快就九点半了，然后是无限漫长的等待。几分钟后，弗洛仁科的餐椅还是空空的。突然，莫妮卡记不清丈夫到底在哪里上班了。是圣何塞么？她隐隐记得他说过，是以另一个圣人命名的矿场：圣安东尼奥。是安东尼，不是约瑟夫，她就这么想。她上楼又下楼，又上楼又下楼，仿佛陷入一种狂躁和恍惚，时间离九点半越来越远。七岁的儿子正在自己房里看电视，他总是跟父亲聊工作，肯定知道他父亲到底在哪个矿场上班。突然，儿子冲进了客厅，大声呼喊着："妈妈，我爸爸死了！我爸爸死了！"

"不会，不会的，"他母亲回应着，"你怎么知道的？"

"别骗我了！"孩子高喊，"电视里都播了！"

楼上，小儿子的房里，电视机前的莫妮卡晕了过去。大儿子塞萨尔·亚历克西斯（Cesar Alexis）过来镇定地唤醒了母亲，瞬间就担起了父亲的角色。今年，亚历（Ale）十六岁，恰是当年弗洛仁科和莫妮卡怀上他的年纪。就这么突然的，他变得异常平静、坚强，仿佛父亲弗洛仁科正在冥冥中给他传输着力量。

"冷静一点，"亚历跟他妈妈说，"冷静。"他们决定先去巴勃罗·拉米雷兹家里，因为他也在那里上班。如果有人知道真相并能如实告诉他们的话，那肯定就是巴勃罗了。莫妮卡和两个儿子到了巴勃罗家，敲门的他们完全不会想到，巴勃罗正要进入塌方的矿山，寻找弗洛仁科和其他三十二位矿工。他们敲了十五分钟都没人应门。终于，巴勃罗的妻子走了出来说："巴勃罗不在家。他去矿里了，好像出事了。"莫妮卡喊上了弗洛仁科的另一个朋友伊萨亚斯（Isaias），他们一起开车赶往矿场，出城后还迷了路。后来，他们终于到了，空旷的暗夜中，她看到出口处来来往往的人，戴安全帽的、穿制服的，他们都不知道在忙碌些什么。

塔尔卡瓦诺市，卡罗拉·巴斯塔斯（Carola Bustos），这个刚刚跟丈夫一起经历了一场大地震和海啸的女人，决定先不把父亲出事的消息告诉两个孩子。她肯定控制不了自己的情绪，会声音哽咽、泪流满面，而孩子们看到这般脆弱的自己，一定更会不知所措地恐慌。为了不伤害孩子，她决定先把他们放到自己父母家中，在那里他们会更安稳些吧。而她，没告别就悄悄地溜了出来，去赶北上的航班，把解释自己不告而别的责任交给了外祖父母："妈妈去圣地亚哥找工作去了，她很快就会回来的。"

塌方大概十七个小时后，圣地亚哥市，"狗仔"马里奥·塞普尔维达家里，电话铃响了起来。刚早晨七点，埃尔韦拉，亲友一般称她"卡蒂"，接起了来电。

"卡蒂，矿里发生了塌方，马里奥也在里面。"朋友如是说。

有那么片刻，这听来好像恶作剧一般。"不可能。"埃尔韦拉说道。圣地亚哥的这个朋友怎么可能知道马里奥发生了什么事儿，这两个地方离着好几百公里呢。

"我没跟你胡扯，"这朋友说道，"打开电视，第七频道。"

埃尔韦拉打开了电视，看到了科皮亚波的报道。几分钟后，马里奥出现在屏幕上，矿场工作证上的相片照得不太好：四十岁，胡须刮得很干净，红眼睛，看起来不太开心。他的全名大写在相片下：MARIO SEPULVEDA ESPINACE。新闻报道了其他细节：塌方发生在昨天下午，矿工被埋在几百米的地下，所有通讯中断。当完全了解事故的严重性后，她终于有时间来想象，丈夫到底在承受什么样的困境：**在那封闭的小空间里，狂躁如他要怎样存活呢？他需要四处走动。他肯定受不了。**

至于事故本身，埃尔韦拉并不吃惊，因为马里奥或多或少都预测到了。上班前，他经常提醒她，如果他在矿里发生意外的话，她还能获得社险和保险补偿。他经常愤怒地说起圣何塞即将坍塌的糟糕状况，这种焦虑甚至让他十八岁的女儿斯嘉丽频做噩梦。几个月前的一天，斯嘉丽梦到父亲被砸死了。她醒来，惊叫着："爸爸死了！"任谁也说服不了她这只是个梦。她一直颤抖，还嚎啕大哭，母亲只能把她送到了医院。直到后来，马里奥下班回家，给家里打通电话，对她说："斯嘉丽，是我，是爸爸。我还活着！我没死！什么事也没发生。我只是去上班了……"这事儿才算过去。

现在，马里奥真的被埋山底，埃尔韦拉不禁觉得，女儿的梦简直就是个预言，只不过大家都没在意。她想：**我该怎么跟儿子解释他父亲被埋了，我们还无能为力呢？**弗朗西斯科今年十三岁，跟同龄孩子比身形要小得多。怀孕刚五个月，他就早产了，当时只有二点四磅重，出生后的前六十九天，他都在医院的保温箱里度过。父子俩非常亲密，这种关系从孩子出生就形成了。那十周左右的时间，马里奥眼睁睁看着儿子躺在保温箱里，他的小胳膊小腿那么瘦，眼睛闭得紧紧的，只能靠试管喂养，粉嫩如花苞的小小拳头也紧紧地握着，仿佛正在战斗，正在努力地活下去。后来，在儿子成长的过程中，马里奥也用最多最多的爱来呵护他。他简直就是儿子的专属啦啦队长、喜剧演员，还是牧师。他会跟他一起去户外探险，跟他一起侃侃而谈电动机器的奇妙，还会探讨喂马养狗要费的心思。当然，他还一定会谈起塞普尔维达家族的"牛仔"（huasos）传统，他们从骨子里都是善骑马、披斗篷的酷牛仔。她不止一次看到父子俩一起骑马、踢球；一起坐在电视前，反复看一部有关父爱、忠诚和战争的影片，马里奥的最爱：《勇敢的心》。马里奥是梅尔·吉布森（Mel Gibson）的超级影迷："因为我跟我儿子个子不高，梅尔·吉布森也是矮个子。"这部奥斯卡获奖影片，用西语写做"Corazon Valiente"。"你的心是自由的，"影片说，"勇敢地去追随它吧！"

马里奥告诉儿子："我就是你'勇敢的心'。"而现在这位矿工的勇敢之心真的出现在了电视屏幕上。首先，是他工作证的照片，然后在一段视频中，他谈笑风生，是工作中的"狗仔"。

我们唯一能看到的矿工们的影像，就是马里奥·塞普尔维达录制的视频，电视里这样报道。马里奥很喜欢摄影，电视里，他正在拍录出租房里的那些双层床，他和其他外地工人们轮班期间所住的地方。

埃尔韦拉赶去机场，要飞到这个素未谋面的城市。下午晚些时候，她和两个孩子就飞过了阿塔卡马沙漠的南部边缘。期间，儿子一直在哭，不停地说他想爸爸。还有他们的女儿，她曾因为深陷噩梦无法自拔而一度住院，而现在，梦中的景象真的在现实中出现了。当她走下飞机，踏进这寒冬中的沙漠时，周围的电视、广播正反复播放她梦中的一切：马里奥·塞普尔维达·艾斯皮纳斯，两个孩子的父亲，恐在圣何塞塌方中失踪。

四　"我一直很饿"

　　最终，这群被困山下的矿工们决定离开面前的巨石。他们分成了两队。第一队，人较少，共八人，他们决定到矿洞和通道里寻找出路。一行人朝斜坡道之间打通的烟道走去。这些圆柱形烟道主要用于通风、送水、输电等等，但里面也应该安有梯子，可用作逃生通道。理论上，他们只要爬过十几个这样的烟道，就能越过塌方被堵的区域。但实际上，只有极少的几个烟道装有梯子，他们并不确定能找到向上的出路。不过，他们还是朝最近的烟道口走了过去，步行下坡到海拔一百八十米。

　　第二队，统共二十多人，他们一致决定去下面的避难所里等待救援，于是下坡朝卡车走去。这两队分开之际，班里的二把手、班头弗洛仁科把乔尼·博瑞斯叫到了一边，嘱咐说："等到了避难所，千万看好那两箱子物资。别让这帮家伙吃光了，咱们可能得困在这儿好几天。"他声音压得很低，不想引起恐慌。他选择告诉博瑞斯，一是因为他年龄大、资历老，二是因为乔尼是那种会服从命令的人。"乔尼，我信得过你，你必须看住那两只箱子。我们回去前，别让任何人动箱子。拜托了。"

　　卡洛斯·马玛尼，那位玻利维亚移民，也加入了第二队。现在，他终于知道自己有多需要那落在更衣间里的矿灯了。帮他在沃尔沃L120装载机上测试操作的工友还说，不着急回去取，等午饭时间再上去拿也不迟。现在，马玛尼得克服对黑暗的恐惧，因为没有灯，他几乎时刻与黑暗为伴。大家都在步行下坡时，他发现自己几乎全是摸黑前进，小心地躲避着地上石块的暗影儿，不时抬头寻找其他矿工帽子上传来的微光。终于，他们走到了卡车那里，他跳上了后车斗。一行人开车朝避难所驶去。

到避难所后，他们迅速察看了周边区域，发现所有与地面的连接都中断了：电、通信系统、水和压缩空气的供给等。尽管如此，还有些经验不足的家伙以为他们一天之内或者几个小时后就会获救。几个小时慢慢过去了，期间，一两个人的肚子发出"咕噜噜"的声音，毕竟他们都还没吃午饭。另外，从矿灯照不到的黑暗深处，不时传来岩石塌落发出的轰隆声。为了省电，很多人把灯都关掉了。饿的时候，等着吃饭简直就是磨难，尤其身边还有两箱子食物，而看守这些充饥食物的还是一个胆小、上岁数的老家伙。乔尼·博瑞斯，这个生活中都无法勇敢面对两个女人的家伙，现在得设法阻止二十几个饥肠辘辘的大男人抢吃这些应急食品。

另一组寻找出路的小分队也出发了。一名矿工开着巨大的长臂平台升降机朝烟道口驶去。这台机器是用来托举工人去加固矿顶，或在岩石上钻孔放炸药包的。马里奥·塞普尔维达爬到升降篮里，升到了头顶的烟道口。来自塔尔卡瓦诺港市的机修工劳尔·巴斯塔斯紧随其后。而在轮班主管路易斯·乌尔苏亚看来，爬烟道是危险又无用的举动，他也试着劝他们放弃。"这根本行不通。这些人完全不去考虑安全的问题，这几个最先爬上去的家伙都不是专业的矿工。"他后来说。他指的是，塞普尔维达和巴斯塔斯都不是来自矿工家庭，经验不足。但乌尔苏亚很快就失去了威信，大家都竭尽全力想要自救。塞普尔维达把头伸进了直径两米的洞口，发现这里竟然安着梯子，螺纹钢筋做成的爬梯嵌入岩石内部。他爬了上去，希望能找到出路。可大约一分钟后，他意识到自己太胖了，但还是继续往上爬。烟道微呈上坡状，大概一百多英尺高，穿过就到达上一级隧道。里面，烟尘和废气让人无法呼吸。他俩后面还跟着两个矿工，弗洛仁科·阿瓦洛斯和二十七岁的卡洛斯·博瑞斯，他还不知道女友怀孕的好消息。这里湿度太高，道壁上很滑，大家很快就浑身是汗。爬到一半，塞普尔维达手里抓的一级横梯突然脱落，正好打在他的门牙上。他满嘴是血，疼得直摇头，可还是没停下来。

劳尔·巴斯塔斯跟在塞普尔维达身后，能清楚地听到他沉重的喘息声。随后，他碰到了一块大石头，感到石头松动，他用肩膀把石头紧紧顶在烟道壁上，朝着下面的两人大喊："快下去！快下去！"他用尽全身的力量顶住这块石头，防止它掉下去。阿瓦洛斯和博瑞斯匆忙爬下了烟道。等他们安全后，巴斯塔斯一声呻吟松开了石头。石头撞了几次壁后，就扑通一声掉到了下面的斜坡道上，幸好没人受伤。很快，塞普尔维达便爬出了烟道。他拿手电快速扫过了四周的黑暗，发现这一级斜坡道里有更多的碎石。他站起身，等巴斯塔斯也爬上来，再一起沿着坡道向上走去。他们还抱有一丝希望，或许，或许拐过弯儿，就能看到通往出口的道路。但他们的手电照到了一块光滑发亮的物体上：又是一面闪长岩横墙，跟挡住下面隧道的一样。马里奥感到，那残存的希望慢慢溜走，现在他清楚地意识到了残酷冰冷的现实。他被困深山地下，突然如此接近死亡，却又坚信命运仍在自己掌握之中。"那一刻，我明白了，死亡会随时到来，但我决定接受这一事实。"他后来说。他们接着下坡，经过了刚才爬过的烟道口，拐弯后，又发现了横亘在那里的大石，如绞刑架一般挡住了他们的去路。他们又找到一个烟道，本想再爬上去，但用手电照了下里面，发现根本没装梯子，只有一根电缆线晃荡在那里。

"这个办法行不通，"塞普尔维达跟巴斯塔斯说，"我们该怎么跟那帮家伙说呢？"

"很难，"巴斯塔斯说，"但我们还是实话实说吧。"

他们顺着烟道爬了回去，把这坏消息告诉了大家：好几级斜坡道都被堵住了，根本不可能出去。

大家围作一圈，都在想：接下来该怎么办呢？然后，大家的视线都落在头儿乌尔苏亚身上，可他什么也没说。通常，他是所有的大头小头中最放松乐观的一位，但此刻他看起来也是精疲力竭、垂头丧气。他那绿色的眼珠紧张不安地转动着，不敢直视手下这帮工人。大伙儿都能感到，他此刻真希望自己不是主管，能匿成隐形人，成为他们中的一员。很多矿工，尤其是那些上了年纪的人，都觉得在事故发生的头几个小时里，"主管好像凭空消失了一般"。这很是让人生气，因为上岁数的矿工们都认为，矿场里的阶层制度有它存在的意义，尤其是灾难发生时。被困塌方深山就跟航船突遇风暴一般：船长必须挑起重担。可是数小时后，据几名矿工回忆，乌尔苏亚却溜到了皮卡车那里，在驾驶室前座躺了下来，只身一人。

乌尔苏亚是这样解释的：他是一名受过专门培训的地形测量员，脑子里随时都装着矿山的地形图。这让他清楚地知道，此时做什么都是徒劳。"作为轮班主管，我很清楚，我们完蛋了。这就是我的问题，"他后来说，"我和弗洛仁科都明白事故的严重性，但我们不能告诉任何人。我们完全束手无策。你只能想到采矿工作的一些残酷现实。"有时候，工人们被活埋，最后就生生饿死，人们也几乎不可能再去寻找尸体。在智利，还有更残酷的事：那就是塌方六七天后，如果救援人员还没有找到遇险者，他们就会放弃搜索。乌尔苏亚很清楚这一点，而他如果将实情和盘托出，将会引起极大的恐慌。他最近上过一门课："如何应对采矿中的突发危机"。保持冷静，这就是他学到的。事故发生时，只能等待——就是等救援人员从地面钻孔到被埋之地，这可能是获救的唯一希望。但是，他怎么能告诉这帮家伙只能干等着什么也不做呢？他不能。这就是他的想法。其实，他已在心里估算出了钻孔所需的时间，可能得是前所未有的巨大工程。他也想说点什么，给大家打打气，可他不能，因为他不想撒谎。所以，他什么也没说。如果他的职责是保证大家安全获救的话，他能做的，只能是阻止他们做鲁莽的傻事，比如在深坑岩石松动、不断脱落的情况下，竟然想要从通道里爬出去。保持冷静，他告诉自己，千万别让手下的人看出他的绝望。

后来，大家都安静了下来，都在等待那或来或不来的救援。塞普尔维达跟主管说，他非常钦佩他重压下的镇定自若。"我们的头儿乌尔苏亚不善表达，是个没有激情的家伙，"他后来说，"但他非常聪明睿智。"乌尔苏亚已经决定等回到避难所，一班的人员都聚齐的时候，他就会宣布，自己不再是主管。他们已经被拴在了一起，应该一起想办法、一起做决定。

对他们此刻所处的险境，塞普尔维达却有不同的看法。当时，他用一个粗鄙的智利短语概括了自己的想法：tomar la hueva，直译为"抓住了牛蛋子"。迄今为止，他的一生曲折跌宕，不断为了生存而奋斗。从某种意义上说，困境中求生是他最从容最自在的状态。

马里奥的母亲在生他时难产去世，他一直觉得自己生来就是为了战斗的。他在智利南部城市帕拉尔（Parral）[①] 长大，有十个兄弟姐妹；父亲是农民，酗酒，对儿子们总是拳打脚踢。而马里奥自称"超级好动"，他父亲的怒火大多都发泄到他身上。"十二岁那年，我非常亢奋、极端，人们都害怕我，没有亲人想要照顾我。"如今，这样的男孩可能会被诊断为"多动症"，并且得服药来抑制那用之不竭的能量。那时，他父亲想把他打好，随时都会给他一顿皮鞭教训。幸运的

---

① 智利南部城市，智利当代著名诗人巴勃罗·聂鲁达的故乡。聂鲁达于 1971 年 10 月获得诺贝尔文学奖，他的代表小说《邮差》已被译成三十多种语言。——译者

是，当时他还有一位慈祥庄重的老祖父，一名乡村老牛仔。祖父教他传承着勤奋、自尊和正直的道德准则。十三岁左右，马里奥就到帕拉尔周边打工；十九岁，他只身来到圣地亚哥。身后，几个继母所生的弟弟还得继续承受父亲无尽的怒火。"我会回来找你们的。"他跟弟弟约瑟、大卫、巴勃罗还有费比安说，后来他也兑现了自己的承诺。他在圣地亚哥一家公司谋得一份保洁的工作，并在市郊定居下来。在邻居们眼中，他好像一个傲慢的街头拳手，上一分钟还冷酷残暴，可转眼就变身随和迷人。白天，他打扫卫生；晚上，受约翰·特拉沃尔塔（John Travolta）① 和他主演的电影《周末狂热》的启发，他会穿上西装、喇叭裤跳舞。他爱上了年轻女孩埃尔韦拉，她喜欢穿着华丽摇滚风格的衣服，就如早期的麦当娜和希拉一样。在她眼里，年轻的马里奥性情飘忽不定，易怒又很宽容。他多愁善感，也乐于表达感情，这在热血青年身上真不多见。总之，他拥有一种粗犷的高贵气质。有句智利俗语恰好能描述马里奥的生活方式，而他自己也经常引用，那就是 tirar para arriba，字面意思为"直线上升"，经常被翻译成"克服险境、不断上进"。现在，马里奥的简历里又添了一项新技能：操作重型机器。他一直为埃尔韦拉和孩子提供着富足的生活，虽然这意味着天南海北的四处闯荡：从北部的阿塔卡马沙漠到南部的蒙特港（Puerto Montt）——通往智利巴塔哥尼亚（Patagonia）② 和麦哲伦海峡的门户。

在生活的圣地亚哥街区，短发的他有个昵称叫"奇异果"。但如果他用那双棕褐色的眼睛瞪视着你的话，好像瞬间就成了恶狠狠的街

---

① 美国著名演员。十六岁登上百老汇，后又到好莱坞。1977 年和 1978 年，他先后主演的电影《周末狂热》和《油脂》席卷全球，掀起世界性的迪斯科热潮。——译者
② 巴塔哥尼亚地区主要位于阿根廷，小部分属于智利。西抵巴塔哥尼亚安第斯山脉，北滨科罗拉多河，东临大西洋，南濒麦哲伦海峡。世界上最长的山脉——安第斯山脉在此凹凸出瑰丽的景致，塔峰群立，雪峰与火山相互映照，冰川与密林交错，有大量的国家公园和自然保护区。——译者

头混混。在圣何塞矿友们眼中，"狗仔"塞普尔维达总像着了魔一般——即使平常也如此。而现在，虽然在矿里没什么地位，但生性乐观、声音粗哑的他，凭借流浪狗的生存能力和忠诚，正准备勇敢地操起自己和矿友们的命运之绳。

"我最擅长的事情就是生存。"他如是说。

他和队里的其他人一起朝下面的避难所走去。可他们并不知道，那里正在上演着一幕可悲的戏剧。早就过了该下班吃饭的时间，等在避难所里的二十五个人都已非常非常饥饿了。

"必须得打开！"一个人喊道，"我们饿了。"

"饿了！"

他们围着的这只箱子里，装着可供二十五个人维持四十八小时的应急食物。很多人昨晚就没吃饭，因为地下的高湿热和浓烟尘很容易引起呕吐。大约此时，他们本该到家坐在饭桌前，等着家人端茶倒水、伺候吃饭。也有几个人说，他们应该等头儿和其他人回来。乔尼·博瑞斯低沉温和地说，"咱们得等等，因为不知会被困多久。"有些人脱下了工服，希望能凉快点。可光着膀子还是大汗淋淋，他们又打起了应急箱的主意。

性格温和的乔尼看得出来，他根本不可能阻止这群饥肠辘辘的家伙。"人太多了。"他后来说，尽管没人记得他试图劝阻过。当时，维克多·扎莫拉和另一个人拿着螺丝刀想要拧开箱子的合叶，弄断绑着的三根铝条。

扎莫拉似乎最迫不及待要吃东西：他被碎石击中了嘴、打掉了牙，脾气更焦躁了。"¡Seimpre ando con hambre"，他边喊边使劲开着箱子。"我一直很饿。"

其实，扎莫拉带头抢吃应急品这事儿并不奇怪。他一直是边缘人，两只上臂的刺青正表明了他的身份：一只刺着埃内斯托·切·格瓦拉（Ernesto Che Guevara）① 的肖像，他是拉美贫苦民众的军事圣领；另一边刻着简单的"ARICA"一词，"阿里卡"② 正是扎莫拉成长的城市，十九世纪太平洋战争中智利从秘鲁夺取了此处。而扎莫拉的肤色和五官都是典型的印加人（Incan）③，有几篇报道都误称他为"秘鲁人"。一个工友不喜欢他的工友总鄙夷地叫他"那个秘鲁家伙"，尽管明明知道扎莫拉跟他一样是智利人。

扎莫拉刚八个月大时父亲就去世，母亲也抛弃了他，"因为她更喜欢跟她的新男友在一起"。他由母亲的姐姐抚养，但九岁时就被送到了阿里卡收养流浪儿的收养院，在那里断断续续地一直生活到十六岁。"从小，我就希望有个完整的家，但是我没有。我知道，好东西都是别人的，而我只能捡剩下的，只能在街上流浪，在桥底下睡觉，吃不饱、穿不暖。"如此孤单辛苦的童年让他有点狡诈，却也特别感恩爱的力量。他努力工作脱贫，成年的他愈加自信。他干过很多体力活儿，比如摘葡萄、在建筑工地扛横梁等，每份工作都做得不错，还能慢慢升职。更重要的是，杰西卡·塞戈维亚，他儿子阿图罗的母亲，还一直深深地爱着他。这些都让扎莫拉的自我感觉越来越好。在一次社区聚会中，他俩相遇了。那时他还是个流浪汉，过得跟吉卜赛人似的。在圣何塞，他负责将钢筋钻到石墙里加固矿洞。维克多脾气火爆易怒，很适合这份工作，因为太累了：工作完回家时，他的那些劣性都被磨耗得差不多了，也没心气儿再跟杰西卡发脾气。

扎莫拉的家在离科皮亚波不远的铁拉·阿马里亚（Tierra Amarilla）。几间矮房，有那么一两道裂缝的墙面被刷成粉色，小客

---

① 1928 年 6 月 14 日生于阿根廷，是阿根廷的马克思主义革命家、医师、作家、游击队队长、军事理论家、国际政治家及古巴革命的核心人物。——译者
② 智利港口城市。——译者
③ 南美洲古代印第安人，使用克丘亚语。"印加"意指"太阳的子孙"，主要生活在安第斯山脉中段，中心在秘鲁的库斯科城。——译者

厅也兼作餐厅，勉强能放下一张沙发和餐桌。每当家庭的重责让他备受压抑时，他就会对家人抬高嗓门，这小屋里也会充斥着他任性随意的漫骂。他很容易发怒，事后又憎恨自己。他也跟弟弟吵架，而弟弟总会用最刻薄的话来伤害他，"你又不是我亲哥，我妈妈也不是你亲妈"。当然，这是事实，因为维克多的"妈妈"其实是他姨，而这个"弟弟"也不过是他堂弟。凭着诗人般的感性，维克多将自己的性格总结如下："吃了枪药"和"总是失控"。"家庭生活并非全是欢声笑语啊。"他如是说。

维克多也很爱这个采矿的大家庭，就跟爱自己的家人一般。但此刻，他如此疯狂地想要打开应急食物箱，根本没去想这种行为有多伤害自己的兄弟们。螺丝刀没能拧开合叶，令人很意外的是，扎莫拉接下来做的事情，好像只有当年街头流浪的阿里卡小伙才能做出：他找到了一把断线钳（他之前用来切割钢筋加固矿洞的），走向前来把应急箱上捆绑的铝条给剪断了。

他正准备剪锁，卡车司机富兰克林·洛沃斯走上前说："等等，我有钥匙。"

洛沃斯比其他矿工都要高大强壮，这体格难免会让人想起他在足球场上叱咤风云的英姿。有时，他刻意凭自己的大块头来凸显权威，一改平时谦逊平和的脾气以表达对这个烂地儿的不满或气愤。这时，洛沃斯觉得，跟这群饥饿的家伙们妥协是他唯一的出路。"我可不想跟六七个人打起来。现在这种情况下，打架完全没有意义。"很快，这群被困的矿工之间会出现更多的冲突和矛盾，可他们就都会有这种想法：我真想揍这个傻蛋一拳，这个笨蛋；可是，如果把他打伤了或流血了，我还得去照顾他；我才不会这么蠢呢。

洛沃斯用钥匙开了锁，这帮家伙心心念念的应急食品露了出来：袋装的饼干。其实，这饼干是孩子的零食，巧克力和柠檬夹心的，从中间一拧就成两半，总共几十袋。"当时看来根本没那么多。"扎莫拉事后回忆。在外面，这一袋饼干卖一百比索，不到二十五美分。每袋里装有四块饼干——很快就有人分着吃掉了几袋，但是大多数工人还是选择没吃。扎莫拉回忆说，他当时根本没多想。"就是饿了，到吃饭点了，我觉得吃点也没啥大不了。"

他们还打开了几盒牛奶。当时避难所共有二十四人，大概有十个人参与了哄抢吃喝，每人拿了一袋或多袋饼干，分着喝了两升的牛奶。

"都是那群北方人干的，"其中一名来自智利南部的工人后来说道，"那时，他们光顾着填饱肚子。一群菜鸟。他们啥都想吃，完全没想到我们会被困这么久。"

后来一名矿工回忆说，他听到这群抢掠者躲在暗处偷吃饼干，他们都聚在一个角落里，头上的矿灯都灭了，好像对自己的行为深感羞愧，可又忍不住不吃。那些没参与抢食的工人都能听到撕饼干袋子的刺啦声和嚼饼干的嘎吱声。

当路易斯·乌尔苏亚和探路小分队无功而返到达避难所时，他们看到的是一片狼藉。箱子开了，铝条也剪断了。他们收集起空饼干袋子，一共十个。"就你们吃的这些袋儿，我们本来可以撑三天，"弗洛仁科·阿瓦洛斯说，"好吧，不管谁吃的，希望你们都吃好了……都吃舒服了。"

气氛突然凝重起来，探路小分队跟大家说了上面的情况：他们被堵死了，救援或逃脱都不太可能。他们说话的语气很严重、很紧迫，让避难所里的很多人都大吃一惊。"你们都干了些什么啊？"马里奥·塞普尔维达沙哑着嗓子，带着一种孺子不可教的哀叹，高声说道。"你们不知道，咱们可能得困在这儿很多天？甚至好几个星期吗？"

没人立刻承认哄抢的罪行，探路小分队的矿工们也没再追究。此刻的混乱要在数天后才让人们搞明白到底发生了什么事。而接下来的好多天,抢食物的那些人都深受良心的谴责。维克多·扎莫拉,大家公认的首犯,仔细端详着朋友和工友们的脸庞,也终于第一次理解了刚才所发生事态的严峻性。他什么也没说,接下来好几天都是一直沉默不语。

然后,马里奥·塞普尔维达和劳尔·巴斯塔斯开始详细讲述他们爬到烟道顶的过程。塞普尔维达跪在地上,画了一张被堵塞隧道的图解,还有那没装梯子的烟道。他用男人间常用的昵称"孩子们"称呼矿友。"孩子们,换句话说,即使咱们超级乐观,也不得不承认,咱们真是惨到家了。我们唯一能做的,就是要坚强、团结、严格遵守纪律。"

塞普尔维达说完后一片沉默。然后,乌尔苏亚上前一步有话要说。考虑到目前的状况,他说,"现在,我们都平等了。我摘下我的白帽,从此没有员工和主管之分。"他交出了轮班主管的职责。几分钟前,探路分队的矿工们从烟道处往下走时,乌尔苏亚就说他要这么做。尽管大伙都劝他,他还是做了。"我们必须一起做决定、共进退。"他如是说。他想传达的是,大家需要团结一致,"我为人人,人人为我"。但是有些人觉得,他这几句请辞的演讲,还有他低调的行为,只是面对挑战所表现出的软弱无能。他们只是觉得,本该肩负重担的头儿如今却撂挑子了。

"有时,路易斯·乌尔苏亚说话不过大脑。"劳尔·巴斯塔斯后来说。巴斯塔斯感觉到,此时地下的山洞正处于一种混乱、压抑的无政府状态。五个月前,他亲眼见到海啸和地震过后,家乡塔尔卡瓦诺陷入一片狼藉混乱之中,在一家被抢劫的药店外,他竟然差点被打劫。跟自然灾害一样,矿山塌方也会让矿里的秩序与阶级分崩离析。巴斯塔斯觉得,很有可能,这里那些强壮、绝望的家伙们会趁机欺负弱者,而街头的生存逻辑也会在此上演,毕竟,他们中还真有因在酒吧闹事打架蹲过监狱的，这些人都有可能成为"阿尔法狗"（alpha dog）①。他想，"如果我们不支持乌尔苏亚的话，这些人可能随时就会对他群起而攻之。"

乌尔苏亚说完后，大伙儿都陷入了沉默。然后，探路小分队的那些工人们，马里奥·塞普尔维达、班头弗洛仁科·阿瓦洛斯以及合同机修工的组长卡洛斯·安吉拉都开始帮他说话。他们都说，主管说得对。我们必须得团结。安吉拉用威严、知情的语气说道，情况很不妙，但是他们可以未雨绸缪。第一条，他们得保护好地下的饮用水，之前用在机器里的水，现在可是他们的救命水。显然，他们也必须合理分配食物，每天吃最少的食物维生，撑得时间越长越好。唯一的问题是，该怎么做呢？

塞普尔维达统计了应急箱里的全部食物：一罐鲑鱼、一罐黄桃、一罐豌豆、十八罐金枪鱼、二十四升浓缩牛奶（八升被喝掉了）、九十三袋饼干（包括刚被抢吃的那些），以及一些过期的药品。滑稽的是，箱子里竟有 240 副叉子和勺子，却仅有 10 瓶水，这也再次证明矿场业主们的不负责任和考虑不周。可是，这帮人应该不会脱水而死，因为矿洞水箱里装有几千升的工业用水。这些水是用来给发动机降温的，尽管可能有少量的油污，但肯定是可以饮用的。他们必须分了这些饼干和金枪鱼罐头：每人每天只吃一两块饼干、一勺金枪鱼泥，这样大概可以撑一周左右。他们把食物都放回到箱子里，又重新锁了起来。乌尔苏亚取下了钥匙，交给塞普尔维达保管。

但是，到底有多少人被困呢？乌尔苏亚又数了一遍，脑海中也过了一次他手下的矿工名单。"31，32，33……"

"一共三十三个人，"他说道。

---

① 美国电影，又称"领头狗"，根据真实故事改编。他年纪轻轻但"事业有成"（贩毒），可惜为了一个瘾君子而学会了绑架，绑架了一位 15 岁的无辜少年，然后杀害了这少年，从而使自己一举成为美国十大通缉犯。——译者

"三十三?"塞普尔维达喊道,"耶稣离世的年龄!妈的!"

　　好几个人,包括安吉拉和洛沃斯都重复道,"耶稣离世的年龄"。即使那些不信基督的人,也觉得这个数字有些怪异,尤其已经过了这个年纪的人。三十三岁,先知被钉死在十字架上的年龄。这个数字和这个名字让一群人错愕了半天,无意的巧合,却也着实让人恐惧。实际上,矿里本来只应该有十六七个人,但是或加班或倒休,竟然出来这么多人。多了一倍多。很多人彼此都没有打过照面。一共三十三人。怎么会这么多?

　　最终,塞普尔维达发话了,他故意抬高了嗓门,因为他看到了矿友们眼中的困惑与恐惧。Somos treinta y tres。"我们共有三十三人。这一定有特别的意思,"他说,"外面有更大意义的事情在等待着我们。"他说这话的时候,带着怒气,就像当年街头打架时的样子。同时,带着一份信念,这个已为人父的男人亲眼目睹了塌方的巨石和仅剩半箱的食物,但他绝不相信这会是他生命的终结。

　　有一群人又去了海拔一百九十米处,他们到巨石附近的烟道和矿洞里,仔细倾听救援的声音,或者试图制造噪音让地面上的人知道他们的存活。接下来的好几天,他们都将忙着搬石头、点火升烟或做其他事情,根本连睡觉的时间都没有。当然,大多数人还是选择在避难所或附近待着。实际上,有几个人都害怕离开这里,好几天也不敢出去,因为自己在这如爆破般塌方的大山内狂奔逃命的景象至今还历历在目。在避难所的钢门后面或附近,大家休息或睡觉,他们至少可以假装这里是安全的。

　　"还记得那些被活埋的墨西哥矿工么?"一个工人说道,"他们用石头堵住了出口,然后对外宣布:'所有矿工都已遇难。这就是他们的墓穴。'他们甚至都没挖出尸体。"

　　"不,你说错了,"另一个工人喊道,"此时此刻,我们的亲人正在上面。他们一定会确保有人来救我们的。"

又有人说，救援人员会重新打通一条隧道来救他们出去。或者，可以从不远处的兄弟矿场圣安东尼奥打通过来。

"但我们现有的这条隧道都打了十年，"在这里工作了十年的乔尼·博瑞斯说，"这样的话，他们要十年才能通到咱们这里。"

或者，可以从"深坑"那里爬出去，另一个矿工提议。

不可能，这同自杀没区别，根本没用，这就像在石头乱动乱滚的悬崖上爬山一样，好几个人回应道。肯定会掉下来或被砸死。

有位上岁数的老矿工说，唯一的办法就是钻孔。几天就能通到这里，可以先送下食物，让他们维生，然后再制订救援计划。

那么，他们一两天就能找到我们了，有人说，好像又有了希望。

不可能，另一工人回应道。"今天来上班的时候，你看到外面有钻机吗？没有。他们得从别的矿里弄一台过来，还得专门建个钻井平台。这些准备工作，至少也得需要好几天。"

已经过了晚上十点，这群家伙四散在避难所附近，都找地方坐了下来，或躺了下来。当时也别无它事可做了。几个人用装炸药的硬纸板箱子，或用从通风管中扯下来的软塑料做成了床铺。换做平常的日子，他们早就回到了科皮亚波的出租房里，酒足饭饱地躺在双层床上；或者，回到自己家中，在妻子、女友和孩子的围绕下准备入睡了。在地下站着工作了十二个小时后，这个点儿正是他们惬意放松、昏昏欲睡的时间。可今晚，他们却只能躺在避难所的白地砖上或附近斜坡道的砂地上，疲惫不堪、困惑不已，干巴巴地彼此对望着，像迷路的孩子一般。十年才能建成一条新隧道。好几天才能听到打钻的声音。或者，只有被遗忘的死寂，堵在隧道上的巨石就成了他们的墓碑。当无话可说时，黑暗中的他们都瞪大了眼睛，忍不住地想，这是多么残酷和不公啊，他们怎会身陷此处，怎么就成了一群汗涔涔、臭烘烘、担惊受怕的可怜家伙了呢。

平时，从早八点到晚八点，匆忙的工作节奏中还是有些许慰藉的。进出矿山，上下班之间，这里丰富的铜金矿石中也有他们微不足道的一小份。现在，他们却只能干坐、干等着，耳边不时传来石头坠落的声响，难道这就是他们能听到的所有么。或许，那所有的辛劳和喜悦，那平淡的生活，都属于过去了。炎炎烈日、浩浩星空、皎洁月光，都成了过去。那么多美好的回忆，就在上面的世界：装葡萄、家庭聚会、跟老友畅饮聊天、到科皮亚波的酒吧放松；领了薪水，晚上九点回家，听到街区路灯下孩子们的声音，整个科皮亚波都晕染在一片琥珀或翡翠色中。外面的一切都成了过去，因为现在，他们生活在短暂，或许也是永远的黑暗之中。过去，是露台聚会，男人们在一起讨论到底是智利足球大学俱乐部（La U）还是科洛科洛（Colo-Colo）会赢得下个联赛冠军，亦或其他轻松重要的话题；过去，是窗口放眼望去的后院，烧烤架还有烤裂开皮的香肠；是大肚便便的妻子或女友在客厅和厨房间忙碌的身影，是神奇的大肚子里孕育着自己基因的小娃娃。

这里面，有两个工人正在等待孩子的诞生。一个是艾瑞·泰特纳（Ariel Ticona），二十九岁，活泼热情，之前和妻子已经生了两个孩子。还有一个是理查德·比亚罗埃尔，高个子的机修工。他家的大肚婆叫达纳（Dana），他们住在奥瓦列市（Ovella），距科皮亚波南仅有几个小时的车程。荒山秃地围绕的城市，到处是棕榈树和小溪水，自诩为智利的"伊甸园"。今晚，他的女友仿佛绿洲中有孕的夏娃。而他，她的亚当，却身陷矿洞深处，为他们最近的原罪而祈祷。他记得她隆起的大肚子，小宝宝在里面游来游去。达纳牵他的手放到硬硬的肚皮上，他感到了小家伙踢踢动的小脚。这些胎动，他现在意识到，或许是他跟儿子最亲密的接触了。理查德五岁时，他当渔夫的父亲在智利巴塔哥尼亚地区的湖上打鱼时不幸出事遇难。此后，他一直居无定所，十分没有安全感。青春叛逆期，他跟母亲处处对立，最后竟然进了监狱，虽然待的时间不长。那会儿，他愤世嫉俗，厌恶世界不公，才会早早就夺取了父亲的生命，让他甚至连一点儿对父亲的记忆都不曾有。好像，他父亲是被突来的闪电击中一般。而如果他也死在这里，他儿子应该也会有这般感受。这一切都是巧合，是上天恶意的玩笑，因为今天理查德本不该来上班的。他做的是地面上的工作，如果母亲看到他的名字也出现在事故失踪人员名单上，一定会很困惑，因为她根本不知道儿子在矿下工作。一想到自己也会给儿子留下父爱缺席的阴影、一种终生压抑的痛苦，他就觉得无比抑郁。

八月五日这一天快要结束了，避难所里的人在临时床铺上辗转反侧，他们知道，自己失踪的消息可能已经传到家人耳中——那些对自己爱恨交错、对自己依赖却又无奈的亲人们。他们再也没法去保护、去承担，没法享受他们的呵护与倾听，再也听不到丈母娘不满的唠叨，看不到自己青春期孩子们沉默的怒气。他们不能去参加宝宝的庆生会，也不能再去墓地给父母敬一束花：辛苦抚养成人的孩子们，怎么就成了采矿工人，怎么就如此草草地结束了一生呢。

奥马尔·里伊加达，铲车操作工，塌方发生时正在最深处作业。前几天，他刚去过科皮亚波的公墓。那天阳光很好，他穿过带顶的大门，走进了满是破败十字像和石碑的墓地，不远处，昏暗的山石若隐若现。他是个鳏夫，在上个歇班周，他去墓地看了看已故的妻子、他孩子的母亲、在世时被他抛弃的那个女人。妻子墓碑旁，就是他们的大儿子，在事故中遇难了。另外，在公园的草坪上，胡椒树和桉树下，他还去参加了孙子尼古拉斯的七岁生日烧烤聚会。"我的孩子、孙子、曾孙子都在。"他还去了自己长大的巴耶纳尔镇（Vallenar），距科皮亚波南一个小时的车程，去看望自己的兄弟们。上个歇班周，或许是他最后一个歇班周，他做了这么多事情，冥冥之中好像这一切都有预兆：在他离世前，上帝安排他去跟所有亲人告别。想到这儿，他觉得很安慰，却又万分沮丧，因为这意味着，自己的一生就在此终结了。

　　奥马尔想：上帝啊，如果你现在就要带走我，请保佑他们找到我的尸体吧。然后，他就哭了。"我可以毫不尴尬地说，那会儿，我总是哭，一想到再也见不到家人，想到他们痛不欲生的样子，我就泪流满面。"他不想让矿友们看到自己崩溃的样子，所以一般会出去，一个人慢慢地走着。当然，这违反了矿下工作的纪律，那就是不可单独行动。可是，安全似乎不重要了，纪律也无关紧要了，他一个人朝下走着，沿着矿灯的光，走到他操作的装载机前停了下来。他钻进驾驶室，想在那里静一会儿。可几分钟后，塌方的景象就浮现在他脑海中。大大小小的石头从上方塌落，可是，"他们竟没人受伤，连一点划痕都没有"。他们三十三人被困于此，承受着恐惧和回忆的折磨。不过，是的，他们还活着。奥马尔意识到，他们此番意外的存活也带有一丝命运的因素。在如此深洞中活着，虽然险象丛生、困难重重，却让他知晓，上帝确实存在，并且对这些依然活着的矿工们另有安排。于是，他决定回到避难所，跟自己的恐惧宣战，做一个坚强的老人，而不是哭哭啼啼的弱者。他想，如果能把力量传递给上面的那些兄弟们，会是一件很有意义的事。而如果，这真是造物主的安排的话，那他的祈祷、思想和意志一定能冲破这大山的阻碍，让地面上的爱人和亲人们也如他们一样坚强起来。他们，在地面上黑黑的夜里，也一定是饱受煎熬，也一定急欲知晓他和另外三十二个人是否还活着。

五　红色警报

　　避难所里，达瑞欧·塞戈维亚，那个跟女友深情拥别的工人，从晚上到第二天早晨，几乎都没说一句话。他粗糙的脸上伤痕累累，面部表情很是丰富：比如，他眯起眼，就表明很坚决；而眉头紧蹙，则说明很担忧。被困地下的这头二十四个小时里，他浓浓的眉毛皱得紧紧的，显然是在说，我很困惑也很恐惧。他一向少言寡语，他姐姐玛利亚（Maria）可以证明。玛利亚的童年都用来照看这个小弟和另外四个弟弟妹妹了，他们家人都喊他的中间名字，阿图罗（Arturo）。十几岁时，达瑞欧·阿图罗·塞戈维亚就开始下矿工作，用套在胸部的皮袋子运送矿石。他像老牛一般欣然地接受了这份重体力活儿。亲戚们都嘲笑他的蛮劲儿，都叫他"皮袋子"。

　　小时候在阿塔卡马长大的达瑞欧沉默寡言，而他姐姐玛利亚却恰恰相反，她口齿伶俐、能言善辩。父母无暇照顾他们，玛利亚便负担起了保护弟弟妹妹的重任。如今，塞戈维亚家的孩子们都人到中年，五十岁左右，但矮矮胖胖的玛利亚，终日户外工作晒得黑乎乎的玛利亚，却依然是出事儿时掌控大局的人。今天也不例外，虽然她人在沙漠另一边，离科皮亚波三百英里之远。当时，她正在智利北部港市安托法加斯塔（Antofagasta）的市政大厅，跟达瑞欧下矿打工的目的一样，她也是为了战胜生活，给自己赢得尊严。从记事起，她便是如此。九岁那年，她就开始照顾六岁的达瑞欧，那时他们家在沙漠里的圣菲利克斯镇，住在山谷中用石块、木条和电线围搭起的房子里。那里的山谷因为附近的畜栏而得名"鹿圈峡谷"（La Quebrada de los Corrales）。天气常年干旱，可一旦下雨就惨了。雨水敲打着油布做的房顶，很快屋里就水流成河，淹没了他们睡觉、吃饭的地方。湍急的大雨淋倒了石头堆砌的墙壁，冲走了他们的全部家当。后来，十四岁的玛利亚怀孕生子。如今虽然只有五十二岁，她已经幸福地当奶奶了。但是这些贫穷的回忆，这雨水冲坏家园的经历，让她变得非常强悍和难缠。如果有人惹到她，她绝对不会善罢甘休。

好几年来，玛利亚·塞戈维亚一直不厌其烦地出入市政大厅，想要申请营业许可证，以便正大光明地推童车或铁皮车到街头、海边去兜售冰激凌和肉馅卷饼。如果证件不齐，警察随时会逮捕你，玛利亚可是知道这种因卖烤饼而被抓入狱的滋味儿。她正在排队等着换新证，这时手机响了，是弟弟帕特里西奥（Patricio）的妻子。

"喂，玛利亚，帕特里西奥给你打电话了么？"

"没有。"

"你知道阿图罗的事儿了么？"她弟妹问道，用的是达瑞欧的中间名字。

"不知道。"

"你还是给你兄弟打个电话吧。"

几分钟后，帕特里西奥把噩耗告诉了她：达瑞欧·阿图罗在矿里出事了。他被困在下面了。

玛利亚挂了电话，觉得必须知道更多信息。幸好，市政厅这里有公用电脑。于是她上网搜索，看到了一篇报道，发现受困人员的名单里有达瑞欧，更令人难过的是，他的大头照同时出现在了电脑屏幕上。达瑞欧很小就在矿里工作，现在她站在那里，盯着弟弟的脸，想着这次事故一定很严重，没法轻易逃脱——否则达瑞欧肯定能设法回家。

几分钟后，玛利亚走出市政大厅，直奔公交车站，准备坐长途车南下。好几个小时后，车才穿过阿塔卡马沙漠，于下午四点到达科皮亚波。她直接赶到医院，那里聚集等消息的妻子、孩子和女友们。当然，还没有任何消息。玛利亚觉得她得到矿里去，跟弟弟离得越近越好。但是一名医院工作人员告诉她，"他们不让任何人靠近那里。都封锁了。你必须在这里等消息。"他们反复说，"你必须在这里等消息……必须在这里等。"但他们越强调，玛利亚就越想尽快赶到弟弟身边。她给住在科皮亚波的儿子打了个电话。

"当然了，妈妈，我带你去。"儿子说。他先带着妈妈回了自己家，给她穿上一件厚厚的外套，带了几条毛毯，因为儿子说，"妈妈，矿场那边很冷。"她准备了一下，又带了一壶咖啡，还有一些三明治。她知道，她必须在那儿等着，并且很有可能，这又是一次对耐心的大考验。生活教给玛利亚的经验便是如此：想要捍卫自己的权利，你得耐心、得坚决，得让那些高高在上的人听到你的声音，因为只是看你破烂的衣服、结满老茧的双手、饱经风霜的脸庞，他们会轻视你、把你当下等人对待。

浑身裹得厚厚的，玛利亚就跟儿子一起赶到了圣何塞。那时已经接近午夜，塌方后近三十六个小时。她看到有家属围坐在火边，有的在满是灰尘的地上来回走着；有的坐在切片面包大小的灰色石头堆上，满面愁容与担心，无助地盯着跃动的火焰；还有的双手插兜站在灯柱下，昏黄的灯光似乎要被阿塔卡马无限的黑暗吞噬一般。整个矿区给人一种扑面而来的悲伤和无助感，就像感染了疾病的疫区。"整个场景看来可怕极了，"玛利亚·塞戈维亚后来说，"至今，我还清楚地记得那种触目惊心、那种悲伤、那种胃里翻腾作呕的感觉。当然还有担心，我跟弟弟近在咫尺，又遥不可及，他正身处可怕的深洞之中。"

那里有消防车、几个警察，但是没有营救行动，暂时没有。她看到了警官罗德里格·博杰（Rodrigo Berger），他人很礼貌随和，但知道的也不多。大家都在等待新的营救人员，好集合进入矿洞。他们大多从其他矿场赶来，圣埃斯特万公司并没有自己的救援队伍。几十个戴安全帽的人在入口处徘徊，而家属们只能等待。等待，等待，等待，时间一分一秒过去，大家都深陷哀痛之中。虽然谁也没说，但很可能，被埋的工人都早已遇难，或处于濒死边缘。一直以来，他们已很擅长否定这种可能，可如今这一切突然来到了，并且那么真实，就连入口那些久经沙场的救援矿工都不愿踏足进去。

地下深处，达瑞欧·塞戈维亚就在避难所里，依旧沉默寡言。地上，寒冷的夜里，姐姐玛利亚相信弟弟还活着。如今都已人到中年，她还会像从前那般站出来保护他，一如小时候生活在圣菲利克斯那个逢雨成灾的陋室里。很快，她就开始说话，告诉那些家属们她的想法："皮袋子"达瑞欧·阿图罗·塞戈维亚和其他那三十二个工人都还活着，他们需要我们行动起来，为他们而战。

乔斯·维加（Jose Vega）七十岁，瘦高精干，烟褐色的皮肤，鬓角卷曲。十几岁开始，他就在矿里打工，四个儿子也都从事这一行。幸运的是，8月5日矿难发生时，三个儿子已经远离这份危险的工作。只有阿莱克斯这一个儿子还在坚持。

"我们得去救他，"乔斯跟儿子乔纳斯说，"备好装备，咱们进去找他吧。"

乔斯找出了工作时留下的一些装备：指南针、GPS接收器、测量深度的装置，还有应急氧气罐。他的两个儿子都要跟他一起进去，这就意味着，维加家里三个不再从事采矿工作的人又会再度进入矿场，去救这一个因固执或缺钱而不愿离开的亲人。到达圣何塞时，他们发现那里聚集了警察、消防人员，还有其他矿里赶来营救的工人。参加救援的人，六人一组进入矿洞，可突然有人说，"事故家属不能下去救人。"轮到他登记时，乔斯·维加用了假名，但被告知得等几个小时才能进去。当时乔纳斯看起来很疲惫，乔斯就让他先回家休息一会儿。"等轮到咱们进的时候，我再打电话喊你。"周五下午四点，乔斯接到通知，说很快可以下矿。他并没有给儿子乔纳斯打电话。"我一个儿子已经困在里面，"他后来说，"我们三个也要下去，那矿里有太多姓维加的人了。"

其他救援小组正从矿洞里出来，他们看起来忧心忡忡。乔斯跟米奇拉铜矿（Michilla）来的救援工人聊了起来。米奇拉在此以北三百英里，位于安托法加斯塔附近。他们描述了里面的景象，满含泪水。大山还在动，他们说，隧道墙上不断有石块脱落，而且脚底下和头顶上都有许多大裂缝。米奇拉铜矿的救援组长说，"谁都不能再进去了！"但是外面一片混乱，好像根本没人负责整个救援行动，也没人要阻止包括阿莱克斯·维加的父亲在内的下一组人进入。

下午的阳光消失了，傍晚来临。这一行人刚从洞口进入不久，乔斯·维加就意识到情况的严峻了。"说实话，一切都太可怕了。"他们接近斜坡道被堵塞的地方，就是卡洛斯·皮尼利亚和巴勃罗·拉米雷兹前一天所到之处，巨石前堆满了石头。乔斯跟另外一个人，加利古洛斯的亲属，商量了下，他们决定去找最近的烟道。找到后，组里一名较瘦的年轻矿工同意下去。被拴着降下去又拉上来之后，他说，下面可以看到一条畅通的隧道，可以通到另一个通风烟道，或许再到下一个隧道，就能找到那群被困矿工了。但是乔斯说，他们不能再继续往下走了。于是，他们爬出了洞口，跟下一组准备进矿的专业救援人员汇报了情况。

智利矿业部长劳伦斯·戈尔本（Laurence Golborne）于周日凌晨两点到达圣何塞。他也看到了围在篝火旁的男男女女，看到了他们的困惑和悲痛。他还穿着前一天去厄瓜多尔进行国事访问所穿的西装。

几个家属拦住了他，询问他们听到的传闻："他们都死了，是不是……"作为智利的政府官员，跟拉美其他地方一样，人们都觉得你的工作就是提供错误信息，试图操纵平民；他们觉得，从你入职那刻起，人性和道德就都被弃之不顾了。越贫穷的人，越觉得政府如此。"告诉我们实情吧，部长先生。"可事实就是，现有的信息都是支离破碎、不准确的。据戈尔本得到的消息，受困工人有三十七个。或者，三十四个。他还被（错误地）告知，矿工中有几个秘鲁或是玻利维亚来的非法移民。

迄今为止，戈尔本的职业生涯中并没有很多矿业相关经历，这次事故简直让他措手不及。他是一个富足的商人，开着自己的公司，有市政工程学位，辅修化学，之前从未在政府任职。就职矿业部长后，他对复杂的矿业领域还不如对南美的高级料理熟悉，因为他在圣地亚哥贵族街区开有自己的餐厅。他在采矿业的唯一经历就是，二十几年前做过矿场行政人员，和数据打交道。他来科皮亚波的旅程也是漫长曲折的。当时他正随总统塞巴斯蒂安·皮涅拉（Sebastian Pinera）在厄瓜多尔进行国事访问，接着乘商务机经济舱飞回圣地亚哥，又坐上智利空军飞机赶赴科皮亚波。经历了二十几年的左翼统治后，如今智利政府的领导人们大都是商务人士、政治家、思想家等等，而戈尔本作为其中一员，此时此刻引人注意的并非只有他的西装革履。在绝对拥护左翼的地区，他是保守党的高层官员，而且此次现身矿场也非同寻常，因为以前一直都是矿业公司自己来组织和实施救援行动。

"当时，那里的人们的态度就是，'噢，你来了啊'。他们没有明显的敌意，可也不是特别欢迎。"戈尔本后来说。他看着救援人员聚集在矿场入口，他们来自彭塔铜矿、埃斯康迪达铜矿（Escondida）以及其他矿场等。午夜刚过，他们就穿过锯齿状参差的洞口，消失在黑暗的隧道里了。

这支救援队主要由警察和当地矿工组成。矿工救援分队的队长叫佩德罗·里韦罗（Pedro Rivero）。他头上扎着染黄的马尾辫，采了一辈子的矿，救援经验非常丰富。不上班在家时，他喜欢穿异性衣服，这在当地男性主导的矿区里无人不知。可尽管如此，他还是深受矿友们尊重，因为毫无疑问，他是个非常英勇果敢的救援专家。他带领的小分队里也有一个圣何塞的工人，巴勃罗·拉米雷兹，夜班主管弗洛仁科的朋友。这一行人在矿里开了四点五公里，到达堵塞隧道的花岗岩巨石前。他们组装好设备，可以下到更深处，希望能到达二百八十五米下的避难所。他们带着绳子、滑轮、滑轮组和木板，在烟道口上搭起了平台。烟道有二米宽、三十米深。

里韦罗、拉米雷兹，还有其他五个救援人员向下穿过了好几个烟道，从海拔三百二十米被堵之处下到了海拔二百九十五米。里韦罗从未来过这个矿场。只见眼前的情况越来越糟。越往下走，温度越高，碎片、瓦砾铺满了隧道，石墙上开始出现许多裂缝。每条隧道里都有那块灰色的巨石挡路，他们停下来，朝着被困工人们的大概方向大声喊叫，用矿工间常用的称呼："老苦力们！在哪里？（¡Vuejos culiados! Donde estan?）"每往下一级，危险就更大。他们就像在攀登喜马拉雅山一样，只不过方向正相反，目标是"攻下"山中央而非山顶，空气越发稠密，温度也越来越高。海拔二百九十五米，他们停下来弄了个基地营，组装起更多的绳索，准备继续沿烟道下行，下到海拔二百六十八米。

拉米雷兹一个人先出发，刚降下几米，就发现了一个令人不安的问题：烟道壁上也出现了裂缝，在那块从上而降的摩天巨石的挤压下，它们正在慢慢开裂。又一次，他朝下喊叫了几声，可还是没人回应。快到烟道底端了，但他完全看不到下面海拔二百六十八米的隧道。相反，所见之处堆满了碎石，像悬挂的石墙一样，好像随时都会坍塌，封住出口。"谁要从那里通过，"拉米雷兹后来说，"都会有被埋的危险，因为那些石头全都摇摇欲坠。"这样行不通，我们根本过不去，他心想，这里很快就要塌了。想到这些，拉米雷兹突然觉得很有挫败感。他想起了卡车司机马里奥·戈麦斯，还有那些机修工人。跟皮尼利亚一样，他也确信，他们肯定被塌方压死了，因为当时正是午饭时间，他们肯定正开车往上走，也就在这位置附近。但是，其他人可能在更深处，还活着，拉米雷兹又想。在圣何塞，大多数加固工和重型机器驾驶员根本不会准时出来吃饭，他们不是提前就是推后。"矿场里就是如此。你总能避开命运的安排，"他说道，"当矿工就有这点好处：奇事怪象会随时出现。"

此刻，奇怪之处就是，或近或远的石头不断坠落，大山隆隆响个不停。他朝烟道顶部的里韦罗喊了起来。

"你们这群混蛋，快拉我上去！"

上面，里韦罗和其他人也听到了周围雷鸣般的隆隆声。突然，一大块石头塌落下来，切断了跟地面的通信设备电缆，附近好像有炸弹爆炸一样。里韦罗大喊："红色警报！红色警报！"

他们正使劲把拉米雷兹拉上来，可烟道的墙壁开始塌陷，有几块石头压住了绑在他们身上的绳子。本来他们准备顺着绳子，跟着拉米雷兹，从烟道爬下去的。有那么一会儿，大山像是要把他们吞噬一般，落石拉着绳子，要将他们拽到烟道里去。拉力非常大，里韦罗失足倒在地上。他跟同伴一起，一边奋力避免被拖下去，一边使劲向上拽拉米雷兹。当拉米雷兹的头从烟道里冒出来时，他们抓住他的胳膊，把他拖了出来。同时，有人从靴子里拿出一把小刀，切断了所有的绳子。那一刻，他们才安全了一些。

这群人开始返回地面。里韦罗注意到，拉米雷兹很是闷闷不乐，他肯定是为下面的朋友和工友们担心。里韦罗想，**一切都结束了**。下午三点，里韦罗和拉米雷兹一行人返回地面，走进了阿塔卡马的烈日之下。再次塌方的消息已经传出来，传到了聚集在外的救援人员那里，包括乔斯·维加，阿莱克斯的父亲。"里面有成千上百万吨的石头，他们不可能还活着。"附近一个救援人员说。

"他说完后，一片沉默。"乔斯回忆道。

当时，戈尔本也在那里等着救援队出来。看到他们的样子，他很震惊：挫败的表情，红肿的眼睛，还有抹得黑黑灰灰的脸，好像他们在里面跟怪兽大干了一仗似的。"我无能为力了。"里韦罗说道，语气中透着凝重的终结感。里韦罗或其他"常规"的救援队伍根本无计可施，现在该轮到戈尔本去通知那些等在外面的家属们了。

作为现场职位最高的官员，戈尔本到来几个小时，莫名其妙地就当起了代言人，尽管他在矿里并不具备任何法律权力，准确说来，他这算是侵犯个人财产。但矿主们对媒体或亲属都三缄其口，记者只好都围住这位英俊又有教养的部长。家属们已经焦灼地等待了两个小时，现在只见戈尔本离开了矿场入口，走到停在大门处的救护车旁。他站到旁边的一把椅子上，拿起了喇叭，电视台摄像机全程直播了他的讲话。

"救援很不顺利。"他说道。救援队刚准备下到海拔二百三十八米就发生了岩崩。矿山又塌方了，救援人员不得不逃离。听到这里，好几个家属都倒吸了一口气。"我们正在寻找其他办法，制订其他方案。"戈尔本说，但说这话时，他低头看到了卡罗琳娜·洛沃斯，前足球球星富兰克林·洛沃斯的大女儿。她满脸悲痛和无助，眼泪止不住地流，好像怎么也流不尽。（戈尔本当时就是这种感觉，怎么可能流那么多眼泪呢。）他停了下来，低头看着人群，又把目光移开。突然，他感觉"喉咙发紧"、鼻子发酸，几秒后他才能勉强说话。"我们会尽快跟大家汇报消息……"他又停了下来，因为这太难了，要跟这么多善良的好人，这么多妻子、儿女们说，他们的爱人、父亲被埋在下面了，而他却不知如何营救，也不知是否能救出他们。"我们也得保证救援人员的生命安全。"他又说了几句，然后觉得自己又要哽咽了，只好转过身背对着人群，放下了喇叭。

"可以看到，部长先生已经失控，他显然非常震惊。"智利国家电视台 TVN 播音员凝重地说。整个智利弥漫着深深的震惊和悲痛，因为部长们一般不会在电视直播时痛哭，而眼前这一幕让成千上百万民众感受到了此刻的真实与艰难。肯定发生了特别悲剧、痛楚的不幸，否则那么坚强的大男人怎会如此难以自已。

戈尔本从椅子上下来，被记者们围住。他们提了很多问题，他只能含糊地回应，要去研究"方案、方法"。他说话的时候，喇叭里传来了一个女人，或者说很多女人痛哭的声音。从烟道下去救人的"短期"方案应该行不通，戈尔本咕哝道。

附近一个男人大声回应："部长大人，我们都看出来了。请告诉我们实情！你们能救出他们么？我们都还蒙在鼓里！我们已经在这儿等了五十个小时了！五十个小时！"

戈尔本说："我们要抱有希望，但也得实事求是……不能散布不现实的乐观。"

听到这些，塞罗内格罗（Cerro Negro）矿场的一名矿工兼亲属怒吼道："大卫杀死了歌利亚（Goliath）①！他只用了一块石子儿！"

"你不能就这样垮掉！"一个女人说。"你是大部长。你是权威啊。你得挑起大梁啊！"

此刻之前，戈尔本只是一名优秀的斯坦福大学及西北大学毕业生，有着出色的个人简历。但他从没有认为自己是人民之子，也未真正地体察、体恤过民情，甚至根本不曾想过，作为人民公仆，人们期待他临危不惧的同时，也质疑他能否从容应对。

---

① 《圣经》故事中人物。非利士人与扫罗和以色列人争战，前者派出巨人迦特人，旗开得胜四十日。后，派出耶西放羊的小儿子大卫，他轻装上阵，仅带弹石的机弦和五块石子前去迎战，一石即击中巨人歌利亚额头致其死亡，成为典型以弱胜强的代表。——译者

在玛利亚·塞戈维亚的记忆中，接下来的几小时是这样的：下午逐渐消逝的阳光下，她跟其他亲属眼睁睁看着所有的救援人员胳膊下夹着安全帽离开了这里。消防车也驶离了矿场入口。她有一种被抛弃的感觉，跟大多数其他家属一样。他们都在哭，她也在哭，但是最终，玛利亚停了下来，开始想：**哭有什么用**。后来，她找到了有线电视网（CNN）驻智利的记者，说："不，不能就这样放弃了。"她说到了救援人员的撤离，她的愤怒和伤害。"被埋在下面的不是狗。"她说。"他们都是大活人啊。我们不能放弃，我们得寻求帮助。必须救出他们来。"她给总统打电话说，请求其他国家的援助，我们必须把这些人救出来。

接下来的日子，玛利亚·塞戈维亚还有其他女性家属都认为，她们必须发声和抗议。警察要求她们撤离矿场入口，把她们赶到山下，赶出了大门外。"我们就像狗一样，夹着尾巴撤了出来。"一位女家属回忆道。玛利亚和其他亲属得不到消息，他们就聚到大门外，开始敲锅子、打盆子。只能如此。万不得已，他们还会堵路、挡大门，一次不行就多次。每次他们发动这些抗议，都会有警察站成一排，阻止他们进入矿场。"我们有知情权！"这些女人们大喊。"告诉我们发生了什么，出来！"稍后，一个官员出来，跟他们谈话。卡门·贝里奥斯，路易斯·乌尔苏亚的妻子，看到矿场的业主之一亚历杭德罗·博恩从旁边经过，她上前质问他："你连个秘书都没有么，你怎么就不打电话通知我们出事儿了呢！我竟然只能在公交车上听到信儿！"他咕哝着，走开了。

玛利亚·塞戈维亚很快意识到，要想帮助弟弟，她就得呆在这儿，呆在矿场这儿。"我们必须在这里住下来。"她告诉其他女人，母亲、女友和孩子们。"我们必须坚守在此，直到最后一刻。"玛利亚在离大门最近的地方搭起了帐篷，其他家属也在周围安顿了下来，很快人们就把这称为"希望营地"（Campo Esperanza）。这座希望的营地引起了很多慈善组织和好心人的注意，他们来自全国各地甚至更远。他们纷纷驱车来到这如月球表面一般干涸死寂的沙漠。他们带着爱心捐赠：木柴、防水布、食物等等。科皮亚波市政府提供了帐篷。一座小教堂也拔地而起。最终，政府甚至建了一所学校，让跟父母一起驻扎此地的孩子们有地方学习。

玛利亚·塞戈维亚并非唯一的负责人，也不是唯一决定常驻圣何塞的人，但她离大门最近，是最常代表大家发言的那位。一辆拉着柴火的卡车来了，司机问："把这些东西卸哪儿?""那边，"玛利亚说道，"我们确保每人都会分到柴火。"那些来跟亲属谈话的政府官员也常常先去见玛利亚。他们往往会被玛利亚的决心打动，还有她对弟弟的爱，以及不屈不挠地维护那群被埋矿工尊严和人格的斗志。很快，这个在海边卖冰激凌、糖果和馅饼的女人就开始跟一些国家重要官员熟络起来。"别忘记我弟弟，别让那些人活埋在这里，"她告诉他们。她身边的亲属和救援人员越聚越多，玛利亚作为代言人，被大家昵称为"市长夫人"（La Alcaldesa），她成了"希望营地"的"市长"。

但是，这一切大多发生在之后。短期内，就在三十三位被困矿工家属让矿业部长痛哭流涕、开始敲锅打盆抗议后的一两天，发生了一件非常重要的事。玛利亚和其他家属站在圣何塞大门前的营地上，他们看到一辆奇怪的车隆隆开来。

六 "我们都有罪"

　　"希望营地"的篝火下方六百米，在避难所附近，维克多·扎莫拉和几个矿友正在斜坡道上走着，他们在找寻维克多的牙齿。头上的矿灯扫射着满是石块的地面，周围全是可怕的黑暗，让人不禁想万一电池没电了、灯灭了怎么办。每次轮班前，他们都给灯充满了电，但现在已有几个灯变暗了。在这珍贵的灯光下，他们四处找着，希望维克多那珍珠白色的牙齿能反射到光线。但一无所获。

　　再往上一些，黑暗的隧道内，路易斯·乌尔苏亚、弗洛仁科·阿瓦洛斯，还有机修工卡洛斯·安吉拉、劳尔·巴斯塔斯等人正坐着乌尔苏亚的卡车往上走，他们要到巨石墙那里，希望能听到救援人员的声响。如此黑暗中，任何声音、动静都被无限放大：空气的微弱流通像是微风吹过，而身旁人的呼吸就像是有车辆经过或动物走动发出的窸窸窣窣。但是，他们并没有听到任何救援的响动。

　　乌尔苏亚交出了白帽主管的权利，但是他依然在提建议，在响应他人的想法。现在，大家群力群策，尽力保证有事可做。卡洛斯·安吉拉、马里奥·塞普尔维达、阿莱克斯·维加、劳尔·巴斯塔斯、卡洛斯·贝里奥斯、弗洛仁科·阿瓦洛斯等人都不愿坐以待毙。有人提想法，大伙儿商讨，乌尔苏亚和班头阿瓦洛斯跟大家说明矿里的情况，头儿和下属共同作出最合理的决定。换作平常的日子，根本不会出现这种情况，但如今，一人做主显然不是最佳策略。在一个烟道下面，就是马里奥和劳尔想要爬上去找出路的那里，他们点着了手推车上的一个小轮胎，还有一个从机器上卸下来的浸过油的过滤器，希望冒出的烟能升到地面上，让人们知道他们还活着。可是，烟却只是在隧道里盘旋，根本不往上走。不知为何，深坑旁工作间里的微风总是不稳定，好几个小时了，一直在变来变去。后来，空气终于循环往上升了，他们抓紧又点了一次火。一缕青烟缓慢上升，缥缈着消失在手电照不到的地方。他们觉得，这烟可能连烟道顶部都到不了。接下来，他们又把引爆线塞到烟道里的胶管中，然后点火引燃。这些胶管是用来传输电话线、电线以及压缩空气的，理论上，引线燃烧散发的刺鼻烟味会顺着管子传到地面上，只要有人闻到气味，就会知道底下还有人活着。当然，塌方的巨石也可能切断了管子，但他们还是决定一试。这次，烟确实进入了管子里，也向上升去，但是没人知道它会升到多高。他们又到了一个下面堆满石头的烟道处，有人认为如果把石头清理掉，或许能爬上去到另一个出口。马里奥开铲车铲出石头，可根本就铲不完，因为铲出多少，上面就落下多少。"那辆铲车都用坏了。"马里奥回忆说。他们还考虑用钢条和橡胶管造一个梯子，但又很快意识到，这可能连一个人都负担不了，并且手头的一把电锯也锯不了几根钢条。后来，他们把车开到巨石前，使劲地按喇叭，还用大铲车的铲子猛烈地敲打石墙。然后停下来，关掉矿灯，仔细、安静地听着，听黑暗中是否有回应：喇叭声或是击打声。但是，什么也没有，一片寂静，只有挡路的巨石，只有支着耳朵的他们。

就在这十几个人忙着找出路的时候，多数人还是选择待在避难所里。"他们不吵也不闹，这还不错，"乌尔苏亚后来说，"也没有打架。"但是显然大家已经分成两派了，"行动派"和"等待派"。行动派们大多会积极想办法，不愿意屈从于被埋的处境，他们觉得那群干等着救援的家伙都是胆小鬼，不敢离开避难所，因为在坍塌的大山中匆忙逃命的记忆还清晰如昨，想来都令人胆战心惊。

在垮塌的大山中，小小的避难所仿佛是唯一的安全之地：有坚硬的钢门，钢线网眼围栏覆盖着石墙内部，顶上还挂有钢筋网，防止碎石掉落伤人。但这些其实也不堪一击。避难所也深处矿山之中，跟斜坡道和其他矿洞一样，只不过门前有一块蓝白色的标牌写着"紧急避难所"（REFUGIO DE EMERGENCIA）。避难所里有装应急食品的箱子，墙上挂着急救箱，还贴着一张杂志上撕下来的裸体女人的画页。事故发生后的头几个小时里，避难所里依然干净整洁，就像富兰克林·洛沃斯专门清扫整理过等待皮尼利亚的检查一样。这群家伙也遵守蓝牌子上写的"请勿乱扔垃圾"的规定，把垃圾扔到垃圾篓里。还有一个小电子温度计，上面显示二十九点六摄氏度。

　　第二天中午，三十三人全部聚在避难所里，等马里奥·塞普尔维达分配"午餐"。他摆好了一排塑料杯，三十三个，往每个杯里挖了一匙鱼罐头，又倒了些水，算是做好了汤。然后，每人分了两块饼干。"请慢用，"他说道，"这很美味。慢慢吃。"大家纷纷去取杯子，有些人还排起了队。这午间的一餐简单之极，不到三百卡路里的热量，他们必须撑到第二天中午。

　　被困的头几天，大山还轰隆作响了好几次，好像又要塌方爆炸一般。更多的人决定到避难所里面或附近休息。"我试着在外面待着，但根本睡不着，睡着了也会睁一只眼。每当大山又发出声响时，我就匆忙跑到里面来。"洛沃斯如是说。很快，客厅大小的空间里就躺下了二十几个汗淋淋的大男人。有人用堆在里面的塑料担架作成了床铺，还有的直接垫着纸板睡觉，找纸盒子当床头柜。对洛沃斯而言，清洁这里确实很困难，因为人们总是拖着满是煤烟的身体就进来躺下休息。他们整天汗涔涔，身上粘着灰烟黑尘，很快白色的地砖就被弄得黑乎乎、脏兮兮。避难所里充满了这群大男人的汗臭味，"我们根本就没有水可以洗私处，"一名工人说。这里空气也不流通，臭味越来越浓重，好像酝酿发酵一般，简直恶臭无比。"我闻过死人的尸体，但这简直更难闻。"一个工人后来说。

出汗的人尤其想喝水。避难所里那几升瓶装水一天就被喝光了，现在他们只能喝机器里存的水，有好几千加仑，本来是用来冷却机器的。这些水从地上通过水管引进来，接通好多地下水箱，一直到矿山最深处。事故第二天，几个人打开一个龙头洗了个澡，但他们不能再这样做了，因为水太珍贵了。为了保护用水，卡洛斯·安吉拉让胡安·伊利亚内斯把上面水箱的软管关住并封了起来，这样就没人可以在下面放水洗澡了。

现在，他们正在用这个水箱里的水。塞普尔维达组织大家三人一组，每两天一次，开车去取水。他们把水装在一个六十升的塑料桶里，运回来后再分装到各自的塑料瓶。大家看着瓶子里脏兮兮的水，心里想着这可怎么喝？这能行吗？塌方前，他们经常在这些水箱里洗手套。而塞普尔维达，一个抑制不住的冲动，还会跳进去洗个澡。很快就有几个人意识到，他们都在喝他的洗澡水。恶心却又可笑。他们用手电筒微弱的光亮照着瓶里的水，能看到水面上一层黑橘色的薄膜，还有几滴汽油。一个工人觉得，这水闻起来就像满是鸭子粪便的池塘水。可是，尽管很恶心，几口水就会把饥饿赶走。

刚开始几天，饥饿尤其难耐，随时随地都会觉得很饿。突然，他们都不能排便了，尽管会有排便的感觉，但胃里空空如也。富兰克林·洛沃斯过去是一名职业运动员，所以他很快就适应了当前的身体状态。他坐在避难所里，开始目测大家的健康情况。显然，马里奥·戈麦斯，少了两根手指的卡车司机身体最差。他患有矽肺病，咳嗽不止。听他咳嗽，好像就能看到他的过去，仿佛咳嗽也从当矿工的爷爷那里传承了下来。**这个老家伙（viejo）能挺过去吗？**洛沃斯心想。"老家伙们"确实挺不过去。乔斯·奥捷达患有糖尿病：一天仅吃两块饼干，他会休克吗？一两天后，维克多·塞戈维亚全身突发疹子。是温度太高所致？还是神经性的？或者两者都有？吉米·桑切斯，最年轻的矿工，好像突然变成了老头儿：他根本就不愿起来，昏昏欲睡、无精打采。很快，这种消极情绪就传染给了其他人。

为了避免绝望，大家都在聊天、开玩笑、讲故事、想象救援。乔尼·博瑞斯给马玛尼和桑切斯等年轻没经验的矿工们讲起了矿场的结构，还给他们画了一张图纸。"看，这里就是我们所在的海拔九十米，"他说，"我们能步行到海拔一百九十米，然后再通到二百三十米，再到三百米，四百米。"

"然后，我们就自由了！"维克多·扎莫拉，阿里卡来的流浪汉，在黑暗中大声欢呼，"我们直接爬出去得了！"他一头乱蓬蓬的卷发，宽宽的娃娃脸上散发着兴奋的光芒，他像疯癫的喜剧演员般咧嘴而笑。他正在撺掇乔尼继续下去，可是乔尼并没有意识到。

维克多，头一晚上带头抢吃应急食物的家伙，比身边的任何人都表现得镇定自若。"我们一定能出去，"他不断跟别人讲，"别担心，他们会找到我们。"换做平常的一天，一班的工人们会无情地打趣彼此取乐，而现在，维克多正在戏弄乔尼，好让周围的人放松。"咱们有救了！"他露着牙齿大笑着说道，"只要爬到海拔四百米，然后走出去就可以了。"

"呃，不行，"乔尼依旧正经地说道，"因为四百米那里的石头就跟玻璃一样，非常光滑，根本抓不住，不可能再往上爬了。"

听到这些，维克多故意露出了嘲弄的惊讶。"你是个傻蛋吗？"他问，"我们费力爬到四百米，就是去找死吗？"然后，他就大笑起来，这笑声感染了塞普尔维达。他也重复着"傻蛋"，也笑了起来。突然，所有的人都开始嘲笑起了乔尼。

乔尼·博瑞斯生活在两个难缠的女人中间，他并不在意工友们如此取笑自己。相反，他很乐意看他们笑，因为晚上，当他们睡觉或努力入睡的时候，看起来是那么可悲、那么脆弱。乔尼看到有人的手开始抖动，还有人的胸部震颤起来。他很理解这些人的处境，他们出现的是酒精戒断反应。这些天里，他们从垃圾里找烟蒂，晾干烟草，吸卷烟来满足尼古丁需求。但是，地下可没有酒精来平复紧张的神经。这些强壮的男人，没了这点发酵、蒸馏的"日常用药"，竟然沦为如此虚弱的状态，太可怕了。酒精戒断反应会在末次饮酒后十小时内出现，在停止饮酒后四十八小时或七十二小时达到高峰，其他症状还包括易怒、抑郁等。当然，事故后，这些情绪早就已经很多了，怒气大多都是冲着路易斯·乌尔苏亚。可他恰好不在场，并没有听到大伙对他的抱怨。"他真是没用，"他们都说，"都是因为他，咱们才被困在这里。"

有些人还有第一天哄抢食物剩下的饼干。有时，他们会悄悄溜到别处去吃，这个秘密只有少数几个人知道。被困第一天，塞普尔维达带头清点剩余食物的那天，艾瑞·泰特纳抓起了扔到垃圾里的几盒坏牛奶，都已经凝块了，可他还是全喝了，并且也没有不舒服。有时，他还拿此开玩笑说："就因为那些牛奶，我也得比你们活得久。"

在避难所里，大家有大把的时间玩笑逗乐，但也会轻易陷入长时间的自我反思中。"大家都有一种强烈的无助感，"维克多·塞戈维亚在日记中写道，"我们不知道是否会有人来救我们，也不知道外面是什么情况，因为在这深暗之中，我们听不到任何声音。"维克多是大铲车司机，来自科皮亚波一个老家族。在四十八年的人生中，他从未走出过阿塔卡马地区，离此地四十五英里远的卡尔德拉港（Caldera）是他去过最远的地方。小学五年级时，他因为打架被学校开除，但他文笔不错，因此从被困那天起就开始写日志。他先给五个女儿写了一段寄语，说如果这里真成为他们的葬身之墓，那这些文字或许能到达她们手中，抚慰她们受伤的心灵。8 月 5 日前，圣何塞还正常运行时，他带来一支笔和一些方格纸，誊写铲车测量器上的信息。另外，他还拿来一些操作机器时需要填写的表格复印件。现在，他用这些纸和笔来记录自己和工友们的地下生活。第一篇日志里，他讲述了塌方发生前的事情。整个下午和傍晚，他都在跟表弟巴勃罗·罗哈斯（Pablo Rojas）喝啤酒。表弟人称"野猫"，如今也被困地下。他们俩哀悼了巴勃罗父亲的去世，还追忆起孩提时在科皮亚波河里玩过的游戏，那时河里还有水流过。在他俩跌跌撞撞回家的路上，醉醺醺的维克多还停下来吃了四个热狗。本来，他觉得自己肯定没法第二天早起上班了，甚至把床头的闹钟都关掉了。可没想到，第二天早上，他按时醒来赶去了矿场，没有一点儿醉意。

日志中，他还写道，矿场总经理卡洛斯·皮尼利亚在矿山于上午十一点半发出爆炸巨响后，依然开车离开矿场，无视工人们对矿山安全的质疑和撤离的请求。他还描述了塌方的可怕，斜坡隧道仿佛要将人挤倒一般。写完后，他签了名，准备睡觉，周围的石墙和顶子都随着远处的霹雳声震颤起来。每声巨响都意味着可能又会发生塌方，或许最后一次大塌方会连这避难所、这钢门和防护网一并吞噬掉。

被埋地下的第三天早上，维克多三点半就起来写日志了。他列出了女儿的名字。"孩子们，很遗憾，命运只允许我跟你们生活到 8 月 5 日……现在，我觉得很饿、很虚弱。我要窒息了……好像要疯了一样。"

当矿山安静下来，有人就把耳朵贴到墙壁上，因为谈论过太多钻机救援的事儿。大家都跟痴迷了一般，不时地支着耳朵倾听救援的声音。"听到了么？"一个人说。"我好像听到了！你呢？"维克多说，是的，我也听到了。"骗你呢，"他又接着说，"我什么也没听到。"但是，他觉得必须让大家打起精神，因此又说："声音很弱，但我觉得也听到了。他们要来救我们了。"

乔尼·博瑞斯也把耳朵贴到石头上。"这就跟听贝壳一样。"他后来说。什么也听不到，又什么都能听到，你甚至能听到大海波涛汹涌的声音，可挪开耳朵你就会意识到一切都是幻想。

如今，这些人更是明确地分为两派。在海拔一百零五米附近睡觉的一名机修工把避难所里那些消极的否定者们称为"部落"。为数不多的几个人在两派人之间来回奔走，例如塞普尔维达。他发疯般地忙碌着，说话声音很尖、很乐观。避难所里，他粗俗的自言自语调动起很多人的情绪，比如马玛尼、吉米·桑切斯、埃迪森·佩纳等。但他性情飘忽不定：这一刻风趣、斗志昂扬，可下一刻就突然怒气冲冲，要找事儿打架；或者，突然就闷闷不乐、出神不语。乔尼·博瑞斯坐在避难所外面，看到塞普尔维达陷入一种疯狂、愤怒的绝望之中，一直在来回走动着。"他一直有点焦虑。我看到他在斜坡道里上下走着，突然停下来，大声喊道，非常大声，'我要祈祷！'"周围躺着和坐着的人都被吓了一跳，好几个人都觉得，他好像鬼怪附体的街角预言者一样。

　　"我很愤怒，"塞普尔维达大声吼道，"我觉得很无助。"到现在，大家都浑身汗淋淋，开始脱掉上衣。而塞普尔维达，这个如狗一般忠诚的家伙，看起来要更热、更湿、更脏，也更加绝望。毕竟，他一直没停下来过，不是爬上烟道逃生，就是忙着搬石头，或来回传递信息。一个工人觉得，此刻的他就像是"一个突击队员"，全身都是黑的，在森林里战斗。马里奥双膝跪地。"你们谁想祈祷，来加入我吧。"他说。乔尼看着他，心想：**我们出不去了。狗仔知道。他想跟上帝搞好关系。他觉得我们得跟上帝交谈，请求上帝的宽恕。**

　　塞普尔维达事后回忆说："我对矿主们非常愤怒，因为他们没有对我们的安全负责。我愤怒，是因为这太不公平了。我的生活已经如此艰辛了，可现在，这一切还是发生了。"他会死去，慢慢地窒息，饿死，在这两千英尺的地下，在智利这处凄凉的角落，远离家乡，永远离开最需要他的亲人们。

　　事实上，几个小时前，跟乔斯·安立奎（Jose Henriquez）私下聊天时，他就想过要祈祷。来自智利南部的安立奎高个儿秃顶，是一名虔诚的福音派信徒，而马里奥是耶和华见证人教会的一员，他俩算是矿场里为数不多的非天主教教徒。事故前，他俩还探讨过宗教的问题，因为马里奥感到有次看到鬼魂穿过自己的身体，就在地质学家曼努埃尔·维拉格兰丧生的地方。8月5日事故发生后，他们被困地下，乔斯曾在他耳边说："只有上帝能救我们出去了。"现在，愤怒的马里奥要求祈祷。避难所及附近的矿工们吃惊又好笑地盯着他。只见他转向乔斯，说道："乔斯先生，我们知道你是一名基督徒，我们需要你带领我们祈祷。可以吗?"

从这一刻起，安立奎就成了矿友们心中的"牧师"，因为他刚一张嘴开始祷告，大家就知道，这个家伙显然知道如何与上帝交谈。安立奎五十四岁，在矿场工作将近四十年，经历过五次矿难，其中包括智利南部的两次严重塌方，大多数人都遇难丧生。其中一次，看似静止的大石头突然爆炸裂开；还有一次，"无声的杀手"一氧化碳让他失去知觉，差点要了他的命。在地下工作的过程中，人的生命如此脆弱；可在未知的命运面前，他却总能大难不死，这一切都更坚定了他的宗教信仰。他是智利南部塔尔卡市教堂的忠诚教徒。

"我们有特定的祈祷方式，"安立奎说道，"如果你们想按照我们的方式来，可以。如果不想的话，请另找他人。"

"乔斯先生，就按照你所知的方式来吧。"塞普尔维达说。

安立奎双膝跪地，让大家也照做，因为在上帝面前，我们必须谦卑。

"我们不是最好的人，但是，上帝啊，请怜悯我们。"安立奎开始了。简单几句话，却让好几个人深受触动。**"我们不是最好的人。"**维克多·塞戈维亚深知自己喝酒太多。维克多·扎莫拉太易怒。佩德罗·孔蒂斯（Pedro Cortez）觉得自己是糟糕的父亲：抛弃了妻子，不去探望女儿，连父亲的基本责任都做不到；他知道，自己的离开肯定对女儿有长远的坏影响。

"耶稣基督，我们的主啊，让我们也蒙受您神圣的恩典，"安立奎继续道，"请看到我们此时的困境。我们是罪人，我们需要您。"避难所及附近所有的人几乎都跪在地上，上帝面前的他们看起来那么渺小、虔诚。安立奎似乎也更高大了。因为按照智利人及矿工们的平均身高来看，他确实也属于高个子，而如今他更是上帝的圣徒。突然间，就在此处，在这如墓穴般的深暗之中，这一平时令人厌烦的宗教仪式正是大家迫切需要的。

　　"请让我们坚强，帮我们走出困境，"安立奎说道，"凡人如我们，已无能为力。我们需要您的恩慈，帮我们渡过难关。万能的主啊，请帮助我们。"

　　这群人跪着，安静地祈祷着。在心里，塞普尔维达背诵了《天父经》① 中一长段绝望的诉说。"因为小时候，我就是这样祈祷的。"

　　"我们在天上的父……耶稣基督主啊，您是天父的儿子，感谢您赐予我们福泽、生命和健康……今天，我请求您保护我们的家人，因为他们尚不知情。请赐予我们力量和勇气，让我们坚持下去，因为我们必须活着出去。"他想到大家借以维生的饼干主食，就又说道："我不知如何，但请恩赐我们食物。"周围，他看到大汗淋漓、胡子拉碴的工友们，虽然信仰不同，却都忏悔绝望地跪拜在此，有人闭着双眼，也有人睁着，或在祷告，或低语，或划着十字。他看到有人还穿着工服，也有人已经脱掉；有人在哭泣，也有人很惶恐疑惑，好像无法相信自己竟然会跪在这矿洞中，祈求上帝的救赎。

　　牧师又说，大家正在接受考验，因为过去的生活充满罪恶，所以现在，他们必须跪下，真的跪倒在地上，谦卑地祈求上帝的恩慈。我们必须认识到，我们微若浮尘，牧师说。在地上时，每次下班回家沐浴更衣后，他们就成了王子、国王、被宠溺的儿子、吃饱喝足的父亲

_____

①　源自《圣经·马太福音》。——译者

或浪漫的"罗密欧"。他们觉得，自己劳动挣钱，一家人才能生活富足。作为养家糊口之人，全家人都得围着自己打转。现在，大山坍塌，巨石将他们困围于此，而这巨石之新、之完美，在某些程度上，好似神的审判。我们都有罪，牧师说，让我们忏悔赎罪吧。我们在天上的父，请原谅我对妻女大呼小叫，一个矿工说。原谅我用药物玷污了身体之圣庙，又有人说。在智利，大家小时候就被教导说，要用第一人称跟上帝交流。这些人请求上帝原谅自己对爱妻的背叛，原谅自己的嫉妒心和无节制的欲望。他们请求上帝指引救援人员到来，他们在这狭小之地和深暗之道耐心等待，等待救赎，等待开始全新的生活，成为更好的人。

祈祷成了日常仪式。每次正午吃饭前，大家都聚在一起，听安立奎布道。后来，也有其他人开始讲道，比如奥斯曼·阿拉亚（Osman Araya）。他在经历了混乱的成年早期后，转而加入福音基督教。每天的祷告和吃饭是大家唯一聚集在一起的时间。很快，每次祈祷集会都加上了一项自我批评，大家为自己犯过的大错小误检讨道歉。对不起，我吼你了。对不起，我没帮你去运水。每过一天，祈祷致歉集会上照明的灯就越少；能亮的灯，光线也越来越暗。这很可怕，因为每次祷告都意味着他们朝黑暗更近了一步，朝那最终、无穷无尽的黑暗。之后不久，胡安·伊利亚内斯从车前灯上拆下来一个别针大小的灯泡，还从一辆车（下面共十九辆）上拆下来一节电池，用几股电线将它们连了起来。之后的祈祷就一直笼罩在这微弱的灰色灯光中。在乔尼·博瑞斯看来，昏暗的光线里，他们似乎都显得更高大了。他知道，这是光和影产生的错觉，但小小灯泡下，他们或站立或跪地，虔诚地聆听上帝的训诫，这景象确有一些神奇。

维克多·塞戈维亚又写了一篇日志。在安立奎带领的祈祷中，他哭了。他还是写给女儿们。"我能真切地感受到带给你们的痛苦，"他写道，"我愿舍弃全部，抚慰你们的苦楚，但我无能为力。"他完全理解了牧师的布道，深感自己在大山、在上帝审判面前的渺小。就在同一天的日志中，他还反思了自己的人生——"现在，我理解了，酗酒有多么糟糕"——他开始接受死于圣何塞的结局。"一生中，我从未想过，会如此死去。"他写道。就几天前，他还舒服地在家，身边围绕着引以为豪的一切：他的音乐、矿场的朋友、举办的聚会等等。"我不知是否罪有应得，但这太残酷了。"他开始跟过去道别，跟女儿们、跟父母、跟外孙们，他允诺说："我爱你们，不管在哪里，我都会保护你们。"几个小时后，他又写道："给你们带来痛苦，我很愧疚，知道矿场的境况，我本不该继续在这里工作。"然后，他告诉女儿玛丽特萨（Maritza）如何处理他的后事，并请求她帮助母亲还债。或许，最终，有人会发现他们的尸体，并把这些笔记转交给玛丽特萨。如果真是这样的话，那维克多也算在天有灵，对家人有所照顾吧。

有人说，食物加热后，能量更大、营养更多。于是，被困第三天，矿工们决定煮一些汤，在矿洞里来次野餐，就在机修工们工作的车间，空气还比较流通的那里。他们设法让所有人都从避难所出来，顺着上坡去到海拔一百三十五米处。

在一堆灰石块中间，他们生起了一小团火，从一台大机器上卸下了空气过滤器的盖子，反面朝上当锅用。乔斯·安立奎还带下来一部手机，他觉得可以录下这次聚会，但是他不知怎么用相机，就把它交给了克劳迪奥·阿库纳（Claudio Acuna）。马里奥·塞普尔维达是这段录像的主要叙述者，他对着阿库纳和相机说话，那语气表明，他深信，有一天外面的人会找到这段录像。"金枪鱼豌豆汤！"他宣布。"先倒入八升水，再加一罐金枪鱼，再撒一些豌豆。这小火一煮，我们肯定能活下去！"在他周围，戴着黄安全帽或红安全帽的工人们四处走动着，大多数脱了上衣，有几个坐在火边的石头堆上。相机里，一片黑暗之中，跳跃着一簇橘色的火苗。有时，阿库纳会把镜头对着车灯，但多数情况下，录像里都是一片黑暗，只能听到塞普尔维达说话的声音。"我们要证明自己是真正的智利人。现在，让我们喝一顿美味的浓汤吧。"他说。阿库纳关掉了手机相机，为了省电。几分钟后，他又打开了，录下塞普尔维达给大家盛汤的一幕。他用金属杯子舀汤，杯子跟过滤器盖子做成的锅子底部不断撞击，发出"当啷当啷"的声音。他把汤倒到塑料杯里分给大家，这汤热乎乎也黑乎乎的。

"都有了么？"塞普尔维达问，"这还有一点，要是还有人喝的话。"他用自己的锡杯子刮了刮锅底子，然后开始对着摄像头跟儿子说话。"弗朗西斯科，上帝告诉我们要当一名勇士，这就是勇士的胆子。"他想象儿子正在看他，他就是一名勇士，正在给其他勇士做饭，大家不抛弃、不放弃。**你要知道，儿子，勇士并不是只能杀死恶龙——或英格兰人，就像我们最爱看的电影《勇敢的心》里梅尔·吉布森一样。勇士还可以拆开发动机当锅，做汤给兄弟们吃；勇士还会用高亢的语调来振奋他们的精神。**

接下来，安立奎要祈神赐福这丰富的一餐，阿库纳就关了相机，跟大家一起祈祷。所有人都谦卑地低下头。安立奎感谢上帝赐予的食物。然后，大家坐下来开始喝"汤"。汤上还真漂着一层油，可能是金枪鱼里的，也或许就是煮汤用的水里的汽油。坐在那里，如此放松、愉快，有人回想起了大家上次的聚餐，在科皮亚波维克多·塞戈维亚家中。那是一个周三的下午，最后一个轮班结束后，他邀请一班大部分工人到家中聚餐，南部的工人们要到晚上才坐上去往圣地亚哥的客车。

这得是两周前的事儿了，大家赶到那个以矿物命名的街道——塞戈维亚家所居住的黄铜街。阿莱克斯·维加带了一口大锅，他们准备做"肉汤"，一道混合鸡肉、猪肉、鱼肉和带皮土豆的汤，锅底会铺上几片卷心菜。按照食谱，这些都得用水煮，最后再倒点酒进去。准备齐全开始煮汤了，大家又喝了些啤酒和红酒。当然，塞普尔维达可没喝，他是耶和华见证人教会一员，于是负责盯着点儿锅子。喝了几轮后，埃迪森·佩纳拿起了一只话筒——塞戈维亚是音乐爱好者，所以家里有很多乐器——用浑厚的嗓音唱起了带点智利口音的英语，主要是"猫王"的歌曲，包括他的《蓝色羊皮靴子》。"嗨，那可是老年人唱的歌。"佩德罗·孔蒂斯还有其他年轻点的矿工们喊道，他们在取笑埃迪森，因为他们热衷雷鬼音乐和昆比亚舞蹈，这来自美国南部的古老音乐仿佛属于上一代人。

是的，我们都玩得很尽兴，在维克多·塞戈维亚家里，这些人都回忆起来了。可是，聚会没持续多久，因为大概四点半左右，"野猫"巴勃罗·罗哈斯的手机就响了。那会儿，塞普尔维达刚宣布肉汤做好了，满屋子弥漫着炖肉的香味，小酒过后的大伙儿都感觉无比温暖惬意。巴勃罗·罗哈斯和维克多·塞戈维亚是表兄弟，电话带来消息说，巴勃罗的父亲去世了。这不算很意外，因为老罗哈斯当了一辈子的矿工，退休后嗜酒如命。他经常出现在科皮亚波的广场上，连续饮酒好几天，还在街上乞讨买酒喝。最近这几年，他喝得越来越多，几乎是在慢性自杀。而现在，这一天终于到来了，这给巴勃罗很沉重的打击。他没哭，但是表哥维克多看得出他心情很糟糕，于是就说，或许巴勃罗最好去医院看父亲一眼，不要担心聚餐的事儿。

巴勃罗离开后，大家都没心情吃饭了。很快，聚会就散了。路易斯·乌尔苏亚来迟了，他赶到时，最后一个客人正准备离开。乌尔苏亚也没吃，那一大锅肉汤就那么白白浪费了。

"那么一大锅啊！我们一口也没吃，就空着肚子回家了！"佩德罗·孔蒂斯大声吼道。此时，海拔一百三十五米，大家都围坐在石头堆上。那时，刚煮好的猪肉、鱼肉和鸡肉，用白酒煨炖好，满满一大锅。可现在，他们只能喝一杯用卡车过滤器盖子煮的"清汤"，用的是塞普尔维达的洗澡水，里面只加了一罐金枪鱼泥、几粒豌豆和一点机油调味，没有一点盐——就这，还得分成三十三份。

短短两周内，矿工们的生活竟发生如此搞笑的变化：他们刚结束了一班工作，努力地开采铜金矿石；他们生活过得不错，有酒有肉，那锅炖肉得有一人那么高，虽然都没有吃成；有人的父亲、叔叔从矿场退休后，喝酒致死；然后，他们又回来上班，被埋地下，拿肮脏的机器用水煮了汤，感谢上帝赐予的这些食物，再跟兄弟们一起分享。如果能从这里出去，他们一定会跟亲人们讲述这个有关食物、亲人和朋友的故事，一个有关两顿饭的故事：一顿是在地上，漂亮的盘子，丰盛的食物，几乎没人吃；另一顿则在地下，饭少得可怜，可人人都把塑料杯底舔了个精光。

吃完饭后，有几个人特别兴奋，因为他们说，听到远处有钻机的声音。

"我都感到振动了，"有人说，"我听到了。"大家都安静下来，看自己能不能听到。

"骗人，什么也感觉不到。"有人回应。大家你一言我一语又讨论了一会儿，后来，连那些说感到轻微振动的人也都承认，振动停止了、消失了，或原本就是他们想象的，根本就不存在。维克多·塞戈维亚扑倒在避难所外斜坡道的泥土上，又开始写日志来竭力摆脱抑郁的情绪。"这里，没有白昼，整天整天的黑暗、爆炸。"他描写了身边睡觉的工友们，有些人用塑料瓶当枕头。维克多和其他人都觉得要"精神错乱"了，他写道。如今，被埋地下已经四天了。他画了标有REFUGIO 的岩石，石头下的门道处横七竖八躺着二十几个睡觉的人。这简图线条生硬、粗糙，就像警察画的犯罪现场的草图一般。他又写下了五个女儿的名字，还有他父母和自己的名字，然后用一个心形把名字都圈了起来。"别为我哭泣，"他写道，"我们的过去是快乐的，一直是。想想那些烧烤和炖肉。"

第二天中午，祷告时间，牧师要他们打起精神，要坚强起来，维克多也记下了牧师的话。被困在圣何塞，"是上帝对我们的考验，好让我们反思以往的过错，"牧师如是说，"等出去后，就是我们的重生。"

下午四点一刻，他们觉得又听到了钻机声。有两个人兴奋不已，大声喊叫起来，但不到一个小时，这个声音又消失了。

地下实在太热了，并且总处于这种担心的状态，维克多又出疹子了。等那听到钻机声的兴奋过去后，维克多看着身边这群安静下来的家伙。"我们就像穴居人一样，满身烟尘，大多数人都明显瘦了很多。"

最终，8月8日，傍晚七点一刻，被困七十八小时，维克多记录下了回转、旋磨以及敲击石头的声音。三个小时，声音越来越大。晚上十点，乔尼·博瑞斯也相信了。确认无疑，这就是钻机的声音，透过几千英尺的岩石传过来。奥马尔·里伊加达说，这是一台干挖出泥钻机，钻头是一只大锤子，因为如果是金刚头钻机的话，没这么多噪音。很快，到处都充满了声音，每面墙上都轰轰作响。声音越来越大，对操作这类机器的工人而言，气压明显可察。"哒哒哒，嚓嚓嚓"。是钻机，气压钻机在石头上钻探，显然朝他们钻来，因为声音越来越大。

"笨蛋们，听到了吗？"马里奥·塞普尔维达大声喊道。"听到了吗？多么美妙的声音啊！"

有人往下来，要救他们出去。

"这些钻机一天就能钻一百米，"有人说。

大家都在心里做起了算术题。或许，最早周五或周六，他们就能打通下来，这就意味着，接下来的五六天，他们还得靠饼干充饥。

　　每天中午吃饼干的时候，有人把饼干含在嘴里很长时间，不往下吞咽。他们觉得，这饼干的味道本身就像吃饭一般，好像他们吃的是一整袋饼干，而不只是两块。仅仅几天的饥饿就能让人做出反常的举动。因为有一天，避难所急救箱里的生理盐水突然消失了。"生理盐水不见了，兄弟们，"中午集合时有人说，"谁拿了，请上前一步，交出来。如果已经喝了，那也请说一声。"没人走上前，尽管有几个人知道到底是谁偷的。是"CD"萨穆埃尔·阿瓦洛斯，那个兜售盗版光盘的家伙。"我没吱声，"事后萨穆埃尔咯咯笑着说，"那只是我某晚上做的一件疯狂的事儿。"他一直在偷着喝，已经喝掉一半多了。"尝起来咸咸的。"

　　"好吧，如果没人知道去哪儿了，我们得找出来，"有人说，"大家都开始找吧。"

　　这群人就开始假装寻找这袋珍贵的生理盐水，萨穆埃尔也跟着找了起来。突然，他不无讽刺地喊道，"啊，看，在这儿呢。我找到了。"

　　然后，塞普尔维达就把袋子里剩的盐水倒了几滴到大家的水杯里，又舀了每天一匙儿的金枪鱼泥罐头。有时，他还会在水里再加一点盐水。有几个工人注意到，马里奥给大伙儿倒水、放豌豆或添牛奶的时候，他额头上的汗水也流到了杯里。他边倒边跟大伙儿说，这一切都太美味了，兴奋、专注的他完全没有意识到发生了什么。现在，大家不光喝着塞普尔维达的洗澡水，又喝上了他的汗水。

七 女人们的赞颂

　　周日上午九点，经过整夜四百三十英里的行程后，钻探工爱德华多·赫塔多奥（Eduardo Hurtador）到达圣何塞矿场。就在戈尔本部长声泪俱下地宣布"传统救援"没用后几个小时，赫塔多奥就接到自己所在的特拉钻探公司（Terraservice）高层的电话，于是前来参加救援。两小时后，赫塔多奥操作的机器也到了，是一台 T685WS 旋转钻机，由美国宾州西彻斯特的雪姆公司制造。这是一台履带式移动钻探装置，油罐车长短，桅杆液压钻进。一般情况下，赫塔多奥和他手下的工作人员会在地质学家或地形测量员的指导下使用钻机钻孔寻找矿石。"是，我钻过很多深孔，但只是寻找矿物，"赫塔多奥跟我说，"我还从未找过人呢。"早有其他钻工开始钻探了，第一批是周六晚开始的。赫塔多奥走进矿场的小办公室，找到了矿主亚历杭德罗·博恩。他看起来又累又颓废。反而是他的经理，佩德罗·西姆诺维奇（Pedro Simunovic）更警觉，更能提供帮助。赫塔多奥需要一名地形测量员告诉他钻探地点，但是目前一个人也找不到。"整个现场一片混乱无序，"赫塔多奥说，"根本没有负责人。"

　　最终，他找到了测量员，还有一些矿场的工程图纸。显然，从正上方垂直钻进会更快、更准确。而这次，最好就是从避难所旁边通道的正上方钻进。为了寻找理想的钻探地点，他们爬上了这座光秃陡峭的大山，划出了一片区域。然后，一群工人用推土机推平此处，建起了钻机安放"平台"。还没等弄完，就有一位视察的地质学家让他们住手：他在大山内发现了几处可疑的裂缝。他们正站在塌方的真空上方。"这儿随时都会塌陷。"他说。

只好另寻它地，并且也只能斜着钻进了。周一上午晚些时候，一切准备就绪。赫塔多奥觉得有必要对八个人进行一番开工动员，提醒大家这份工作的重要性。或许，每人都应该为即将钻探的深孔祈祷一番。"请信赖那干瘦的家伙。"赫塔多奥如是说。当然，他是指十字架上的瘦家伙。大家低下了头，其中一人说："嗨，头儿，咱们牵起手吧。"于是，头戴安全帽的八个钻工，手拉手围成一圈开始祈祷，钻工尼尔森·弗洛雷斯（Nelson Flores）把一串念珠放在了钻机上。很快，钻机液压机和旋转钻头就开始嗡嗡运行，桅杆呈七十八度角，倾斜对准地下两千英尺的闪长岩。"难度很大，因为有斜角，"赫塔多奥说道，"根本无法保证钻进方向，没法准确控制偏差。"钻进时，工人们会在钻杆上安装连环钢管进行加长。重力会让钻杆弯曲，所以如果他们恰好钻通到避难所，这就像西班牙足球爱好者们口中的"贝克汉姆射门角度"一样。偏差可达百分之五，也就是说，等钻机到达被困工人所在海拔时，钻头可能会偏离目标一百英尺，而他们想要打通下去的通道却仅有三十二英尺。

特拉公司的大钻机"嚓嚓当当"作响，烟囱里吐冒的灰尘云团摇曳升天，周围流淌着很多废水。寒冷的夜晚，雾气笼罩，叮当的声响和层叠的尘土依旧继续着。附近，矿山其他位置，又有更多的钻机开始工作。很快，周日过去，周一到来，可整个救援行动根本无人负责协调。

周一，当克里斯蒂安·巴拉（Cristian Barra）到达矿场时，所见之处一片混乱，而他的工作就是防止混乱。受总统之命，巴拉来到这里维持秩序——他是拉美民主政府的幕后成员之一，他们严格严厉，有着不说废话、直击重点、速战速决的做事风格。巴拉就职于内务部，一直以来，这就是拉美国家政府最有权力的机构，负责国家的警察机关与安全设施。他在矿场小办公室里找到了矿主亚历杭德罗·博恩和马塞洛·凯梅尼。这两个严重缺觉的中年人穿着牛津布衬衫，戴着白色安全帽，窗外就是他们拥有的荒凉沙漠之山。他们一直跟别人说，他们觉得矿山是安全的。凯梅尼还说，几个月前，他跟九岁和十五岁的两个儿子一起去过井里。

昨天晚上，凯梅尼和经理佩德罗·西姆诺维奇跟矿工亲属们起了一次简短、激烈的冲突。愤怒的家属们发起抗议，强烈要求矿主"出来露面"。在熙攘人群的推推搡搡中，尽管有警察保护，他们俩还是被挤到了一处当地政府建起的帐篷里。西姆诺维奇承受了连炮珠般的辱骂，只能勉强说几句话，而凯梅尼则站在他身后，沉默不语，很多家属甚至都没注意到他的存在。

救援行动无比缓慢，而矿主们压根提供不了任何帮助。"不管是心理上，还是情感上，他们已完全失能，完全无法作出任何决定，或规划下步部署。"巴拉后来说。巴拉是有备而来的。几小时前，拉莫内达宫（La Moneda）总统府邸处，在总统授命下，内务部长签署了全国紧急状态的正式公告。巴拉作为总统的调停者，专门帮皮涅拉总统解决难题，从民族复兴党（National Renewal Party）成立初期开始，他们相识已经二十多年。现在，巴拉接过了圣何塞的烂摊子，他所采取的行动之一就是，调动警察力量，立起围墙，阻止矿工的父亲、兄弟们进入矿山进行唐吉坷德式无意义的救援。

巴拉还制定了一系列协议——进入矿区的权利以及通行的认证等。现在，他带领一帮政府官员前来援救地下的三十三名受困矿工，不仅如此，在某种意义上，他也是在拯救矿业部长戈尔本。跟智利其他人一样，皮涅拉政府的高官们也在电视上看到了部长哭泣的一幕，就因他无法告知亲属们该如何救出被困人员。现在，皮涅拉政府揽过责任，给他提供一个救援计划，这也遭到了一些总统顾问的强烈反对，他们觉得这并非政治上的明智之举：为什么要担此大任，传统和法律都表明，政府不需要也不应该掺和进去。更何况，这三十三人或许早已遇难。

从厄瓜多尔首都基多（Quito）回国的途中，总统在科皮亚波市短暂停留。他简单会见了一小拨矿工亲属，还有几名当地官员，包括西米娜·马塔斯（Ximena Matas）和几位国会保守党成员。当时并没有左翼立法代表在场，例如社会党参议员伊莎贝尔·马塔斯（Isabel Matas）——跟他同名的表哥伊莎贝尔·阿言德是智利畅销书作家。后来，在圣地亚哥，他在总统府召开了一次正式会议，同意政府接手救援行动。接下来的问题就是：智利最擅长救援的专家是谁？这人肯定来自智利国家铜业公司（Codelco），世界铜产量最大的公司。很快，电话就打到了 Codelco 旗下最大矿场，位于首都圣地亚哥以南兰卡瓜市（Rancagua）的厄尔特尼恩特（El Teniente）铜矿，找到了经理安德烈·苏格雷特（Andre Sougarret），他是这个特大矿场的工程师兼管理者，矿里员工多达七千人，救援可以说是日常工作的一部分。他正在召集一支二十五人的救援队伍，突然又接到了第二个紧急电话：你最快什么时候可以赶到总统府？

九十分钟后，苏格雷特有生以来第一次踏进智利"白宫"拉莫内达宫。他一身牛仔装，胳膊下还夹着安全帽。他被带进了一间办公室等着开会，却一直未开。两小时后，一名官员让他去地下室。"我完全不知发生了什么事。"他后来说。最后，他被告知："现在要去科皮亚波。"他坐上了一列车队的其中一辆，朝圣地亚哥机场附近的空军基地驶去。到达后，苏格雷特惊讶地发现，皮涅拉总统也会跟他一起登机。起飞后不久，乘务人员给他带来午餐。他吃完后，总统和第一夫人从私人机舱中走了出来，坐到他的身边。总统拿出笔记本，画了一幅简图来阐明他所了解的圣何塞概况和矿工被困之地。总统的大意就是，"好了，这就是大概情况。如果动用一切可用资源，将他们活着救出的概率有多大？"

苏格雷特无法作答，他身边的另一名工程师也无法给出答案。"然后，总统就问我们是否了解别的救援方式，符合当前状况的方式。"苏格雷特说。"我们跟他说，一般情况下，你无法预测救援是否会成功。并且，总的来说，坏的结果比较多。"

刚过下午四点，总统专机就抵达了科皮亚波。天气很冷。一辆客车拉着总统赶往圣何塞，苏格雷特也在后座上。到达后，他们和戈尔本一起参加了一个简单的记者招待会。总统宣布说，政府已经找来全国最优秀的矿难救援专家负责此次三十三人的救援行动，然后他就说到了苏格雷特，虽然当时，他还读错了名字。苏格雷特设法摆脱了记者们的追问。不需要即刻回答具体救援方案之类的问题，这着实让他舒了一口气。

在圣何塞，苏格雷特会见的第一批人里就有总经理卡洛斯·皮尼利亚。"嗨，还记得我吗？"皮尼利亚说道。"咱俩在拉塞雷纳矿场（La Serena）见过。"几十年前，苏格雷特去那里实习，皮尼利亚正是老板。皮尼利亚和其他经理提供的信息给了他一些信心和希望。他得知，井下水箱里储有好几千加仑的水，这就意味着，如果被困人员还活着的话，他们不会很快脱水而死。圣何塞已有一百多年的历史，因此井下有很多以前遗留的通道，这可以保证空气的流通。实际上，站在出口附近的斜坡道上，苏格雷特能感觉到气流进入井下，所以被困人员不会窒息而死。越往下走，苏格雷特越确信了，"就岩石性质而言，这绝对是个好矿井"。这一发现既让人放心，又使人担忧。如此坚硬的闪长岩不应该发生塌陷，可塌方还是出现了，这就说明大山的基本结构肯定已经变形。挡住那三十三人出路的，一定是块非常巨大的障碍。这一推测很快就被地质学家们证实，他们估计，障碍物是摩天大楼大小的"巨石"。绕开巨石重新开凿新通道至少得一年的时间。

从来参加救援的医疗人员处，苏格雷特得知，在没有食物的情况下，身体健康的人可以维持三十到四十天。但是，如果有人患肺病，比如矽肺病等（智利卫生官员们调出了被困人员的医疗记录，他们发现，下面确有一人患此病），他只能维持一半的时间；而四肢有残疾或严重损伤的人，或许只可维持一两周。四天已经过去了，他们必须尝试各种营救方法。苏格雷特决定，先派一批人加固下面的通道，然后第二批人可以通过烟道寻找被困人员。现场十几个前来指导的专家都觉得，这种"传统"的救援方式最有希望。

"非传统"救援包括九台钻机同时钻探，这就像是救援人员朝同一目标发射了九发子弹，希望能有一发命中。赫塔多奥和其他钻工们晓得，整个智利都在注视着他们。经过三天的钻探，特拉公司已经钻进了三百七十米：赫塔多奥团队暂停了钻进，撤出钻机，让地形测量员来检测进度。结果不甚乐观：孔道弯错了方向。能再弯回来么，有人问。"不可能，"他回答，"这就好像，我们本来想去卡尔德拉，却到了反方向的巴耶纳尔镇。"赫塔多奥后来用泛美高速公路两端的两个城市举例说道。钻探队里，有一个人对这次失败尤为沮丧：就是开始时让大家牵手祈祷的那个钻工。"我们的心情很沉重，"赫塔多奥如是说，"这不再是一次普通的钻孔。"他们又重新开始。每钻进二百米，地质专家桑德拉·哈拉（Sandra Jara）就会检测一次钻探情况。他把设备放进这个直径四点五英寸的孔道里：一个回转仪，根据地球自转和一些物理定律来确定正北方向。这次，钻孔似乎找对了方向。六次十二小时的轮班后，钻机深入到地下四百米，然后五百米。这次的钻探急切、忘我、悲观，因为除了钻头可能偏离目标之外，还有可能打通之后，却只能发现被困人员的尸体。这种可能性非常现实，所以巴拉和内务部制定了特别协议：一旦钻机打通，在苏格雷特的监督下，放置摄像机进入孔内，但是只有矿业部长和摄像人员可以观看，因为可能会拍到死人的恐怖景象：好几具尸体，甚至三十三具尸体。

如果被困人员不幸遇难的话，那矿业部长必须负责亲自将噩耗告知亲属。

　　钻探一直持续了四天、五天、六天，每晚完工后，赫塔多奥都会回到科皮亚波休息。一天，开车返回圣何塞的途中，在 C–351 高速路和通往矿场小路的交口处，他看到了一个咖啡肤色、非本地长相的女人。她比十几岁的年轻人大不了多少。她转过身，对着皮卡车伸出了大拇指：她是矿工的亲属，要搭便车去"希望营地"。赫塔多奥本来不应该跟矿工家属有交流——巴拉等人制定的多项协议之一——但他还是停车拉上了她。她介绍说叫维罗妮卡·基斯佩（Veronica Quispe），是玻利维亚矿工卡洛斯·马玛尼的妻子。他们寒暄了几句。她说起，科皮亚波家中又断水了，这种无耻之事经常出现在玻利维亚移民或穷人聚居的地方。他把她拉到了大门处。接下来的日子，他们又见过几次，开车经过大门时，她还会招手。她坐在遮阳伞下面，没有像别人那样的帐篷。然后，他就回到了钻机旁，心想，这次钻机是否朝着维罗妮卡·基斯佩的丈夫钻去了呢。

　　事故发生后一周，总统皮涅拉宣布，因未能有效监管圣何塞铜金矿的运营，智利矿业监管机构国家地质—采矿服务局局长以及其他两名高层官员引咎辞职。对皮涅拉政府而言，矿难救援是一次潜在的公关危机，但也可能带来难得的好处。总统顾问有责任为总统的任何决定作出风险和收益分析，因此他们开展了一次与矿难和救援相关的人格民意测验，卡洛斯·维加拉·艾伦伯格（Carlos Vergara Ehrenberg）在他的《圣劳伦斯行动》（*Operacion San Lorenzo*）一书中如是写道。皮涅拉和戈尔本得分很高，而圣何塞的业主们成为全智利最不受欢迎的人。

　　矿主博恩和凯梅尼都住在圣地亚哥。8 月 12 日，他们返回科皮亚波，接受智利最大的两家报刊的采访。他们宣称对事故没有任何责任，矿工们应该对此事负责。更糟糕的是，在智利政府看来，这两人竟敢穿着现场救援官员们的红色公务夹克。"这俩笨蛋算是害惨我们了，"巴拉说，"为什么非得穿上我们的红夹克呢？"几天后，戈尔本犯了一个更糟糕的错误，他跟电台记者失言说：矿工们生存的希望很渺茫。戈尔本很快收回了这一言论，但实际上，政府也在做最坏的准备，维加拉·艾伦伯格说。如果找不到受困矿工，政府就会封锁圣何塞，将其奉为"圣地"，不可再次开采。

男人们还在圣何塞采矿时，女人们是不许靠近这里的。据说，女人会带来厄运。但如今，越来越多的女家属，女友、女儿、姐妹、妻子们都聚集在圣埃斯特万公司矿场的入口处。早晨的第一缕阳光，透过浓雾照亮了这片向风的坡地，很多女人是第一次见到这样的景象，尤其是那些从圣地亚哥或更南部来的人，比如卡罗拉·巴斯塔斯。烈日晴空下，矿场的落后立即映入眼帘，这里与文明没有丝毫关系。从高速路到矿场大门的沥青路是那么狭窄破旧，看起来都觉得可怜。开车在上面驶过，就像到了电影中的偏远绝望之地，眼前的办公楼也矮小破败。她们看着手机，果然跟丈夫或男友们说的一样，完全没有信号。有些女人很愤怒，她们不相信自己的男人会在如此偏僻危险的地方工作。她们亲眼看到了这里的原始和简陋，根本不是想象中或希望中那般安全和井然有序。男人们说，这里待遇好，比其他工作都好。但是显然，这矿山创造的巨大财富并没有一丝用来加强它的安全性。这些采矿的男人们简直就是抢劫，不是吗？冲进矿山，开采金子，然后打凿的隧道就在他们头顶轰然坍塌。有些女人也生自己的气，怎么会被如此轻易地糊弄呢？现在想来，睡在身旁的大男人们其实也暗示过矿里的真实状况。但是现在，她们来了。男人们搞砸了以后，她们为了家人的团聚，来到了这里。当然，造成事故的并非她们的男人们，而是矿山的业主们。现在，每个女人都必须为了她的男人而战，因为他的孩子，他们的孩子们，需要他们回家，尽管他们会酗酒、很轻浮或是有情绪化的坏脾气。

　　有些妈妈们甚至觉得，母亲的本能和夫妻的感情会把她们拉到完全不同的方向。马里奥·塞普尔维达的妻子埃尔韦拉到达科皮亚波后立即赶到了矿场，带着两个孩子，十二岁的弗朗西斯科和十八岁的斯嘉丽。但是，那里一片混乱，女人们在哭泣、喊叫，警察也吼着让家属离开前门。这一切都让埃尔韦拉意识到，她和孩子们不能在这里过夜。突然间，斯嘉丽仿佛又成了小孩子，又陷入了受惊绝望的歇斯底里之中。埃尔韦拉向医生要了药片才让她镇静下来睡着了。埃尔韦拉要求公司为他们订了一间宾馆房间，面朝广场，在科皮亚波市中心。晚上，跟孩子们在那里，她必须要做一个坚强的女人、坚韧的母亲，要保护他们不会受任何伤害。母亲的本能告诉她，必须让孩子们相信，他们会再见到父亲。但这并非易事，尤其是你亲眼见过了吞噬亲人的险峻大山之后。

　　即便如此，开始几天，埃尔韦拉还是相信马里奥肯定会逃出来的，因为他可不是一般人。"我太了解他了，马里奥不会让自己那样死去的，"埃尔韦拉后来说，"绝不会。马里奥是那种为了生存会吃人的家伙。如果，非得吃泥巴，那他也绝不迟疑。"所以，开头几天，埃尔韦拉确信，马里奥还活着。"如果我觉得没有任何希望了，会毫不犹豫地转身回家，因为在这些事儿上，我还是很冷血的。"但是，她会担心，要是不吃药的话，那家伙肯定会情绪失控、会发狂。埃尔韦拉跟他过了二十多年，习惯了"忠诚如狗"的马里奥反复无常的情绪起伏，也习惯了他从南到北一份又一份的工作变动。这些年的经验就是，马里奥总能回家；不管是失业或是抑郁，他总能振作起来，回家继续逗女儿笑，继续当儿子的大英雄。每天晚上，她和孩子一起为他祈祷、祝福。

另一方面，莫妮卡·阿瓦洛斯却像在矿场扎根了一样。刚开始的几个日夜，她几乎都不睡觉。莫妮卡，据她自己说，要疯了：她甚至差点丢了七岁的儿子贝伦（Bayron）。她还在矿场，突然意识到儿子不在身边，后来丈夫的朋友伊萨亚斯过来说，他妻子正看着孩子。"别担心，他在娜蒂那儿呢。他没穿衣服，但已经有人给他去拿了。"莫妮卡的大儿子，十几岁的塞萨尔·亚历克西斯建议她回家洗个澡，然后睡一觉。可莫妮卡不听。"我才不在乎洗不洗澡，吃不吃饭。我什么也不在乎了。什么也不在乎了。别人跟我说，'莫妮卡，你得坚强，'但不，不，我无法坚强。"第一天晚上，她坐在灰色的石头上，只睡了几分钟；第二个晚上，她找了一块木板，蜷缩在上面睡了一小会儿，还穿着给阿瓦洛斯做汤那天穿的运动裤。又一晚，她站在星空下的大山上，坐到砖形的石头上，闭着眼睛，睡了。醒来之时，却发现自己到了很远的别处。她梦游了，在睡梦中行走在丈夫被困的大山上，潜意识拉着她，一步一步地走过坑洼的大山表面。

与此同时，她十几岁的儿子塞萨尔却似乎瞬间担起了父亲的责任，变得勇敢坚强：尤其值得一提的是，他虽然每天往返矿场，却绝不缺勤一堂课。他正上高三。下午五点，他下课——有时会请求早退一会儿——坐车来到矿里，有时乘坐科皮亚波市府给亲属往返安排的专车。如果没赶上车，他就搭顺风车。学校里，开始几天没人知道他父亲被困了，后来学校管理人员才发现这件事。你可以请一个月的假，他们说。"但是，我不想缺课，我不想落下功课，我会考不好的。"就这样，塞萨尔·亚历克西斯·阿瓦洛斯，被埋工头弗洛仁科·阿瓦洛斯的儿子，每天都按时上学上课。当放学铃声响起，他就奔到矿场看望母亲，看有没有新消息，然后再搭便车赶回科皮亚波，这样第二天就能准时到学校。"我知道，我爸爸肯定希望，"他后来解释说，"我能好好上学。"塞萨尔决定满足父亲的愿望，坚持做一个负责、好学的孩子，这是父母一直以来对自己的训诫。或许，他这么做，是一种无言的信念。他相信，父亲还活着。

此时，需要绝对的信念和坚持才会相信，这三十三人还活着，有朝一日还能走出或被抬出矿井。圣地亚哥一家报纸估计，成功救援的概率不到百分之二。其他媒体报道，人只能在地下存活七十二小时，可如今他们已被困将近两倍的时间。卡门，轮班主管路易斯·乌尔苏亚那能言善辩、爱好写诗、有虔诚宗教信仰的妻子，早就听别人说过丈夫已经遇难了。"当时，主管跟洛沃斯先生都在载人卡车上，往外行驶的时候矿井就塌了。"她刚到这儿不久就有人跟她说。"车被砸了，他俩都死了。"卡门拒绝相信这些，反驳道："如果被砸死了，他们通过烟道应该早找到尸体了！"但是，这让她很是不安，因为这些死亡的字词好像悬挂在矿井入口一样：**他们已经遇难。他们死了。**医院里那些官员们也一再重复："他们已经遇难。"也有人跟阿莱克斯·维加的妻子杰西卡说这话，而她直接昏厥了过去。死亡的恐惧似乎要吞噬这些女人，比如梦游的莫妮卡·阿瓦洛斯，她双眼红肿、头发凌乱。不，姐妹们，别相信他们的话，卡门说。我们要坚定信念。"我们需要祈祷。"卡门在教会里教授教义问答课，她拿出了银色的念珠——"我一直随身携带"——在寒冷的夜里，跟其他几个女人围成一圈，开始祈祷。几天后，她找到了一个小石膏"黑圣女像"（Virgen de Candelaria）[1]：科皮亚波教堂里圣像的复制品。据说，那尊圣像十八世纪在安第斯山附近被发现，自此，手掌大小的圣女石像总会神奇地出现。在采矿的北部地区，这样的石膏像无处不在。现在，卡门和其他女人们决定在"希望营地"建一个神龛，将这尊代表圣母马利亚的小像供奉起来。现在，政府已经建起了野外帐篷厨房，给聚集的矿工亲属们分发食物。就在派发面包的地方，这些女人建起

---

[1] 西班牙殖民时期的 1583 年，政府在玻利维亚小城科帕卡瓦纳竖立了一尊"黑圣女像"，据说它曾多次显灵，令朝圣者趋之若鹜，使这里成为南美人一处宗教圣地，而"黑圣女"也成了南美很多国家的圣人。——译

了神龛，将一些石头放在石膏像周围，并把它放到了纸盒里，这样风就不会把许愿烛吹灭。"我们弄了这么个小地儿，人们可以来发泄自己的痛苦，可以来祈祷，可以暂时忘记亲人可能已经遇难的残酷事实。"卡门说。她们跪拜在圣母马利亚的圣像前，身着厚厚的羊毛衫和大皮衣，头顶厚厚的帽子，开始吟诵使徒信经《玫瑰经》(Rosary)①，然后又反复吟唱《天父经》和《圣母经》。女人们小声地合唱着："你在妇女中受到赞颂。"

山上出现越来越多的神龛，大多建在碎石堆上，为某个矿工祈福，石头上的许愿烛一直流着红色的烛泪。绝望和终结感越来越强烈，祈祷似乎成为唯一的出路。安德烈·苏格雷特已经下令让派去加固通道的救援队伍停止工作，因为他们在堵住斜坡道的灰色绞刑架上喷漆做标记，发现这块位于矿井中心的可怕"巨石"仍然还在移动。这块摩天大楼般的大石头正在慢慢下滑：随时可能出现新的塌方。当天晚上，戈尔本和苏格雷特召开记者招待会，宣布该矿场关闭，任何人不许进入，出口永久封锁。在跟家属们进行了艰难、残酷的通告后，苏格雷特回到了宾馆。半夜，他才入睡。刚过十五分钟，电话响了。爱德华多·赫塔多奥带领的特拉钻探队的第二次钻孔，在距离地面五百零四米深处打通到一个明洞，但是这离避难所大概还有二百米远。

就在苏格雷特开车赶往矿场的途中，钻探取得突破的消息已经传开了，所有的钻机都停止了工作，因为钻工们需要绝对的安静才能听清桅杆里的声响。当时，是8月15日周日深夜到16日周一凌晨之间，矿工们被困已经十天。特拉的钻工们把耳朵贴在最上端的钢管上：能听到有节奏的声响，敲击声。赫塔多奥让一名警察来听，问：

---

① 正式名称为《圣母圣咏》，于十五世纪由圣座正式颁布，是天主教徒用于致敬圣母马利亚的祷文。

"能听到吗？"那名警官说，能。一会儿，苏格雷特赶到了，也把耳朵贴到了钢管上。可他无法确定，听到的声响是否人力所为。凌晨一点，钻探队在钻孔里放进一台摄像机。那天晚上，雾特别浓，风也格外大，赫塔多奥觉得这不是好兆头。早晨六点钟，摄像机终于到达底部。根据内务部制定的协议，只有苏格雷特和摄像员能够看到显示屏幕。但是很快，苏格雷特就将自己看到的情况告诉了钻工们，并让他们亲自去看一下。什么也没有。只是一个空空的山洞，显然已被开采凿空。那敲击声又怎么解释呢？"心理暗示的作用，"苏格雷特如是说，"他们希望那里有人，所以听到了本来没有的声响。"

一天天过去，悲观情绪越来越浓，那些最活跃、坚定和乐观的女人们也都开始绝望起来。苏珊娜·巴伦苏埃拉，乔尼·博瑞斯的情妇，在"希望营地"里听到乔尼疏远的亲戚们说他或许早就死了。一直以来，苏珊娜总跟乔尼的妻子玛尔塔一起去矿场，这其实很尴尬，因为玛尔塔的家人，包括她嫁给乔尼前生的几个孩子也都在场。

后来，玛尔塔去家里找苏珊娜，苏珊娜给她泡了杯茶，她谈起了听到的坏消息。"听着，苏珊，"玛尔塔说，"咱们就到此为止吧。我来是要告诉你，乔尼已经死了，所以，我需要你交出乔尼的东西。"玛尔塔想要回乔尼的东西，尤其是他的工资单，因为她得用这个去领取矿主和政府提供的死亡补助。苏珊娜听她说完，心想，乔尼还没死，这女人疯了吧。既然她想要，那就给她呗。这些物质的东西根本不重要，她工作了大半辈子，也有自己的储蓄和养老金，谁在乎那点钱啊？但是，当爬上楼梯，走进那个属于她和乔尼的卧室时，她停下了。

"找到乔尼的尸体，我才会给你那些东西，"她说道，"必须向我证明，他确实死了。"

"你还真傻。"玛尔塔回应。这是苏珊娜的陈述，因为玛尔塔否认她俩有过这番谈话。"我怎么把他弄出矿井？我是超人吗？"毕竟，人人都知道，乔尼是被埋在了大山之中。

"要是他死了，好的，你会拿到属于你的钱。但是，先交出他的尸体，我得为他守丧。"苏珊娜说。

"那你去跟他的姐妹们说吧。"玛尔塔说。又是苏珊娜的陈述。

"滚出去，"苏珊娜说，"请离开，别再来烦我了。"

后来，苏珊娜来到矿场，听人们说所有矿工都已遇难。她又听到乔尼的一个亲戚谈论起他的死亡补助。这就是记忆中那些黑暗的日子：乔尼的亲戚们没人正眼看她，因为他俩的关系已经结束。那个收入高、风流成性的不完美乔尼，于她，已经没有意义了。或许，乔尼的亲人们觉得上帝太公正了：乔尼活着的时候，会受她摆布，交出自己的爱和薪水；可如今，他死了，她再也没法占他的便宜了。但是，苏珊娜觉得，乔尼还活着。"他就在下面，为了生存而战。他不帅，但……"她后来说，声音哽咽，开始哭了起来，"他正在战斗。我能看到他在地下，埋……埋在泥巴里。"她仿佛看到乔尼被灰白的砂石泥浆吞没，之前每次回家，她都会帮他把衣服和靴子上的砂石泥浆清理干净。

"他们都死了。"她又听有人说。回到家，她趴在地上放声大哭。"我觉得，自己也快死掉了。"突然，她听到了一个声音。"珊娜。"乔尼就是这么喊她的，"珊娜。""我发誓，向圣母马利亚发誓，我听到了。"她说。她对乔尼的爱如此强烈，家里的每个声音、每件物品似乎都有了新的意义，她看到了好几次神奇的景象，她深信，这些都是圣灵的神迹。比如，她会觉得整个房子都在颤动，去问邻居是否发生了地震，可别人都说没有。她给乔尼建的神龛里的许愿烛会突然熄灭，然后又自己燃烧起来。有一天，她从矿场回家，看到门口全是警察。邻居们说，听到她家有响动，好像有人在拆房子，以为她被打劫了呢，所以就打电话叫了警察。可当她打开门进去后，却发现一切都在原位。她深信，那些声响，正是乔尼的灵魂发出的求救信息：**我还**

活着，珊娜！我还在努力，别忘记我！有时，她会跟过来的心理专家说这些事情，但是绝不会对其他人诉说："因为我看得出来，他们肯定以为我疯了。"

其他人也声称看到一些怪异超常的现象。一名矿工的手机打到了家中，虽然他和手机都还深陷地下。有人说看到了三十三名矿工的灵魂在北部游荡。在科皮亚波市胡安·巴勃罗二世街区，很多玻利维亚移民聚居的地方，卡洛斯·马玛尼的一个邻居说，有一晚她在自家前院里看到了马玛尼。在玻利维亚艾马拉人的传统信念中，只有将死之人的灵魂才会在夜间行走。这位邻居跟马玛尼的妻子维罗妮卡·基斯佩和岳母说，她看到卡洛斯坐在她家的庭院里，他戴着帽子，朝一边看着，可当她走近跟他说话时，他却消失了。维罗妮卡和母亲非常愤怒，因为对艾马拉人而言，这就意味着：卡洛斯快死了。你为什么这样说，她们问那位邻居。别再给我们讲这些肮脏的故事！

这种死亡的影像和苦难的想象逐渐蔓延开来。玛利亚·塞戈维亚想象着弟弟勇敢无畏的样子。安静的达瑞欧·塞戈维亚，方方的脸庞、坚忍的性格，就像一名勇士露出坚毅的神情。以前，他只是个胆怯的小男孩，需要大嗓门的姐姐来保护。在帐篷里，她能听到机器钻探的声音，他们正在寻找达瑞欧和他的三十二名工友。现在，越来越多的亲属聚集在此，越来越多的兄弟、表亲，从远远近近的地方来到这里：有来自智利南北两端，也有从附近的巴耶纳尔和卡尔德拉来的。这些家属都知道等待的滋味，他们等待钻工们钻探寻找自己的亲人。"希望营地"里，有超过一千名的亲属，祈祷的人越来越多。"那里就跟耶路撒冷一样。"达瑞欧的女友和伴侣杰西卡·奇拉如是说。

玛利亚·塞戈维亚经常站到高处，凝视着不远处的钻机，倾听着钻探的声音。她熟悉了钻机每个装置的声音规律，了解了每个钻工的工作习惯：金刚石钻机会发出什么声音，钻工们会何时停工换班等等。晚上，在沙漠的夜幕之下，每台钻机都发出一团光晕。这声响，这光线，还有钻进的劲头儿都让人很安心。但是，几天后，一台钻机停工了，又一台也停了。好几个小时，她都没听到任何动静。于是，玛利亚又爬上了旁边那陡峭光秃的山顶，从高处俯瞰矿场，她确认：机器里没有烟云冒出。她爬下山，回到了营地，跟其他家属分享这一发现。几个女人冲到警卫棚旁的大门前。"钻机停了！你们停了！"她们敲锅打碗，制造尽可能多的噪音。最后，戈尔本来到门前说，没有，刚才一台金刚石钻机钻头坏了，我们需要替换新的。请耐心等待。接下来的几天，玛利亚又不止一次爬上山顶，查看钻机的情况，看戈尔本有没有说实话。这位五十二岁的奶奶，在爬山时仿佛变成了十几岁的童子军，其他的女人跟在她身后，一起爬上陡峭的山坡。"我们好像美洲狮一样，在山上来回奔跑。"玛利亚说。

最后，克里斯蒂安·巴拉的警署主管们派出警察驻扎在山脚下，想阻止这群女人爬山。但是后来，玛利亚·塞戈维亚决定，她还得亲眼看到钻工们工作才放心。她又去爬山，警察看了她一眼，就把头转向了一边。她又爬到了山顶，看到钻机桅杆几乎竖了起来，烟尘云团喷涌着升上天空。

她小心翼翼地连滑带走下了山，返回了三名矿工的家属聚居的帆布帐篷里。塞戈维亚和罗哈斯是表兄弟，巴勃罗·罗哈斯、达瑞欧·塞戈维亚还有埃斯特班·罗哈斯的亲人们都聚在一起等待。他们有时会睡觉，但大多情况下，都不会安静过夜。在南十字星下，或迷蒙的雾里，他们会放声高歌，有时会吟唱一首"智利矿工"的赞美诗。或者，他们会讲述有关这三兄弟的故事，他们都四十几岁，在附近的山谷里成长起来。他们小时候，科皮亚波河里还有水流过。

八　摇曳的生命之火

　　刚开始几小时，钻机的声音既让人平静又使人振奋。维克多·塞戈维亚失眠了，整晚都支着耳朵听声音，直到第二天凌晨。8月9日周一凌晨四点，从听到钻机声开始，已经过去了八个多小时，恍惚中他好像做了个梦。梦中，他回到了家里，睡在自己床上，听到女儿叫自己的声音。有那么一会儿，维克多觉得自己在一处明亮开阔的地方，脱离了矿场痛苦的折磨，可睁开眼，却发现自己依旧躺在纸板床上，在避难所旁边的斜坡道上。瞬间，他仿佛又被恐惧和渴望吞噬。现在，至少有两台钻机正朝他们钻进。几小时后，他在日志中写下了大家的轻松情绪："我们更放松了，"他写道，"身在此处，我们成了一家人。我们是兄弟，是朋友，因为这种事儿一辈子也不可能碰到第二次。"三十三人都会出席每天的祈祷，然后一起午餐：今天是一块饼干加一匙金枪鱼或一些加水的浓缩牛奶。后来，第一次有人提到，他们要对矿主们提起诉讼。在接下来的日子里，这一话题反复出现。机修工胡安·伊利亚内斯来自南部，受过良好的教育。他建议说，如果获救，他们应该签一份"沉默协定"，只跟律师讲述事故的相关事情，这样才更有可能在法庭上胜诉。埃斯特班·罗哈斯，四十四岁的爆破专家，愤怒地回应："还困在这里，谈钱、谈律师，都有什么用啊！疯了吧！"确实，被埋地下，半死不活，还想着外面世界的问题，真是疯了。"钻机速度还真慢啊，"几小时后，维克多·塞戈维亚又在日志中写道，"上帝啊，这种折磨何时才能结束？我想坚强起来，可已经心有余而力不足。"

　　奥马尔·里伊加达注意到，空气似乎越来越浓厚，温度也越来越高。之前，避难所旁通道里的空气是流动的，可现在好像静止了，他觉得呼吸很困难。如今，他的刘海又白又长，盖住了前额，这让他看起来很是奇怪，感觉不老不小的。他开始感到，自己真是五十六岁的老年人了。"我病了。我呼吸不了了。"他说。只是他自己的想象，还是空气确实不流动了呢，他去询问上岁数的富兰克林·洛沃斯。富兰克林也有自己的问题：他正抬腿上下活动着膝盖，这是多年前职业足球生涯留下的病痛。他从皮卡车车斗里找到一块橡胶垫子包住膝盖。潮湿让膝盖疼痛无比，过去几天，一股水流过了他睡觉的地方，周围全成了泥巴。"我得让这里尽量干燥。"他跟周围的人解释。富兰克林听到奥马尔的问题，回答说，是的，空气变浓重了，不像以前那样快地流通了。或许，某个隐藏、流通的通道又被堵住了，最近他们一直能听到岩石坠落的声响。奥马尔从避难所的一个氧气罐里深吸了几口气，可好像也不管用。这里一共有两个氧气罐，六十三岁、少了两根手指的老矿工马里奥·戈麦斯一直在吸氧，因为他患有矽肺病。一生都在这样的地下通道里劳作，他的肺受损害严重，非常虚弱。如今，一天只能摄取不到一百卡路里的热量，他的病情更是加重了。

　　钻探声一直持续到第二天，周二，8月10日。中午，祈祷结束后，大家意识到今天是"矿工日"，国家法定节日。矿工日又叫圣劳伦斯日，根据千年的天主教传统，圣劳伦斯正是庇佑矿工们的圣人。在智利，这一天矿主们会邀请工人及其家属来参加盛大宴席以表敬意。今天，没有宴席，但他们确实表达了对自己和对行业的敬意，并由衷感到作为矿工的自豪感。智利就建立在这群人的劳动之上，他们冒着丧失生命的危险，深入地下恶劣的环境，他们的工作跟智利这一国家的身份认同息息相关：巴勃罗·聂鲁达曾写过歌颂北部矿工的诗篇；学生们都是读着巴尔多梅罗·立略（Baldomero Lillo）的《大地之下》（*Sub Terra*）长大，这是一部二十世纪早期有关采矿工作的诗集。圣何塞的矿工们，在矿工日深处矿山之中，饥肠辘辘，此刻的苦难似乎也拥有了自豪而光荣的成分。大家都停止了谈话，一起唱起了国歌。

三十三名饥饿的大男人齐声高歌，这让维克多·塞戈维亚深受感动。"那一刻，我完全忘记了被困地下的处境。"他在日志中写道。但是，这种恢复自由平凡之身的感觉转瞬即逝。时间慢慢过去，钻探的声音时强时弱，根本无法判断声音来自哪里，它似乎消失在岩石之中了。去哪儿了呢？还是朝我们来的吗？马里奥·戈麦斯和好几个工人拿木头或其他物体贴在墙壁上，想确认钻探声音来的方向。钻机可能通不过来了，这种可能性越来越大，维克多又开始回顾自己的一生。他从未走出过科皮亚波，但是他家人丁兴旺、家族庞大，越来越多的亲人出现在他悲伤的思绪中。日志里，他列出了一长串名字，岳父母、表兄弟、叔叔、大伯等，共计三十五人，其中包括几个疏远的亲戚，他好多年都没联系过了。他还请求他们原谅他的疏漏，因为此刻，"我真的只剩半个脑子了"。

钻探声越来越小，大家也停止了交谈，维克多和避难所附近的其他人都听到了断断续续的咕噜声。不是从墙里传来的，也不是远处的落石声，这声音就在避难所里，非常响亮，维克多也在日志中写了下来。其实，维克多不知道，这声音有个学名，叫"腹鸣"，是胃肠部的平滑肌收缩向下推压所发出的噪音。几个小时前，他们吃的少得可怜的食物开始消化，发出咕噜咕噜声，在空荡荡的胃里，在胃液和吞咽气体的翻搅下，这声音显得越发的大。每次胃部的饥饿收缩都被放大，传出来的咕噜声只会让他们更加渴望食物。

避难所的一张桌子上，有几个人正用纸板做的简易棋盘下棋。后来，路易斯·乌尔苏亚担心他们会上瘾，再掐起架来。于是，他从卡车上拿出了交通事故警示三角牌，拆下边框，截成一段段的，给他们做了多米诺骨牌。斜坡道往上，海拔一百零五米，机修工和路易斯晚上休息的地方，胡安·伊利亚内斯正在努力调动大伙儿的情绪。他正在讲故事。他声音低沉，像男中音；吐字清晰、自信有力，像电视播音员；他口才好、受教育多，也游历了很多地方，知道很多趣闻轶事。

在他们非自愿"斋戒"的第六、七、八天里，伊利亚内斯基本都在聊吃的。"你们见过烤全羊么？在火上噼啪作响的烤全羊？"他问身边的人。大家坐在临时纸板床或帆布垫上，在乌尔苏亚皮卡车旁的斜坡道里。有几个人说，他们见过噼啪作响的烤羊。"噢，那你们见过六只羊同时烤的场面么？"在大家无食可吃时，谈论食物简直就是折磨，可是并没人制止伊利亚内斯。接下来，他就愉快地讲起了自己是如何参加这么一场盛宴的。"那会儿，我在大草原上。在纳塔莱斯港附近。"他跟工人们讲道。1978 年，与阿根廷开战前，他在当兵。"我跟五十名后备役军人在那里，离边境大概一千二百米。不对，也就八百米远。"当时正值圣诞节，吃喝玩乐的传统节日，可"我们只能吃部队餐"——发放给前线战士的索然寡味的食物供给。一个战士是当地人，他说："咱们可不能这样欢度圣诞啊。我们得准备顿大餐。"正在那时，另一名战士瞅见了附近的几匹马。"那是些纯种阿根廷马匹，头大，浑身疥癣，丑陋至极。"伊利亚内斯咯咯笑道。"我可以用这些马去换点儿啥。"那个当地的战士说。长得像加乌乔人（Gaucho）[1] 的他，牵着几匹马消失在夜色中。

"第二天早上，我们醒来，发现棍子上串着十二只羊羔，都剥了

---

[1]　居住于南美大草原上的印第安人和西班牙人的混血种族。——译者

皮，洗净了。"伊利亚内斯跟大伙儿讲道，现在有几个人已经咧嘴笑开了。两根长长的金属棍，分别串着六只羊羔，搭在两根柱子之间。"于是，我们大家都去找柴火"，在鲜有树木的大草原上四处搜索，寻找灌木枝条。"很快，我们就生起了篝火，灰烬堆成小山状。漂亮极了。"伊利亚内斯听到有人发出欣慰的叹息，他们肯定在想象油淋淋、滋啦啦响的烤全羊。他还没讲完。之后，他继续说道，又一个加乌乔士兵拿着袋子来了。他给每人分了一点金黄色的烟叶，一张卷烟纸，然后大家就像老农民一样，抽起了烟卷儿。"总之，太美妙了，那的确是一次难忘的圣诞节。"

伊利亚内斯讲得特别详细生动，肯定是真事儿。在昏暗的光线下，他不疾不徐地娓娓道来，大家好像在收听收音机上的老故事。然后，他又讲了一个当兵时的故事。他骑马穿过智利南部草原，遇到了一种从未见过的菌类植物。对来自北方干燥地区的人来讲，这些奇异的美食前所未见。他这样描述道："这是一种长在树枝上的蘑菇，尤喜寄生在年轻一些的白橡树上。"它们呈橘色蜂巢状，胡桃大小，里面的汁液透亮、甜蜜。"就那样，我骑着马，看到了这样一株灌木，不到六英尺高。枝条上挂满了这样的菌菇，从头到脚、密密麻麻，非常之多，连枝干都全挡住了。每个菇都得有苹果大小。"

"不可能！"

"骗人！"

"是真的。跟苹果一样大，也跟面包圈差不多。兄弟们，跟你们说吧，我全吃光了。我一个劲儿地吃啊吃。它们很轻，又松软，所以感觉压根儿就吃不饱。"

故事讲完了，期间一直也没人阻止他。"饿的时候，"他告诉大家，回想起在大草原当兵的日子，"什么尝起来都很美味。"

自上次的顿悟后，奥马尔·里伊加达觉得，为了工友们他也得坚强起来。所以此后，他一直竭力保持乐观的情绪。上帝与我们同在，他反复说。但是，日日难耐的饥饿，听到钻机后的情绪起伏，都已让五十六岁的他精疲力竭。如今，他能越发清晰地感受到全身的痛楚，年龄如阴影一般盘旋在脑海。起初，他觉得有人在挤压他的胸部；后来，手臂又灼烧般疼痛，最后连动都动不了。他觉得自己犯心脏病了，并开始想象自己的死去，其他三十二人不得不忍受高温下他那快速腐烂的尸体。他躺在避难所外的地面上，死亡的恐惧不断加深，周围浓厚的空气似乎变成了无形的大手，掐得他快要窒息。突然，他觉得空气流动了，凉快了些。有新鲜气流吹来。他坐起身，拿出打火机，看到火苗左摇右晃，朝上摇曳着。气流是从更深处的地下传来的。或许，外面的人正在向里面注入空气。又或许，其中一台钻机通到下面的隧道里了。奥马尔跟其他人宣布了这一发现。一会儿，就有几个人跟他一起朝下面走去，看能否找到气流的来源。想到可能会找到钻机钻头，跟外界取得联系，这一行人一鼓作气往下走了好几个弯道，到了海拔八十米，然后是海拔七十米，火焰依旧摇曳向上。最终，他们到达了海拔六十米通道的最南端。这里，打火机火苗猛地蹿高，摇晃了几下，就熄灭了：没有足够的氧气。到六十米北端，相同的事情又发生了。他们继续往下到了海拔四十米处，火焰前后晃动着，又扶摇直上烧了起来——空气流通了，是新鲜空气，但不一会儿又熄灭了。他们检查了很多废弃已久的黑暗山洞，却一直没找到气流进入口。但是，就在这走走停停、寻寻觅觅中，奥马尔感到了异样的变化：胸口的紧闷消失了。多亏那缕轻风啊。"我又能顺畅地呼吸了。后来，往避难所走的过程中，那风也一直跟随着我。"

避难所附近，他遇到了牧师安立奎，跟他讲述了自己的发现，还有风是如何从下而上不断吹来的。

"从哪里来的呢？"安立奎问道，"山洞都被堵住了，还没有钻机打通下来。"

"是第三十四个矿工啊，我的朋友，"里伊加达如是说，"他并未抛弃我们。"这第三十四人是辛勤劳作的三十三人的灵魂，是庇佑他们的上帝的恩慈。

每天傍晚六点钟，凉爽的气流如约而至。"这小风到来后，我们都平静了许多。"奥马尔想，如果他能出去，他要对全世界宣告这件事情。"不能就此遗忘。"他多年的矿下工作经验也无法解释此现象，唯有一解，那就是，上帝为他们吹进了生命的微风。即使他没能见证奇迹，成了塌方的遇难者，那也没关系，因为他深信，在那摇曳的火苗中，他再一次见到了神迹：上帝的呼吸让他存活，给他注入了生命之气。他轻松了下来，呼吸更顺畅，感觉也更舒服了些。

钻探声隆隆地持续着，有时会停下来，一停就是好几个小时。只剩残酷的寂静，只有他们的呼吸或咳嗽声。钻机又停了，自诩为运动家的埃迪森·佩纳想：**这简直要疯了**。他旁边的人说："上面那群家伙在干什么啊？"埃迪森也问过自己这个问题。他是一个敏感善言的家伙，在"绞刑架"降临斜坡道困住他们之前，就早早适应了人类生存的愚蠢循环。之前他曾抑郁到要自杀，而每次下井深入大山深处，他都会感到生命的终结。"矿里，死亡无处不在。我很清楚这点。其他人也了然于心。你若跟外面的人讲这些，没人会信。他们觉得，你是在讲科幻故事吧。"对埃迪森而言，平常日的每次下矿都是与存在主义真理的碰面，而这一真理，多数人只有在生命终结前才会领悟，那就是：我们终将一死。死亡一直在等待我们。或许，**此时**就是大限，未知的等待终于要结束了。这就是他的感受，尤其是当钻机声停止，山洞内的寂静持续了两小时、三小时之久时。**现在，钻机都停了。他们已经放弃了**。四小时。五小时。三十四岁，头脑更清楚、更警觉的他意识到，人类确实渺小脆弱。人总是在这生死的循环之中，从阳光、鲜活的生命到永久失聪、黑暗的死亡之旅。只是，他的行程才刚过半。"我感到一种空虚。身体上的空洞。"他后来说。寂静时，有工人会鸣笛，希望外面的人能听到。可听到这些噪音，埃迪森就会想：**这些家伙多单纯，多幼稚啊。我们在地下七百米深！没人能听到！没人！**或许，埃迪森比其他人更强烈地感受到了命运的降临，它就像一头愤怒的怪物，寄居在他咕噜作响的胃里，在里面汲取耗尽他的生命。八小时。九小时。还是没有钻机声。没人来救他们了。埃迪森尽力对抗着身体内越来越大的空洞，想要摆脱它，他在避难所的地面上来回翻滚，眼神疯狂迷茫。在矿友们看来，他似乎疯掉了。

事实是：来矿场之前，埃迪森早已有点失常。不像马里奥·塞普尔维达那般外向，他属于更阴暗孤僻的自省主义者。以往工作日里，不止一次有工人说他"疯了"，因为他总想违反安全规章。比如，矿里有规定说，任何人不得在井里单独行动。在地底下一个人四处游荡简直是自寻死路，因为随时可能会不小心踏入悬崖，或被落石砸到，而身边却无人能听到呼救声。他那种无所谓的态度，还有眼睛里疯狂的神色，让阿莱克斯·维加给他起了个绰号，叫"兰博"（Rambo）①。矿下，埃迪森总是单独行动，在危险的矿洞里发呆。有一次，他在常路过的地方发现了一块巨大的落石，一旦被砸会立刻丧命。

在等待钻机声响起之时，埃迪森觉得自己孤单落寞。岩石掉落的轰隆声，灰白石墙上的纹路，墙面上无数齿尖状的边缘，还有越来越臭的气味，这一切都表明，他和矿友们受困此地，正在接受惩罚。**上帝怎能如此对待我们？**埃迪森想道。**为什么是我？为什么是我们？我到底做错了什么？**此处，毫无光亮，这一定也是审判。"周围的黑暗让人无限绝望。"他后来说。埃迪森是一名电气工程师，他帮伊利亚内斯在避难所和旁边通道安上了电池和几个灯泡。但有一次，电池没

---

① 二十世纪八十年代最卖座的系列动作电影之一《第一滴血》里男主角的名字，是一位英勇无畏、打不死的英雄。——译者

电了，周围的一切瞬间都被黑暗吞噬。"那时，真觉得像在地狱一样。那彻头彻尾的黑暗就是地狱。"地面上，埃迪森也处在一段激烈混乱的感情之中，口语中这也被叫作"如地狱般"。他和爱人隔空扔东西，彼此间的爱恨情愁让他们刻薄相待。但是此刻，这里是真正的地狱。微弱的灯光恢复后，眼前的景象让他心生绝望，仿佛自己正置身于炼狱中的地下墓穴，如黑暗时代（Dark Ages）① 末期某位虔诚的意大利诗人所描写的那般。他看到周围的大家，睡觉的、醒着的、时睡时醒的；有人躺在纸板上，有人在帆布上，脸上被煤尘和汗水弄得黑乎乎、脏兮兮。他们在避难所和外面的成排通道里，这些在岩石中凿砸出来的通道一直向下通到地球赤热的中心。"从这一切看来，我的时日已到。"

或许，还没到。因为，十二个小时漫长的寂静之后，又传来了钻机的声音。**砰砰砰，梆梆梆。砰砰砰，梆梆梆**。这种救援的声音让他感到安慰，他默默高兴了一两个小时。可是，它又停了。"这次寂静彻底摧毁了我们。因为，你会有被抛弃的孤单感。没有任何积极的暗示，信念瞬间坍塌。信念也不会完全盲目啊。我们脆弱、渺小，我深知这种孤独无助、没有出路的感觉。随着时间的推移，信念一点点消耗殆尽。人们都说，要坚定信念，但那根本就是骗人的。很多同伴都会说这样的话。但我不会。听有人这么说，我简直想杀了他。"

埃迪森想活着，为了活下去，他几乎动也不动。有人批评说，他和其他人不愿离开白地砖和钢筋门的避难所，就知道躲避。可对埃迪森来说，这才是最理智的做法。确实，连饭都没的吃，最好就是坐着等待。"我在保存体力。有时，也会出去走走。但后来上厕所时，我发现腿都不灵活了。我真觉得疲惫。我想，人都有智力，求生的本能。所以，我不会没事找事儿，到头却被累死。很多人都那样。"

---

① 公元 400 年到 1000 年，欧洲中世纪的早期，被认为是愚昧黑暗的时代。——译者

埃迪森周围，大家都很受伤、很愤怒，很多人一直在痛诉或哀悼。"他们会说，'等我出去了，我要做这、做那。'"埃迪森如是说，"还会说，'真后悔我不是个好父亲。'有人问，'你有几个孩子啊？'然后，他的眼里就噙满了泪水。看着旁边的人，你就会意识到，那家伙比你还绝望。这就是伟大的真理：在矿下，没有英雄和凡人之分。"

是的，他们都不是英雄，只是一群担惊受怕的凡人。他们灌下大量的脏水来填充咕噜乱叫的胃部，饥肠辘辘地等到中午，再聚在一起吃一顿饭。吃饭前，高个子、秃顶的乔斯·安立奎会先说一段祈祷文，然后再讲几句祷告的话。有时候，他凭记忆讲述《圣经》中的故事。比如，比较符合当前情景的，有被鲸鱼吞掉的约拿（Jonah）① 的故事。上帝派约拿去某个村落履行使命，但是约拿违反上帝旨意，乘船朝相反方向而去。"约拿脾气暴躁，"安立奎讲道，"所以，上帝便要施压于他。"上帝让海上刮起大风暴，船被吹翻，跟约拿同船的人意识到，他才是上帝愤怒的原因。于是，他们便把他扔下海，他随即被鲸鱼吞掉。"违抗绝不是好事。"安立奎如是说。约拿到了地狱的深渊，到了"深腹"（depths）之中，牧师记起了《圣经》某篇中的用词，西语中作"profundidad"。此刻，身处大山之腹，听上帝之子说到这个词，塞戈维亚印象深刻。几小时后，他在日志中写下了这个词。

"我进到大山深处。"《圣经》文如是说，"大地，和她的栅栏永远可见。"约拿将自己交给了上帝，他说，上帝带他脱离了"腐朽的"生活，他承诺会用"感恩之辞"表达对上帝的敬意。然后，上帝命令鲸鱼将约拿吐出。此处，可怕之地，被石墙困围，这个故事带来的触动比任何教堂的布道都要大：好像，他们就在《圣经》寓言中，乔

---

① 《旧约》中的先知，通常指带来厄运的人。——译者

尼·博瑞斯说。

他们没吃一顿正经饭，已经存活了两周。接下来，很有可能还吃不到饭，他们身上发生的这一切似乎都有深层的含义。维克多·塞戈维亚以前几乎不去教堂，但现在，他几乎也算天天出席。因为，随着每次祈祷的结束，这种感觉越来越强烈：那就是，这三十三人的统一是神圣无比的一件事。事故发生前，维克多在日志中写道，他觉得教堂是有罪之人前去祈求宽恕之地。但是现在，安立奎传递给他的信息是爱和希望。牧师的外观也发生了变化：如此湿热的环境下，他脱下了衬衫，剪短了裤腿，穿一双撕裂成凉鞋样子的靴子四处走动。他光着膀子，仅有的几根头发被汗水打湿成缕，秃顶的脑袋上贴着乱蓬蓬的刘海。他就这样诉说着上帝之语，看上去就像一个住在沙漠山洞里的疯狂神秘主义者。这种感觉特别强烈，因为诉说之时，他看起来很坚定、深信不疑。耶稣爱你的内心，牧师如是说。后来，维克多记下了他的话："寻找上帝，你会懂得，他爱你，你会找到平静。"对维克多而言，这就像是个启示。"现在，我知道，感恩之人也去教堂，因为他们曾被上帝的恩慈所感动。"他写道。

另一次布道中，安立奎讲述了耶稣五饼二鱼喂饱五千人的神迹。然后，他带领大家祈求上帝保有他们少量的食物，让它可以维持更久，因为他们就快没的吃了。

"牧师祈祷说，请赐予我们大量的食物，"马里奥·塞普尔维达后来说，"之后，我看到一个家伙走到装食物的箱子那，想要瞅瞅，食物是否真的多了起来。"

可是，每次打开箱子，食物都越发少了。大家开始四处搜索，看能不能找到可吃的东西。塌方那天，乔尼·博瑞斯没能阻止众人哄抢食物。现在，他看到有人捡起扔在地上的金枪鱼罐子，拿手指摸了摸里面，放到嘴里一个劲儿地舔着：乔尼从未想过，像他一样收入不错的大男人竟会沦落至如此地步。其他人开始翻腾垃圾桶，找到橘子皮，洗洗也吃掉。乔尼自己也吃了一个棕褐色的梨核儿。"吃起来还不错。饥饿太可怕了。"维克多从垃圾堆里找到一块嚼了一半的水果，也吃掉了。8月11日，周三，回忆起在科皮亚波看到穷人翻垃圾堆的情景，维克多在日志中写道："我们管不了那么多了。大家以为，这种事儿不会发生在自己身上。可是，看看我，吃果皮、吃垃圾，只要能充饥就行。"来自玻利维亚的移民卡洛斯·马玛尼也在地上扫视着，看能否找到小虫之类的东西：看到了，他肯定会抓住，放嘴里吃掉。但是，就跟没有蝴蝶一样，这里也不可能出现甲虫或毛毛虫。"我没看到蜘蛛，也没有蚂蚁，什么都没有。"

大家都很虚弱，在十度斜坡上来回走动也越发困难。无力感越来越强，尤其现在，避难所里到处是水，是救援钻机排放渗进来的污水。地上全是泥巴，都能没过靴子；车辆开过时，也打滑。有几个人开来铲车，想建个类似堤坝的防护墙来阻挡水和泥巴，但是很快就坏掉了。马里奥·塞普尔维达走在泥巴上，袒胸露背，浑身煤烟，满脸的困惑和担忧。他没说话，大家看着他的身影走远了。他脸上的胡须又黑又密，跟满头奇异果样的毛发一拼。他走到机修工们所在的海拔一百九十米，跟那里的人讲了他的感受。他觉得葬身这里非常丢脸，大家都让他打起精神。后来，回到避难所，他设法睡了一觉。维克多·塞戈维亚看到，他说起了梦话，大喊儿子的名字："弗朗西斯科。"这一情景让人看得心疼：人到中年，如此渴望与儿子相见，竟然只能在梦中实现。然后，马里奥就醒了，看起来沉闷颓废。如此能言善辩的人，突然之间，竟就一言不发了。

大家注意到，卡洛斯·马玛尼格外沉默，自己孤单地在避难所一角，好几天也不说一句话。睡在他周围的二十几个人觉得，这个玻利维亚年轻人过分的沉默实在是恐怖，很令人不安。其实，卡洛斯只是恐惧和疑惑。他第一天下矿工作就遇到了这种事，而其他人似乎都彼此熟识，或有亲戚关系。他很害怕，因为大家一直在争吵讨论：比如，到底会不会被救出去；或者如果没被救的话，该怪谁。"我不知该信赖谁。"

此时，马里奥·塞普尔维达踏着疯克乐（funk）①舞步在四处溜达。突然，他打了个响指，然后双眼直直地盯着马玛尼。避难所里，大家都在围观。他站起身，对这个玻利维亚小伙儿讲话。"跟大家一同被困在这里，你跟我们一样，也是智利人。"马里奥大声说。在智利，很多工人憎恨玻利维亚移民，就跟其他国家的人也会排外一样。大家都知道，在智利生活的玻利维亚人并不轻松。"你是我们的朋友，是兄弟。"马里奥又说。他讲完后，大家都热烈地鼓掌，有人还抹了抹眼泪。确实如此：他们要一起葬身此处——没有任何人，即使是玻利维亚人，该遭此厄运。卡洛斯看他们玩多米诺骨牌好几个小时了，有人便邀请他加入。他从未玩过，大家给他讲了规则。很简单——一共二十八张骨牌，点对点成双——卡洛斯学得很快。他意识到，这一轮轮的游戏让漫漫长夜显得不那么难熬，黑夜也不那么黑暗。几轮游戏过后，他赢了一局。然后，又赢了一局。很快，他就所向无敌了。

"他又赢了？怎么可能？谁教会这个玻利维亚小子的？"

在智利，男人之间称兄道弟后，就开始了各种戏谑打趣，这叫"探探你的底儿"。会打趣又不会引起打斗，这是难能可贵的技巧。这群人中，维克多·扎莫拉最善此技，这也是大家没法生他气的原因之一，虽然他带头抢了应急食物。任何时候，维克多都能让避难所里的一半人嘲笑另一半。看看那个马里奥·戈麦斯，又拿着木头贴在墙上听。钻机很近了吗，马里奥？从哪个方向来的？然后，维克多就站起身，学着戈麦斯的样子，像拉布拉多金毛狗一样用手指着某个方向。有时，戈麦斯没在场，扎莫拉也会伸出三个手指头比划——矿工们都

---

① 融合了爵士乐和蓝调乐的舞曲，低音部分多重复，力度强。——译者

知道，这是打趣手指伤残的戈麦斯呢。但是，在当时的环境下，这一幕看起来好笑极了。从这边！不，从那边！很近了！扎莫拉拿戈麦斯开的这个玩笑很有趣，接下来的好几天，大家还反复转述，大笑不止。

最终，为了让马玛尼也融到圈子里来，塞普尔维达也跟他开了个小玩笑。跟其他笑话一样，他戏谑的正是让他没有归属感的原因。

"马玛尼，你最好期望会有人来救咱们。要是没有的话，你这玻利维亚人，肯定是我们首先要吃掉的一个。"

马玛尼并没太在意这个笑话——这帮智利人能有句正经话吗？"我从没想过，他们会吃掉我。"马玛尼后来说。但是，听到这笑话后，劳尔·巴斯塔斯却想：这次，那个疯子马里奥可太过分了。还有几个人也有这样的感受。跟这群十天没吃过正经饭的人讲吃人的笑话，这可真够疯狂的。他们真的要饿死了。有人想，其实，他们或许还真会吃掉第一个丧生的人，这也不是没可能。"我知道，马玛尼当天晚上都没睡好觉。"弗洛仁科·阿瓦洛斯说。这个恐怖的死亡幽默也让劳尔很是不安：他不确定，如果真到了饿死的程度，大家是否还能团结一致。塔尔卡瓦诺海啸后，人们很快就屈服于低俗卑鄙的本能。塞普尔维达是个情绪多变的家伙，现在劳尔可知道，他在亲友眼中是什么样子的了：他是一个不能完全掌控自己情绪的人。这一刻，他会说爱你；可下一刻，就会威胁恐吓你。很有可能，他会为了生存不择手段。

即便大家都虚弱无比了，马里奥也还会找碴儿打架。他跟奥马尔·里伊加达为钻探的事儿争吵了起来。上岁数的奥马尔以前在钻探队干过，每次钻机停止，或偏离既定轨道时，他都会凭经验告诉大家原因。又是一次长时间的寂静，完全听不到任何声音，奥马尔又跟大家说别担心，并提醒大家别忘记他可干过钻探，知道钻探的一些操作流程。"他们没有放弃，"他说，"必须得加固一下钻孔……"到现在，大家都明显出现了营养不良和饥饿的新症状。走到厕所很费劲，可到了后，下蹲又是无尽的折磨。身体想要排泄，可使劲的过程太痛苦了，并且最终的排泄物也奇形怪状，大便都是鹅卵石形状的小球，跟石头一般硬。对那些在农场或乡下长大的人来说，它们看起来很像羊粪或驼便。

跟其他人一样，马里奥·塞普尔维达也开始便秘、筋疲力尽、惊恐万分。最后，他受够了这个白发老头儿的屁话。"你总是这么说！"他朝奥马尔吼道，"你在骗人。你什么都不知道。你就是傻子！"

"你不能这样说我。"

"快住嘴吧！"

奥马尔站起身抗议，并威胁地朝马里奥走近了几步，完全不在意这个像狗一样的家伙比他高、比他壮、比他年轻。"走，找个地方，一决胜负吧……就到下面水洼旁边。"

在几个人的注视下，这两人从避难所附近的休息区离开，沿着斜坡道往下走去。他们走进一条边道，那里救援钻机渗漏下来的水积成了一个水洼。马里奥边走边想，他得好好教训下这个烦人的老家伙，这样才能发泄内心喷涌的怒气。但是，那水洼得有一百米远，还得一两分钟才能走到。就在去的路上，他的怒气消失了。这个老家伙似乎下决心要打一架，肯定不会退缩。看着他，马里奥突然意识到，他跟自己一样绝望、饥饿，在这半死不活的状态下，两人还要打架斗殴，这得多蠢啊。

"我看着比我年长的这个老家伙，心想：如果我这头小公羊打伤了这头老山羊的话，可有的解释了。而如果这老山羊打败了我，那我就更得好好解释一番了。"等到了水洼旁，他们面对面时，安全帽上的光束照射在彼此的脸上，马里奥突然咧嘴笑了起来。他讲了自己刚才有关小羊和老羊的想法，向奥马尔道歉，并给了他一个满是汗水的真心拥抱。他们很饿，都要疯了，但他们仍然是好兄弟。"抱歉，兄弟。请原谅我。"奥马尔舒了一口气，精疲力竭。他们一起走回了避难所。听到他俩走近，其他人都站起来，或坐直了，期待看到两个互殴的家伙。但是，这俩光着膀子、满身煤烟、饥肠辘辘的家伙，就跟老朋友一般有说有笑地走了进来。

胡安·伊利亚内斯给海拔一百零五米和九十米都安上了灯，但随着时间的流逝，矿灯都变暗了，或直接熄灭了，这种身处黑夜的恐怖越来越强烈。阿莱克斯·维加记起了一个有关矿工的传言：黑暗中待太久的话，人就会瞎掉。加利古洛斯也记起，有几次，矿灯突然灭了，他也陷入彻底的黑暗之中：人很快就会失去方向，这种无助、迷失的感觉很吓人，你不得不伸手四处摸索，寻找附近的墙壁。后来，伊利亚内斯发现，他可以用车上的发电机给矿灯充电，自此黑暗才不再那么令人畏惧。

最后，那些行动派们决定，不能干等着救援。看不到任何生命的迹象，救援者们会放弃。于是，他们又试图向地面传送信号。他们手头有炸药和引线，可没有雷管，因为塌方那天矿里并没有爆破安排。但乔尼·博瑞斯和胡安·伊利亚内斯想法儿从引线中弄出了黑色火药，并用牛奶盒内的箔纸包了起来，做成雷管，点燃，就可以引爆平常采矿用的硝基炸药。他们走到最高处，等到早上八点，准备引燃自制的炸药包。每天此时，钻机都会停工，显然上面正在换班。钻探声停止后，乔尼点燃了引线。成功了，炸药爆炸了，威力很大，但地面上根本没人听到。

我们身处七百米的地下，胡安心想。**他们怎么会听到？**

钻探声又开始了，声音越来越近，可以明显感觉到石头里的震颤和敲击。有些人说，"这次是冲咱们来的了。"或者，"这次肯定会打通了。"他们在各级隧道和边道里来回寻找，希望能找到打通下来的钻头。可是，声音越来越远，最后竟停止了。

8 月 15 日，被困地下第十一天，维克多·塞戈维亚在日志中写道，大家都要绝望了。"上午十点二十五分，钻机又停了。这次，声音又走远了。真不知道上面发生了什么。为什么这么长时间还没打通？……阿莱克斯·维加朝克劳迪奥·雅尼兹（Claudio Yanez）大吼了起来，因为他整日睡觉什么也不干……"其实，要做的事情还很多：主要是从更高处往下取水。第二天，维克多又写道："几乎没人在说话。" 8 月 17 日，他看到有几个矿工聚在一起，低声嘀咕。"他们要放弃了，"他写道，"我觉得，上帝让我们从塌方中活下来，肯定不是为了饿死我们……大家都皮包骨头，肋骨也外凸了出来，走路时双腿一直打颤。"

钻探声停了好几个小时，大家四处走动寻找声响，后来声音又开始了。钻机在石头里咚咚梆梆响了一整天，突然希望好像又近在咫尺。大家又开始谈论之前说要做的准备。他们找到了一罐红色喷漆，平时用来在墙上喷方形或圆圈来指示道路。如果钻机打通，他们就给钻头喷上红漆，当操作员收回钻杆时，他们会无疑地确认，地下还有人存活。乔斯·奥捷达曾在世界上最大的矿场厄尔特尼恩特工作过，在那里的入职安全培训中，他学到传递给潜在救援者的信息必须包括三条：受困人员数目、地点以及人员状况。他用红色马克笔在方格纸上写下了这些信息，只有七个字。准爸爸理查德·比亚罗埃尔在工具箱里一通乱翻，寻找最结实的金属工具，最后他翻出了一把大扳手。钻机一旦打通，他就会用它猛力敲打钻机钢管，巨大的敲击声会顺着两千英尺的钻杆传到地面，而某个救援人员或许恰好会把耳朵贴在上面，仔细倾听来自地下的生命之响。

一天后，他们清楚地确认，听到的钻探声竟然来自脚底。他们沿着声音，步行或开车前往更深处，在底下曲折的通道里倾听，再往下、往下，后来声音就消失了。8 月 19 日，塞戈维亚在日志中记下："我们都快绝望了。一台钻机就从避难所的墙里穿过，却没打通进来。"第二天，他注意到，"狗仔的情绪特别低落。"那天，大家只能靠喝水充饥，因为食物越来越少，只能每四十八小时才吃一块饼干。"钻机没能打通！"塞戈维亚第二天写道，"我开始怀疑，上面是不是有只巨大的黑手，阻止救我们出去。"

他们至少听到八台钻机朝这个方向钻进，可不是停了下来，就是越来越远。几个工人循着上台钻机的声音下了好几级通道，认真听着，他们难以置信地发现，钻机竟然通过了矿山最深处的海拔四十米。"太可怕了。这简直又是一次致命打击。"一名工人说。很有可能，矿主们又将他们朝死亡推近了一步：圣埃斯特万矿业公司提供的图纸完全不可靠，钻探救援人员根本无法准确定位。"他们的图纸就是一坨屎。"他们大吼。如今，三十三人坐在黑暗中，怀疑自己会不会因这最后的侮辱而死去：被困深暗，饥饿难耐，外面有矿工想要救援，努力却完全白费，因为这卑鄙的公司竟无法确定隧道到底在哪儿。

九　满是梦境的山洞

　　矿业部长劳伦斯·戈尔本快要疯了，他耳边尽是各种疯狂、不靠谱的建议。钻机偏离目标，或还没打通钻头就坏了。已经打了不下十几个孔洞，每次都以失败告终。8 月 19 日，矿工被困已经整整两周，一台钻机钻进了五百米，目标是两条通畅的隧道。戈尔本、安德烈·苏格雷特和其他人都很乐观，觉得这次肯定能有所突破。家属们被告知，钻机离受困地点已经很近了，"希望营地"里大家也积极地展开了夜间轮值。但是，钻机一直钻进，却一直没能打通，最后都深入七百米了却还是一无所获。"那名钻工太专心、太投入了，他根本就停不下来，我们都清楚，他肯定早就钻过头了。"一名官员说。

　　戈尔本对记者们说，他不知道到底出了什么问题，但也暗示，矿主提供的图纸可能有误。救援总指挥苏格雷特也对《第三日报》（*La Tercera*）讲述了同样的情况："信息有误，我们很难进行下一步规划。"另一匿名官员对该报说，可能整个矿井都坍塌了。这一悲观言论在亲属间慢慢传开。"当晚，他们就发动了抗议活动。"戈尔本说。你们不知道自己在做什么，他们说。Codelco 也不知道！我们知道！请听我们说！一小拨矿工宣称说，"即便是爬着"，他们也会爬进矿井，只要政府打开封锁的入口。

　　最终，在某些绝望家属的请求下，矿业部长同意会见几个"睿智"的人。他们觉得，这些人会对救援有所帮助。其中一位是巫师。

在一个刺骨的寒夜，戈尔本会见了她。"我看到了十七具尸体，"她说，"其中一个的双腿都被压碎了。他在呼喊。"戈尔本觉得，最好还是不要跟家属们转达这一"发现"。他们还坚持让部长跟一名"寻宝者"聊聊。这位寻宝者有一根神秘的神棍，可以用来探视山表，定位被困地点。

"这是什么技术？"戈尔本问。

"呃，这非常复杂。"寻宝者回答。

"我是一名工程师。给我解释下吧。这种做法的原理是声波、热量还是电压差呢？"

这位寻宝大师只是说，太复杂了，并拒绝继续解释。不管怎样，戈尔本还是批准他进入现场，更多是为了满足家属们的要求。他在矿山表面上铺了很多长毯，然后用一个戈尔本从未见过的设备开始了各种测量。结束后，他高傲地宣布说，钻探队找错了地方。还说，戈尔本、苏格雷特和其他人都是傻子，如果不听他的话，不按照他设备的指示行动的话，他们只能让底下的三十三人白白等死：你们必须得换个地方钻探，否则肯定找不到他们。

戈尔本当然没听他的建议。他走到下山，在一个靠卖点心维生的女人旁边坐了下来。这个女人赢得了矿工家属们的信赖，而他，也必须赢得她的信任。得让她相信，他们正想方设法、竭尽所能，动用一切资源寻找受困矿工。他找到了玛利亚·塞戈维亚，达瑞欧的姐姐、"希望营地"的市长，并跟她聊了起来。玛利亚已经听到消息，说钻机深入到五百三十米，五百五十米，六百米，每次深入都是一次沉重的打击。"没有时间了。"她说。她不断重复这句话。**没有时间了**。还有其他钻机，满脸疲惫和担忧的部长说，我们还没放弃。

玛利亚·塞戈维亚觉得，跟部长谈话那段是她最为低落的时刻。"你必须得坚持、坚持、坚持，但与此同时，你会感到这种莫名的悲伤、担心、无助和无力。"她后来说。她全身包得严严实实，在听部长说话，他穿着红色公务夹克，上面印着白字：戈尔本-智利。部长经常来帐篷里，跟她和亲属坐下聊天、喝马黛茶，就这样，他慢慢赢得了她的信任。很奇怪，部长在她面前特别谦逊。他说，有一台钻机离目标大概还需两天。虽然一贯很怀疑这些特权阶层和他们的言论，这次，玛利亚却尽力地选择信任。

人的大脑平均每天需要一百二十克葡萄糖，可这三十三人平均连二十分之一的量都无法达到。二十四小时没有进食的话，身体就会将肝脏中存储的糖原分解为葡萄糖。再过两到三天，胸腹部的脂肪就开始燃烧，然后是存储于肾和其他器官的脂肪。但人的中心神经系统无法靠这些脂肪运行。大脑需要肝脏分解体脂过程中产生的脂肪酸或胴体。当身体内存储的脂肪耗尽时，体内的蛋白质，主要是肌肉，就成为大脑所需能量的主要来源。蛋白质被分解成氨基酸，肝脏再将其转换为葡萄糖。实际上，大脑开始消耗肌肉之时，就是饥饿开始之际。两周后，圣何塞这三十三人中较矮、较瘦的几个已经明显损失了很多的肌肉，大家都开始担心起来。

阿莱克斯·维加的锁骨突出得更厉害了。"嗨，自行车架子，看看你瘦的！"奥马尔·里伊加达冲阿莱克斯喊道。这小家伙来矿里工作是为了给家里多盖几间房子。后来，奥马尔又觉得自行车架太大太重，无法恰当地比喻光着膀子的阿莱克斯瘦弱的样子。他看起来很"干巴"，就跟晒干的肉干一样。他喊阿莱克斯是"干巴的蝴蝶"，"你可以想象下蝴蝶晒干后的样子，基本上就形同无物嘛。"

阿莱克斯接受了这个善意的玩笑，毕竟奥马尔自己看起来也不咋的。没人看起来精神十足。大家的新陈代谢都减缓了，连那些精力充沛的家伙也开始嗜睡，脑子里总像笼罩着雾气一般。有几个人开始出现长期饥饿引发的副作用。其实，只要禁食一周多，这种现象就会频繁出现：睡觉时他们会做特别长的梦，而梦境也会特别清楚、逼真。

很多禁食主义者认为，这是身心得以净化的效果。没有了赖以生存的食物，大脑会带人进入回忆和欲望的领域，上演一部基于个人历史素材的戏剧，主角一般是家人和爱人。

多米诺骨牌游戏的新晋冠军卡洛斯·马玛尼发现，自己在潜意识里开始了一系列的旅程。"我睡觉，这样才不会觉得饿，"他后来说，"然后，睡着就会做梦。梦里，我去探望某个兄弟姐妹。醒一小会儿，睡一大觉，又梦到去见另一个。"他有十个兄弟姐妹，分布在玻利维亚各地：从瓜尔贝托·比利亚罗埃尔省（Gualberto Villarroel）的乔赫亚小镇（Chojlla）到拉巴斯（La Paz）、科恰班巴（Cochabamba）等大城市。他们兄妹都是孤儿，基本是大的带小的，一起成长起来。"就是没梦到我大姐，父母去世后，是她逼我继续学习。我梦见去他们家里，一家一家都去了。还去了阿姨和堂兄妹家。"梦里，他走在阿尔蒂普拉诺高原上，沿着小土路往下走，经过了养羊和美洲驼的栏圈，走到了大城市里，走进了兄妹们塞满家具的小客厅。或者，回到他成长的小城镇，远处可见伊伊玛尼峰（Illimani）白雪皑皑的山顶，人称"金雕峰"。他就在那片大草原长大，那里的人们种植土豆、燕麦、黍稷和昆诺阿藜。"我的故乡就在南美草原，"他说，"在乡下，人们说人快死的时候，就会在夜间行走。梦里，我就在走啊走。"醒来时，这些梦境的暗示让他十分悲伤：他还没准备好这么早离世。他记起以前在乔赫亚，还是学生的时候，在大姐的坚持下他走进了学校。放学回家的路很长，会经过那片大草原，他一般晚上八九点才能到家。在这样步行回家的夜里，他偶尔瞥见人的身影，可转眼就不见了。那就是将死之人的灵魂，他觉得。现在，自己也即将死去，他的灵魂也在梦里四处游走。在一系列的梦境中，他见到了所有的兄弟姐妹，可唯独没有大姐，那个母亲去世后将卡洛斯抚养成人的大姐。他模糊地记得母亲的葬礼，四岁的记忆中，那就是一次时间很长的聚会，孩子们四处跑跳玩耍。可跟大姐一起成长，被她逼着去上学的记忆却极其深刻。他还没有梦到大姐，也不会梦到她。"我觉得，如果梦里看到了她，就意味着我真的要死去了。"但是，卡洛斯又做了一个充满希望的梦。他梦见自己站在一个巨大的金属桶里，就跟他工作中用到的那个桶一样，被升到了地面上，就像坐电梯到了顶楼一样，他被送到了安全之地、阳光之下。

爱德华多·赫塔多奥和他带领的特拉钻探队摆脱了上次钻井失败的阴影，重整旗鼓，又开始了代号"10B"的新一轮钻探。这次，是他们的第三次尝试。8月17日，周二，天还没亮他们就开工了。每钻进一百米，他们就停下来，地形测量员桑德拉·哈拉将回转仪放到孔道里检测进度。随着钻杆的深入，他们将地形学知识和钻探技巧相结合，哈拉、赫塔多奥还有钻工们一起商讨，共同做决定：钻探进度很缓慢，但不求速度只求准确，钻机每分钟仅六转，不及平常转速的一半。钻探队里共有两名操作员，每人十二小时轮班，其中一人便是尼尔森·弗洛雷斯。他很理解慢速的必要性，虽然这有违他的本能，"会觉得很枯燥。想要加快速度，快点完工"。十二小时的轮班结束后，他和其他人一起走出矿场门口，那里的亲属们对他们报以热烈的掌声。

夜里，钻探声越来越远，肚子也咕咕直叫，备受折磨的埃迪森·佩纳每次睡觉前都要呻吟几分钟，哀叹他即将到来的死亡。"我快死了。我快死了。"他说。马里奥·塞普尔维达在他旁边，也正费力入睡，听着这些哼哼唧唧，完全束手无策。够了，埃迪森，他心想。最终，马里奥实在受不了了，决定戏谑他一番。他学着埃迪森的样子，前后摇晃着头，张开嘴巴，发出窒息的啊啊声，好像突发饥饿引发的痉挛一般。接着，他说了一番生离死别的话，像影片中那样——马里奥是个影迷，尤其是有梅尔·吉布森的电影。"就这样了，埃迪森，"

他虚弱地呻吟道，"我要死了。要死了。跟我……我媳……妇说……"

马里奥演完后，就闭上眼睛，一动不动了。埃迪森坐起身，趴到他胸前，开始疯狂地摇晃他。

"不，狗仔，不！"埃迪森哭喊道，"不！你别死！"

马里奥睁开眼，发出一串不怀好意的笑声，说了几句低俗的骂人话。他觉得，装死这一幕是他做过最搞笑的事情。埃迪森也开始以此为乐。稍后，他俩又合作演出了一次。这次，埃迪森先说台词："狗仔，告诉我，你把钱藏哪儿了！在哪儿？"有人看到这一幕，说："刚开始，觉得那肯定是开玩笑。但后来，他们演得越来越逼真。"你会觉得，如他们一般将死之人，怎么还能够这样开玩笑呢。但马里奥和埃迪森看法不同。埃迪森这么解释："我觉得，能让人发笑的唯一办法就是，接受现实，接受无路可逃的残酷现实。"就在他们第一次愚蠢可笑的小演出之后，避难所里窒息压抑的气氛突然缓和了很多，因为马里奥嘲笑埃迪森那一幕实在令人忍俊不禁。还有谁会做出这种事儿呢？谁会嘲弄别人死亡的呻吟呢？也就这个"奇葩"塞普尔维达了：他号召大家一起祈祷；他跟饥肠辘辘的大家说，他要吃人了。

上面海拔一百零五米处，机修工们休息的地方，平头、好心的胡安·伊利亚内斯正用广播员般的低沉嗓音，继续给大家讲故事、说趣事儿，想调动大家的积极情绪。换作平常，他得超级烦人。但对这群被困地下、无事可做的人来讲，他滔滔不绝的说笑也是一种不错的消遣。他知道，有些人担心家人，如果钻机无法钻通，没有了他们的收入来源，妻子孩子会很难生活。劳尔·巴斯塔斯有两个未成年的孩子，理查德·比亚罗埃尔的妻子即将生产，他们俩尤其焦虑。于是，伊利亚内斯又开始跟大伙儿普及智利的劳动法。

"假如，我们没能获救，当然只是假设，"他说，"劳动法对社会保险和劳动伤亡的规定非常明确。我们会有保险赔偿，我不确定是多少钱，但是大概得有两千 UF，或者三千。"

“真的吗？”

“有那么多？”

大家暂时忘记了当前的困境，都在头脑中打起了小算盘。UF 是“发展单位”（Unidad de Fomento），是一种根据汇率变化而调整的利率，主要用在智利政府的某些金融交易中。当时，一个 UF 约等于两万智利比索，大概四十美元。所以，伊利亚内斯告诉大家的是，他们的家人会得到八万到十二万美元的补偿，几乎相当于十年的工资。

“还不止这些，”伊利亚内斯继续说道，“你们家的寡妇，当然了，又是假设，会在你事故死后继续按月领取你的工资，这是劳动法第1744 号条款中的规定。”伊利亚内斯声称自己知道准确的法律编号（事实证明这是正确的），他说这个数字时的感觉，就跟他绘声绘色描述烤羊肉和南美菌菇一样，让人不得不信。“根据这条法律，领取数额是个人过去三个月的平均工资。咱们的妻子可以一直拿这笔钱，直到三十五岁。如果孩子上学，还要读大学的话，这笔钱会一直发到她四十五岁。到那时，说实在的，”他坏笑着说，“她们会改嫁他人了。”伊利亚内斯怎么懂这么多呢？“法律规定，公司必须向员工普及这些知识，”他跟大家说，“我在很多矿场工作过，这些话反复听了好多遍，所以就都记住了。”

这个伊利亚内斯听起来像律师，完全不像是机修工。他对劳动法如此明确的解读让大家都平静了一些，因为现在他们清楚，即使葬身此处，他们也会给家人带去生活保障。

不说话时，伊利亚内斯的脑海里会浮现很多事情。他想象自己返回了地上，即将恢复正常的生活，枯燥的家务活正在等他。跟被囚禁于恶魔岛的法国囚犯巴比龙（Papilon）① 一样，伊利亚内斯也幻想自己逃离了矿山的困围，回到家中，回到那未安好的桌子旁。现在，他

---

① 1973 年美国上映的经典逃狱电影。——译者

安好了桌子，还做了其他事情。"我得修好漏雨的屋顶。我得修修下水道，要买三个流水槽，两米长的排水管。这得花多少钱呢？"他在脑子里计算了好几次，还过了一遍需要用到的木螺钉、紧固件以及其他工具。他拿着钻机，爬上梯子，又爬了下来。完工后，又上下了一次。这些变得没意思时，他又回忆起十四岁时参加教堂唱诗班唱的那些赞美诗。在老家的教堂里，伊利亚内斯也还唱着。但现在他想唱一首很久之前的诗。他只记得开头一句，**"我想唱一首美丽的歌……"**其他的呢？整整三个晚上，他绞尽脑汁回忆剩下的歌词。慢慢地，一个词、一句句都出现在他脑海中，就跟组装东西一样。第四个晚上，他想起了全部歌词，全部四节，每节十六行，最后一句是：**"从他身上，我找到了幸福。"**整首诗了然于心。他走到一处偏僻的通道，只身一人，没人能听到。他大声唱了起来，跟十四岁那年一样，他一边唱一边哭，因为他意识到，年轻真好，能唱歌真好。

被困地下第十四、十五天，那些最忙碌和积极的人也开始感到疲惫和绝望。整整两周，二把手弗洛仁科·阿瓦洛斯一直开车上上下下，忙着运水、寻找出路、向地面发送信号；他也会到避难所里，给他弟弟里那恩（Renan）打气，因为他几乎一直躺在床上不起来。起来里那恩，他说，帮忙做点事儿。别总呆在这儿了，臭死了。有时，弗洛仁科也能让他弟弟起身，做点其他事情。虽然没说，但弗洛仁科害怕弟弟会走极端，像那些绝境中的矿工一样跳下深坑自杀。站在深坑边上，拿矿灯向下一照，除了黑暗什么也看不到。跳进深坑就跟跳进黑洞一样。一般矿里掉落十英尺就会死人，但这个深坑，你得降落一百英尺才行。有几个人曾坦白说，也想过这种死法儿，这样就不用整日备受落石隆隆之声的折磨了。

最后，不是弟弟，竟是弗洛仁科自己感到了彻底的绝望。弗洛仁科，轮班班头，是大家都很钦佩的几个人之一。"我们的班头虽然年轻，却很出色，"被困期间，马里奥·塞普尔维达就这么说过，"他总是在克服困难，具备很多美德。"但是，一个晚上，他从大橡胶管床上醒来时，发现水正流过他的双腿。那一刻，他突然很绝望，一下子就没了战斗力。他站起来，满身都是黏糊糊的泥巴，每一步都是艰难的跋涉。开车时，车轮也打转、打滑，根本爬不动。这更让他觉得，一切都是无用功，根本没法救出自己和大家。

当时，弗洛仁科正跟一队人开车上坡，车上拉着运水的水桶。突然之间，那种无力、无助之感让他难以承受。他觉得自己一步也走不动了，于是悄悄地离开了大家，走到了一辆停着的卡车那里。他钻进车厢，其他人走远了，光线也暗淡了下来。他的矿灯早就没电了，所以现在周围一片黑暗。他坐靠在座位上，精疲力竭。卡车的电池早被卸下来，安到避难所里照明去了。弗洛仁科感到前所未有的虚弱，刻意让自己陷入这片黑暗和无助之中。就让饥饿把我带走吧，他想道，就在这软垫座位上，窗户紧闭，远离泥巴和隆隆声。彻头彻尾的黑暗中，只身一人，他败了，心想，就这么睡过去吧，别再醒来了。他想到了孩子们，没有父亲的陪伴，他们会怎么成长起来：塞萨尔·亚历克西斯，十六岁的亚历，他跟妻子莫妮卡少年时就生的儿子；还有贝伦，刚七岁。他们长大后会是什么样子呢？没了他，时间依旧流逝，他们会长多高？会成为什么样的人？也会娶妻成家吧？不难想象亚历成年的样子，因为他早就长成了一名男子汉，勤奋、负责。弗洛仁科遇难会确保一件事，那就是，他的两个儿子将来肯定不会再入这一行。

运水分队的其他人终于注意到弗洛仁科的消失。他们四处搜索，在通道里、避难所里、大家上厕所的地方，都没找到。

弗洛仁科沉沉地睡着了。醒来时，绝望不再那么难以承受。后来，他看到了光。他在车厢里坐了起来，很快，光线就打在他脸上。

"你在这儿呢，弗洛仁科。"

"我们很担心你。"

"我们以为，你从深坑跳下去了呢。"

第十六天了，还是没有任何消息。外面等待的妻子、女友和孩子们也开始想象，如果救援不成功，他们的将来会是怎样。马里奥·塞普尔维达的妻子埃尔韦拉一直呆在科皮亚波的旅馆里。每天晚上，她都会跟女儿和儿子在床边祈祷。最近一次祷告后，儿子弗朗西斯科问她："你确定，爸爸还活着吗？"他今年十二岁，但问这个问题时却像个大人，他需要诚实的回答。

是的，他妈妈说。但是，或许，她的声音里有那么一丝的疑虑，有那么一丝绝望的感觉，因为弗朗西斯科又问了另一个问题。

"如果没有呢？"

埃尔韦拉想了一会儿，回答说："儿子，我们得做好各种准备，因为即使你爸爸离开了，那也是上帝的意愿。或许，他的一生就该到此结束，那我们得学着适应没有他的生活。不管这说不说得通，事情就是这样的。"

"该死，妈妈，我很心痛，"他说，"我们该怎么办呢？"

埃尔韦拉绝对不会也不能跟十八岁的女儿谈论父亲去世的可能，因为她已经处在崩溃的边缘。现在，斯嘉丽必须吃药才能入睡，而且总问母亲一些无法回答的问题。"爸爸那里有水吗？有灯吗？"对女儿，埃尔韦拉不能表现出丝毫的疑虑。但是，弗朗西斯科想知道真相，他想让自己坚强起来，坚强地面对没有了英雄父亲的未来。显然，弗朗西斯科有这样的意愿，是因为父亲从小就教导他要做一名"勇士"，要像男子汉一样去应对痛苦的现实。如今，埃尔韦拉从儿子身上看到了如父亲般的坚毅和力量，还有马里奥所缺乏的沉着和冷静。弗朗西斯科出生时仅有一点零九千克，曾在母亲臂弯里如此瘦小脆弱的孩子，竟然成长为这般坚强内敛的大人。他会让母亲振作起来，帮她迎接失去爱人的未来，这就是人类的伟大奇迹之一。

　　大概同时，矿山深处，马里奥·塞普尔维达正在配发每天的餐饮——就这么叫吧，虽然不是每天都有，也称不上一餐。早中晚三餐现在合而为一，每两天才吃一次，饼干也是一分为二。今天吃完后，会有甜点，一块罐头桃，拇指大小，是上次分完罐头后剩下的。这一块太珍贵了，必须得分成三十三份，简直跟做外科手术一样。马里奥操刀，仔细切着，旁边好几个人盯着。"嗨，狗仔，"一人说，"那块儿比别的都大了吧?"切完后，三十三人每人拿了指甲大小的一块。跟大多人一样，马里奥也把它含在口中不愿下咽，慢慢体味着糖浆和水果的香甜。后来，有人撞了他一下，那小块儿不小心滑了下去，他懊恼得简直想暴打那家伙一顿。

　　但是甜点不常有，通常也就是那块饼干，大约四十卡路里的热量和不到两克的脂肪。这根本没法维生，那个十五天前带头哄抢食物的家伙维克多·扎莫拉很清楚这一点。"太糟糕了，"他说，"我永远不会忘记这种感觉：眼睁睁看着同伴在你面前死去。"

　　现在，每天的祈祷和聚会变成了越来越长时间的道歉会。对不起，我朝你大喊大叫。对不起，昨天我没去运水。今天，维克多·扎莫拉向前一步要发言，他那圆圆的脸蛋也不见了，一头卷发湿乎乎、脏兮兮地趴在脑袋上。

　　"我想跟大家说几句，"他开口说道，"我错了。我从应急箱里抢了食物。对不起。我很后悔。"并不是所有人都知道维克多带头抢食物的事情，有些人今天才第一次知晓。"我以为，咱们也就被困几天，"他继续说，"没想到竟会如此严重。现在，我很抱歉，对我的所作所为深表后悔。"他满脸的歉意，看起来很紧张，说话的声音很小，还颤抖着，奥马尔·里伊加达后来说，"我们都意识到，他确实为自己的行为感到后悔了。"

道歉结束后，又到了吃饭时间。今天轮到吃饭的一天。但是，阿莱克斯·维加上前一步。"我可以说句话吗?"他问。"阿莱爸爸"已经变成了"自行车架"，看起来越发瘦小虚弱，比其他人都需要食物。

　　马里奥·塞普尔维达转向奥马尔·里伊加达，悄悄说："这家伙肯定是想多吃点。我们该怎么办?"

　　"我会分给他一点，你也分点儿，"奥马尔说，"我们再问问，还有没有人愿意帮忙……"

　　但是，阿莱克斯并不是要吃的。"这还得持续一段时间。"他开口说。一台钻机刚偏离了目标，很有可能，现在听到的这台钻机也没法打通。"只剩下一点食物了，我觉得，大家今天应该不吃。不吃了吧。明天再吃，这样，咱们就能多撑一天了。"

　　有人抱怨，摇头说:不，他们不想少吃一顿。吃吧! 我想吃! 但是，最终，他们还是没吃。连续三天不吃饭，只喝水。好几个人为阿莱克斯这一高尚之举、奉献之心所感动。最瘦的他最需要吃饭，但他首先考虑的却是集体利益和大家的健康。

　　确认上一台钻机偏离目标后，好几个人都开始写告别信。跟维克多·塞戈维亚一样，他们希望有救援人员某天会找到他们临终的遗言。现在，他们都觉得万分虚弱，可能下次睡着后他们就不会醒来，或者很快，大家连提笔写字的力气都没了。有些人需要帮助才能站起身去厕所，两人相互搀扶着爬坡，走到石堆处，埋起身体排泄的坑粪球;或走到附近恶臭难闻的厕所小便。有人建议把上面水箱的水管接过来，因为再过几天，大家可能没有力气再上去把水桶装满再运回到避难所里来。这种终结感逐渐蔓延开来，越来越多的人开始写告别信，卡洛斯·马玛尼看着、听着，身边这群感性的智利人朝彼此大喊:"你写完了吗? 给我铅笔用用。我需要几张纸。"有人边写边哭，马玛尼能听到哭声，感到很伤心，因为如果一名矿工能在工友面前流泪，那他肯定是绝望至极。在马玛尼看来，那些上岁数的工人们更是认命了。"事后，我听有人说，老人们才是力量支柱，但根本不是这样。"马玛尼回忆道。豪尔赫·加利古洛斯的脚肿了一只；马里奥·戈麦斯肺都要咳出来了。"唯一一个一直坚强的老人就是奥马尔·里伊加达。他总是说，'别担心，他们会来的。会来救咱们的。'但是，大多数上岁数的工人都要疯了。"几天前，维克多·塞戈维亚就开始写到死亡。现在，大多数伙伴们都开始动笔了，他终于能将自己黯淡低落的心里话吼叫出来了。

"我们都必死无疑了！"

"闭嘴，老家伙！"

卡洛斯·马玛尼正在极力抵抗诱惑，他不愿就此跟亲人们道别。他还没梦到自己的大姐，他并不相信自己死期将至。"我不想写信……只有到临终之际我才会写告别信。"马玛尼感觉很虚弱，但这并非垂死之痛。而且，即使他想写，也没有灯光照明，因为他把矿灯落在更衣间里了。

马里奥·塞普尔维达一如既往的坚强，他警觉地注意到，避难所里大家都变得十分颓废。他看到瘦小的克劳迪奥·雅尼兹一动不动，尤其可怜。雅尼兹很瘦弱，棱角分明，两边的脸颊都凹陷进去了，表情忧愁、眼神迷茫。马里奥的大嗓门能把别人喊起来，但是克劳迪奥就躺在那儿，纹丝不动。

"嗨，站起来！你必须站起来，你再那么躺在地上，就真的死了，我们会把你吃了。你这么懒，我们要吃了你。"对三天未吃东西的人来说，这话真是别有一番韵味啊。"所以，你最好站起来。如果你不站的话，我们会把你踢起来。"惊恐万分的克劳迪奥颤巍巍地想爬起来，与此同时，大家看到，他真是瘦骨嶙峋、脆弱无比了。他慢慢站起身，膝盖发抖，双腿弯曲。"就像一匹小马驹，刚生下来就要试着跑一样。"奥马尔·里伊加达后来说。最终，这匹"小马驹"站直了身体，往前走了一步。

其实，像克劳迪奥这样的年轻人状态也很糟糕，他们每人大概都轻了三十磅。阿莱克斯·维加站起来要去厕所，突然眼前一片模糊，竟失明了好几秒钟，这是饥饿带来的常见症状之一，因缺乏维生素 A 导致。很多年龄大点、更强壮些的工人腰部还有一层肉，可上半身却凹陷得厉害，光着膀子时看起来跟小男孩的身板一样。他们现在清楚了，自己结实的胸部可真不是肌肉啊，只不过是吃饭过多带来的脂肪层。但是，大家的脸庞和面部表情的变化最为夸张。乔尼·博瑞斯眼睛都快陷进去了，他那略带悲伤的棕色瞳仁如今仿佛战斗疲劳了一般。干了一辈子的老矿工、曾举报说矿山移位的加利古洛斯，一开口说话就像咀嚼一样。为了让虚弱、脚肿的豪尔赫远离泥巴地面，大家帮他用木板搭了一张床。他在那儿一躺就是好几个小时，瞪着天花板发呆。豪尔赫全身都变灰了。实际上，大家都灰突突的，他们的脸和胳膊不再是肉桂色，也失去了南美日光照射下的古铜色。相反，每个人看起来都是蘑菇般的灰白，像浇了水的烟灰。

这些"蘑菇"工人们都不忍直视彼此，似乎为自己的模样感到羞愧，当然这并非虚荣所致。这是大家内心的感受：瘦小、破败，像被踢的狗一样，或像遭受百般凌辱却觉得自己罪有应得的小男孩。

地下第十七天，大家又听到了钻机声。**砰砰砰，梆梆梆**，声音越来越大，又一次解放的希望，抑或是失望。

维克多·塞戈维亚不允许自己相信这次钻机会打通。相反，他问马里奥·塞普尔维达："你觉得，死亡是什么感觉？"

马里奥说，就像睡觉一样。平静。闭上眼睛，就永久休息了。所有的担忧和顾虑也结束了。

上面海拔一百零五米，劳尔·巴斯塔斯已经睡着，越来越近的钻探声让他做了一个奇怪却充满希望的梦。他一直在想念孩子们，尤其是六岁的女儿玛利亚·帕斯（Maria Paz）。她是个聪明、争强好胜的小姑娘，跑步总想得第一，考试也要拿满分。在梦中，女儿正操作着钻机前来营救他们。"她一直很好胜，性格很要强。"劳尔说。于是，他请求说，"玛利亚·帕斯，请你快来救救我吧。你一定可以。"她回答："爸爸，我会胜利的。我会把你救出来。"玛利亚·帕斯不喜欢失败。在梦里，劳尔也相信，他六岁的女儿、开钻机的小姑娘，一定会找到他、救出他。

旁边睡觉的阿莱克斯·维加也做了个梦。梦中，他正在向外爬着。他从挡道的巨石缝里爬了出去，爬到了深坑的矿洞里，然后就攀岩爬行，一直爬到了出口那饱经风霜的绞车所在之处。他走到地面上，看到整个城市的救援人员和钻探工们都在进行援救。"我们还活着，就在下面，"他说，"我带你们下去。"

特拉钻探队快要打通了。8 月 21 日早上，他们的第三次钻探已经钻进五百四十米深：目标是避难所附近的一条通道，或者，就是位于六百九十四米深处的避难所。尼尔森·弗洛雷斯负责白班，他站在烧烤架形状的钻探平台上，平台与雪姆 T685 型卡车相连接。他正在监控两个测量表，一个显示钻机的扭矩，另一个指示卡车传输给钻机和钻头的气压。闪长岩很适合钻孔，弗洛雷斯心想，不会出现裂缝，钻出的孔洞跟橡胶一样平滑。每钻进六米，他们就停下来，安上一截钢管，然后再继续。弗洛雷斯双手摸了摸钻杆，然后抬高了控制杆，逐渐加压，直到钻头钻进。随着钻机的深入，钻头通过桅杆传上来的脉动越来越弱，最后弗洛雷斯只有闭上双眼，集中全部注意力才能感受到它的运作。他一直钻探到日落才能回家。经过亲属们所在的"希望营地"时，他和其他完工的钻工们会被报以热烈的掌声。

玛利亚·塞戈维亚还在营地帐篷里，离大门最近处，她一家子和维加一家都在附近，大家又开始了满是期待的一夜。在每日的信息发布会上，戈尔本和苏格雷特通知家属们，其中一台钻机正在逼近目标，第二天早上有望打通。一般，杰西卡·维加会在午夜过后入睡，但今晚，她要跟另外几个亲人熬夜守候：有阿莱克斯的姐姐普里西拉和男友罗伯特·拉米雷兹，两人都不到三十岁，都是歌手，罗伯特还组建了自己的墨西哥街头乐队，并特意蓄起了流浪歌手的标志鬓角。他带来了吉他，想给大家助兴打气，也是为了庆祝，因为今晚过后，他们或许就能知道阿莱克斯的消息了。罗伯特能感受到，这将是个"特别的夜、神奇的夜"。他精神很振奋，开车来这儿途中所见的景象让他很意外、很兴奋。几天前，沙漠里袭来一场风暴，地球上最干旱的地方难得洒下了小雨。科皮亚波市平均年降水量不到半英寸，但今年是厄尔尼诺年，所以雨水提前润泽了这片干旱的土地（阿塔卡马沙漠里的风暴一般到九月才出现），营造了如此美好的"鲜花之漠"。途中，往常山丘遍布、沙尘飞扬的黄褐色景象不见了，满眼全是突如其来的花儿，星形的小花、黄色的喇叭花在风中摇曳生姿。

夜幕降临了，维加一家的帐篷外篝火熊熊燃烧着，微风拂过，罗伯特开始弹拨吉他。旁边帐篷里塞戈维亚的家人出奇的安静，拉米雷兹和维加家人觉得，他们得"喧闹"起来。凌晨两三点钟，他们已经唱了一两个小时了。罗伯特跟杰西卡说，他专门为阿莱克斯写了一首歌。他从钱夹里拿出那张写有歌词的纸。跟多数拉美民谣一样，这首歌也讲述了一个真实的故事，讲述了维加和家人们的生活史。歌曲开头，节奏很舒缓、很悲伤，它描述了科皮亚波矿工居住区里弥漫着的哀恸之情。

> 当我穿过郊外的街道，
> 看不到亲人幸福的脸庞。
> 在巴尔马塞达和普拉特的街角，

没有你的世界如此萧条。

接下来，歌曲讲述了矿山的坍塌，以及为了救出儿子，乔斯·维加以身涉险进入矿井的英勇之举。

矿山的巨石塌陷，
矿工们很快能出来。
通道塌了，
爸爸会救你出来。

合唱部分用到了阿莱克斯的昵称——"鸭仔"，他孩提时的绰号。然后，节奏加快，开始了一段抗议。这种吟唱的调子常见于千人街头示威游行时。

鸭仔会回来，
他会回来！
矿工会解放，
他会回来！
不管是郊外还是海洋，
他会回来！
抑或是城市，
他会回来！

然后，歌者请求阿莱克斯回来，回到他与妻子营建的温馨小家，在那斜斜的街道上，夫妻二人闲暇时一起垒砌的围墙之地。

鸭仔，快回家，

妻子和家人正在等待，

快回来吧。

鸭仔定会回来，

他会回来！

维加一家人和罗伯特·拉米雷兹唱了好几遍，直到很晚。最后，大家都睡着了，因为政府派人传话来，钻工们今晚不会打通了，会推迟到明早晚些时候。

8月22日凌晨，就在维加一家人齐声高歌之时，马里奥·塞普尔维达一反常态，没有像过去几天一样失眠、焦虑，反而是沉沉地睡了一大觉。身心的紧张都消失得无影无踪。在饥饿引发的超现实的逼真梦境中，他回家了，回到了他爱恨交加的生命之地，回到了帕拉尔，睡在家乡的地板上。他醒来，抬起头，看到了奶奶布利斯特拉（Bristela）和爷爷多明戈（Domingo），"他们盛装打扮，漂亮极了"。他们去世好多年，在梦中，马里奥感到一种重生的喜悦。他们是至亲之人，是给予那个失去妈妈的小男孩最多关爱的人。奶奶带着一篮子好吃的：豌豆玉米炖排骨。"快起来，小家伙，"爷爷用老人那种粗犷、质朴的声音说，"你不会死在这儿的。"

钻机操作工尼尔森·弗洛雷斯刚回家大概两个小时就被电话召回到了工作现场。值夜班的钻工家里出事——他奶奶去世了。于是，尼尔森又回到了圣何塞，继续钻探10B号钻孔。他工作了一整晚，钻机的轰鸣声盖过了山下维加一家人的歌唱。刚过凌晨五点，冬日的太阳已将地平线染成了靛蓝色，钻机以每小时六到八米的缓慢速度钻进。他停下来，有工人又安上了一节六米长的钢管，它与下面的一百一十三节钢管相连。钻进孔洞已有六百八十四米深，距离目标仅有十米远。等安装完毕，弗洛雷斯闭上双眼，抬起了操作杆，慢慢地对钻头施加气压。这一百一十四根互连的钢管开始转动，旋压着钻杆尾部硬质合金的钻头。碳化钨合金比跟花岗岩类似的闪长岩还要坚硬，在旋转摩擦之间，硬质合金取胜，将闪长岩磨成粉末，由气压将其推送到两千两百英尺上的地面，形成一股铅色的尘雾云，钻工们称其为"旋风云"。烟囱上，尘云吞吐，这台雪姆 T685 钻机就跟一辆石磨推动的火车一样。弗洛雷斯的老板、钻探工作负责人爱德华多·赫塔多奥就坐在附近的一辆皮卡车里。从缓缓升空的旋风云看来，地下的钻机正在正常钻进中。

凌晨五点过后，塞普尔维达在去世爷爷的命令下醒了过来。接下来的几分钟，他一直沉浸在梦想成真的欢欣之中，尤其是听到钻机砰砰梆梆的巨大声响后。

准爸爸理查德·比亚罗埃尔也在费力入睡。他在海拔一百零五米，躺在皮卡车座位上，距马里奥垂直距离为四十五英尺。钻机声音越来越近、越来越大，这点确定无疑，但还是没法判断能否如希望那般打通下来。他一直在背诵《天父经》和《圣母经》，朗诵了大概不下一百遍。除此之外，他还不断向上帝发出各种各样的祈求。凌晨五点，砰梆声短暂地停下了，他祈祷说，"主啊，请帮钻工调整钻杆方向，请引导他朝这里钻进吧，拜托了……"他还是没法入睡，于是起身走到避难所里。那里，一群失眠的家伙还在玩乌尔苏亚制作的多米诺骨牌。理查德跟乔斯·奥捷达玩了一局。钻机又响了起来，声音更大了。

"快打通了。"秃头矮小的老矿工乔斯煞有介事地说道。

早上六点左右，钻工尼尔森·弗洛雷斯身边的几个工人都已入睡，没人以为会很快打通，怎么也得几个小时后。可是，弗洛雷斯注意到一件奇怪的事情：带动下面一百一十四节钢管旋转的最上面这节钢管有些抖动。钻头肯定进入了不同质地的岩石。突然间，雪姆钻机烟囱里的尘云消失了，气压表指针也猛地回零。出于本能，弗洛雷斯立刻降下了控制杆，发动机转为空挡，停止了推入桅杆中的气压。之后，钻机安静了下来，几乎同时，他的老板和同事们都欢呼雀跃着朝他跑来。

地下深处，弗洛雷斯脚下六百八十八米，避难所上方的通道里发生了一次小爆炸——"砰！"——紧接着，就是碎石滚落的声音。大家耳中充斥的旋磨声响戛然而止，取而代之的是空气嗖嗖流动的声音。理查德·比亚罗埃尔和乔斯·奥捷达跳起身，朝着爆炸声跑去，理查德还顺手抓起了四十八毫米规格的大扳手。他们俩最先赶到。一段钢管从墙壁和顶部连接处的石头中钻通下来，理查德看到，钢管里的钻头降下又升起，然后又降下：地面上，尼尔森·弗洛雷斯知道，钻机进入了真空区，正在"清洁"钻头。然后，钻头降到了地面，停了下来。理查德拿起扳手，朝这个从顶子上闯进来的大管子狠劲地敲了起来。

理查德已经等了好几天，就等此刻将大扳手派上用场。这扳手有两英尺长，是箱子里个头最大的铬钒合金工具。现在，他正疯狂、欢欣地敲击着露出来的钢管，这反复的叮当声像是对地上的钻工宣告：**我们在这里！我们在这里！**他不知疲倦地敲打着，脑子里想的全是他能见到即将出世的小儿子了；还有，上帝听到了他的祈祷，让钻工钻通到这里了。理查德就这么敲打着，直到他的头儿卡洛斯·安吉拉来到身后，让他停下来。他们必须保持冷静，拿出矿工的专业精神，首先得加固一下钻机打通的通道顶子，这样才不会被松动的落石砸伤。

很快，三十三人都聚集到了钻头和管子周围，这个入侵者闯入了他们的黑暗，很可能会带他们返回光明之中。钻头上有两排珍珠大小的碳化钨钢珠，看起来就像亚述人（Assyrian）^①的雕像，一个来自异域的幽灵。大家充满敬畏和喜悦地注视着它，他们相互拥抱、大声痛哭。对跪倒在地上的卡洛斯·马玛尼而言，"它就像是一只巨大的手，从石头里突围了出来，对我们伸出了仁慈的援助"。

乔斯·安立奎，之前的大钻机操作员，如今光着膀子、饥肠辘辘的先知，看着这钻头，道出了显而易见的事实。

"上帝临在。"他说道。

---

① 主要生活在西亚两河流域北部（今伊拉克的摩苏尔地区）的一支闪族人。上古时代的他们军国主义盛行，战争频繁。战争给他们带来了财富，那时，亚述的首饰设计精巧，家具雕琢精致，并嵌有金银珠宝。——译者

第二章

遇见恶魔

十　声音的速度

　　10B钻机打通后几分钟，大家不断轮流敲打着钢管，除了理查德·比亚罗埃尔的合金扳手，他们还用上了石头和锤子，完全不在乎松动的石头会掉落砸在他们头上。"我们就像小孩子一个劲儿地敲打皮纳塔（pinata）①一样。"奥马尔·里伊加达回忆说。这些戴着红黄蓝色安全帽、光着膀子的小家伙们起劲儿地敲着，直到一名工人开来叉式铲车，将乔尼·博瑞斯和卡洛斯·博瑞斯举到顶子上，用钢条加固了钻通区域。他们疯了般地忙乱，彼此大呼小叫着。最重要的是，他们得打消救援人员的任何疑虑，必须让他们完全肯定，下面确实有人活着。制造噪音、留下记号、绑上便条。有人说，别敲了，听听上面的人有没有回应。乔尼把耳朵贴在钢管上，说，是的，他听到有人回应。一个工人扔给乔尼一罐红色喷漆，他要在上面留个记号，可是管子内不断流下泥浆，红漆一会儿就被冲刷干净了。"我们得把钢管弄干，可是手头没有干燥的东西啊。"终于，有些红漆似乎粘住了。他们又绑上了之前准备的信和字条，用塑料、电线胶皮和橡胶管包得严严实实，就怕纸条无法成功通过泥泞到达几百米的地上。接下来，他们还是使劲敲打着钢管。

　　钻工尼尔森·弗洛雷斯还没听就感觉到了下面传来的振动。起初他认为这是那一百一十五节二十二吨重的钢管在通道内相互碰撞、归位发出的振动。可把耳朵贴在最上面的钢管上，他听到了快而乱的敲击声，后来声音慢了下来，"好像那帮老家伙们累得没劲儿了"。消息传出了，其他钻机都停止了工作，又有几个人过来听钢管里传出的声音。"是他们！"钻探队快速行动，又在钻杆内小心翼翼地加了一节钢管，他们降下钻杆直到触底，这样就可以测量钻进空间的深度。弗洛雷斯看到，钻杆深入四米就停下了，这恰好是目标通道的高度。他们又听了下，节奏变化了起来：好像在发送莫尔斯电码信号，又像是在创作音乐，停顿或长或短。"那刻，我们确认无疑，"钻探负责人爱德华多·赫塔多奥说，"下面还有人生还。"

电话打给了各级智利官员。苏格雷特，救援行动总指挥、工程师，却对此深表怀疑。他给钻探队下达了一项命令："我跟他们说，先不要把消息告诉别人，因为我还记得上次钻通的情况。我不想跟家属们再起一次冲突。"但没人听从这个命令。戈尔本部长也很谨慎，因为还不到早上六点钟，皮涅拉总统很可能还在睡觉。戈尔本给总指挥发了一条信息："打通了。"矿工家属和其他人还没有收到任何官方消息，但是经历了这么多天的挫败之后，钻工们根本无法抑制兴奋的情绪，消息早就在救援人员和矿场工作人员中传开了。巴勃罗·拉米雷兹，就是跟皮尼利亚进入矿井找人的矿工、弗洛仁科·阿瓦洛斯的朋友，听到了这一消息，快速冲到了 10B 钻机的现场。现在，很多救援人员都认识他了，因为之前一直向他咨询矿里的情况，他们知道他的很多朋友都在地下。所以，他过来后，大家也让他自己去听。地下传来的声音更大了：即使通过两千两百英尺的钢筋传来，这声音也毫无疑问是人为敲击。受困地点很远，可如果他们朝着钻杆大声喊叫，声音也只需两秒多就能传到地面。但是，声音在金属中的传播速度还

---

① 彩饰陶罐。墨西哥人过圣诞节或生日时，将玩具、糖果等礼物盛在此种罐内，悬于天花板上，由蒙住眼的儿童用棒击破。——译者

要快二十多倍，所以，每次下面有人敲击，拉米雷兹一下子就能听到。

现在，在政府的赞助下，矿场里已经覆盖了手机信号。于是，拉米雷兹第一时间给弗洛仁科的儿子阿莱打去了电话。今天是周日，所以阿莱并没有在学校和矿场间来回奔波。

"阿莱，你爸爸安全了，"拉米雷兹说，"别担心。他们还都活着。你听。"拉米雷兹把电话放在了钢管上。

远在科皮亚波的家中，阿莱听到了父亲被埋之处传来的声响。

"就像铃声一样，"阿莱回忆说，"像学校的上课铃声。"

阿莱给"希望营地"打去了电话。他妈妈正在帐篷里，刚睡着一个多小时。

"妈妈，巴勃罗叔叔说，他们都还活着。"

莫妮卡感谢了上帝。"只感谢上帝。"她说这话时，语气里满是轻蔑，因为她意识到，自8月5日矿难发生起，她就备受冷落，完全是孤身一人。"好像，我的心又活了起来。"弗洛仁科还活着，我的人生又有了意义。整整十七天，几乎不吃不喝，失眠、夜游，有时甚至都忘记了子女的存在。可现在，莫妮卡又能恢复正常的生活了。她走出帐篷，看到公婆在他们自己的帐篷里。本想跟他们分享这个好消息，可显然他们早就知道了。在她睡觉时，有几个救援人员从山上跑下来大吼："找到他们了！"公婆他们也听到了，却没想过要喊醒她、告诉她。自从儿子弗洛仁科被埋，他们一直和儿媳妇保持着距离，眼睁睁地看着她崩溃，也没有或没能来帮她。他们似乎很生气，或许，他们害怕自己的好儿子已经被塌方砸死了：他来矿里工作就是为了自己的小家庭，十五岁起就跟怀孕的莫妮卡成立的小家庭。莫妮卡很受伤，也很困惑。此刻，她的喜悦也混合着伤痛，她完全没想到家人会如此对她。

莫妮卡和公婆尴尬地看着彼此。

"没关系。"她说道。

自8月5日开始，不管是科皮亚波还是"希望营地"，或是地下，围绕这三十三名矿工命运所展开的戏剧与渴望都与复杂、混乱的家庭生活脱不了干系。8月22日，这一充满希望的清晨也不例外。苏珊娜·巴伦苏埃拉跟乔尼的妻子玛尔塔分享了这个好消息。其他家庭里，那些多年不见的兄弟姐妹们又都聚到了一起，因为此刻，他们所爱、所祈祷的那个男人或许真的还活在世上。做一名矿工的妻子、女友、儿女或前妻并不简单。事故发生前，达瑞欧·塞戈维亚跟前妻生的那些孩子从没跟杰西卡说过话，她是达瑞欧现在的爱人、是他小女儿的妈妈。塌方被埋后，杰西卡第一次见到了这两个大孩子。过去的十七天，出于担心抑或痛失亲人的可能，达瑞欧的这两半家人聚到了一起。但是，两家的恩怨并没有就此消除。"我跟他们的父亲一直没领证，"杰西卡说，"有时我觉得，他们压根就不希望我在帐篷里。"她对达瑞欧的爱就跟他们的家庭一样真实，从上次他俩那个深情的长拥就可见一斑。或许，就在杰西卡和女儿的焦急等待中，达瑞欧的两个大孩子也看到了这种爱。又或许，他们觉得，她"只是达瑞欧征服的又一个女人而已"。可就在这喜悦的一刻，一切都不重要了——尽管问题还会出现。这三十三个人还活着——虽然还未证实，但是，这就是"希望营地"里人们的信念——他们上了十七天的班，如今他们就要回家了，回到那一如往常般复杂混乱的家庭生活。

莫妮卡·阿瓦洛斯就在营地里走动着，满眼净是互相拥抱的兄妹、夫妻和孩子，耳边全是各种各样的祈祷。今天，在这被人称为"耶路撒冷"的营地中，满满的都是虔诚与感恩。曾经，莫妮卡在睡梦中走遍了这干枯灰暗的矿山。这天早晨，十七天来的头一次，她觉得自己终于清醒地活了过来。虽饱含热泪，她依然睁大双眼，看着这帐篷营地，看着说话的妻女、兄妹们，听着晨光中人们呼吸的气息。

碳化钨钻珠的钻头在避难所上面的通道里待了四个小时，然后就开始上升，回到了那个四点五英寸的孔道中。三十三个人站在安全之地，眼睁睁看着它消失在孔道里，带着他们绑上的信息：几封私人信件、一些关于钻机准确打通之处的细节，还有乔斯·奥捷达写的一个言简意赅的便条，浓缩了最关键的信息（存活人数、身体状况以及被困地点等，仅仅七字，用红笔书写）。他把便条绑到了钻头的后面，因为有人说，那里最安全。三十三人聚在一起庆祝，塞普尔维达把大家喊到了避难所旁。"弗洛仁科，伊利亚内斯，快过来！"他们开始合唱，"智利，智利，智利，智利的矿工们。"牧师乔斯·安立奎打开了手机摄像头，记录下了这一刻。一半多的人都脱得只剩内裤，看起来就像一群无家可归的流浪汉。他们决定上演荒岛落难男孩《蝇王》（*Lord of the Flies*）[1] 中的一幕，他们大笑欢呼着，传递畅饮着一塑料瓶脏水，仿佛这真是香槟一般。几小时前，大家脸上那种迷惑、集中营囚犯般的表情一扫而空。塞普尔维达举起了双手，做出了挑衅、祈求的姿势，这是球迷在看比赛时常做的动作。阿莱克斯·维加伸出双臂拥抱了他，很快，大家齐声唱起了国歌。开始几句都是高声喊叫出来的，尤其那句，智利是"繁荣幸福的伊甸园"。第三遍时，唱到最后两句，"生活在没有压迫的地方"，大家都觉得体力不支，声音也逐渐弱了下来。合唱就这样草草结束了。

戈尔本部长到达矿场时，并没有直接到钻探现场，而是先去了"希望营地"。他正式跟大家宣布了这一众所周知的消息：他们已经打通，并听到下面传来声音。他找到了玛利亚，还有其他人，对他们承诺说，一旦救援人员确认矿工们还活着，他们会第一时间得到消息。

---

[1] 英国作家、诺贝尔文学奖获得者威廉·戈尔丁的代表作，一部重要的哲理小说，借小孩的天真来探讨人性的恶这一严肃主题，亦被拍成同名电影。——译者

不管怎样，过去几天，戈尔本一直在努力赢取家属们的信赖。几天前，他们还送给了他一顶签字的矿工帽，这将会成为他参与这段非凡救援的珍贵纪念。帽子上写着：**前进吧，部长，倾尽全力。我们相信你。**然后，部长就赶到了山上的钻探现场，赫塔多奥等人给了他一个听诊器。当然，他听到的也是人为敲打钢管的声音。可是，在给总统打电话时，他还是非常谨慎："我不能完全肯定。可能还是心理暗示。"

当时，总统正在圣地亚哥，他也跟内务部的克里斯蒂安·巴拉通过了电话。"我需要去吗？"总统问。巴拉告诉总统最好先待在圣地亚哥，因为很可能会有人员伤亡，而政府必须沉痛地宣布遇难人数。但是，总统的那个问题只是个设问句，因为他人已在车上朝机场赶去，即将坐一小时的飞机赶往科皮亚波。

在总统北上之时，钻探队正缓缓升起钻探装置，拆除那单节重四百磅的一百一十五节钢管。一次拆一节，这需要整个上午，还有下午的一些时候。皮涅拉总统还在路上。特拉的钻探人员正准备拆除最后一节钢管，并要卸下钻头。现场，只有少数几名工人和政府官员，还有十几个人在钻孔周围巴拉划出的安全警戒线附近徘徊。巴拉下令，任何人都不许离开现场，政府正式宣布结果之前，不许泄露任何坏消息。我们必须对"希望营地"里那好几百人负责。目前为止，天气晴朗、寒冷，戈尔本和其他政府官员都戴着遮阳镜、穿着红色公务夹克。最终，最后一节钢管出来了，满是泥巴。钻工们用水冲掉了污泥，上面露出了清晰的红色印记：矿工们涂了好几英尺长的红漆，但都被泥巴、石块磨蹭没了，只剩手掌大小一块红印。"之前就有吗？"部长问。"没有！"钻工们兴奋地回答。这完全可以证实，下面至少有一人存活。钻机旁很多人静静地拥抱了起来。戈尔本看到，钻头周围绑着东西，他准备去拿，好像是根橡胶管掉到了地上。他并没在意，因为它下面还能清楚地看到一张纸条。矿工们绑了十几张字条，可只有三张留了下来。戈尔本刚才发现了第一张。他特别小心翼翼地取出了字条，纸全湿了，并且一拿就要碎。"别，先别打开，部长先生，"有人说，"等它干了再打开。""要是现在不看，就永远也看不到了。"又有人说。最终，戈尔本还是打开了第一张字条。

"上面写着什么？"

矿业部长大声读了出来："钻机在海拔九十四米打通，离前方三米远。在靠近右面墙壁的顶子上有水流下。我们在避难所里。之前，有钻机打通到我们下方……"字条断了一部分。"愿上帝指引你们。致克莱拉和我的家人。马里奥·戈麦斯。"

巴拉接着读第二张字条："亲爱的莉莉娅。我很好。希望能很快见到你……"

"也是一封私信，"有人说，"应该保存起来。"

就在这两位智利高官试着解读这些信息之时，一名晒得黝黑的工人正用脚把戈尔本扔在地上的橡胶管划拉到自己旁边。这名钻工觉得可以把它留下来当纪念品。可当仔细看了看这准备私自带回家的东西后，他发现里面还藏着别的东西。"又一张字条。"他旁边的人喊道。很快，部长本人就拿到了这第三张字条，一张卷起来的方格纸。

ESTAMOS BIEN EN EL REFUGIO. LOS 33.
WE ARE WELL IN THE REFUGE. THE 33.
我们都　　在　避难　所，三十三人。

还没等戈尔本宣布，那些在他身后瞅到字条内容的家伙们就高兴地大喊了起来。**都活着**！下面那帮笨蛋们全部都活着。**那帮笨蛋**！突然间，所有的工人们都开始欢呼、开始拥抱，其中一名矿工还跪倒在地上。有人再三拥抱，也有几个人放声大哭起来，就像母亲去世或儿子出生之时那样。这些粗犷的大男人们一直在钻孔，打凿着脚底下这块巨石，此刻，他们周围全是碎石块和石灰土。之前，他们钻孔打洞寻找铜金矿石，如今他们钻探了一生中最伟大的孔道，找到了那三十三个"笨蛋"，就在这看似坚不可摧、无可动摇的大山之下。

"谢谢，兄弟们，谢谢。"

"我们成功了！"

胜利的喜悦让大家都忘记了内务部长制定的安全"协议"。几个钻工从雪姆 T685 钻机处向山下跑去，跑向了将矿场与"希望营"分隔的栅栏，跑到了帐篷、神龛和厨房那里，到了电视天线接收器和木柴所在处。那刚熄的篝火上冉冉升起的白烟处，就是阿莱克斯·维加的家人和朋友熬夜守候、为他颂唱歌谣的地方。这些违规的钻工们大声喊叫着，连上面 10B 钻探现场的人都能听见，因为现在所有的钻探都停止了，所有轰鸣的机器也停了下来。大山里，到处都是人们的欢呼声，其中最大的呼喊就来自钻工们。

"那些笨蛋们都还活着！活着！全部活着！"

一会儿，载着总统的直升机从科皮亚波机场抵达矿场。家属和媒体都聚集在周围，想再听一遍官方宣告。总统荣幸地向公众首次展示乔斯·奥捷达写下的字条，这些大写的红色字母向那些质疑者们证实，不可能的奇迹出现了。这一字条的播出引发了全智利的庆贺，从智利北部边境的阿里卡（那里是从小忍饥挨饿、寄留在收容所的维克多·扎莫拉的故乡），到前往南极途中的巴塔哥尼亚城镇（那是当兵的胡安·伊利亚内尼斯度过那个难忘圣诞的地方），从南到北，从城市到村镇，人们跑到街上、广场上喊叫着、欢呼着。在科皮亚波，为了庆祝发现三十三人的喜讯，人们长时间地敲打着教堂的钟，每一次金属碰撞的敲击声都穿过这个周日寒冷的空气，一直到很远很远。

十一　圣诞节

在智利总统、戈尔本部长还有各级官员的注视下，一台摄像机、一个扬声器和话筒降到了 10B 通道里。心理学家阿尔贝托·伊图拉（Alberto Iturra）也在现场，他对这群活埋地下十七天的矿工们的状况深表担忧，因为根据政府最精准（私密）的数据统计，他们应该已经遇难。几乎可以肯定的是，他们至少都有些意识不清了。可让伊图拉恼怒的是，救援队的负责人们根本无视他的建议。这位心理学家认为，矿工们听到来自地面的第一个声音应该是熟人的声音，他建议应该巴勃罗·拉米雷兹，弗洛仁科·阿瓦洛斯的密友来说话，他也是下面三十三人中很多人的朋友。但是，在场的官员直接否定了他的提议，因为总统也在现场，他想代表全体智利人民对这些矿工们说几句话。谁能对总统说"不"呢？矿工们还安全地活着，全世界都在注视圣何塞矿难的伟大奇迹，这一奇迹的神圣光芒当然要照射到这位新当选的总统身上。迄今为止，毫无疑问，圣何塞的救援人员和官员都给我们展现了高尚的无私精神和利他主义。可现在，事故变成了喜剧，而非悲剧，那必然会掺杂一丝政治因素和虚荣色彩。"开始出现一些个人主义和国家主义的问题。"心理学家伊图拉说道。比如，现在正在降下的这些摄像机、扬声器和话筒。智利海军和 Codelco 就为此起了一次小冲突，他们争执到底该由哪个政府部门来负责此次降落所需的设备和人员。海军声称，他们有一些用于潜艇救援的绝佳摄像机，可 Codelco 也有自己的技术设备。最后，钻孔显然归 Codelco"所有"，伊图拉说，可他又挖苦地说："可矿工们并不归 Codelco，他们还归智利社会保障总署管呢。"这位中年心理学家有一点自负（他主动说起自己小时候就是数学天才，也是一名工程师），他觉得自己也应该在话筒旁边。可他却只能排在后面。当 Codelco 的摄像机下到通道里时，地面显示屏幕上出现了灰色闪长岩内打凿出的漫长通道的影像，通道内壁看起来潮湿、厚实，好像摄像机正在一头巨石怪兽的内脏里探寻一般。摄像机到达底部，图像失焦，变得模糊不清，一下子全黑了。

达瑞欧·塞戈维亚、巴勃罗·罗哈斯和艾瑞·泰特纳正在盯着孔道，认真看着里面不断流出的脏水。他们正在等着，看还会送下什么东西。过了很久，终于看到一条灰色的光线朝下走来，光越来越亮，他们开始吼叫。

"有东西下来了！快过来！"

三十三个人都聚到孔道口处。他们看到一个旋转的玻璃眼睛，路易斯·乌尔苏亚觉得，这应该是一种采矿扫描装置，他曾在之前的地质勘探中用过。但是，另一个矿工说："这不就是个摄像头嘛。"

"嗨，你是老大，你来说话！快来！"

乌尔苏亚走到摄像头前，心想不知是不是有声音。（确实有，但是不好使了。乌尔苏亚并不知道，智利总统正在地面上，对着话筒说话。）"如果你能听到我，请上下移动摄像头。"乌尔苏亚说道。摄像头果然动了，可却是转圈。乌尔苏亚跟着它转起了圈，跳起了滑稽的舞步。后来，摄像头对准他的双眼，停了下来。

地面上，总统、苏格雷特还有其他官员和技术人员正盯着黑白屏幕上出现的眼睛，这双眼睛迷茫、淡漠得令人害怕。心理学家伊图拉也看到了这双眼睛，还有它上方的亮光。后来，背景处又出现更多的亮光，戴安全帽的矿工们在来回走动。一共七个光点。伊图拉心想：好吧，最起码有七个人可以帮忙照顾其他二十六个人。

矿井下面，被发现的喜悦很快消失了。"我们很饿，"维克多在日志中写道，"大山还在隆隆作响，不断开裂着。"上面的救援人员正在加固孔道，好几个小时又过去了。"争吵很多。情绪很糟。"马里奥·塞普尔维达和卡洛斯·安吉拉手下的机修工们争论了起来：因为一次"误会"，塞戈维亚写道。大家都开始谈论到底会先送下什么食物。可口可乐，或者是巧克力。还有什么能塞进那孔道里呢？一罐啤酒！很多美味的食品、饮料都能塞进这四点五英寸宽的孔道里，但是此刻，开口处什么也没有，只有脏水滴滴答答流出——水太多了，他们必须修一条排水沟。"上面的人在干什么呢？""怎么还不给我们送下食物来？"终于，下午两点半，钻机打通后三十二个小时，大多数人已经十八天没吃过正经一餐了。孔道里又有东西降下，是个橘色的 PVC 管，里面封装着类似加长加大的复活节彩蛋。管子上还悬挂着一根电线。"上面有电线，找埃迪森过来。"有人大喊。埃迪森·佩纳是一名电气工程师，他打开了管子，看到里面有一根电话线和手握听筒。

地上，救援队伍中有各类专家和技术人员，此刻全世界都在给智利政府出谋划策，包括美国航空航天局（NASA）。但刚才被送到地下的电话却是个二手装置，是科皮亚波一名三十八岁的商人用旧手机零部件拼凑起来的。佩德罗·加洛（Pedro Gallo）经营一家为当地采矿业提供服务的通讯公司。自 8 月 6 日起，他就在矿场附近徘徊，想为救援提供自己的专业帮助。但在有些人眼里，他简直成了"害虫"，Codelco 公司还告知他已被禁止进入现场。加洛没有亲人在矿里，但他依然赶到现场，因为跟很多人一样，加洛也感到，在这大风肆虐的矿山，即将展开史诗般的一段奇迹。他待在那里，希望能成为剧中的一角，尽管他怀孕七个月的妻子一直在打电话让他回家。最后，8 月23 日上午，他的机会来了。"我们需要你造出那台你一直在说的电话。"一名 Codelco 官员跟他说。四十五分钟后，用一些旧手机部件、一个塑料模型，还有几千英尺长的废弃电线，他组装起了一部电话听筒和话筒。

下午十二点四十五分，在戈尔本部长、卡洛斯·巴拉和各级人员的注视下，加洛的电话装置被放入了孔道，朝受困矿工处降下。连接听筒的电线是由九节电话线打结连起，并用电工胶带简单缠住。一度，部长还问："那些结节是什么啊？接收器么？"加洛回答说："不是，部长先生，那是电线打结相连的地方。"五十分钟后，话筒下降了七百零三米，到达了底端。上面，加洛将最后一节电线连接到电话机子上，就是那种世界各地随处可见的廉价话机。

戈尔本拿起话筒，根据通信专家的建议，说了几句采矿专业用语。

"矿井，注意！"部长说，"地面呼叫。"

"矿井收到，"埃迪森·佩纳回答，"能听到吗？"

"是的，能听到。"部长说。他说话时，围在电话旁边的二十多人都发出了欢呼和鼓掌声。

孔道下方，埃迪森完全没想到，竟会如此清楚地听到地面发生了什么，听筒里传出外面世界人们充满希望的有力声音。"我能听到一堆人的声音。听到地面传来的坚定的声音……我就彻底崩溃了。"整整十八天的黑暗与寂静，每天与死亡为伴，每天绝望地认为没人会来救援了，此刻的埃迪森完全无法控制自己的情绪。这些陌生人的声音让他痛哭起来。"我完全没法讲话。"

"我是矿业部长。"部长继续说道。

有人从埃迪森手里拿过话筒，说交给轮班主管。"是的，给轮班主管吧，很好。"部长说。部长按下了免提，这样周围的人都能听见。

"我是轮班主管路易斯·乌尔苏亚。"

"我们二十多人在此，随时为你们提供帮助，"部长说，"你们怎样？感觉如何？"

"很好。我们都还好，精神不错，等待你们的救援。"乌尔苏亚回答说，声音仓促、满含疑虑。

部长又说，救援人员很快就会送下饮用水，还有一些需遵医嘱的液体。

"我们一直有水喝，"乌尔苏亚说，"但是，现在，避……避难所里仅有的食物已被吃光。"

部长说，他会把电话交给负责他们饮食的医生。地下的矿工们都很兴奋，迫不及待地要出去，但是这第一通电话并没有谈到救援会在何时、以何种方式展开。相反，戈尔本，感情激动得不能控制，觉得有必要让矿工们知道他们的存活对整个智利人民的重要意义。"我想告诉你们，过去的十七天，整个智利都在关注着你们，整个国家都参与了此次救援，"部长说道，"就在昨天，全智利都沸腾了。所有的高原上，所有的角落里，人们都在欢呼，为我们取得联系而庆贺。"

接着，下面的矿工们开始欢呼起来，他们呼喊、鼓掌的声音在扬声器里很是微弱。此刻，对地下这群半裸着身体、饿得半死的矿工们而言，部长的这番话带来了一种奇妙的感觉。就在他们深陷大山墓穴之时，外面的整个国家都在思念他们、为他们祈祷、想方设法要救他们出去。好像，他们已经走出了黑暗的坟墓，进入童话般的神奇光芒之中。

欢呼声弱了下来，好几个工人开始示意乌尔苏亚。他们希望他问询劳尔·比利加斯的情况，塌方之时，这名司机正开车向外驶去。

"我能问个问题吗？"乌尔苏亚对着话筒说。

"好的。"部长回答。

"当时，我们的一个工友正开车向外驶去。卡车司机，"乌尔苏亚说，"不知道他有没有出去。"

"每个人都毫发无伤地出来了，"部长说，"没有任何伤亡。"

这三十三个人又开始欢呼。圣何塞的又一奇迹。接下来，部长又说起了第三个奇迹。"矿场外，你们的家人建起了露宿营地。"部长说。他们一直在等待，在祈祷。对这三十三人而言，这孤寂、伤痛的面纱好像被揭开了，现在他们知道：深爱他们的亲人们都在上面，就在正上方，十八天前就聚集到了矿井周围。

之后，救援总指挥安德烈·苏格雷特来到话筒旁，要求矿工们远离堵住斜坡道的巨石和通往地面的烟道。"因为，它还在陷落。"乌尔苏亚说道。"是的。"苏格雷特说。总统的调停者克里斯蒂安·巴拉过来说："我给你们带来总统的问候。他已经来过矿场四次。"不久前，他们还是名不见经传的小人物，但是现在，连总统都带来问候。最后，受困矿工和地面的第一次通话以矿工们齐唱国歌而结束。官方视频捕捉到了救援人员倾听矿工们唱歌的镜头。那天晚些时候，这一视频被发送给全球的媒体，还有身穿红色公务夹克的矿业部长劳伦斯·戈尔本在倾听乌尔苏亚声音时那满面笑容的影像。在世界各地的很多新闻广播中，电话中乌尔苏亚的声音都配上了他本人的相片，他被公认为矿工们的"领袖"。但是，下面到底谁才是老大呢？当救援人员开始送下第一份食物时，心理学家伊图拉就准备向每个矿工提出这个问题。

这次降下的管子里装的可不是大餐，甚至都不是任何可咀嚼的食物。相反，他们收到了三十三个装有葡萄糖凝胶的透明瓶子。起初，没人有力气拿下这珍贵的食物。"大家不时会睡过去，因为都太虚弱了。"乔尼·博瑞斯回忆道。乔尼和克劳迪奥·阿库纳、乔斯·奥捷达、弗洛仁科·阿瓦洛斯合力才取下了管子。救援人员还在里面放了一系列说明书，警告大家别喝得太快。当然，几乎所有的人都一口吞下。很快，有几个人就开始胃痉挛。真正的食物什么时候才会送下来，大家都想知道。又下来一根管子，但是没有食物，只有一张表格。智利政府希望所有受困矿工提供自己的重要数据：身高、体重、年龄、鞋号、病历等，并回答有关当前身体状况的一些问题，比如，"上次进食是什么时间？是否还能排便？"最重要的是，这些人所归属的政府机构——智利政府机构是整个拉美国家中最高效的——需要矿工们提供自己的R. U. T. 号，纳税人税务标识号，也是每个智利公民自出生起的身份证号。"我们当然得提供R. U. T. 号，"胡安·伊利亚内斯挖苦地说，"他们得确认确实是我们。"在智利，没有R. U. T.，你就相当于不存在，连玻利维亚移民马玛尼都得申请一个。

表格底部还有一个问题，是心理学家伊图拉坚持要问的问题。"下面谁管事儿？"

"我们并没有明确地问'谁是老大？'"伊图拉说。大家都知道下面的老大是谁，形式上来说。但是，"老大"真的在管事儿吗？

胡安·伊利亚内斯看到这个问题，有点困惑。其他几个人也是。我们该怎么写，几个人问他，因为伊利亚内斯总给他们讲那些法律事宜，或许他知道怎么写。是马里奥·塞普尔维达吗？塌方后第三天或第四天，维克多·扎莫拉曾公开表示，马里奥应该替代乌尔苏亚当他们的领导，只是被卡洛斯·安吉拉反驳，就不了了之了。合同机修工们都听卡洛斯·安吉拉的：他们该写他的名字吗？或者，他们应该写弗洛仁科·阿瓦洛斯，他用充沛的精力和超凡的自信赢得了大家的尊敬。确实，认真想一下的话，真不是某个人在管事儿，大家都是老大。但是，伊利亚内斯跟问他的人说："写路易斯·乌尔苏亚。他是老大。"尽管"当时，老大的领导地位岌岌可危，如果我们（机修工们）没有力挺他的话，马里奥·塞普尔维达肯定会取而代之"。对智利的工人阶级而言，形式上的权威是一个很有力的概念，最终三十三人大多在问题旁边写下了："路易斯·乌尔苏亚。"（只有卡洛斯·安吉拉回答说：每个人。）

碰巧，那时起，路易斯·乌尔苏亚确实又开始掌控救援中一个关键的技术问题。他坐在皮卡车前座上（这车就像他的移动办公室），正在纸上奋笔疾书。他正准备引导更多的钻机打通下来，因为他听到了不止一台钻机的声音。救援人员需要一张精准的矿井图纸，这样才能更快定位，而绘制这张地图就需要对现在破败的矿井重新进行准确的测量。今天以及接下来的几天，路易斯一直在准备这张地图，高效给力，并且他觉得这些事都理所当然，完全没有小题大做。但是，他从来不是，也不可能是唯一的"老大"，他并不能让其他三十二人对自己言听计从。对任何人而言，这都不是一份简单的工作，而那天下午地面上发生的事情，只会让地下的情况更加复杂。一辆黑色悍马车正朝圣何塞方向驶来。

莱昂纳多·法卡斯（Leonardo Farkas）是智利的富家子，他到达矿场时完全是华丽登场：从悍马上威风下车的他，身着双排扣的炭灰色长西装，佩戴天蓝色领带，胸前口袋里别着颜色相称的手帕，笔直的袖口，金光闪闪的袖扣，说话时腰间还闪烁晃动着其他各式珠宝。他身材匀称、结实，金黄色的长发随风飘动，也发出微光。这是一个奇怪、特别的画面，好像是一名希腊神化身为南美企业家一般。法卡斯是位千万富豪，他的投资之一就有附近的一座矿场。他也很热衷电视慈善活动。当下，他来到圣何塞，作为一个富有随性的商人，准备派发少量的财富：他要给每名矿工捐赠五百万智利比索（约合一万美元）。智利电视台全程直播了法卡斯黑色悍马的到来，他随后跟矿工家属们进行了私下会面，当然只是表面上，因为后来他立马在自己的YouTube 网站上发布了相关视频。

他的助手们分发了那些带着神奇数字的支票，大约相当于一个智利工人一年的平均工资。法卡斯发表了一个小演讲。一些矿工家属开始呼喊他的名字。"法卡斯！法卡斯！""我需要他们的姓名、R. U. T. 号以及银行账号。"法卡斯说道，"没有银行账户的那些人，中央银行会免费为你们开通。"他的捐赠只是抛砖引玉之举，他说，"每个智利人都行动起来吧。每人可以捐出一千比索，五千，或者一万。"智利电台每年会有冗长的电视募捐节目，为脑瘫和其他发育缺陷患儿筹集善款，而法卡斯也经常大手笔登场。如今，他谈起这些受困的矿工，就跟他们也是亟待帮助的孩子一样。"我们必须有大梦想。从小，我就有大梦想。希望他们出来之前，每个人账户里都有一百万美元。"法卡斯很享受金钱带给他的拥护和爱戴。这天下午，家属们齐声发出的喜悦欢呼也让他自我感觉良好。"谢谢，法卡斯先生！"但是与此同时，这一大笔钱，还有其他人捐出的大大小小的善款，以及百万美元的可能性，都给受困矿工和他们的家属带来了很多问题。

对某些家庭而言，那笔额外的事故补助就已经招来不少问题了：谁能花这笔钱？谁有幸能分配这笔钱？有几个工人跟前妻分开，又重新结婚组建了新家庭，但他们还没有离婚。智利是西半球最后一个将离婚合法化的国家，也就五年前的事儿。大多数智利工人并不知道，他们可以请律师来终结他们的婚姻。现在，事实上离婚的矿工突然变身为百万富翁，那到底是合法但是没感情的前妻来掌控这笔新财富，还是现在新的家庭伴侣和子女来使用呢？

达瑞欧·塞戈维亚还不知道这笔百万比索的意外之财。如果他知道，他肯定要开始为未来规划，或偿还账单。此刻，他的伴侣杰西卡·奇拉却并不想跟那笔钱搭上任何关系：她让达瑞欧的兄弟来处理这笔法卡斯资金。她感到，这笔钱一定会让达瑞欧的家人反目成仇。事实上，就在达瑞欧和其他三十二人被发现之前，他大家庭里很多亲人就认定达瑞欧已经遇难，"很多人只是看到了金钱，"杰西卡跟我说，"矿工们的生命好像跟他们没有任何关系，他们只关心到底能拿到多少钱。"在这笔神奇的巨款出现之前，很多人就已经开始私下里算计死亡抚恤金和保险赔偿，就跟下面伊利亚内斯给大家讲的那样。现在，他们还活着，每人名下还有法卡斯给的五百万比索。他们的爱人，还有生下来的孩子，都开始公开、直接地表达自己的需求。在你之前，是我跟他患难与共……我是他儿子，他后来才遇见你……难道我们不需要照顾吗？"有了那些钱，各种亲戚好友都来搅和，亲人也都反目成仇了。"杰西卡说道。

接下来的几小时，三十三名矿工的家人开始写第一封家书。跟杰西卡一样，好几个人都觉得，她们的丈夫此刻并不需要知道这笔钱的存在。他们依然受困两千英尺的地下，性命堪忧，对他们谈钱就像蔑视命运、嘲笑上帝一般。但是其他人，比如卡洛斯·马玛尼的妻子维罗妮卡·基斯佩就无法抵挡这个诱惑。他们有两个未成年的孩子，在智利的移民生活中，他们一直在为金钱奔波；突然，金钱的到来让这些男人下矿打工的首要担忧没有了。这是好消息，因此在写给丈夫的前几封信中，她写道：感谢上帝，卡洛斯，你还活着。在上面等信儿等了这么久，我们终于可以放心了。还有一件事，感谢莱昂纳多·法卡斯，我们成了百万富翁。

8月23日晚，第二台钻机即将通入目标隧道。救援人员要求乌尔苏亚测量第一次打通的区域，并绘制详细地图。其实，他早就将相关信息准备好了：距离井下的A40测量标志（survey mark）[1] 有七米远。他们说，下一台钻机应该会在第二个孔道一点五米以内打通。救援人员还要乌尔苏亚详细汇报矿工们的身体状况。他说，有些人已经骨瘦如柴了，并且大家全部都很虚弱，但没有严重伤情。医生告诉他说，不要再喝下面的脏水——"我们会送下干净的饮用水"——也别

---

[1] 标定地面测量控制点位置的标石、觇标以及其他用于测量的标记物的通称。每个测量标志都经过精确的测量、计算，可以明确知道它在地面上的平面位置和海拔高度数据。——译者

再吃剩下的那两罐金枪鱼罐头了。苏格雷特告诉他，救援会通过真人大小的第三个孔道进行，可能会打通到上方的工作间。乌尔苏亚很吃惊：他以为，通过这两条新孔道给他们供应食物、维持生命的同时，救援人员会通过一条烟道来开辟营救出路。"我完全没想到他们会重新凿道救我们上去。"

乌尔苏亚跟其他矿工们汇报了这些通话内容。有几个人很愤怒。"你不能说，我们都很好。"他们说。我们一点都不好，又饿又累，我们想从这地狱般的深井里出去。如果负责救援的官员们觉得我们还"好"的话，他们不知得到什么时候才能救我们出去。

下午六点，第二条孔道打通了，距离第一条仅一点三米（四英尺）远。（三天后，8月26日，第三条孔道也深入矿井内部，到达了海拔一百三十五米的工作间。这条孔道会在救援中发挥关键作用。）第二条孔道被用作"设备"管道，主要用来引入电线跟光缆等。第一条孔道则利用 PVC 塑料管往下输送食物供给，被称为"白兰鸽"（palomas）。纯净水、药品和葡萄糖凝胶都被送到井下。为了监控供给孔道和卸载工作，也为了让井下的每个人保持忙碌，矿工们同意分成三组，每组八小时轮流值班。主要由合同机修工们构成的第一组选劳尔·巴斯塔斯，那名谨慎的海啸幸存者当组长；第二组和第三组，主要是避难所附近活动的工人，分别选了二十七岁的卡洛斯·博瑞斯（Carlos Barrios）和前足球明星富兰克林·洛沃斯负责。现在，一班的工人们都充满了能量，有着明确的目标。在经过了十八天的领导危机后，路易斯·乌尔苏亚再一次担当起了领导的角色，重又戴上了象征性的白色安全帽。

8月23日，"白兰鸽"送来了牙刷牙膏，还有第一封家书。很多人都收到了跟马里奥·戈麦斯一样的信件，这对处于死亡边缘的他们来说有些奇怪，但也使人平静：账单都付过了，房租也没拖欠，别担心了。豪尔赫·加利古洛斯读到了疏远儿子的支持；埃迪森·佩纳接到了女友的求婚；卡洛斯·马玛尼知道自己成了百万富翁。维克多·塞戈维亚也终于收到了女儿们的来信，过去十八天里，他在日志中给她们写去了好多信件。"读信的时候，我不断地哽咽停下来。"他后来在日志中写道。

第二天，8月24日下午，电话线又引入进来。准备好，里面传出声音。我们现在要接通圣地亚哥总统府，拉莫内达宫。

总统塞巴斯蒂安·皮涅拉已经返回了智利首都的办公室，他的长途电话被连接到佩德罗·加洛的临时电话上，通到了海拔九十四米深处的圣何塞矿井下。总统跟路易斯·乌尔苏亚通上了话，并向三十三名矿工承诺说，政府正在竭尽全力营救他们。现在，智利政府收到了世界很多国家的大力援助。西班牙首相和美国总统奥巴马都表达了他们的支持，皮涅拉说。记起了大家之前跟他说过的话，乌尔苏亚先向总统表达了感谢，然后很快就问道，救援人员何时才能将他们从这"地狱"中救出。

你们肯定赶不上9月18日的独立纪念日了，总统回答说。对三十三人来说，这犹如当头一棒，因为独立日是智利最重大的家庭团聚日，这就像美国的国庆节（7月4日）和感恩节合而为一。而且，今年的独立日定会尤其喜庆，因为今年是智利独立二百周年纪念。

但是，上帝保佑，总统又说，你们能出来过圣诞节。

乌尔苏亚跟总统开玩笑说，可以给大家送下一瓶红酒来庆贺二百周年纪念。对话结束，电话线又消失到孔道里，好几个工人陷入了极度的抑郁之中。

"他们觉得，我们可以立马就出去。"乌尔苏亚后来说道，"可是，我们还得被困地下四个多月。"乌尔苏亚研究着山洞里大家的脸庞。最年轻的吉米·桑切斯，按照法律来说都没达到下矿的法定年龄，他看起来尤为沮丧。很多人刚能够站起身，可继续等待的消息一来，大家的脸上又恢复了之前的沮丧和疲惫。周围，大山还在坍塌、轰鸣，随时都会出现新的塌方，砸断他们跟地面相连的这两条救命孔道。在这湿热压抑的环境下再等四个月，一个、两个、三个身体较弱的人可能就撑不住了。

"四个月！"好几个人对乌尔苏亚大吼。我们等不到十二月份了，绝对不可能，他们说。我们得自己找出路。从深坑那儿，有人建议。只要恢复了体力，我们就能爬出去。最开始的那种暴乱情景又出现了。后来，马里奥·塞普尔维达开始发话。

"你们觉得，我就不想从这儿出去？"他说，"如果可以，我肯定会抓住孔道里降下的任何东西，从那里钻出去。但是，我不能，因为我太大了。"狗仔用大伙儿们熟悉的那种沙哑、讽刺、近乎疯狂的语气吼道。这是一个深陷地牢、热爱生命的狂人的吼叫。他能拿死亡开玩笑，会说吃人、钻进六尺宽小洞这样不着边际的话。不能，所以唯一的选择就是等待，马里奥说。很快，其他那些强壮、镇静点的工人们也开始重复这些话。"静一静，伙计。"这就跟酒吧里拉架时说的话一样。**静一静**。我们必须得耐心、有秩序，卡洛斯·安吉拉说。从8月5日起，他就一直在说这话。我们必须感谢上帝，我们眼前所见已是奇迹，乔斯·安立奎说。如果非得等到十二月，那我们也必须准备好一起坚持到底，马里奥·塞普尔维达说。

不久后，通过视频电话，乌尔苏亚和心理学家伊图拉进行了第一次私下交谈。"接下来的，"心理学家跟他说，"会是最难的部分。"

十二　宇航员

　　与被埋矿工取得联系后的头几天里，智利医疗救援队的专业精神救了这帮工人的命。卫生部长杰米·马纳里奇（Jaime Manalich）召集医疗队做出了一个关键决定：必须克制"把食物塞进孔道"（一名NASA医生的表述）这一"完全可以理解的欲望"（各级官员和钻工的表达），不能立即给下面饥肠辘辘的矿工们食物。如果人超过五到七天没有进食，身体就极度缺乏磷酸盐和钾，无法吸收碳水化合物。没了这些化合物，尽情的饱餐会引发心力衰竭。这是二战后期得出的经验教训，那时美国大兵给集中营幸存者们提供了很多C-口粮[①]和巧克力条，却无意造成了很多人的死亡。智利医学界的权威们也咨询过NASA专家以及世界各地的医疗机构，采纳了他们的一些建议。现在是"慢了又慢"。刚开始几天，每天只给矿工们提供五百卡路里的能量，主要是喝一种能量饮料，里面混合了钾、磷和硫胺素，一种饥饿状态下身体可以吸收的维生素B。在没有硫胺素的情况下，进食可能会引起韦尼克-科尔萨科夫综合征（wernicke-korsakoff）[②]，这是一种神经功能紊乱疾病，会引发严重的肌肉失调。智利医疗队还送下了尿液试纸，跟NASA用来监控宇航员健康状况的试纸相似，主要测试"尿比重"值（脱水指标）、尿酮值（饥饿指标）以及肌红蛋白（肌肉分解时产生）。三十三人中，有十六人肌红蛋白呈高阳性：肌肉组织的分解已经引发了早期的肾衰竭。他们给这些人送下了额外的水，还有一些简易床，这样就不用睡在坚硬的地上了，因为在不平整的石面上睡觉也会导致肌肉分解。（智利政府发出公告，寻求适合"白兰鸽"孔道大小的可移动、可组装简易床，后由一家当地公司提供。）很快，这些面临肾衰竭危险的矿工们都开始恢复起来。智利政府完全"按照教科书模式"来应对最初的治疗阶段，NASA 医师詹姆斯·波尔克（James D. Polk）事后会说，"而正是因为这样……在所有的三十三名矿工中，没有出现任何一例并发症。"

为进一步评估矿工们的健康，医生还送下去一个体重计。这是一个用带子和线绳巧妙组成的称重装置。把它绑到加固通道时用的摘樱桃篮子里，升起篮子，他们坐在带子上，悬在空中，然后另外一名工人就可以帮忙称重了。他们个个都像脸色惨白的巨大标本一般。瘦小的阿莱克斯·维加发现自己瘦了 16 公斤，现在只有 46 公斤重；高一点儿的富兰克林·洛沃斯也吃惊地看到自己瘦了 18 公斤，下井时他重约 86 公斤。

医生又问乌尔苏亚，下面有没有人有注射针剂和量血压的经验。他跟大家商讨这个问题，然后有人记起，乔尼·博瑞斯好像说自己做过这些事儿。

"我们需要你给大家注射。"乌尔苏亚告诉乔尼。起初，乔尼不同意。"这家伙很顽固，但最终我们说服了他，这工作只有他能做。"电话里，乔尼对地面的医疗队说，他一生之中只给人打过一针：十四岁那年，给他当护士的母亲注射过。但是，他知道怎样量血压，因为苏

---

① 一种罐装预制的湿式口粮，最早是由美国陆军提出的。当新鲜食物 A - 口粮和包装好的非熟食 B - 口粮难以取得或条件过于恶劣使战地厨房无法展开时食用，以及在紧急口粮（K - 口粮或 D - 口粮）短缺时食用。——译者

② 一组主要由维生素 B1 缺乏引起的脑病，一般多由长期饮酒过度所致，也可由于其他原因引起的维生素 B1 缺乏致病。——译者

珊娜就是高血压，他经常给她测量。太好了，他们说。你就是下面的护士了。很快，拉美媒体就把他称为"豪斯医生"，取自在当地很受欢迎的一部美国电视剧名。NASA还告诉智利医疗队，长时间在没有阳光、封闭、紧张的环境下生活——受困井下或空间站工作——会导致维生素D缺乏和一种叫做"潜病毒复活"的症状。乔尼必须给大家注射维生素和肺炎、破伤风、白喉疫苗。注射时，他温和平静，这也是生活中他的女人们仰慕他的地方。

送下救命疫苗的管子里还有更多的私人信件，回头时也会把矿工们的回信送到地面。维克多·塞戈维亚写了一封充满绝望的信。"我不会欺骗你下面的情况了。我们都很糟糕。周围全是水。大山还在轰隆作响。这里如地狱一般，我快要疯了。我试着坚强起来，但是睡着时，我会梦到在烧烤，醒来后却发现，自己在这漫漫黑暗之中。每一天都精疲力竭。"亲人们读到这封信后决定告知心理学家。

但是，在他的日志中，维克多写下了其他矿工们信里读到的好消息。"其中一个工友被告知，莱昂纳多·法卡斯给我们名下的账户里打了五百万（比索）。"法卡斯，他写道，正在筹措捐款，要让大家都成为富翁。"这样，我们就再也不用工作了。"

在矿工们请求总统将他们从"地狱"中救出后的两天，救援队就降下了一台摄像机，这样外面的人都能看到这里如"地狱般"的样子了。弗洛仁科·阿瓦洛斯拿着摄像机，光膀子的马里奥·塞普尔维达做导游，胡子拉碴的阿莱克斯·维加当助理。大家拍摄了大概三十分钟的视频。当晚黄金时段，有八分钟的视频面向公众播出。

播出的视频中，马里奥先介绍了路易斯·乌尔苏亚，他坐在白色皮卡车里，正在给地面的救援队绘制地图。然后，镜头逐渐向避难所走近，两名看上去非常疲惫的工人，奥斯曼·阿拉亚和里那恩·阿瓦洛斯，正坐在那曾被打劫的应急食物箱上。"这里，我们有两名重要的矿工正在看守'白兰鸽'。"马里奥用脱口秀主持人那般欢快的语气说，他似乎想要缓和那俩家伙阴沉的表情。他们俩站了起来，打开箱子，里面有上面新送下来的五瓶纯净水。"无论如何，"马里奥说，"我们尽量认真地整理，所以，这里看起来还不错。"

然后，视频切到了豪尔赫·加利古洛斯，马里奥叫醒他时，他立马坐直了身体，目光冷淡、茫然。旁边还有一个张着嘴巴在睡觉，摄像机的光线打到他身上都没有醒来。克劳迪奥·阿库纳坐起来，挤出了一丝微笑，并跟家人打了个招呼。接下来，到了避难所里，马里奥称之为"我们的餐厅"。埃迪森·佩纳直视着镜头说："请快点救我们出去，拜托了。"马里奥带观众到一张桌子前，五个人围聚在那里，正在玩多米诺骨牌。"这里是我们每天开会的地方，我们在这里规划各种事宜，"他说，"这里，我们还每天祈祷。三十三人聚在这里，一起做决定。"然后，马里奥走近维克多·扎莫拉，来自智利和秘鲁边境的阿里卡城镇的孤儿。"我们没法确定他到底是智利人还是秘鲁人。"马里奥开玩笑说。大家都笑了起来，扎莫拉也露出了大孩子般的笑容。被困的第一晚，扎莫拉就带头哄抢了应急食品，当然了，地面上看视频的人对此并不知晓。他对着镜头说话，看起来、听起来比其他人都要镇静。他点点头，安慰家人说，"照顾好自己"，还说，"我们都会出去的"。然后，他对救援人员说："必须要感谢你们，没有抛弃无助的我们，感谢你们的勇气。"扎莫拉说话语气非常平和，他似乎已经完全接受了当前的困境，就像一名无意闯入矿井的哲学家或励志演讲者一样。"感谢你们在外面的努力，"他对着看不见的救援人员们说，"而且，你们知道吗，伙计们？我们要给你们报以最最热烈的掌声。"他周围的矿工们都开始鼓掌，然后视频就剪到了大家高喊"智利—智利—智利"的场面。后来奥斯曼赞颂了上帝，大家齐声唱起了国歌。

视频最后，马里奥·塞普尔维达站在屏幕中心，光着膀子，做了一段激情澎湃的陈述。"亲爱的朋友们，一百五十年前，矿工的大家庭成立，可如今我们已大不相同，"他说道，"今天，矿工们也受过良好的教育，也可以坐下来，进行深层次的交流。今天，矿工们也可以挺胸抬头，在智利的任何地方坐下交流。祝福所有的智利人。"

这一视频引发了强烈的国民自豪感。首先，人们都被这个满脸煤尘、食不果腹的马里奥·塞普尔维达所感动，他那近乎疯狂的流利言辞，身处潮湿、黑暗、脏臭之地时所表现出的非凡勇气，感染了拉丁美洲的每一个普通人。接下来几周，智利和世界各地的报纸和网站文章都称他为"超级马里奥"。他那充满激情的演讲形象已经飞越了智利的边境，乐观、普通的他成为这一戏剧性事件的中心人物，这种疯狂的正能量将全世界的人们团结到了一起，这种沙哑的乐观精神也再次证实了人类精神之伟大。这些深陷两千两百英尺地下的大活人，他们不是神话中的人物，尽管他们的故事有着史诗般的神奇。人们以为被困大山中的他们已经遇难，但这个视频证明了他们的生命力。在水花四溅、阴沉黑暗的深井下，他们活得如此真实、如此脏污，看来绝望、听来却希望满满。这些令人难忘的形象被反复播放着，超越了时间和空间的局限，这三十三人的神奇故事被再三地转述着。电视和电脑关掉后，他们的故事还在传颂，在私人谈话间，在公共场合里。你听说了么，南美洲的那些矿工们？你看到他们的视频了吗？没有设备能监控人们的集体潜意识，也没有全球范围的心灵地震仪或测量器来跟踪人类梦境的波动。但假如这种设备存在的话，在八月份的最后几天里，它们设定在山洞、坟墓、通道等黑暗可怕之地的噩梦和美梦的数值一定会大幅升高。

对那些认识那三十三人的人们而言，这八分钟视频带来的感触却大不相同。杰西卡·奇拉，与人生伴侣和孩子父亲达瑞欧深情长拥的她，在看到视频后陷入了一种焦虑哀伤的状态。视频中的达瑞欧·塞戈维亚已经完全不是她认识的那个男人了。从他黯淡的眼神中，从他揉太阳穴和避开摄像头的动作中，她能看到他正在承受无限的折磨。他姐姐玛利亚，"希望营地"的"市长"，看到了视频中的他，心想他比任何时候都需要一个拥抱。大多数矿工都不似从前。认识奥斯曼·阿拉亚的人都知道，他是一名虔诚自信的福音教会信徒；可视频中，他看起来很谦恭、很受伤，而在赞颂上帝之时，他也明显在克制自己的眼泪。"野猫"巴勃罗·罗哈斯有一个侧面镜头，光着膀子坐在地上，看起来精疲力竭，整个人都小了一圈，好像他人到中年的大头移到了小孩的身体上一样。豪尔赫·加利古洛斯在家人眼中是一个高大、强壮、骄傲、固执的家伙，可视频中他却一个字也说不出来，在厚厚的煤尘和真菌皮炎的遮盖下，家人几乎都认不出他了。

如果他们看到政府剪掉的视频部分，这三十三人的家属以及全智利都会更加焦虑不安——一则新闻报道就暗示了救援人员所见到的矿工们的真实情况，其中五人患有严重的抑郁症，根本不愿意在视频中露面。在未公开的镜头中，马里奥·塞普尔维达扑哧扑哧走过泥浆，给观众展示了破败的卫生间。视频快结束，在总结当前状况和情绪时，他开始失控了。"我们会出去。我们不会一直在这儿。家人需要我们。"他说，"我们很感恩，兄弟们……我们唯一的要求就是，别让他们看到这里的湿热和糟糕。"他还提到了死亡，这近在咫尺的终结。"这里是勇士们的天下。如果我们必须为祖国奉献生命的话，我们会毫不迟疑，在此地或其他任何地方……请转告家人，我们爱他们，非常感谢。我们的背后有很多很多好人。"然后，他又提到了家乡帕拉尔，他在圣地亚哥居住的街区以及参加的运动俱乐部等等。他说道："认识我的人都知道，我的心就如此大小，"他用双手在胸口前比划出一个圆，"我要将这颗心掏出来，给上面需要的人。我会一直战斗，直到最后一刻。"

最后，跟很多其他人一样，马里奥也觉得需要对家人讲话。"弗朗西斯科，"他开始了，尽管刚说起儿子的名字，他就痛哭了起来。

咳嗽了几声，他又继续说道："我的宣言：狗。勇敢的心，牛蛋。梅尔·吉布森，牛蛋。爸爸会永远保护你，我的小大人。我向你发誓，我会一直在你身边。"说完这些，"超级马里奥"就完全无法控制情绪了，从摄像机前扭开头，示意弗洛仁科·阿瓦洛斯别再录了。当矿业部长和其他救援官员看到这一视频时，他们一致同意尊重塞普尔维达的愿望：只截取播出了部分视频片段，这完整的录像以及其中令人不安、悲伤的影像都被存入了政府档案馆内。

心理学家伊图拉在研究了下面送来的这段长视频后，完全有理由乐观地看待这三十三人的精神状况。他又进行了一些电话咨询，评估了井下和地上的初期对话，伊图拉宣布，下面三十三人全都状态不错。"他们很正常。"他说。救援队中有几个人觉得这医生肯定是疯了，竟然这样说，但临床证据表明确实如此。"从心理学角度来说，他们都很健康，"他后来说，"他们很害怕，是的，在这样的情况下，害怕是正常的。但是，他们并没有尖叫着要求出来。"除了别的之外，心理学家很感动于这群矿工对他人表现出的关心——在跟部长的第一通电话中，他们问询了卡车司机比利加斯的情况；视频中，塞普尔维达和扎莫拉都记得向救援人员表示感谢。这群家伙没有向恐慌屈服，他们还保持着一定的组织性，这让伊图拉很是惊喜，因为根据对大批男女的大量研究结果表明，长期受困狭小空间的人往往会变得暴力、残忍，甚至连墙上都会溅满鲜血。伊图拉的专业理论是建立在美国心理学家卡尔·罗杰斯（Carl Rogers）[1] 的人本主义理念之上，因此他相信，他完全可以治好下面的那些矿工。"这是一次合作，我们必须共同努力，直到你们获救之日，"伊图拉在电话中对矿工们说，"我会

---

[1]　美国心理学家，人本主义心理学的主要代表人物之一，从事心理咨询和治疗的实践与研究，并因"以当事人为中心"的心理治疗方法而驰名。——译者

陪伴你们直到最后。"被发现之前的十七天里，不管发生了什么，他都不感兴趣，他说。"我不是来判断是非对错的。那肯定都是万不得已之举。"

伊图拉手里有这三十三人的很多案卷文档，由智利的医疗权威机构和社会服务组织收集而来。在这些记录中，他看到，很多人之前就一直在承受采矿业特有的折磨，也饱受智利工人阶级常见的家庭和背叛等问题的困扰。其中一人曾有自杀倾向，两人患有癫痫，还有一人被诊断为躁郁症——而根据观察，他知道，好几名矿工都养着情妇，在"希望营地"这临时小镇里，妻子们第一次知晓了或确认了这些女人的存在。伊图拉是一名专门研究采矿人员的心理专家，所以这些事情并没有蒙住他的双眼，因为他清楚，矿工们的生活中除了压力和苦痛，还有采矿业的超常男性文化所赋予的不屈不挠、兄弟情谊以及自我价值。但是，伊图拉或智利任何人都从未治疗过被隔离如此之久的患者。如果真得到圣诞才能获救，他们被困地下的时长将是空前的，得有之前最长时间的两倍。他们就像在大山太空站里执行任务的宇航员，或是无人星球上的漂流者。如何在这种封闭、孤立的环境中生活呢，伊图拉通过邮件请教了 NASA 的专家们。很快，航天局的心理学专家阿尔伯特·何兰德（Albert W. Holland）就从休斯敦乘飞机赶来，同行的还有 NASA 的两名医生和一名工程师。何兰德在邮件中对伊图拉说过，他必须让矿工和家属们做好长期战斗的准备，他称之为"长时程思维"。"我们现在面临的是一场马拉松战役。"他告诉伊图拉。很快，马拉松这一比喻就从智利心理学家那里传播到矿工和家属们中间。

在国际空间站（ISS）上，宇航员们每周都会跟家人进行视频交流，而智利救援队伍也为被困矿工们准备了相似的设备。目前，地面和矿井之间尚没有视频链接，所以，救援队让每个家庭录一段短视频送到下面去。心理学家要求他们传达些正面的信息，最好别提家庭的困扰。显然，阿莱克斯·维加的五个家人对此是牢记于心，他们在大山脚下的一块篷布下开始录制问候视频。

"你好，亲爱的。"阿莱克斯的妻子杰西卡说道。阿莱上班那天早上，她赌气没亲他，从那时到现在，这是阿莱第一次看到妻子的脸庞。她说话的声音自然、温柔，刻意掩饰着过去三周的种种煎熬与苦痛：最开始几天，她努力安排孩子们正常入学，装作什么也没发生；后来大多数人都已放弃、认定他们已遇难之时，她依然执着地挂念着、等待着。"我在这里，希望能带给你力量，我的爱人。孩子们都很好，他们也带给你很多吻。"她温柔含蓄地说，等他出来，他们要"好好庆祝一番"。她坐在一面国旗前，国旗中间贴着阿莱克斯的一张肖像，干净、帅气，跟电影明星一样。接下来讲话的是流浪歌手罗伯特·拉米雷兹，他写过一首纪念阿莱克斯的歌。罗伯特是阿莱克斯姐姐的男朋友，他喊阿莱的昵称，鸭仔。"疯狂的鸭仔，你可真是吓坏我们了。等你出来，我要跟你比赛喝龙舌兰。"姐姐普里西拉用欢快的语气说："小弟，这是上帝给我们的一次教训。希望你看得到，我们肯定能经受住上帝的考验。这次也不例外。"她开玩笑说，视频里蓄起胡须的他就跟"狼人"似的。阿莱克斯的父亲乔斯，当时曾试图下井救儿子，他头上戴着一顶白色的矿工安全帽。"儿子，我要问候你，还有你的同伴们、兄弟们，他们不再只是一般的同事，他们和你一起经历了这次艰难又伟大的行程，他们是你的兄弟。"四十多个亲人都聚集在帐篷周围，乔斯说，只是视频中挤不下这么多人。然后，哥哥道歉说，没有什么要说的，因为"我们维加人都不善言辞"。一个表哥又说："阿莱克斯，因为你，维加家族前所未有的团结。"镜头前的大家都纷纷点头。最后，大家唱起了被发现那晚他们唱的歌，期间，罗伯特分别指向阿莱克斯的父亲、家人，还有国旗上他的肖像，借此说明这首歌就是为他和家人而作。歌曲结束时，普里西拉开玩笑地举起拳头，大家齐声高喊："鸭仔会回来！"

8月28日，矿井内，三十三人围在摄像机的小屏幕前观看视频。二十三天来，第一次瞥见外面的世界。路易斯·乌尔苏亚看到了妻子卡门，她看起来疲惫、沮丧。稍后，他写了封信，让她振作起来。但是，有三个人并没有收到视频信息——至少看起来如此。"他们都非常失落，尤其是乔斯·奥捷达，他的视频文件就在里面，但是播放时出错了，"维克多·塞戈维亚在日志中写道，"他特别沮丧，当后来再打开时，他甚至都不想看了。"

加利古洛斯家人的视频里还有一个惊喜：跟豪尔赫疏远的二十六岁儿子米格尔·安吉尔（Miguel Angel）也出现在屏幕上。

事故发生前，"我们之间出了问题。他非常抗拒、抵触我，"豪尔赫说，"我们没有很多联系。"对任何男人而言，当父亲都是一个极大的挑战。但是，在豪尔赫的一生中，当一名矿工父亲的意义发生了巨大变化。二十世纪五十年代，豪尔赫成长过程中总是看到父亲一人进入小矿井工作。那时他大概六岁，父亲在井里干活，他就在外面玩耍。黑暗的地下，父亲拿钉子镐敲凿；外面的阳光下，豪尔赫也挖小洞，再用木板盖住，玩起了"矿工"游戏。十二岁那年，他就开始打工挣钱，往驮兽背上搬一百磅重的麻袋；后来，（跟达瑞欧·塞戈维亚一样）他也用狼皮袋子从矿井里往外搬运石头。几十年的地下工作让豪尔赫变得很强硬、很顽固。你若问他为什么快六十岁了还在矿下打工，他或许会说，"因为这里是勇敢者的天堂！"他工作很卖力，这样孩子们就可以免受这种艰辛和危险的折磨。可他的回报就是，一个儿子根本不理解父亲的粗鲁和怒气。8月4日，踏入劫数难逃的圣何塞的前一天，豪尔赫给儿子米格尔打电话，他们最近刚生了一个小男娃。几年前，加利古洛斯的第一个孙子出生不久就没了，但这个新生的男宝宝很健康。

"我问米格尔小宝宝的事情，他就说，'关你什么事？'"

"那你小闺女还好吗？"老加利古洛斯又问道。

"怎么了?"他儿子怒气冲冲地回答。就这样，他们之间的最后一次对话结束了。那十七天里，豪尔赫一直在想，那会是他跟儿子的最后一次对话，儿子生硬无礼的态度充斥着他痛苦的回忆，过去的生活还有那么多未完未了之事，他对这一切都无法释怀。

但是，送下来的第一封家书中，米格尔·安吉尔就说了些支持的话。现在，视频中，豪尔赫·加利古洛斯看到摄像机前站着或坐着的兄弟们、小姨子、巴耶纳尔来的侄子——还有他的两个儿子，一边是小豪尔赫，另一边是米格尔·安吉拉。8月4日那天，对父亲粗率无礼的他，如今却满是鼓励支持的话语。"老家伙，照顾好自己，"他说，"请一定要坚强起来。"

看完视频，"我感到一种不可思议的喜悦，一种强烈的感情，"豪尔赫说，"但是稍后，我就开始恶心，很抑郁。这种感觉很难描述。"一生中，他最渴望儿子的认可，如今这一梦想实现了，可他却陷入了长时间的恐惧中。他很难解释具体的原因。或许，他意识到，只有被活埋，儿子才肯原谅他，才能释怀莫名的怒气。又或许是因为现实的残酷，他无法与儿子在一起，也不能看到他的小孙子，而他的家人们却团聚集合在地面上。"我非常渴望回到他们身边。"他说。

在长期的采矿生活中，豪尔赫不得不勇敢坚强。十二岁那年，第一次勇敢地下矿打工；快六十岁了，肌肉没了，肺也坏了，却依然坚强地继续工作。但他从来没有经历过这样的勇敢和坚强：两周的饥饿和湿热已让身体极度虚弱，完全靠别人的喂食维生，看得到家人的爱却无法回应。突然间，这些本该让他感觉良好的东西却令他无比痛心。几天前，他迫不及待地想吃东西，可如今，上面救援人员送下的巧克力营养液却在肚子里翻江倒海。"那些坏牛奶开始报复我们了。"他说。

牧师乔斯·安立奎喝了他的那瓶营养液后也开始恶心，还差点昏过去。佩德罗·孔蒂斯看到后，就把自己那瓶给了别人。很多人开始了新一轮的胃肠和泌尿系统紊乱，接下来的好多天，他们都会备受折磨。好几个人需要排尿，可却尿不出来，最后大家都难受得厉害。马里奥·塞普尔维达就跟"护士"乔尼·博瑞斯说，下次再跟上面的医生们通话时，一定记得要些治疗药物。豪尔赫·加利古洛斯更是无力应对这些症状。他腿肿得厉害，走几步都疼痛难耐，一种真菌性皮炎长满了全身。在每天的聚会上，他经常无法站起身，大家都站在他周围，祈祷他快快康复。

自钻机打通发现三十三人之后，维克多·塞戈维亚的日志里也不全是喜悦。"克劳迪奥［雅尼兹］整天睡觉，醒来就是指责，简直太扫兴了……［达瑞欧］塞戈维亚差点跟富兰克林打起来。"他在 8 月24 日写道。"大家的情绪都很糟糕。援助到来之前，一片平静，大家每天一起祈祷……可现在，有了援助，我们非但没有更加团结，反而整天打架吵嘴……"每隔一天，维克多都会写下大山隆隆的轰鸣之声，这总会让人记起困住他们的那次塌方。逃离这耳边的折磨似乎很容易，但是目前，他能做的只是等待救援——等待食物。"现在，我知道笼中困兽的感受了，一直需要依赖人类来喂养。"他写道。几乎每一天，日志中都会记录一次新争吵。可 8 月 28 日那天，看了第一批视频后，他的情绪很高涨。"一切都很有秩序……今天，大家的精神都不错。我们都很开心。"穿了好几周汗涔涔、湿乎乎的衣服，他们也都脱了，现在几乎都光着膀子。上面送下来一批新的尼龙 T 恤，跟国足的红色球衣一样的颜色。很多人都穿在了身上。

8 月 28 日傍晚，这群穿上新制服的国家英雄们又聚在一起开了个会。"我们谈了一个出去后的私人问题，"维克多在日志中写道，"我们是唯一知道这段经历的人。我们一定会适时地将其公布于众。"这次会议的主题就是他们切身的经历。从前，他们是一群名不见经传的小人物，冒着生命危险在这烂糟糟的矿井中谋生，可现在，他们谈话的对象成了总统和部长，还有一位人人爱戴的智利偶像——足球明星伊万·萨莫拉诺（Ivan Zamorano）。这位球星跟富兰克林·洛沃斯进行过一次简短的电话交谈（他俩曾做过两年的队友）。这种成名的感觉很有传染力，对马里奥·塞普尔维达的影响尤其显著，他一直在喧嚷他们的故事能卖一大笔钱。孔道里也会送下报纸，大家看到有则报道将他们与被困安第斯山的乌拉圭橄榄球队①相提并论；文中，这群乌拉圭人将故事版权卖给了一家影视公司和出版社。胡安·伊利亚内斯说，圣何塞里的故事属于大家，他们必须共享，这是明显的事实，无可争辩。伊利亚内斯又说，他们应该遵循之前一致同意的"沉默协议"，对事故和后果严格保密。维克多·塞戈维亚一直在写的日志也是这次抗争的记录，也应该属于大家。所有矿工一致同意：维克多成了正式的记录者。

　　第二天，维克多用新送下来的笔和本子开始记录。马里奥·塞普尔维达过来跟他聊天。维克多的日志是一件"圣物"，马里奥说，这可能就是讲述这段故事的那本书，会给他们带来很多很多钱。维克多思索了片刻，写下："写这日志的初衷，是为了生存，并非出书……我并不觉得，这有多了不起。"五年级就因打架退学的维克多从没想过，写东西会让他感觉良好，会让他有一天成为作家。他从未走出过科皮亚波附近的沙漠城镇，但是，地下，他记录的故事有一天却会传遍全世界。

　　圣何塞矿场地面上的拖车和平房里，救援负责人们建起了临时工

---

① 指的是 1972 年的安第斯山空难。1972 年 10 月 13 日，一架载有四十五人的客机遇上风暴坠毁在三千九百多米高的安第斯山脉上。机上四十五名乘客中包括乌拉圭的橄榄球手及其家属，二十一人当场丧生。其余二十四名幸存者中，八人在逃生时被雪崩夺去生命，十六人于同年 12 月 22 日之前陆续走出雪域生还。幸存者为了在冰天雪地的恶劣环境中存活，被迫以遇难者的人肉果腹。该事件也被搬上银幕，这便是电影《劫后余生》。——译者

作间，全世界都在注视着事件的进展，都在关心支持着这三十三人。"我们可以跟任何国家请求援助任何东西，并且人们一定会尽力帮我们送到。"克里斯蒂安·巴拉说。全世界的钻探专家和钻井技术员都朝矿场赶来：他们来自约翰内斯堡、柏林、宾夕法尼亚、丹佛、科罗拉多，以及卡尔加里和亚伯达[①]，甚至还有人来自美国驻阿富汗的军队前线作战基地。智利人正在重演采矿史上最伟大的救援活动——2002年宾夕法尼亚矿坑危机（Quecreek）的奇迹营救——这当然也需要全世界的参与。

在美国那次煤矿矿难中，工人不小心爆破了地下水，九人被困井下。救援人员打通了垂直深度二百四十英尺、宽三十英寸的井道，用钢筋篮子将受困人员升井救出。这次，智利必须钻比那深八倍的孔道。于是，他们从国家铜业公司位于智利第五年夜区（Fifth Region）的安迪纳分部（Andina）找来了智利最大的钻机设备，澳大利亚制造的Strata950天井钻机。跟之前打通三个斜孔的小型钻机不同，这台三十一吨重的机器只能垂直向下钻进，将于8月30日在之前被断定不稳定的区域开工，就是三周前爱德华多·赫塔多奥带领的特拉钻工队想要钻第一个洞的地方。这台大钻机得到十二月份才能打通孔道，但是还没等开工，其中一个钻探队里的机修工人伊戈尔（Igor Proestakis）就跟领导们提出了另一种方案。为什么不能用更大型号的钻机直接加宽第三个孔道呢？就是通到工作间的那个六英寸孔道。几天后，安德烈·苏格雷特同意了二度钻孔的提议，称其为"方案B"。该方案分两步进行，第一步将孔道加宽到十二英寸；第二步，再度加宽到二十九英寸。

可是"方案B"有个问题：在智利，从没有人从侧面钻探过二十九英寸宽的孔道，更不用说当下的深度需求。钻探如此大号的斜向孔

---

① 卡尔加里：加拿大西南部城市；亚伯达：加拿大西部的一个省。——译者

道，最有效的机器就是雪姆 T130XD。很快，这样一台装置就从科皮亚波以北六百英里的科亚瓦西铜矿（Collahuasi）① 运了过来。在征询了世界各地采矿公司的建议后，苏格雷特钻探队决定，为了加快钻进速度，他们接受宾夕法尼亚州中心岩石有限公司（Center Rock Inc.）的援助，使用他们提供的一种群集钻机：其实就是四个排球大小的钻头连接到同一根钻杆上。这一重约两万六千磅的设备用来进行方案 B 第二阶段的加宽。UPS 速递公司同意免费运输：首先用卡车装载连夜从宾夕法尼亚送往迈阿密，然后空运到圣地亚哥，最终再用卡车送到科皮亚波，计划于 9 月 11 日到达。当然，智利也有很优秀的钻工，但是这一孔道的深度和斜度需要钻工进行设计外的操作，因此智利决定向堪萨斯州莱恩勘探公司（Layne Christensen）的钻探专家们求助。谁最擅长操作雪姆 T130 呢？公司电话打给了杰夫·哈特（Jeff Hart），当时他正在阿富汗给美国部队钻挖水井。

很快，方案 A 和方案 B 就开动起来，但是这两个方案都会挑战钻机的设计极限，失败的概率很高。于是，苏格雷特决定再准备一个方案 C：一台大型的石油钻机，光组装就得好几天，可一旦开工，实际上要比方案 A 还快。加拿大精密钻井公司（Precision Drilling Company）正好在智利南部有一台闲置机器：三十七辆卡车才能将这台 421 型号设备从一千公里的工作现场运来。所需技术和人员来自南非建筑工程管理服务公司（Murray & Roberts）。

在一连串的通话中，苏格雷特给乌尔苏亚概述了这三种钻探方案。当然，哪种最先打通并不重要。都解释完后，好像方案 B 会最快。

智利政府正在整理来自各种不同机构的资源，好几个高层官员都

---

① 位于智利北部、伊基克港东南一百八十公里处，海拔四千米，归斯特拉塔、英美资源集团等所有，在智利矿难救援中发挥了重要作用。——译者

驻扎在矿场或附近，包括两名皮涅拉内阁成员。整个援救行动就像是智利的登月发射计划，跟外太空探索一样，这次行动也需要一个名字。卫生部长杰米·马纳里奇给总统皮涅拉打去电话，建议以采矿保护神的名字命名，称其为"圣劳伦斯行动"（Operacion San Lorenzo）。

可是据维加拉·艾伦伯格的幕后消息说，总统不喜欢这个名字"Lorenzo。"总统重复道。不行，这听起来太像 Lawrence，就跟说劳伦斯·戈尔本一样。在拉莫内达宫，总统顾问们一直进行着有关救援的民意测验，最近的结果却令人忧虑：尽管总统支持率依然很高，可戈尔本部长更高。之前在皮涅拉内阁中不起眼的戈尔本如今却成了救援的形象代言人，有点让"老大"相形见绌。

"就叫'乔纳斯先知行动'（Operation Jonas the Prophet）吧。"总统说。可这名字一直没有流行起来。相反，救援现场的男男女女们早就接受了"圣劳伦斯行动"这一称呼，而聚集在矿场的智利人和全球媒体也都逐渐开始用其来指代营救受困矿工的救援行动。

随着"圣劳伦斯行动"的开展，为了保持地下工人的高涨情绪，也为了避免彼此攻击，心理学家伊图拉找到了一个带来快乐的设备：可以通过电话连接，听到亲人们的声音。8 月 29 日，妻子、兄弟、母亲、姐妹、父亲、儿子、女儿们被领着一个个穿过列队的警察和防护栏，来到一个金属的小通讯棚里，大约六乘八英尺大小，就在离打通孔道几步远的砂土堆上。那里有一台摄像机和话筒，跟井下通道里的摄像机和话筒相连接。为了这一刻，心理学家还给被困矿工们专门写了一封信。其中，他特意告诉那些有两个家庭或别处留情的工人们，在这些视频电话中，他们应该优先考虑自己的妻子和家庭。"我这样说，是因为我早就看到了营地里因女友而起的冲突，"他后来说，"并且，我还告诉他们，那样做更简单：因为毕竟情人和女友比妻子要更宽容一些。"

不管怎样，有些女友甚至连进入营地都有麻烦。乔尼的女友苏珊娜·巴伦苏埃拉说，法卡斯资助之后不久，乔尼的妻子玛尔塔就"背叛"了我，有警察过来护送我离开了新建起来的为家属提供隐私、躲避媒体的"希望营地"。8月28日，美联社拍到一张苏珊娜的相片：她站在营地外，手举牌子，上面写着大字"存在的勇气"，还有一张乔尼的相片，以及小号的字"送给你，我的爱人，你的珊娜"。这张特写照传遍了全世界，苏珊娜被称为乔尼的"妻子"。但是几天后就真相大白了，因为救援行动里的社会服务工作者们意识到，乔尼实际上跟营地里的另一个女人成婚，他们跟地下的乔尼本人确认后知道，他好几年都没跟妻子居住了。玛尔塔也被拍到手举海报在营地里，上面满是乔尼的肖像。于是，记者们便开始用想象力推断——并作为事实报道——事故后，玛尔塔才与苏珊娜在营地里相见，也才知道她的存在。但事实上，她们俩已经认识很长时间了。

　　苏珊娜很坚决也很狡猾，为了进入封锁的营地，她不惜像间谍那般乔装打扮。她看到一堆鱼和蔬菜正被运到给家属和工人们做饭的大厨房。"我穿上围裙，拿起一条鱼和一个洋葱，径直从守卫那里穿了进来，"她说，"记者们看到我进入，问我是家属吗，我回答说，'不是，我是厨师。'"就这样，苏珊娜还设法进到通讯棚里，跟乔尼通了话，尽管心理专家强烈反对。

　　不管怎样，在这次通话中，矿工和家属们并不能聊很多，因为伊图拉将通话时间限制为十五秒钟左右；下一次通话大概是一分钟。伊图拉考虑的是矿工们不得不面对的心理马拉松，就跟食物的供应一样，开始阶段小剂量的亲情会更明智一些。"十五到三十秒之间，你无法传递信息——只会是见面的问候。只是相见了，"他说，"你会说'我爱你，有我在'。也就这些。你不会有时间说'你父亲很伤心，奶奶病了，儿子也不上学了'等等。"

　　这是NASA给的建议，但是伊图拉忘记了，这三十三人并非宇航员，也不是自愿困在山洞好几个月。几次太短的通话后，矿工们开始觉得自己被当成了孩子。这完全可以理解。让我们跟妻子、孩子说话吧，他们说。我们是大男人，不是什么也不懂的孩子。心理专家们的家长式作风在地面拍摄的视频中清晰可见：一名矿工的妻子正在棚子里跟丈夫通话。

"你好，我的爱人。"这位年轻的妻子怯怯地说。

伊图拉坐在一边，看到女人刚要开始失控，他就厉声地对她说，"振作！"

"大家都很好。"女人继续，听起来乐观了些。她说了一些亲人的名字，然后又说"我想你了"，声音又开始有些绝望的痕迹。

"振作！"心理专家又命令道。然后，这位年轻的女人又努力开心起来，几秒后，专家说，"准备结束吧。"

即使在救援人员于井下和地面之间建立起永久光纤链接后——包括电视信号输入和不间断的通话连接——心理专家依然将矿工与家属的接触时间限制在每周八到十分钟之间，这大约是 NASA 给宇航员们规定的时间。（最终，维克多·扎莫拉带头向心理专家进行"罢工"抗议，他们反身背对着摄像头，拒绝跟家人谈话，除非他给大家批准更长时间的视频通话。）跟外部世界的接触会"让你脱离现实，"伊图拉说，"会让你进入一个束手无策的世界。"伊图拉正努力保护矿工们免受这种无助感的折磨：在下面，他们可以帮忙救援，但是他们没法回家当好父亲或好儿子。外面，家人需要他们，他们富了、有名气了，孩子们也需要抚养和保护。但是，这些人还无法回到这样的世界啊。尽管伊图拉尽力保护，但他们还是被拽了进去，因为没人审查或监控下去的私人信件（虽然矿工们对此严重怀疑）。通过"白兰鸽"送下去的信件，扎莫拉知道自己的儿子在学校很受欺负："你爸爸出不来了！他被石头砸死了！"富兰克林·洛沃斯得知，他前妻也在地上，孩子们希望他俩能复合。还有其他人获悉，他们生命中的女人听到了上帝的声音，决定要迈出下一步，要嫁给他们。在埃迪森·佩纳收到的一封信中，他的女友安杰丽卡·阿尔瓦雷斯（Angelica Alvarez）提出了结婚的问题，而埃迪森回答说："我不懂你为什么要嫁给我……最近这些时间，我一直在反思自己搞砸的事情，以及你因此而遭受的痛苦……但是，我也不希望你去找别人，我想让你幸福，尽管我从来只会让你痛哭。"

不知怎的，这封信就出现在马德里的《国家报》（*El Pais*）上，很快埃迪森的表白就传遍了整个西语世界。或许，这些矿工们并非完全不能帮到家人——至少在电话里，他们能够下达命令，监控事情进展——但是，毫无疑问，他们完全无法对抗媒体的攻击。有些记者愿意付钱给家属，以获得矿工信件的内容。但是，大多数记者只是花言巧语把信骗到手，很快，智利多家报纸都在重印地下矿工信件中的话语。这些信件有时又会流通回地下：虽然矿工们表示怀疑，但伊图拉和救援行动负责人决定不审查送下去的报纸。

地区办公室负责选送阅读材料的工人们只是把圣地亚哥报纸卷起来，就塞进了"白兰鸽"管道中。第一次打开这些记录外面世界痕迹的报纸，矿工们看到自己出名了，他们的相片出现在几乎所有报纸的头版头条。是的，地面上一些过分拘谨守礼的工人会把穿着暴露的女人相片和广告剪掉，但没人阻止8月28日版的《第三日报》（*La Tercera*）下到井下。里面，有篇关于某矿工的专题文章。文章引用了他在矿井里写的一封信。当其他三十二名矿工读到这些文字时，他们不经意地瞥见了马里奥·塞普尔维达内心不为人知的一面。

十三　绝对的领导

　　尽管叫《第三日报》，该报却是智利第二权威的报纸。就在矿工马里奥·塞普尔维达登上智利和全球电视的几小时后，8 月 28 日出版的《第三日报》就大篇幅地报道了这位矿工的事迹。该报道称，马里奥的照片已经上了《纽约时报》、伦敦《卫报》以及西班牙《国家报》头版。报道引用了他 8 月 26 日视频中的讲话，并且采访了他的妻子埃尔韦拉。"埃尔韦拉并不为丈夫所具备的领袖品质而震惊。"该专题作者说。报道还引用了马里奥家书里的一段话，其中主要讲述了矿工之间的相处。信的开头说："我是绝对的领袖。我组织活动、发号施令，并且一如既往地控制着脾气。但最妙之处就是，大家都尊重我，凡事都是在我知情后才实施。"埃尔韦拉说，一个政府办公室的社工从她那偷走了这封信，并交给了报社。但许多矿工的家属都对此表示怀疑。这份报道跟其他报纸一起塞进"白兰鸽"，下到了矿工处，并开始迅速传阅开来。昏暗的灯光下，大家捧着报纸，读着有关自己的报道。照片上，被困山洞里的马里奥也在看着大家。

　　无论公正与否，对这些被困矿工而言，这篇报道绝对有自我推销的嫌疑。马里奥等人最先提起过，如果卖掉故事的话，大家会非常有钱。而在某些人看来，这篇文章就表明，他正极力把媒体的聚光灯拢到自己身上，等回到地面后，在妻子的帮衬下成为媒体名人。大家觉得，马里奥的那些话既搞笑又侮辱人。在这里，他们觉得三十三人是群策群力，但外面，全世界都被误导，认为马里奥是他们的"绝对领导"。此时，他们被困地下快四周了，每个人都拼命地保持头脑清醒，还有几人努力寻找出路，所有人都为别人的安危着想。的确，马里奥不止一次站出来拯救大家的生命，但也都是在其他人的帮助下：爬上烟道寻找出路时，劳尔·巴斯塔斯和他在一起；怒吼着号召进行祈祷时，乔斯·安立奎和奥斯曼·阿拉亚才是祷告主持者。虽然很多时候，马里奥用恳求的声音呼吁同伴振奋精神，但也有一次，他绝望泪奔、精神崩溃，是同伴们让他重新振作了起来。但是，在这篇报道里，在这份传遍智利大街小巷的报纸里，马里奥·塞普尔维达却宣称自己是队长、是英雄。

有几个人，尤其是机修工们认为，那封家书和报纸上的报道是马里奥疯狂抢占公众焦点的证据，他们对他的怀疑变本加厉。劳尔·巴斯塔斯开始不留情面、不分场合地调侃打击他的自吹自擂。

"劳尔·巴斯塔斯喊我出去，取笑嘲讽我，"马里奥说，"他会说：'你永远都不可能成为任何人的头儿。你以为你是谁啊？'安吉拉也一样。"

马里奥向愤怒的工友们解释说，他写那封信是为了鼓励自己的儿子，一个他拼命保护的男孩。他把自己说成唯一的领导，因为他想让弗朗西斯科相信，爸爸有一颗"勇敢的心"，爸爸就是带领大家去战斗的"梅尔·吉布森"。但是，这番解释并不能挽回他在工友中损毁的名声，他的这封信让三十三人越来越疏远。

那些睡在避难所附近的矿工们继续支持这个"如狗一般"的家伙。"我们在下面的领导就是马里奥·塞普尔维达，"奥马尔·里伊加达后来说，"他让我们勇往直前。我们对任何人都不能否认这一点，我也绝不会否认，因为我不是一个忘恩负义的人。"富兰克林·洛沃斯听到巴斯塔斯对马里奥的嘲讽后，谴责他"蓄意挑拨"。马里奥本人认为，他的"敌人"们正在"密谋整垮"自己。在有人和他对着干的时候，别人都袖手旁观。马里奥决定去"摊牌"，去海拔一百零五米的地方直面那些工友。

"路易斯·乌尔苏亚在那里，胡安·伊利亚内斯还有豪尔赫·加利古洛斯，全都在那里。我进去说：'听着，你们这帮狗娘养的。'我得把话说清楚。我不是什么头儿。混蛋们，头儿是那个一天二十四小时都担心你们的傻瓜，担心这个肚子疼，那个需要帮助。头儿是那个打扫整理的傻蛋，是那个告诉大伙儿清理工作区域的白痴。头儿是那个刚到海拔一百二十米戴上手套收拾卫生间大便的傻瓜，因为有个笨蛋把自己的大便涂在了门上。你知道是哪个傻蛋做的这些事儿吗？是我，你们这帮狗娘养的！"

后来，马里奥给地面打去电话，严厉斥责那个心理学家（没有证据）将自己的信件泄露给了媒体。"你个狗娘养的，"他劈头骂道，"你他妈算哪门子专家，你个混蛋，就那样把我的信给传了出去？"

就在马里奥竭力收拾自己捅出来的篓子之时，有人却注意到，他正在霸占接通地面的电话，通话时间远远超过时间限制。连那些拥戴马里奥的人都觉得，这突如其来的名声冲昏了他的头脑。维克多·塞戈维亚在日志里写道，马里奥总是在垂头丧气地踱来踱去，因为虽然成了名人，他却仍然困在洞里，什么也做不了。而在那些不相信马里奥的人中，劳尔·巴斯塔斯最愿意表达对这个"如狗一般"的家伙的怀疑和恐惧。他认为，马里奥就是个典型的街头小混混，每次打架斗殴都会轻易让他身陷囹圄。自钻机打通后，巴斯塔斯总能听到塞普尔维达和扎莫拉开些过火、恼人的玩笑，打趣不久前他们几乎要饿死的窘境。"他们说，他们有把小折刀，打算要用来宰人。他们会吃掉某某人或第一个死掉的人。他们说，这是玩笑话，但这些事儿本就不应该开玩笑的……我掂量着他们的话，我能看出他们有这种残忍的倾向。"无论判断正确与否，巴斯塔斯相信，机修工们的正义感让主管路易斯·乌尔苏亚不再受马里奥·塞普尔维达和避难所里他的"同伙们"的压制。现在，他开始担心自己的个人安危，尤其是自己已经公然与马里奥为敌。他在家信中对妻子透露了这件事情。"劳尔说，他一直睡不好觉，"卡罗拉·巴斯塔斯说，"因为他总得睁着一只眼，保持警惕。"

几个矿工跟心理学家伊图拉谈到了所受的欺负。"连话都不能说，因为总有人控制着你说话的内容，"其中一名矿工在和心理学家通电话的时候提到，"我很害怕。"

"接近能够罩着你的人。"心理学家建议说。

言语上的冲突仍在继续着。每天，维克多·塞戈维亚都会在日记中写下新的争执。一天晚上，克劳迪奥·雅尼兹和富兰克林·洛沃斯大声争吵了起来——富兰克林一直"郁郁寡欢"——那天晚上，克劳迪奥把一根管子放到了自己床边，因为富兰克林威胁说要揍他。"在饥肠辘辘、心灰意冷的二十多天里，我们一直团结一致，"他写道，"但食物一到，情况刚开始好转，大家就露出了爪牙，想证明谁更粗暴。"

在心理学家看来，这些人显然已经四分五裂了，而恐惧是井下"当权者危机"带来的必然产物。在和矿工们的通话以及跟家属的咨询中，他进一步了解到这些冲突。乌尔苏亚是一个"消极领导"，在没有绝对的有力权威之时，"有些人会自视领导，其他人则随心所欲。"心理学家说。"在下面，如果有人出格了，"其中一名矿工后来跟伊图拉透露说，"我们中间有五六个人就会凶巴巴地怒视着他，直到他认错听话为止。"虽然现在大家能躺在新的充气床上休息，但这种新的恐惧却搅得他们心神不宁：如今与自己一起被困的不仅有同生共死的兄弟，还有一帮不尊重自己的人，一些有可能在自己睡着的时候发动攻击或可能会背叛自己换取财富的人。

"我觉得，大家争执不断的根源就是恐惧。"维克多·塞戈维亚在8月31日的日志中写道。他还认为，在外面等着他们的金钱让一些人昏了头，他很感激自己的家人从没在信中提到钱的事儿。当天，海拔九十米处，大家在每日祈祷仪式上提到了彼此间的争吵。"我们祈祷，并呼吁大家保持冷静，不要再争执不断。"维克多在日记中写着。几天后，"白兰鸽"送下了三十三个十字架，据说这些十字架来自罗马，由教宗亲自福佑过。维克多把十字架挂在自己充气床上方，并祈祷工友们能够和睦相处。

那三十三人当然对彼此间的纷争感到不光彩，在受困后第四周，这些纷争已让他们四分五裂。但同样的环境下，换成任何其他三十三个人，应该也不会比他们强到哪里。想象一下吧：被困闷热又潮湿的洞里；忍受三个礼拜的物资匮乏和饥饿；全球媒体就像看杂技一样全程追踪报道他们日常的点点滴滴。可同时，大家依然困囿深暗之内，大山还一直隆隆作响，仿佛暗示故事的结局或许就是大家都葬身乱石之下。想象一下，自己声名鹊起、腰缠万贯，却只能任陌生人来决定什么时候吃饭、吃些什么东西，甚至和家人通话时间都被限制。再想象一下，全国人民都把你看作勇气的化身，你象征着采矿人所有的优秀和坚韧品质，而这也代表着国家的核心认同感，身为矿工的你该有多大的压力啊！

在送下来的各种报纸中，矿工们知道，自己的故事对全智利人民意味着什么，他们感受到身上所肩负的责任：必须履行自己被赋予的坚韧、信念和友爱情谊。这就是为什么，尽管多时恶言相向，大多数人始终没有放弃追求外界眼中的团结一致和民族骄傲。从某种意义上说，矿井里本就是这般模样，大家同处性命攸关的困境之中，工友的侮辱和打趣也可算作日常工作的一部分。"在矿里，就算你对别人很糟糕，第二天他也会既往不咎，他只想继续处下去，这就构成了彼此间的信任。"伊图拉说，"你会觉得，这家伙是不打算放开我了。"但只要大家还能保持忙碌，还把自己当矿工看，那彼此至少能保证表面上的团结。

　　事实上，这些人也确实形成了独特的工作节奏，一种完全不同于8月5日前的工作状态。他们昼夜不停地卸载来自地面的供给品、药物和个人包裹，也负责维护和地面的通信联系，保证灯一直亮着。"白兰鸽"里也发生了一些趣事。比如，为了让某个满腹怨言、牢骚不断的家伙闭嘴，其他矿工把几本牛仔小说、口袋本圣经和MP3都给了他。可后来，又有人抱怨说，凭什么自己没有MP3。于是，很快大伙儿就人手一个。为了大家的娱乐，上面还送下一台三星SP－H03可移动投影仪，只有巴掌大小，能把画面投射到白布单上，让矿工们看上视频、电影以及电视直播。而最美妙的是，"白兰鸽"开始送下真正的食物。每日供给的热量从五百卡路里到了一千，很快又会增长到一千五百卡。大家开始吃上真正的饭菜，由地面的厨房专供，有肉丸、面包、鸡肉、面食、马铃薯和梨等，所有吃食都做成美味的小份。

　　接下来的几天，工人们心存感激地狼吞虎咽着。后来有一天，地面救援人员在本该空空如也的"白兰鸽"里发现了一块没吃过的点心。一名矿工退回了当天的甜点，并附上字条：你们送下的这东西不好吃，有其他好吃点儿的么？这块儿被退回的点心表明：这些人再也不像从前那般饥不择食了。

　　8月30日，大家在海拔九十米祈祷和睦相处的前一天，救援人员开始钻探第一个升井通道。Strata 950是一台巨大而精密的钻机，得用好几个比喻才能完整全面地进行描述：三层楼高，主体框架像纪念碑或大露台，六根两层楼高的不锈钢支柱撑起巨大的白色金属顶盖，其上方也支有四根白色圆柱。这个庞然大物架在刚刚浇筑铺设的水泥平台上，里面载有一系列的液压操作杆和手柄，用以控制一人高钻头的钻进。首先，Strata950会钻一个十五英寸的孔道。然后，再用另一钻头将其拓宽为二十八英寸，用作升井救生通道。第一个小点的钻头是由一排彼此咬合的带有钢珠的圆盘组成的。这些圆盘磨碎石头、钻出孔洞，并以每秒九点五加仑的速度向洞中注水来减小摩擦。巨大的钻头不断旋磨，朝闪长岩大山深处钻进。身着黄色工服的救援工人齐心协力，抬升、翻转、码齐并下移各种沉重的钢筋组件。人人分工负责，就像一条粉碎岩石的流水线。然而，这台机器产生的噪音简直跟跑道上滑翔的直升机一样。钻头以每分钟二十转的稳定速度持续钻进，从日出到日落。晚上，救援现场亮起很多白色照灯，工作人员就像科幻电影里的演员。他们在灯光下劳作着，朝地下二千一百英尺深处的那群不再饥饿但愤怒不已的矿工们努力钻进着。

9月1日早上，NASA的医疗专家和工程师团队到达科皮亚波。他们从波士顿出发，历时两天。在开车从科皮亚波到圣何塞的路上，麦克·邓肯博士（Michael Duncan）饱览了沿途干燥光秃的景象，这里地质的色彩和纹理像从火星移植过来的一样。他记起，智利正在这片沙漠中修建一套设施：月球火星阿塔卡马研究站。这里恶劣干旱的环境被作为实验室，用来研究其他星球存在生命的可能性。他们驶入矿区，立即注意到现场热火朝天的救援，看到戴安全帽、穿工作服的男男女女。在山顶，他们看到了正在施工的方案A大型钻机。NASA的专家们在现场探视了好几天。9月4日，他们正在现场一个小办公室里和智利的救援官员们谈话，突然外面传来巨大的欢呼声。他们打开门，看到人们正在鼓掌欢庆，迎接一排卡车穿门而来：分两步走的方案B所需的第一个钻头到了。

智利的官员们让NASA来的专家们也跟矿工们聊聊。许多来访的大人物都会被带到通讯棚中跟底下的矿工们通话：有小说家伊莎贝尔·阿连德（Isabel Allende），还有在安第斯坠机事故中幸存的四名乌拉圭队员。一名智利技术人员递给阿尔伯特·何兰德（Albert Holland）电话。"你好，"何兰德说，然后，他就不知该说啥了，这是他知道的唯一一个西语单词，他根本听不懂话筒中传来的叽里咕噜的西班牙语。"你说'bien'就行。"地面上的一个智利人说。何兰德照做了，很快对话就结束了。NASA 的代表们和矿工家属也见了面，人们介绍他们是美国航天团队的专家，来为救援提供专业帮助。何兰德说，救援队正在不遗余力地解救被困人员。一个手握消防栓、皮肤黝黑的五十多岁女人走上前，代表们得知，她是"希望营地"的"市长"。玛利亚·塞戈维亚一直在听着何兰德的讲话，并且深受感动。这位来自安托法加斯塔、在沙滩卖面食的女人给了航天专家一个衷心的拥抱。"我一下子就相信他了。"她说。

太阳落山后，NASA 的专家们也见识到了此处夜空的景象。几十年来，宇航员经常光顾这里，因为他们觉得，在地球上没有比这里更接近太空的地方。"整个银河系像一道圆弧横跨天际，连接起身后山脉的轮廓和面前叠嶂的群山。"何兰德后来说。"感觉就像站在一个璀璨的大碗下方。沙漠、夜色和星斗，万籁俱寂……璀璨、永恒、静谧。"在广袤的宇宙之幕中，何兰德说道，矿区里"密密麻麻的一群狂热之人"，他们正努力将三十三个"笨蛋"救出深暗的大山。

在下面，三十三名矿工还不能抬头仰望美丽的银河。他们在夜晚的静谧和地心的炙热中度过了无数小时。听不到方案 A 钻机的声响，周围的寂静不时被矿工们的呻吟声所打断。他们或许不会再挨饿，但喝了大量的干净水后，有几个人却无法排尿了。他们开始全身浮肿，膀胱涨得生疼却一滴尿也挤不出。他们纷纷向"医疗志愿者"乔尼·博瑞斯抱怨。于是，他用电话和地面取得了联系。来自卫生部的医疗队听了乔尼反映的情况后，问他：你之前插过导尿管吗？他们说，对付尿潴留最好的办法就是找一根管子，插到尿管里，直到膀胱，再导出排净里面的尿液。上面送下了这个操作需要的导尿管和手套。"你们说该怎么做，我来试试。"他说。不言而喻，8月5日上班时，他根本不会想到自己竟得往矿友的生殖器中插导尿管。幸运的是，还没等进行这一令人不舒服又尴尬的操作，医疗人员就告诉他：等等，我们先给你送点药品下去！与此同时，乔尼尝试了一种土方儿：热敷。他找了几只装水的瓶子，把它们放在卡车尾气管附近，然后发动引擎对水瓶进行加热。"这个温度刚好可以加热，还不会融化掉塑料。"他解释道。乔尼把这些热水瓶给了维克多·塞戈维亚——憋尿最严重的家伙，并帮他把瓶子放在工作服和盆骨之间。几小时后，塞戈维亚终于能排出细细的一小溜儿尿液了。乔尼向地面汇报了情况，他们让他把尿液取样送到地面进行化验。

接下来，乔尼戴上手套，去处理矿工们面临的最严重的疾病：身体上的真菌感染。与救援人员取得联系之前，只有几个人有这个皮肤问题。但现在，可以洗澡后，他们身上失去了灰尘和泥土的保护，根本没法抵御淋到身上的真菌。地表钻机不断产生废水，再加上矿井内本有的闷热和潮湿，洞穴几乎变成了真菌繁殖工厂。泥土开始腐烂，当风在井里偶尔吹过时，乔尼都能闻到腐烂的气味。"那味道就像河底的淤泥一样。"他能看到真菌的滋生、蔓延，在巷道和避难所的顶子上。"就像从顶子脱落的细小发丝儿一般。"他说。这些丝状物被称为"菌丝"。"它们会掉下来，像下雨一样，亮晶晶的。对着灯光，它们甚至会发亮，就像微小透明的毛发。"当矿工们光着膀子睡觉时，这些菌丝就会掉在他们身上。醒来后，菌丝会落在他们的充气床上，并开始在那里滋生。猖獗的红圈长满他们的身体。乔尼戴上手套，研究这些菌类是如何侵袭工友们的后背、手臂和胸膛的。每一处伤口都直径几毫米，中间有个小脓点。随着时间的推移，它们似乎渗到了皮肤更深处，乔尼一直耐心地涂抹药膏也不管用。乔尼很担心，这些红色的脓疱会很快感染。他都能想象到，这些真菌正一点点渗入到皮肤深处，继而引发他根本无法阻止的感染，尤其在这种湿热的环境之下。乔尼担心，如果真要被困到十二月，这些真菌会从内部感染，夺走半数人的性命。他们将会死掉，然后再被这些存活于阴暗潮湿之地、寄生于矿工日渐苍白的皮肤之上的真菌分解腐蚀。

十四　牛仔

　　为什么不马上离开呢？何必要等到圣诞节才来救我们呢？九月初的时候，这些问题一直盘旋在大家脑海中。山里的轰隆声不绝于耳，大家心里都备受折磨。他们在黑暗中颤抖着，努力入睡，虽然现在不饿肚子了，可感觉再也不是从前的自己了。8 月 5 日，大山塌陷，爆裂的石头顺着隧道滚下来，差点砸死他们；现在，每次新的震颤都仿佛提醒他们，性命仍危在旦夕。山体的震动和轰隆的声响不断侵蚀着受困人员的心智，他们知道，自己再也不会真正的快乐和自由了。

　　乔尼·博瑞斯说，他们能顺着烟道或深坑旁的矿洞逃出去。"乔尼觉得，自己是个坏蛋，所以正打算从烟道里逃脱，虽然他知道，烟道都被堵住了，而没堵的那些又都没有梯子。"维克多·塞戈维亚在 9 月 6 日的日志里写道。乔尼一直在提这个主意，还成功说服了马里奥·塞普尔维达和像埃斯特班·罗哈斯这样的老矿工。塞戈维亚又写道："乔尼绝望、害怕，他要拉着无辜的人跟他一起，我觉得跟他去的人都是死路一条。"听这些人越来越详细地讨论逃脱细节，路易斯·乌尔苏亚决定与上面通话，要求地面上一个大家都相信的人来进行电话干预：巴勃罗·拉米雷兹，塌方后几小时试图进行营救的夜班主管。在地面上，拉米雷兹跟大家说清了任何逃生的"疑虑"：所有通向斜坡隧道的出口都已被彻底堵死，上面海拔五百四十米的地方仍然在坍塌，一旦攀爬过程中卡住，滚落的碎石会对他们或者营救人员造成致命威胁。就这样，目前来说，谁也不再提逃生的事儿了。

今天是受困的第三十四天，就像事故第一晚那样，路易斯·乌尔苏亚觉得自己设法阻止了大家去送命。可维克多·塞戈维亚等人却对他很是不满。"我们在下面备受煎熬，还争吵不断，但是每次上面的人跟主管说话，他总说一切都好。"塞戈维亚写道。乌尔苏亚才是局外人，刚到圣何塞干了几个月的轮班主管，事故前他甚至还认不清手下工人，塞戈维亚写道，他显然是跟那些机修工一伙的（北方人在矿上干的时间最长，他们把机修工也看作局外人）。而机修工对睡在避难所及附近的老家伙们和年轻"一派"也十分不满，他们甚至不再继续给灯充电。"现在，我们又没灯光了。"塞戈维亚写道。

乌尔苏亚唯一能做的一件缓解大家焦虑情绪的事情就是，跟大家传达自己从苏格雷特和其他人那里打听到的救援进展。救援人员、钻机和设备正从美国、奥地利、意大利以及智利最大的矿场赶来。9月7日，乌尔苏亚得知方案 B 第一阶段（该钻探方案共分两个阶段）已经钻进一百二十三米，仅用两天时间就超过了方案 A 的挖掘进度。照这个速度下去，B 计划根本不用到圣诞节就能救他们出去。这个消息着实让大家松了口气，又避免了一次潜在的反叛，但是乌尔苏亚事情很多，根本无暇担忧这些。他一直被叫去与各种和救援行动扯上关系的人通话：今天是巴基斯坦驻智利大使，明天是以色列驻智利大使。乌尔苏亚跟天主教会的各级负责人通话，还有对立的宗教派别基督教、福音派教会等。当然，这些高官显贵来电都是为了表达自己的团结一致，为了让被困的三十三人知道整个智利和全世界对他们的全力支持。乌尔苏亚是慷慨感恩的人，他从来没有抱怨过，自己就像被控制的木偶任人摆布，被迫去跟地面上安排的人通话，尽管他完全有权利拒绝。乌尔苏亚肩负着太多责任，不会去主动挑事儿。他是矿工们与心理学家、工程师、医生沟通的桥梁，尤其是跟苏格雷特、矿业部长和总统的沟通。后来，他意识到："我必须得把活儿派出去一些。"他让"CD"萨穆埃尔·阿瓦洛斯负责温度计和软管,最近井内已经开始输入一些新鲜空气。(阿瓦洛斯注意到,当空气打不进来或钻探到某个阶段时,温度能高达五十摄氏度,湿度也达百分之九十五。)光纤电缆下来后,乌尔苏亚让两个更懂技术的年轻人组成新的通讯团队,负责安装链接:艾瑞·泰特纳,二十九岁,老婆马上临产;二十六岁的佩德罗·孔蒂斯。这个新团队很快与马里奥·塞普尔维达打了起来,因为马里奥觉得,自己有权随时拿起电话与地面通话。"'狗仔'差点和艾瑞扭打起来。"维克多·塞戈维亚在日志中写道。泰特纳和孔蒂斯都甩手不干,回避难所去了,后来乌尔苏亚又去说服他们回来。

新的光缆很快就付诸使用了。9月7日,孔蒂斯、泰特纳和其他人把光缆连接到三星移动投影仪上,电视画面映射到白色幕布上:智利国家队和乌克兰队正在基辅进行友谊赛。开场前,智利队员们穿着印有"矿工力量"(FUERZA MINEROS)的 T恤合影。这三十三人几乎都聚在临时屏幕前观看比赛,多数人穿着地面送下的红色 T恤。智利政府拍下了这个场景,并将其发送给全球媒体。曾效力于国家队的富兰克林·洛沃斯为智利电视台提供了一条比赛评论,这倒为整件事增添了一丝怪异的娱乐色彩。新闻主持人嘴角带笑地报道说,一群受困地下两千英尺的矿工正在做着男人们最普通常见的事:看球赛。矿工们笑着向镜头打招呼,相同的服饰让他们看起来好像一支到地下执行任务的考察组。他们无意间成了全球娱乐的对象,却并没有抱怨。维克多·塞戈维亚没有一起看比赛,他不想让外面的人错误地认为下面一切正常。最终,更多的人开始拒绝像鱼缸中的金鱼一样任人观赏:他们把放在"白兰鸽"道口的摄像镜头挡起来几个小时,这样就无法监视下面的一举一动了。

地面上,至少有几家亲属也开始对矿难转为娱乐热点和名人话题感到反感。不仅仅是政客，那些外交官、人道主义者、演员、音乐家也都来到"希望营地"，戴着毡帽、唱着昆比亚-蓝切拉调①的"路马克骑士乐队"（Los Charros de Lumaco）就是其中之一。这些人邀请家属们挤上公交车，去参加在科皮亚波的喜剧秀，女家属们还得到了免费的内衣。这些搞音乐的、搞喜剧的、搞表演的和女式内衣赞助商本意是帮家属们打气，可这些对路易斯·乌尔苏亚的妻子卡门而言完全没有用处。

"我对这些外面来的人不感兴趣，有的据说还是艺术家，"她在给井中丈夫的信里这样写道，"你了解我，也知道我的想法。"卡门完全不搭理那些想把她包装成名的名人和记者。路易斯·乌尔苏亚跟马里奥·塞普尔维达和乔尼·博瑞斯一样，是受困矿工里最有文化的，记者们打算把卡门和她的两个孩子包装成地下领导者的替身。"我们保证：我和诺莉亚（Noelia）、路易斯（Luis）都不会再回答媒体那些'白痴的'问题。"她写道。"你家里的人，你母亲、兄弟和表兄妹等：他们也知道我们的态度，应该尊重我们的决定。只有等矿工们被救出以后，我们才会接受采访，所以在那之前，你不会在报纸上看到我们的任何报道。"

矿井下，路易斯正在认真阅读妻子的书信。卡门没有变，她还是那个她。身处荒唐与恐惧之地，她每天的信件是仅有的一丝理智。他写信说，希望她能多写些东西，因为读她的信时，一切仿佛都回归了正常，虽然只是一瞬间，他也仿佛回到了家里的餐桌旁，听她唠叨言说。卡门不禁觉得讽刺："你总嫌我话多。"她写道。卡门一直告诉他，要依靠共同的信念（"读了我给你的那本祷告书了么？"），要关注重要的事情：那就是，救援行动和他所负责的三十二名矿工的性命，而不是可能到来的名利和财富。她一直没有提过法卡斯那笔钱，直到

---

① 蓝切拉调：拉丁美洲等地的一种方言，也是一种民歌。——译者

他后来问起此事，她才回复说：别想着这事，你需要专心救援，现在你们还命垂一线，想着钱不是有点可笑。路易斯最信任卡门，而她也成了他在地面的"眼目"。政府的人说他们正尽力营救是一回事，而看到卡门信上的话却又另有一番滋味。"你简直无法想象机器和人工调度之浩大……大型探照灯、集装箱，还有那些铲路机朝着东西南北四面八方开路。"她写道。"有的卡车挖土运土；有每天上山送水的重型卡车，一次可以拉五千升。我们听到探照灯发电机的轰轰声：每个山角都有巨大的探照灯，那种以前只能在彭塔铜矿（智利最大的矿场之一）或别的地方看到的大灯，圣何塞从来没有过。"

卡门写信给丈夫，主要是让他知道自己爱他。她为他写诗。"慷慨、单纯、受苦的矿工/在大地受伤之深处饮酒/疲惫的双眼看不到世界。/我呼唤矿工，呼唤你的名字/煤炭、尘土、矿石的矿工们/你们的双手被早冬摧残/还有那铁铲、凿石和斧镐。"有时，她的信还会如少女那般顽皮，好像他们才认识几个星期，而不是结婚二十多年。其中一封是这样写的："你有想过我、思念我么？还记得我用的哪种香水么？"（路易斯没有忘记：塌方后几天，睡在皮卡车座椅上时，他还闻到过她的香水味——一定是沾在衣服上，从他家里带到了座椅上。）不过大多数时候，她的信充满着成熟、浪漫、天长地久的感情。"不许忘记我，"她写道，"记得我的好与坏，当然主要是好。因为我们会再见面，正如第一次见面那样。"信的结尾是一句承诺："我会一直等你。（*Te espero por siempre.*）"在当成地下办公室的白色皮卡车里，路易斯握着卡门的这些信件，更加相信自己会神志清醒地逃出这里，与这些怒气冲冲的家伙们一起，他们会一直撑到 12 月，甚至明年 1 月。

三十三名矿工的家属大多都知道，自己应该向他们传递一种平静和稳定的家庭秩序，但是自从地面的光缆连通了视频会议系统后，这就更难了。白发的铲车操作员奥马尔·里伊加达，曾用火苗到矿井底部寻找风源的老矿工，现在能在屏幕上看到自己帅气的儿子小奥马尔。可当限定的通话时间结束，屏幕暗淡下来时，两人靠意志力努力地忍住泉涌的泪水。这一刻，在受困的大山面前，他们所感受到的渺小无力让人崩溃。能与儿子视频通话后，双方都更真切地意识到此番困境的真实与恐怖。老奥马尔说："我想哭但忍住了，可是后来发现我的家人也想哭。"父子都不想让眼泪加重彼此的负担。小奥马尔说："我们一直相信你还活着，相信上帝会保护你，与你同在。"奥马尔问起抚养他的老阿姨的情况，她有糖尿病，他一直很关心她。小奥马尔告诉爸爸她很好。房租和那些账单呢？"老家伙，你什么也别担心了，我已经都按时处理好了。"奥马尔把房子租出去了一部分。租客们都按时付钱，儿子说。"大家都很好，互相帮忙，也都付了钱。你在下面只管照顾自己就好，其他什么都别管。"其他的亲戚们也一样很乐观。

　　"他们向我传递了积极的感受，"奥马尔回忆道，"还有乐观的精神，这些我都感触良深。"他在信里跟家人开玩笑，说想吃最爱的食物牛排和牛油果，好像在说：我还是原来的我，那个 8 月 5 日离家上班，辛苦工作一天后还要吃些鳄梨的我。"在我们的信中，没有一次误解或是争吵抱怨。相反，我们聊得非常愉快。跟我妻子也如此，她来矿场，放下信后又回到镇上工作。就是一些纯粹的情书。"从上面送下来的信件里，奥马尔·里伊加达感受到了外面等待他的那种正常生活节奏。在圣何塞的深井内，他的职责是完成分配给自己的少量工作，还有就是调整好身体、充分休息，尽管周围一片昏暗，大山不时隆隆作响，身旁工友也怨声载道。多数时候，他在避难所入口边的小床上休息，旁边放个盒子当床头柜。亲戚们给他送来了西班牙小说家马歇尔·拉夫恩提·爱斯丹法尼亚（Marcial Lafuente Estefania）写的一系列精彩的牛仔小说，他还写了《得克萨斯游侠》和《亚拉巴马绅士》、《李德船长》等游侠小说。封面上的主人公穿着造型跟克林特·伊斯特伍德（Clint Eastwood）[1] 的意大利式西部片中那些戴着宽边平顶帽的牛仔们一样。可奥马尔觉得最有趣的书是保罗·柯艾略（Paulo Coelho）[2] 的《炼金术士》。这本小说拥有上百万的读者，现在奥马尔也在海拔九十米的充气床上开始阅读。他读到了牧羊男童横穿沙漠的故事，还有那些鼓舞人心的格言："……当你想要一件东西的时候，全宇宙都会帮你去实现。"

奥马尔在读书的时候，有四十二个人正穿越阿塔卡马沙漠来到圣何塞，帮他从矿井中获得自由。当然，他们并非牧师，而是卡车司机，运载着能将这三十三人解救出去的设备。方案C需要用到的大型钻油设备包括一个四十五米高的塔台，已经被拆分运输。9月9日，卡车队还在艰难地缓缓前行，不过，还有二十四小时就能顺利抵达了。

8月5日，对于杰西卡·奇拉未合法登记的事实，丈夫出乎意料地给了她一个深情的长拥。现在，她也是不愿面对媒体的一名家属，因为她怕在镜头前控制不住自己的感情。"如果出镜，我希望他们看到的是迎接丈夫顺利出矿的杰西卡，那个抬头挺肩，给予他力量的杰西卡。有人说听到我哭了，我没有。我要为他而变得坚强，这样他出来后才会重新振作。"杰西卡想让达瑞欧看到她"非常好"，所以她才犯了个错，送下去一张自己与他姐姐玛利亚和路马克骑士乐队成员的合影，照片上的她笑意盈盈。

照片是乐队慰问"希望营地"时拍摄的，通过"白兰鸽"与信一

---

① 美国电影导演与演员，以牛仔形象为众人所熟知。——译者
② 巴西著名作家，生于1947年8月。其代表作为1988年出版的著名寓言小说《牧羊少年奇幻之旅》（the Alchemist），又称《炼金术士》，全球畅销六千五百万册，被翻译成为六十八种语言，成为二十世纪最重要的文学现象之一。他的作品语言富有诗意和哲理，内容涉及宗教、魔法、神秘传说等，带有奇幻色彩。他的著作全球销量已经超过一点六亿册，是历史上最畅销的葡萄牙语作家。——译者

起送给了达瑞欧。他心想，这是开玩笑么？他的妻子在中午的阳光下与六个整洁帅气的男人合影，他们戴着相似的斯泰森毡帽，穿着绣白花的黑色衬衫，比自己年轻、有精神，有几个人的手臂还搭在杰西卡身上。

达瑞欧把照片退了回去，并写道："给我送这照片是什么意思？我不想看到这些，更不想让那些搞音乐的碰你。"

"他的嫉妒心一直很强，现在被困着，他更是双倍的敏感了。"杰西卡说。

而杰西卡也倍加伤心——因为达瑞欧看到相片后反应激烈、怒言相对，说得好像他在地下受困痛苦，而她却在上面开心痛快一般。事实当然并非如此，营地又不是聚会，住在帐篷里一点也不好受。夜很冷，她还得为了丈夫强打精神，而周围很多人好像并不担心矿工们的性命安危。事实上，没人可以保证达瑞欧和其他三十二人可以安全出来，而有人竟会觉得营地里热闹得好像街道庆典一样，因为矿工家属、救援人员、记者等人越聚越多。"有的人来就是为了吃白食，因为 Jumbo 超市捐赠了很多食物，有巧克力和茶，还可以排队用小篮子领薯条、热狗和玉米饼，都是随便吃。"

科皮亚波和周边矿区镇子的人一直生活朴素，对买回家的每片烤面包、次等质量的牛肉或是一流的鸡胸肉都心存感激，认为这是上帝的赏赐。而现在"希望营地"食物种类丰富，柴火取之不尽，海鲜口感上乘，于是有的人不禁忘乎所以了。

地下也是如此。嗜酒如命的年轻矿工佩德罗·孔蒂斯已经开始琢磨怎么支配马上到手的钱了。虽然 8 月 5 日只上了一天班，却能拿到差不多全年甚至更多的钱。之前，他的工资基本都花在了科皮亚波中心的啤酒屋里了。而如今，他却有钱为父母买房子，还跟工友们说打算送女儿去一流的私立学校上学，要知道在这之前他完全无视这个女儿。吉米·桑切斯和卡洛斯·博瑞斯等一些年轻人开始关注送下来的汽车杂志和宣传册，在自己的小间里翻着欧洲跑车、美国卡车的精美图片——上百万比索的标价不再遥不可及。佩德罗和朋友说他想买变形金刚里的那款大黄蜂，而他的朋友卡洛斯·布古埃诺可没那种奢求，他只想要一辆标致206就心满意足了。上年纪的矿工感兴趣的则是大型运输卡车，可以用来自己做点生意。

可是，这些梦想都存在一个问题，那就是，很多这些潜在的购车者——包括佩德罗·孔蒂斯——都还没有驾照。智利比其他拉丁美洲国家考驾照的难度都大，因为有理论考试，还不能走后门找关系。有的人写信给家属让他们送些考试材料来。没多久，海拔九十米仿佛变成了驾校，矿工们开始研究智利交通规则和各类问题，比如：为什么雾中行车要减速？如果马路上有匹马，你要以多少速度超越它？如果你以每小时六十五千米的速度撞到行人，他还能活么？

在自己生死未卜的情况下学习考驾照简直是疯了。是金钱让大家狂热，卡洛斯·布古埃诺知道他和大家一样都被钱迷住了，他说："金钱迷住了大家的双眼。"昭示今后好日子的提醒随处可见。有几天早上，光缆接通传输下来四小时的圣地亚哥电视直播秀《人人早安》（*Buenos Dias A Todos*）。一天，节目组宣布多米尼加共和国政府邀请三十三人携家属去加勒比海度假休息。"我们要去海边啦！"有人兴奋地大喊。他们已经一个月没见阳光了，多数人都没出过智利，有人甚至从没离开过阿塔卡马沙漠区。然而，不久的将来，他们就要一起去天堂般的碧海沙滩边游玩了。

"一切似乎都太不可思议了，"路易斯·乌尔苏亚说，"可慢慢地，这些遥不可及的事也变得触手可及了"。

乌尔苏亚觉得大家观看《人人早安》节目的时间太长了。一连坐着看几个小时，没人干正事。比如说，现在三餐规律了，厕所区域的排泄物也不少。从前只是驼粪球球，可现在已经是正常的粪便，矿工们排泄的臭烘烘、大坨坨的便便。为了让他们去清理粪便，乌尔苏亚跟地上通话，请求关掉早上的电视节目。没了节目，矿工们终于开始清理厕所了。自那以后，大家只能在下午看看智利足球大学俱乐部和科洛科洛队的足球比赛或是电影。"看些让我们平静的影片，也为了防止我们抱怨。"一位矿工如是说。

但并不是每个受困者在等待救援时都从容自如。9月的第一周，维克多·塞戈维亚在日记里记下了看到的奇怪一幕：埃迪森·佩纳开始在矿井里跑步。他把靴子剪到脚踝那么高，在黑暗中一个人跑来跑去，陪伴他的仅有头盔上的那束光和厚重空气里的呼吸声。埃迪森一直是一班里的怪人：他过去也常只身徘徊在井下，在避难所里唱猫王的歌，在大伙挨饿的时候还跟马里奥·塞普尔维达一起表演变态的装死短剧。可如今，在如地狱般的井下跑步又是更为疯狂的一个举动。他为什么要跑步呢？与地面取得联系后，埃迪森说，他身心洋溢着喜悦与感恩。他曾在井中看到"蓝光"，是信仰之光。他还向上帝保证，要做点什么来表示虔诚。还有什么能比在十度角上坡路这些在地下开凿挖掘的曲折隧道上跑步更加体现忠诚呢？当然，他跑步的另一个原因是，他觉得需要锻炼增强体质。自从吃上真正的食物后，他跟其他人一样开始便秘，异常痛苦。上厕所变成一种煎熬。"我得努力，得使劲儿。大便非常干硬，然后就卡住了，啊，啊，啊，啊，就像生孩子一样，太疼了。"他得采取点措施，既然没有自行车可骑，他就开始跑步了。其他人看到他跑步，都开始大笑。"他们嘲笑我。没有一个人说过支持的话，或许除了乔尼·博瑞斯，他担心我会出意外。"在弗洛仁科·阿瓦洛斯看来，埃迪森跑步似乎是"为了忘记一切，为了让自己疲惫，好睡得着觉"。弗洛仁科也清楚一个人在矿井里行走是多么危险，所以，他总结埃迪森就是智利俗语里说的那种"桥上缺的那块木板"。对埃迪森来说，在这些随时可能被落石砸死的隧道里跑步，他想表明，面对困难自己绝不会畏缩不前。后来，他跟地面要了几双跑鞋，来自某国际知名品牌，稍后又要了一双塑料拖鞋。跑步放空了他的头脑，但同时也提醒他，自己在哪、都经历些什么。"我感到一种彻底的独孤。"他说。

埃迪森·佩纳跑步的同时，其他救援人员在他头顶继续挖掘着。9月9日，方案B组钻机已经挖了两百米。由于岩石硬度大，隧道深度长，还有最初较小井道的角度和曲度等问题，钻头磨损情况比平常更为严重，不得不每十二小时更换一次。钻进速度也从每小时二十米降至每小时四米。钻探队中有来自"中央岩石"和钻探服务（Driller Supply）公司的美国人，也有来自地质技术（Geotec）等本地矿井公司的智利人。大家齐心协力，不停挑战自身和设备的极限。他们如此急切地想救出尚未生还的受困人员，于是劳伦斯·戈尔本和安德烈·苏格雷特曾见过的一幕又出现了：就跟开始搜救时那个钻到矿井最深处还不肯停手的钻工一样，这群人也不愿"放手"。在这种迫切的焦虑之下，他们在本该停止时还继续深钻。然而，尽管救援人员毅力强大、不畏疲倦，可金属钻头只能遵循物理规律，最终在二百六十二米深度废掉了，因为T130钻机的气压突然下降，扭矩仪表也失灵了。救援队抬起下面的巨型锤，放下摄像头查看情况，发现篮球大小的一块钻头卡在洞里，通道算是白挖了。

没多久，方案A钻机的液压也出现问题不能使用了。钻探声停了，这声音曾穿过石壁，给受困矿工带来慰藉。现在，周围寂静一片。与钻头第一次穿过避难所相比，这次大家感到更加寂寞、无助与绝望。他们给地面写信、打电话，询问到底发生了什么事，很快便得知，他们或许终究还得等到十二月份才能出来。

埃迪森·佩纳独自跑到一条通道里，陷入了比他人更深的寂寞之中，自制的跑靴在井下地面一步一步发出更响亮清晰的声音。路易斯·乌尔苏亚的年轻副手弗洛仁科·阿瓦洛斯决定不再继续坐等救援。他找了绳子和各种攀爬工具，和其他三个人一起向挡道的巨石墙走去。

十五　圣人、圣像与恶魔

　　在准备开始逃生前，弗洛仁科·阿瓦洛斯给地面打去电话，跟他的老友和同事巴勃罗·拉米雷兹谈了谈。我要通过烟道找出路，弗洛仁科说。当然，拉米雷兹要劝他，但弗洛仁科根本不听。跟表弟里那恩、卡洛斯·博瑞斯、理查德·比亚罗埃尔一起，他们开车到了海拔一百九十八米，离塌方地点最近的烟道处。他们计划沿着马里奥·塞普尔维达和劳尔·巴斯塔斯第一夜攀爬的路线，顺着烟道爬到上一级隧道，或许再上一个烟道。他们发动了大铲车，举起了翻斗篮，就开始攀爬起来。

　　地面上，救援队伍还没有放弃方案 B 的孔道。如果能取出那块金属，他们就可以继续钻探。他们将一块磁铁放到孔道里，但没能吸出破碎的钻头。同一天，美国钻工杰夫·哈特也从阿富汗长途跋涉赶到了矿场。他来此准备接手方案 B 的最后一个钻探阶段。这个任务目前处于搁置状态，只能等到堵塞的孔道畅通，或制定一个新的方案 B。

　　在无声的等待中，卡门·贝里奥斯收到了丈夫路易斯·乌尔苏亚的信。他说，大家都绝望了，因为听不到任何钻探的声音。"救援人员一直在努力营救，"卡门回信说，"因为上帝与他们同在。但是，如果你们在下面都失去了信仰，不再祈祷，这一切都将是徒劳。难道不是吗？……现在，虽然没有钻探的声音，但他们还没有放弃。要有信心，不要绝望。我写这封信的目的就是，希望你能理解，救援中所有的人都有一个共同的目标：救你们出来。"

9月10日，大雾，早上9点前，运送方案C钻机部件的卡车也穿越阿塔卡马沙漠跋涉到了现场。他们在通往圣何塞的狭窄小路上慢慢行驶。天气很冷，矿场外家属们的情绪都很低落，尽管还有几个人挥舞着国旗，有几个还喊起了"智利，智利，智利"。在等前面的卡车开动时，一名司机把车停在了门口处，一家电台的采访人员过来采访他。"我们终于到了，历尽千辛万苦。"司机说，显然看到他的同胞们和来自世界各地的这么多人对他们寄予的厚望，他深受感动。"但是，我们来了。我们的心与所有智利人同在。"

海拔一百九十米，弗洛仁科·阿瓦洛斯和三个同伴正鼓起勇气爬上烟道。他们爬到了上一级斜坡隧道的开口处，朝着挡道的巨石走去。他们开始清理这个塌方斜巨石周围的碎石。很快，就清出了一个空间，可以像猫一样爬过去。"我要爬进去了。"他说。卡洛斯、里那恩和理查德都说这太危险了。但是，弗洛仁科还是挤了进去，他看到了一片巨大的黑暗空间，矿灯的光束被无尽的黑暗所吞噬。他朝着这个悬崖爬去，一块石头松动，掉进了黑暗中，两三秒后发出哐啷一声。采矿的经验告诉他，这块石头降落了三十或四十米，大概是十或十二层楼的高度。他意识到，自己正在一个新的山内裂缝旁。再往前走，他在腰上系上绳索，并把一端交给了伙伴，"因为我知道，走错一步，就有可能坠崖"。他从缝隙中爬了出去，站在一块石头上，俯瞰着这个悬崖般的黑洞。"我用灯照了照，什么也看不见，全是石头，我心想，**我们能从这出去**。我知道，从那里再向上三十米就能到达一处开阔的空间。"但是，弗洛仁科也明白，他刚刚勉强爬过的缝隙太窄了，再往后爬会更费劲，不是所有的人都能通过。体型大些或上岁数的那些人会被卡住。"最多也就十五或二十人能够爬出来。路易斯·乌尔苏亚过不来。富兰克林·洛沃斯也不行，还有乔斯·安立奎和豪尔赫·加利古洛斯。"

返回避难所后，弗洛仁科得知安德烈·苏格雷特一直在打电话找他。千万别再这么做了，他说。大山太不稳定、太危险了。弗洛仁科亲眼见到了这个新裂缝，8月5日那天，摩天大楼般的闪长岩断裂坍塌所产生的这一山内裂缝。每隔几天或几小时，崩塌的矿山内就有岩石坠落，弗洛仁科看到了这条裂缝，置身其内竟然没有受伤，这简直太幸运了。

9月13日，晚上10点，工程师、机修工和钻工们还在努力疏通方案B孔道之时，"圣母马利亚"像也抵达了圣何塞。这座圣像由木头新雕刻而成，代表"圣女卡门"（Virgren del Carmen）①，智利的保护神，对抗西班牙的独立战争中智利军队的精神领袖和圣人。受罗马天主教教宗本笃十六世（Pope Benedict XVI）的委托，该圣像由厄瓜多尔艺术家里卡多·比利亚尔瓦（Ricardo Villalba）雕刻，教宗为雕像祈福并赠予智利以庆祝其二百周年纪念日。圣像一直在智利北部的采矿城镇巡游，自8月5日起，成千上万的人都为三十三名受困矿工祷告，祈求圣女卡门拯救他们。装在玻璃柜里的"圣女像"被运往矿场，几个女人在其脚下点燃蜡烛。她们用废弃的杯子和瓶子装着蜡烛，这样阿塔卡马的大风也无法吹灭这摇曳的黄色烛焰。火苗透过简陋的容器发出神圣的光芒，这温暖、慈悲的光照耀在虔诚人们的脸上，比营地里随处可见的灰白色泛光灯更加暖心。科皮亚波主教加斯帕斯·金塔纳罗（Monsignor Gaspar Quintana）主持祷告后，女人们低声祈祷，有人让白烛的热蜡流到自己手上，这些风吹日晒裂口的手

---

① 圣女卡门在天主教里有非常高的地位，信奉的国家并不仅局限于智利，南美不少国家都将其视为保护神。在独立战争期间，卡门被奉为智利军队的守护神。——译者

都慢慢变成了哭泣的蜡烛雕像。她们祈求圣女移开那块障碍物，让她们站立之处下方的三十三名工人走出黑暗。柜子玻璃后面，圣女看见了她们的虔诚，用雕塑家赋予她的那种专注、安详的微笑注视着这群信徒。

地面上"圣母马利亚"到来的消息很快传到了地下。对天主教徒而言，上帝之母的神力可显现于人间，有时会以实物的形式显灵，据说这也是上帝的杰作：曾经，一个赶驴的人在附近大山内躲避暴风雨时就曾神奇地看到过一尊小石像，一尊显灵的智利"黑圣女像"。人们敬仰这些圣像，它们拉近了人与上帝的距离。现在，圣何塞井下的几名矿工都认为，圣女卡门肯定已经对他们施以了救助，因为她离开后几小时，地面就传来好消息：方案B井道通畅了。钻探现场，钻工和工程师们在孔道降下了代号"蜘蛛"的金属装置，终于设法将八百六十三英尺下那块二十六磅重的金属块取了出来。看来，圣母确实显灵了，那些虔诚的天主教徒们拿着智利守护圣母的相片表示感恩。经过了五天五夜的危机和祈祷后，最有希望快速救出三十三人的方案又重新回到了正轨。

身边的天主教徒都开始吹嘘圣像的各种神力，于是在每天的祈祷会上，乔斯·安立奎随意说到了敬仰形象而非上帝的危险性。一名矿工甚至跳了一个舞蹈来表示对圣母的敬意。安立奎觉得，圣像崇拜既奇怪又无礼。毕竟，这有违十诫（Ten Commandments）中的一诫：不可为自己雕刻偶像，也不可做什么形象。在西奈山上，上帝来到耶稣面前，说不可敬仰这些形象。最后，安立奎布道的方式开始让几个人觉得很受侮辱。"在某种程度上，乔斯先生想要将自己的信仰强加于我们身上，"奥马尔·里伊加达说，"他开始谴责那些圣人。我也不相信圣人之说，但我尊重各种宗教信仰。参加祈祷的人们都有自己不同的信仰，有些人还是非信徒，他们只是单纯地想祈祷。很多人都信奉'黑圣女'，他们都说这是矿工们的保护神。所以，当乔斯先生开始发言抨击这些圣人与圣像崇拜时，那些人都觉得很受冒犯。"安立奎说，"我没有攻击任何人。我有评论吗？是的，因为这些话就在诫规里啊：不可跪拜那些像，也不可侍奉它。"

维克多·塞戈维亚之前从未有任何宗教信仰，却喜欢上了安立奎牧师的地下教堂。但是，最近祈祷仪式的发展方向也让他甚是反感。9月的一天，他写下了一次仪式所见的情景。当天的牧师奥斯曼·阿拉亚已经从面黄肌瘦中恢复，陷入了一种神灵附体的恍惚状态。他举高了双臂，因为他真的感受到了上帝。"我不像之前那样喜欢每天中午的祷告会了，因为奥斯曼祈祷时开始尖叫、大哭，这就让我想起从前教堂里那些大哭大叫和跳来跳去的人。"维克多写道。在维克多看来，这一切都很怪异，跟演戏似的。尽管后来有几人退出，他还依然坚持参加安立奎和奥斯曼主持的每日祈祷会。

奥马尔·里伊加达也坚持出席，他看到有好多人已经不来了："富兰克林·洛沃斯开始独自祈祷。其他几个也退到一边，开始自己祷告。有人更直接都忘记了祈祷这回事儿，开始听起了音乐。"

对五周前号召大家祈祷的马里奥·塞普尔维达而言，人们缺席祈祷会这事儿又是一次沉重的打击。曾经，三十三人一起祈祷，但最后，只有不到六个人跟牧师站在一起，聆听上帝的教海。马里奥看到，那让大家团结一心的兄弟情谊正在慢慢破裂。这种忧虑之下，他一人往下走去，走到了矿井深处的海拔四十四米。这是井里新开采的一个区域，在险象丛生的大山内，此处尤其危险，也更热、更潮湿，因为有水流下积成了水洼。如此深处的水洼，还有如此空旷的山洞，这一切都让海拔四十四米充满了神秘感。马里奥宣布这里为自己的领土，称其为"圣地"。他搬了些石头，建起神龛和讲台。之后，他经常来这里诵读诗经章节、练习公共演讲。在送到地面的视频里，马里奥看着摄像头，对着全世界的人讲话；在这里，他朗读诗节，对想象中的成千上万人演讲。他正在练习，因为他能看到自己的未来：一旦离开矿井，他会成为一名演说家，去世界各地巡游赞美上帝，颂扬智利工人的力量和美德。在这些私人演讲中，他讲述了与儿子弗朗西斯科骑马、亲自照顾马匹的故事，他的声音在石洞里发出奇妙的回声。但是，9月11日，被困地下第三十七天，他来到这巨石凿出的空洞、他的私人礼堂中，并非演讲，而是祈祷、整理思绪、询问上帝如何才能将上面日益分裂、怒气冲冲的工友们再次团结起来。马里奥知道，如今已是被困第三十七天，自塌方那日起他就开始在安全帽上做记号。第二十二个记号处，大家开始起内讧；如今，第三十七天。"我哭着走到下面，请求上帝让我坚强，请求上帝庇护我们，因为我们身边环绕着害虫和恶魔。"

恶魔已经降临矿井，化身为矿工们身上的贪婪、误解、嫉妒以及背叛。他相信，恶魔来自地面，就附在送下的那些信件里、那些名利的诱惑中，这让他们反目成仇。

马里奥开始祈祷："我的主啊，请保护我们，消灭心里的这只害虫。恶魔已经侵入了每个人的灵魂。可怜可怜我们吧，让我们回到从前。我的主啊，可以先从我开始，因为，说实话，我惧怕恶魔。"

说话时，马里奥听到了一声巨响。山洞里的一块巨大石板从墙上脱落下来，在大概十英尺远的地方，跟砸伤基诺·科特斯的那块石头一样大、一样危险。矿井里，目睹石头掉落并不罕见，但是当他与上帝诉说恶魔之时，这块巨石的坠落让马里奥充满了恐惧和敬畏。就在那时，他感到有人来到身后，脖子后面传来一股热热的呼吸。"谁在那儿？"他大喊。他转过身，晃动手电，照到了水洼里。然后，他就看到一双震惊、疯狂的双眼盯着自己——他自己的眼睛，在水里的倒影。他看到了自己脸上的恐惧，被困地下三十七天，他经历了如此多的事情，可这恐惧的神情却最让他震惊。

"恶魔！"他对着黑暗大喊。他觉得自己要被恶魔抓住了。突然，恶魔不仅仅是一个意象，它真切地存在于海拔四十四米处，就浮现在水洼的上方。"你带不走我，我绝不会当你的儿子！"坍塌的石头、水中的倒影，还有脖子后面的呼吸，都让马里奥陷入一种疯狂的意念之中，他真实地觉得自己正在与恶魔作战。他在泥巴里爬行着，找到石头，就朝黑暗处扔去，朝着山洞里这想要侵入他身体的恶魔扔去。"我绝不会做你的儿子！"石头扔到了墙壁上。他向上跑去，朝四分之三英里之远的海拔九十米跑去，朝着那些被困的、等待救援的工友们跑去。

　　到达后，大家看到马里奥满脸满身都是泥巴，好像在下面跟人打了一架似的。

　　"你怎么了？"他们问。

　　"我跟恶魔打了一仗。"马里奥说。

　　有些人笑了，但有人没笑，因为长期在井下工作的人，都曾在某些时候看到或感到过地下的恶魔。根据智利一则有关采矿的传说，恶魔住在所有的金矿内，金子是它们喜好之物，就在矿洞之内，在大山的最深暗之处。矿工们掘出成吨的矿石，才能开采珍贵的几盎司金子。这种情况下，他们损坏大山的结构，将其开凿为矿井，塌方就会毫无征兆地出现。圣何塞里，他们也曾目睹过岩石的爆裂，这让他们充满了对上帝和恶魔的畏惧之情。马里奥与恶魔大战后一段时间，海拔四十四米处又发生了一次坍塌。一块重达一吨的巨石从山洞顶部脱落，发出又一声轰隆的巨响，马里奥建起的圣堂和礼台都成了"禁止进入区域"。

十六 独立纪念日

8 月 5 日进入矿井时，艾瑞・泰特纳就知道妻子即将于 9 月 18 日智利独立纪念日生下他们的第三个孩子，一个女孩儿。被困地下的前十七天，他不断告诉自己，必须活下来，这样才能回到地面，看到他跟妻子早就起好名字的小女儿卡罗莱纳・伊丽莎白（Carolina Elizabeth）。或许正是太渴望见到女儿了，他才私自留下了扎莫拉给他的饼干，就在第一晚哄抢食物后——第一周里，他一共偷着吃了四块饼干。第十七天，大家被发现后，艾瑞深信他一定能在女儿出生前被救出，也就能兑现自己对妻子的承诺：这次，他会跟她一起在产房见证女儿的诞生。二十九岁的艾瑞承认，他如今比初为人父时要成熟了很多。作为几个孩子的父亲，他更能理解和感恩家庭生活中的琐碎工作。这次妻子怀孕期间，他一直尽力帮忙，帮她洗衣服，也希望能陪伴她到生产的最后一刻，握住她的手，给予她力量。

现在，艾瑞已经接受错过女儿出生的事实，但同时他也有了一种顿悟。通过视频连接，他看到了地面上的营地，三十三人的家属和几百名救援人员聚集一起的景象。他决定将女儿改名为"希望"（Esperanza）。9 月 14 日，小希望在科皮亚波的一家医院出生了。小姨子带着摄像机进了产房，智利万国视讯频道（Megavision）播放了一段配有背景音乐的视频。可是，艾瑞并没有看到视频。小希望是剖腹产降生的，而据媒体报道，心理学家们觉得，受困地下的他最好不要亲眼目睹血淋淋的手术场景。于是，艾瑞看到的是一段严格剪辑过的视频，通过光纤传输到地下的大屏幕上。其他矿工觉得应该给艾瑞空间，让他一个人来看视频。他独自看到一群身穿蓝大褂的医生围在妻子周围，然后视频就切到一名医生怀抱他女儿的镜头。接着，他看到女儿躺在疲惫、微笑着的妻子旁边，她双眼紧闭，头发湿漉漉、一缕一缕的。由地面上的人控制，这两分钟的视频一遍遍循环播放着。可视频并不是很清晰，艾瑞没法看出孩子到底是像他还是像妻子。人类历史上，从未有人在受困山洞之时还能见证女儿的降生。后来，我给他指出了这前所未有的特殊性，并问他第一眼看到女儿是什么感觉。他说："我不知道。是激动，或幸福，还是其他。"采访了艾瑞的哥哥后，世界各地的报纸都报道，在听到女儿降生的消息时艾瑞泪如雨下。他们还报道了宝宝的重要数据：三点零五公斤重，四十八厘米长，出生于下午十二点二十分。这些数字也卷入了故事的发展之中。钻机钻进的最新数据也出炉了：方案 B 钻机已经钻进三百六十八米；方案 A 钻进三百米；方案 C 钻机七天后动工。

最先打通的孔道会被用来降下救生舱。智利海军已经开始建造这台救生胶囊——恰好就在机修工劳尔·巴斯塔斯曾经修理发动机的造船厂，后来海啸冲坏了这里，他才失业。巨大的阿斯玛船厂（ASMAR）分为两个区域，一区是巴斯塔斯曾工作过的小修理间，另一区域是即将建造救生舱的机器间，两区之间得走两分钟的路程。船厂里很多建筑的内壁上还能看见七英尺高的水印，有些地方还湿漉漉的，这是六个月前那次大海啸留下的痕迹。海军已经清理了全部的死鱼，挪走了那些搁浅的船只，船厂恢复正常工作。现在，海军的工程师和机械师团队开始建造 NASA 同行们口中的逃生舱 EV——北美人尤其喜欢缩略语表达。智利团队收到 NASA 发来的十二页备注，里面详细讲述其推荐的规格："EV 里，应该配备足够大的氧气罐……能以每分钟六升的速度提供医用级别氧气，可持续使用二至四小时……至于空间设置，应该容许使用者伸手碰到脸部。"但是，智利人采用了独创的设计（他们很快会考虑申请专利），9 月 12 日，政府对外宣布了救生舱的基本参数。用钢板建成，外径为五十四厘米，不超过二点五米高，不载人时重约二百五十千克；内部配有 NASA 推荐的氧气供应设备，还修建了强固的顶部来抵抗高空坠落物的伤害。另外，舱体外还设计安装有轮子，在升井时可避免撞击孔道内壁。（这些可收缩的橡胶轮由意大利公司提供。）如果里面的人失去意识的话，还有一套挽具状安全带使其保持站立姿势。

几天后，智利政府发布了救生舱的设计图纸，舱体外表用国旗颜色喷漆，并纹饰有"Fenix"字样，英语中的 Phoenix（凤凰）一词。凤凰座是南天星系中的一个小星座，呈三角和钻石的形状。两个形状相连时，可呈现希腊神话里灰烬中涅槃的凤凰之态。对智利政府而言，这个名字有明显的比喻意味：智利就是一个涅槃重生的国家。几个月前，这里遭遇灾难性的大地震和大海啸，很多人丧生，全民深陷恐慌忧患之中；而现在，本着将人、科技和信念相结合的精神，智利准备用这神奇的凤凰舱进行一次大胆勇敢的救援，这一奇迹定会让整个民族重获希望与新生。这次，政府采用国旗颜色的救生舱进行救援，表明这将会是一次永载史册的国家行为：在英勇的奇迹中，在可以定义一个国家品格的神话中，智利工人阶级可以说是当之无愧的领袖人物。

希腊神话里的众神也都不完美，有着这样那样人性的品质，比如虚荣、勇气、自负、亲情和仇恨等。而这些品质，在那些生活在圣何塞坍塌矿井中的人身上，也同样存在。

9 月 18 日智利独立纪念日之前，问题出来了：被困井下的三十三位爱国者该如何庆祝呢？救援队的几位负责人想给他们送下红酒，毕竟这是每年最重大的节日，通常都是家人聚餐畅饮。如果这些象征国家自豪的家伙们在深山"牢狱"中能喝点小酒庆祝的话，整个智利都会觉得轻松舒服一些。"我也想让他们喝点红酒，"心理学家伊图拉说，"但医生们完全反对。"下面有些人严重酗酒，现在禁酒已经四十多天。禁酒的危机反应已经结束：现在，三十三人都是滴酒不沾。再次考虑后，心理学家也同意，给他们红酒这个主意很糟糕。此时，他回想起有些人在戒毒过程中出现的一些烦人问题。"一位母亲来跟我说，'我儿子一直在服药。'"家属们可以给矿工送下衣服等爱心包裹，在这些包裹中，有人藏了一些非法药品。"是大麻或可卡因，我不确定到底是哪种，但这根本不重要。我绝不允许下面任何人出现意识不清的情况。"伊图拉改变了物品打包的程序，严格禁止任何药品的运输。至于独立日红酒的提议，伊图拉指出，矿井通道属工作场合，按法律和常识来说，都禁止饮酒。下面，矿工们也得出相同的结论：我们不需要红酒，非常感谢。

但是，这三十三人还是会享用一些肉卷馅饼和牛排，跟上面的庆祝盛宴相似。他们还决定给总统写一首诗来庆祝。"这差点让'狗仔'和佩纳打起来，因为他俩对这诗的观点不一致。"维克多·塞戈维亚在 9 月 16 日的日志中写道。"后来，扎莫拉又掺和进来，大家争辩得非常激烈，就为了这首庆祝二百周年纪念日的小诗。哈哈哈。"

但是，坏情绪并没有持续很久，因为此时，地面传来好消息：方案 B 的第二阶段即将完成。9 月 17 日上午，钻机打通了。现在，又有一条十七英寸宽的孔道将受困人员和地面相连。一旦这条通道被拓宽到二十八英寸，这些家伙就可以自由了。如果进展顺利的话，这可能只需要几周的时间。"这一切来得太快了，大家都非常高兴。"维克多·塞戈维亚写道。第二天，独立日的上午，大多数人都剪了头发、洗了澡、换上了新衣服，"好像我们都是囚犯，而今天是探监日一样"。

外面周年纪念的庆典中，矿工们的相片被反复展示。作为灯光音乐表演的一部分，那张有名的字条（"都在避难所，三十三人"）被放大成两层楼高，投射在圣地亚哥拉莫内达宫殿上。井下，大家吃着肉卷馅饼，喝着可乐。他们升起了国旗，再次唱响了国歌，并看塞普尔维达表演了一段智利传统舞蹈库依卡（Cueca）——这被录了下来，在全国播放。

唯一一个没有参与欢庆的矿工就是富兰克林·洛沃斯，"为了避免跟相处不来的一些家伙起冲突。"维克多在日志中写道。大山中，这群大男人的挫败感越来越强烈，而富兰克林的怒气尤甚，自塌方之日起，这头怒兽就没停止过咆哮。"我一直脾气不好，即使是朋友也这么觉得。"他说道。但是，大多数工友们不知道的是，在易怒的外表下，富兰克林正逐渐变得温和、成熟。他觉得，这是他第一次认识到自己原本真正的模样。

三十三人成名之前，只有一个人算是尝到过名望的滋味。对一个年轻人来说，足球明星是很辉煌的荣耀，即使只是在科皮亚波市范围内。富兰克林·洛沃斯绝对算是英雄级的人物，他都有专属的昵称。这可不是一般的昵称，而是有着强大的硬汉气概："神奇迫击炮"，因为他的任意球可以像导弹一样直接射进对方球门。二十世纪八十年代早期，他还曾短暂地效力于智利国家足球队，穿上了梦寐以求的红色球衣。大约在那时，他结婚成家，有了自己的孩子，可他身边一直不乏其他异性的陪伴。"女人，女人，女人。"他回忆起那些年。那时，他去市中心酒吧喝酒，总会有人说："得了吧，富兰克林，我们请客！就让我们给'神奇迫击炮'买杯酒吧！"

三十多岁时，富兰克林的职业生涯开始走下坡，但他一直坚持到三十九岁才退役，比多数球员都晚。之后，他感到完全无法填补和适应退役带来的空洞。"前一天，你还有那么多朋友，人们都抢着给你买酒喝——可突然，这一切都不见了。前一天，你身边还围聚着那么多女人——可突然，她们也不见了。"没了事业后，婚姻也出了问题。因为他脾气糟糕、夜不归宿，妻子简直被折磨得痛不欲生。出于怜悯之情，他竟然真的离婚了，"签署了离婚协议等正式文件"。

"神奇迫击炮"变成了出租车司机、卡车司机。五十二岁那年，他又来到极其危险的圣何塞矿井工作，兼职挣钱来供女儿卡罗莱纳读大学——那个在矿场门口流泪，惹得矿业部长当众大哭的女孩。现在，卡罗莱纳和母亲卡拉莉亚，富兰克林的前妻，正在上面的"希望营地"里。尽管他做了那么多卑劣的事情，卡拉莉亚还是来到这饱经风霜的营地，为了孩子们，也为了富兰克林。她有给他写表达爱意的信吗？"没有，她在感情方面一直很冷淡，不愿意流露内心的感受。她会直接告诉我照顾好自己，也只有这样的话。"其实，她此刻的出现，她现在的守候，为了这曾经出轨、如今被困的前夫所做的一切，本身就是一首爱情诗。最终，富兰克林的外甥们都开始替她讲话，他们说：舅舅，卡拉莉亚舅妈每天都来这里！她真的关心你。所以，现在的富兰克林·洛沃斯，从前的"神奇迫击炮"正在考虑一件事情，一件8月5日上班之时完全不可想像的事情：跟前妻复合。

富兰克林打算回归之前那个更简单、没名气的自己：他要跟孩子的母亲再次结合。当意识到这种转变的好处、开始拥抱谦卑之时，他看到身边头脑膨胀的工友们自视甚高、虚荣地享受着上面等待他们的荣耀：庆祝独立纪念日时，他们甚至都穿上了国家队的红色队服。富兰克林觉得，他们竟愚蠢地认为自己是民族英雄，而其实，他们只是一群绝望贪婪的傻瓜，为了金钱来到这破地儿受苦受累，最后终于把自己困在了这鬼地方。现在，他们出名了，是的，但这种名望带来的自以为是的满足感，那种凡事以我为中心的自我感，会以意想不到的速度消失得无影无踪。

富兰克林想跟工友们讲述这一事实，但也不甚积极，因为他太清楚，只有亲身经历才能深有体会。于是，他看着工友们迷恋虚假的公众形象，看着他们变得卑鄙、狭隘、斤斤计较。**我要买一辆卡马洛(Camaro)**①。**意大利电视台要采访我。家乡要授予我一枚奖牌**！富兰克林尤其反感来自塔尔卡瓦诺港市的劳尔·巴斯塔斯，因为就在塞普尔维达自称"绝对领导"的信件曝光之后，劳尔非常残酷无情地苛责"狗仔"。富兰克林认为，正是劳尔自己的虚荣心才导致了海拔一百零五米处的工人跟下面避难所里的人之间的不合。也是为了避免见到劳尔，他才没去参加欢庆。但在地面上，巧合的是，富兰克林的大女儿卡罗莱纳跟劳尔的妻子卡罗拉却成了好朋友。一封信中，她跟父亲讲到了这份新友谊，她俩每天聊天，为彼此打气鼓劲。

于是，一天，他在海拔一百零五米处找到了劳尔，把胳膊搭在他肩上，讽刺地说："我女儿说，我必须跟你做朋友，因为在营地里，她跟你妻子是好朋友。看，她在这封信里跟我说的。"富兰克林咧嘴笑着，让劳尔看了看信。"但是，你知道吗，巴斯塔斯，我绝不会跟你成为朋友。绝不。知道为什么吗？因为你让大伙儿间产生了隔阂，我绝不会原谅你。"富兰克林知道，自己听起来像个混蛋，但不管当时还是后来，他都没有为这番话感到不安和内疚："这是在下面我说过最难听的话。但我是当面直说的，并没有背后说他坏话。"

打算跟妻子复合的富兰克林·洛沃斯还没准备好原谅劳尔·巴斯塔斯。接下来的日子，他也一直保持着这份敌意，甚至当最后大家都开始为升井做准备时，他也没有释怀。上帝保佑，他们会进入钢筋做成的救生舱内，朝地面和光明上升而去。

9 月 20 日，在新近完工的十七英寸孔道中，美国钻工杰夫·哈

---

① 世界头号汽车制造商美国通用公司在北美国际汽车展上推出的概念车，是隶属于雪佛兰公司的品牌。

特、麦特·斯塔弗尔（Matt Staffel）、道格·里弗斯（Doug Reeves）、豪尔赫·埃雷拉（Jorge Herrera）以及智利同仁们开启了方案 B 的最后一阶段钻探。完工后，井道就会加宽至二十八英寸，足够凤凰号救生舱通过。如果一切顺利，连一个月的时间都用不了。"如果拖到圣诞节，"这帮美国人说，"那我们就不再干这一行了。"为了加快钻进，方案 B 团队决定让 T130 钻机凿出的碎石自然落到井内。通过最初的孔道，这台钻机在老工作间内一共制造了几千立方英尺的碎石，就在机修工们曾聚集深坑边吹凉风的附近。路易斯·乌尔苏亚安排卡洛斯·安吉拉带领一队人开铲运机将闪长岩碎石运走。地面的工程师说可以送下发动机所需油耗，但安吉拉说没有必要，因为他清楚下面皮卡车、载人车、挖掘机以及其他机器（一共十六台）里剩余的油量，足够铲车运行好几天了。运载机的轰鸣声让这塌陷的矿井又恢复了往日的气息。矿井正常开采铜金矿石时，这就是矿工们的工作：他们用机器抬举、运载、装卸，机器仿佛身体的延伸部分。这种铲起又运走矿石的感觉和声音很是熟悉，让下面的工人们感到很舒服。有那么一会儿，他们又成了真正的矿工，在矿里卖力劳作，想到完工后就可以回家了。

"凤凰号"救生舱和方案 B 通道完成后，一名救援人员会坐上救生舱降到矿井下面。他的工作就是在下面监督三十三人进舱——然后，他再最后一个离开矿井。这份使命责任巨大也无上光荣，而得到这份工作就意味着，这将会成为个人职业救援生涯的顶峰时刻。为了选拔合适人员，智利政府组织了一些非正式的竞赛，就跟上世纪六十年代美国选拔测试航天员一样，这在汤姆·沃尔夫（Tom Wolfe）[1]

---

[1]　1931 年生，美国记者、作家，新新闻主义的鼻祖。报道风格大胆，以使用俚语、造词和异端的标点为特征，对新闻运动影响深远。——译者

的小说《正确的素材》（*The Right Stuff*）[①] 中有提及。最后，政府选择了十六位"决赛"选手，都来自有救援经验的公司机构——国家矿业公司 Codelco、智利海军以及智利国家警署的精英部队 GOPE。

曼努埃尔·冈萨雷斯（Manuel Gonzalez）也在这十六个人之中。他是一名矿工兼救援人员，就在圣地亚哥以南五十英里的厄尔特尼恩特矿场工作。这是世界最大的地下矿场之一，拥有自己的救援队伍，六十二人。这些救援人员就像是矿井里的志愿消防队员一样，大家有自己的专业工作——冈萨雷斯是爆破专家兼轮班主管——但是一旦出现紧急情况，他们可以立马开展救援行动。有几次，他的工作竟是找回遇难矿工的尸体。厄尔特尼恩特矿场里也有救援人员比冈萨雷斯攀爬技能更高，但他们几周前被选来参加了第一次失败的救援尝试：那次希望通过烟道爬到受困人员处的行动。"凤凰号"救援方案不需要攀爬能手，而是一名健壮、有耐心和领导力的救援工作者。冈萨雷斯有十五年的矿下救援经验，担任轮班主管，并曾是一名职业足球运动员，所以他各方面都满足条件。1984 年，冈萨雷斯所在的奥希金斯球队（O'Higgins）曾跟富兰克林·洛沃斯效力的科布雷萨队（Cobresal）展开对决，而他也在那次比赛中射进了短暂职业生涯中的唯一进球。现在，冈萨雷斯是厄尔特尼恩特选出的派往科皮亚波的六名救援人员之一。

到达圣何塞时，冈萨雷斯遇见了其他候选人。他们间立即产生了一种同行竞争的压力。首先，他们得共同努力，为救援做充分准备，但同时大家还得竞争进入"凤凰号"的唯一名额。当救生舱来到矿场

---

① 小说讲述了美国几位著名航空人的伟大事迹，包括查克·叶格（Chuck Yeager），他和 X‒1 研究战机实现了超音速行驶；"阿波罗 12 号"指挥官彼得·康拉德（Pete Conrad）；1967 年阿波罗测试飞行起火中不幸遇难的维吉尔·格里森（Virgil Grissom）；约翰·葛伦（John Glenn），著名航天员，第三位在太空飞行以及第一位绕行地球的美国人。——译者

后，他们看到，它就跟博物馆里供孩子们玩耍的航天飞船玩具一样，里面有氧气罐、安全带具、灯光、收音机，雪茄形状的钢筋外壳跟公园里旋转木马的材质并无二致。"凤凰号"是一个在大地内部穿行的胶囊舱，更有创意的官员将其命名为"儒勒·凡尔纳"（Jules Verne）①。冈萨雷斯和其他候选人员在"凤凰号"里进行训练，舱体被置放于二十米高的管道中，由起重机操纵上升或下降，来模仿救援的实际情况。每次，一名候选人员进入舱内，在管道里反复上升下降；有时胶囊还会悬空静止，让救援人员体会被困钢筋监狱的感受。这样，他们可以先体验下这种等待的折磨，因为下降过程中，一旦大山开始塌陷、开裂，这种情况必然会出现。

进入救生舱后，受困人员就会升井，见到上面的爱人。但是，谁会在那里迎接乔尼·博瑞斯呢，这个周旋于两个女人之间的家伙？是他一直热切通信的妻子？还是与他同居（大多时间）的女友？从钻机打通联系上三十三人后的几周里，乔尼地下的私生活也跟之前地上在巴勃罗街区时没两样。周末，他八分钟的视频电话也一分为二：四分钟给妻子玛尔塔，四分钟给女友苏珊娜。"我不在乎只有四分钟，"苏珊娜说，"因为每分钟都非常珍贵。"对苏珊娜而言，通过光纤链接跟爱人的这些通话有一种神秘、奇妙的色彩。第一次看到乔尼时，他穿着医务人员的白大褂。这白色的装束和山洞里的光线让苏珊娜觉得，乔尼是在"天堂"里，或者某个遥远的地方。"他坐在那儿，眼睛里闪着光，就像火星人一样。他周身闪烁着亮光，只能看到他的眼睛。那一刻，我以为他死了，公司在跟我开某种拙劣的玩笑。"她哭了起来，虽然心理学家请求她摆出勇敢的脸庞。"你死了！"她对着屏幕说，"我一直哭啊哭。然后乔尼说，'我还活着。珊娜，我还活着。看

---

① 法国作家，被誉为"科幻小说之父"。

着我！你明白吗？我还活着！"这么戏剧的开端之后，他们才算开始了正常的交谈。乔尼对她说话的语气很温柔，他又开始说那些有关玛尔塔的熟悉的话题。他对苏珊娜解释说，他不愿意跟妻子视频通话，但玛尔塔跟他说她都病倒了，如果跟乔尼说不上话的话，她真的会死掉的。苏珊娜相信他的话，觉得是玛尔塔在试图操纵乔尼，于是她又如往常般原谅了他。

视频电话后，苏珊娜回到跟乔尼同居的家中，淡定地读书、看电视。如今她跟乔尼成了肥皂剧中的卑鄙坏蛋，而玛尔塔则成了无辜的受害者。全世界的陌生人都在唾弃苏珊娜——可她根本不在乎。"我太幸福了，我一点都感觉不到别人的指责。他还活着，所有那些故事、那些责骂只会让我大笑。好像他们说的坏话越多，我就越能感到他的存活一般。当你跟死亡决斗时，根本没有什么让人尴尬的事。因为，死亡太大了。他们随便说什么都好，就算把我捆起来，痛斥我是'情妇'，我也不在乎。我过去是'情妇'，现在我还是'情妇'。'他到底有多少女人呢？''大概十个！他的女人比鞋子还要多！'"

十七　重生

　　杰夫·哈特在方案 B 钻机上工作时，总会在衬衫袖子上系一面美国国旗，有时他戴的安全帽后面也会突出这么一截布旗。钻探时，他总是一只脚踩在钻机上。一天，矿业部长问他原因，他解释说，钻探是一种"感觉"。"只有真的置身其上，你才能感受下面的情况。"地下，金属钻头不断摩旋、敲打着岩石，振动感沿着钻杆传上来，杰夫的脚就能由此判断这是"好振动"还是"坏振动"。"我们就是这样判断钻头是否完好，或者刀刃是否磨平的。"他说道。现在，这些美国人保持更高的警惕，因为圣何塞的岩石比预期的要坚硬。随着方案 B 最后阶段的逐步深入，大概每隔十或二十米他们就得停下来换一套新的钻头。"越来越伤脑筋，因为越往下越黏稠，"哈特说，"孔道开始弯曲。我们以为钻管应该是顺着孔道中心往下钻进，但实际却不是，钻管一直在摩擦着内壁。扭矩值越来越小。"哈特和另外三个美国人本来是两人一组，每组轮班十二小时。可现在，每组连续工作达十六甚至十八个小时，然后才在矿场的帐篷里休息。朝受困的大活人钻进要比朝地下水位或矿脉钻进的压力大得多。一想到如果有人生病，多等一个月的时间可能就会要了他的命，哈特立马有一种紧迫感。他也是一名父亲，有时也会离家数月出去工作。现在他想让孔道底部的那些父亲们尽快回到他们的孩子身边。很快，这种压力就让这些美国人彼此恶语相向，跟下面的智利矿工们一样。

T130 钻机离目标越来越近，而这三十三人生活休息的通道里又出现了新的困扰。起初是无休止的热气和轰鸣声，然后脏水、泥巴和菌类都进来了。现在，尘云和水汽慢慢侵入下来。自 9 月 27 日起的七天内，海拔一百零五米和避难所上方便盘旋着一层砂尘样的雾霭，久久不散。"现在是早上七点四十，到处都是尘土和水汽，"维克多·塞戈维亚在日志中写道，"好像浓雾翻腾了进来，一切都蒙上了水汽。"

大家就在这水汽氤氲的尘雾中睡觉、活动，维克多想，吸入这些会不会让人生病呢。祈祷会还继续着，但只有几个人参加。一些人传看着那些让他们签名的国旗和相片，这些东西似乎已经成为智利重大历史事件的纪念物。"要是有我们三十三人的集体签名，肯定会更值钱。"维克多写道。大多数情况下，大家都在写信，因为他们意识到，很快这一切都会被载入史册。他们会如何回忆这次事件呢？该怎样写呢？毫无疑问，他们会记下那些致力于救援的男男女女们的奉献与牺牲，还有他们自己所遭受的苦难和坚定的信念。"诗人"维克多·扎莫拉早就写了这样一首诗，并在地面上发表。"昂扬起斗志，同志们，我们必须团结起来／快来，同志们，我们必须祈祷。"诗的开头讲述了他们在地下的第一次祈祷。他还写到了离家的悔恨。"……那刻，我唯一所想／是跟妻儿们说抱歉／他们等我归家、渴望团聚。"诗的最后一句表达了万分的希望："智利，我们在你的怀抱中。"

但是，这些发生在他们身上的事情也可以从另一个角度去看。难道不就是一系列的背叛吗？人们看不到破败矿井的危险性，无视那些伤亡，看不到矿山最终塌方致人死亡的必然结果。矿场业主们该对此负责，但是为他们效力的主管们也有责任，至少一名工人争辩说。一次集会结束后，一个矿工开始攻击轮班主管路易斯·乌尔苏亚和弗洛仁科·阿瓦洛斯。就因为你俩无能，我们才被困在这里，他说道。如果你们要求关闭矿井，我们就不会被困。他威胁说，等回到地面，他要以"准谋杀罪"对他俩进行刑事指控，并要到电视台宣传主管和工头在 8 月 5 日塌方事故中的失职。

不管故事如何讲述，都会产生这个问题：谁会受益呢？咱们得学聪明些，几个工人说，不能再像从前那般，让别人从咱们的苦难中获益。几名矿工坚持，面对地面上猛烈的媒体攻击，他们必须严格遵循胡安·伊利亚内斯起初提议的沉默协定。8 月 5 日到 22 日之间发生的一切都属于集体，而不是任何个人，伊利亚内斯如是说。只要大家团结在一起，"地下故事"出售所得的金钱就可以大家平分。但是，大家都面临着个人利益的诱惑，有时这些诱惑会通过亲人的转达及"白兰鸽"通道送来的信件到达地下。"我收到了一份很棒的工作合同。"埃迪森·佩纳跟伊利亚内斯说道，他想知道接受这份工作算不算破坏规定。这是一家美国的运动鞋公司，因为佩纳被称为"运动员矿工"，所以他们要付钱请他拍鞋子广告。马里奥·塞普尔维达也来问伊利亚内斯问题，毕竟这协议是他的主意，并且他已经成了地下的法律顾问。塞普尔维达并没有说是有采访或其他媒体邀约，但他来问询到底什么能说、什么不能说，这事儿本身就很可疑。

"听着，伙计，"伊利亚内斯说道，"你必须谨慎，因为个人和集体之间的界线非常模糊……如果你搞砸了，我会让你进监狱的。咱们先说清楚了。下面的任何东西都不是你个人的。什么也不是。你是想说，如果我们把你一个人扔这里好几周，完全只身一人，然后我们再来救你，你会跟现在一样健康、精神吗？这是一个人能做到的吗？不，伙计。你能坚持到现在，完全是因为背后有其他三十二人的支持和帮助。"

9 月快结束了，胡安·伊利亚内斯、路易斯·乌尔苏亚还有其他人觉得，有必要将他们间的口头协议正式化，使其具有法律效力。"家属们的强烈欲望一定会让大伙儿违反协议规定的，"乌尔苏亚说，"欲望能让人改变。"伊利亚内斯和乌尔苏亚看到，大家都在向媒体泄露零零碎碎的信息。在写给地面的信中，在和心理学家伊图拉的交谈中，他们都要求找一名公证人，可以将三十三人的口头协定付诸书面，并能证明他们都签字同意了这些条款——即使此刻他们还被困大山等待救援。

伊图拉同意了矿工们的请求——并因此和皮涅拉政府起了矛盾。"他们要解雇我。"他说。矿工们并没有告诉伊图拉他们要跟公证人谈什么，可能是因为他们不想媒体揣测出他们的意图，因此官方人士也只能推测：这受困的三十三人难道要忘恩负义，打算控告正在实施援救的政府？他们已经跟某方达成电影拍摄协议了吗？伊图拉跟官员们说，他并不担忧，因为他们还在地下，"实际上什么也做不了"。

10月2日，公证人来到了矿场。大家跟他谈了他们的打算。公证人说，他可以咨询律师然后起草文件。可是，只有等他们都回到地面上，这一切才能有正式的法律效力，因为公证人必须在任何文档签署的现场——而不是，从两千一百英尺远的地方，通过视频会议观看就行。

公证人离开时，T130钻机已经钻进四百二十八米，离打通只有一百米的距离，很快这些矿工们就能彻底自由了。

但是，救生舱降下前，受困矿工还得完成一项"采矿"任务。他们需要在方案B孔道底端引爆炸药，因为即使孔道打通了，救生舱也无法进入，除非他们可以将孔道口旁边的石墙凿掉一部分。相对而言，这是常规的采矿工作，但是需要用气锤在石头上砸出一个洞才能放上炸药。气锤需要压缩空气，之前是通过管道从地面输送过来，但是8月5日塌方发生时，这些管道都被切断了。豪尔赫·加利古洛斯过去的工作就是维护压缩空气供给，现在他正在装配连接一些两英寸宽的管子，用来输送空气。腿已经不肿了，他拿着管子跑到海拔一百三十五米，那里，维克多·塞戈维亚和巴勃罗·罗哈斯终于有足够的气压带动气锤，在石头上凿出了八个孔洞。

在干活的过程中，豪尔赫一个人走在海拔一百零五米附近的通道里，恰好碰见了乔尼·博瑞斯。乔尼正为新接手的医护职责烦恼——他手里拿着好几个地面送下的塑料药瓶——出于某种原因，他以为豪尔赫正在矿井里悠闲地散步。

"嗨，讨厌的家伙，"乔尼说，"你又在闲逛，是吗?"

豪尔赫自己也很累、很沮丧，于是他伸出拽管子拽得脏兮兮的手，在乔尼的白大褂上抹了又抹。"看吧，我到底有多懒。"他咕哝着说。然后，他就打了乔尼一巴掌。

乔尼把药瓶放到地上，回过神儿，一脚踢到老豪尔赫的腿上。在被困地下八周多的时间里，一班的矿工们有过数不清的争吵和威胁，但这才是第一次真正意义上的肢体冲突。当时有一人目击，路易斯·乌尔苏亚，但他什么都没来得及说，打斗就结束了。

10月9日，杰夫·哈特和T130钻机的工人们离海拔一百三十五米的工作间还有不到一英尺的距离，这时钻机突然发出一声巨响。"我们差点被吓死。"哈特后来说，有几秒钟，钻探队都觉得，这次钻孔又要失败，所有的努力都白费了。但是，令人惊讶的是，钻机一直没停，气压或扭矩也没有任何明显的变化。哈特一直没明白，到底是什么引起的那声巨响。

戈尔本部长已经通知家属们，一旦孔道打通，工作人员就会吹响号子。早上八点零二分，汽笛的鸣声响彻大山：方案B钻机已经通到目的地。在"希望营地"，家属们高呼："去国旗那!"大家都朝着石头堆下面代表着三十二名智利矿工和一名玻利维亚矿工的那些国旗处跑去。在这里，家属们曾相聚一起，分享好消息或面对坏消息。"当他们全都活着出来之时，我们会更加喜悦。"玛利亚·塞戈维亚对记者说。移出钻头和测试孔道的稳定性及安全性还需要两三天的时间。

稍后，在新闻发布会上，戈尔本说，钻探了三十三天才通到三十三人处。按计划，最后一人进入救生舱升井的时间将会在 10 月 13 日；如果将年、月、日的数字相加，也会得出数字 33。

海拔一百三十五米，大家聚集在此，来看这将他们送到地面的孔道。他们相互拥抱，用亲人们送下的相机拍照，庆祝这次打通。离自由只有一步之遥了。但是，维克多·塞戈维亚却很担心：开口看起来太小，他现在就能想象到升井过程中必然会面对的幽闭恐惧折磨。片刻后，矿工们将硝基炸药包放到附近凿出的小洞里。他们引燃了有着一百二十一年历史的圣何塞铜金矿中的最后一次爆破，这次相对较小的爆破会让他们重返自由。

第二天早上，几个人都被石头里传来的遥远轰鸣惊醒。可以听到岩石持续坠落的声音，或许是来自弗洛仁科·阿瓦洛斯瞥见的那个裂缝，就像矿山内的一次大风暴，跟 8 月 5 日困住他们的那次一样。别名"CD"的萨穆埃尔·阿瓦洛斯竟然能在这隆隆鸣声中睡着，后来卡洛斯·博瑞斯踢了他一脚才把他弄醒。"嗨，'CD'，快起来，笨蛋！大山又响了。戴上安全帽。我们该怎么办？"佩德罗·孔蒂斯，那个想买一辆黄色卡马洛的年轻矿工，也被老矿工巴勃罗·罗哈斯叫醒了。

"大山裂得厉害。"巴勃罗说。

"是，一直这样啊。"佩德罗回答说。一连串巨大的霹雳声打扰了他的睡眠。现在，每隔几秒钟就传来一次轰鸣，一直持续了四小时，但大家无计可施，于是佩德罗又躺回到充气床上去睡觉。这让巴勃罗很生气，他不明白，在大山听来要塌方时，竟然还有人能睡着。"这很搞笑，因为新闻中，大家都说井下的老人才是帮助我们这些年轻人活下来的专家，"佩德罗后来说，"可现在，这帮老家伙们却恐慌地来找年轻人。"

很快，所有睡在避难所附近的矿工都起来了，大家聚到"白兰鸽"输送孔道处。老矿工们看起来都很沮丧，乔尼·博瑞斯已经哭了。我们必须给苏格雷特和戈尔本打电话，他们说。我们得告诉他们，不能再等两三天了。他们需要现在就把我们救出去。"有神话说，金矿里都住着恶魔。"一个年轻点的工人说。有人觉得这些轰鸣正是怪兽发出的怒吼，它很愤怒，因为他们要离开了。周日，可以跟地面通话的一天。在下午的通话中，好几名工人都祈求家属转告苏格雷特和戈尔本，请他们看在上帝的分上，加快救援进程，因为大山内的恶魔很生气，不想放他们离开。但是救援指挥们依然坚持之前的计划：在那个周日以及接下来的周一，他们继续测试井道的稳定性，并用沙袋装满"凤凰号"救生舱来模拟营救过程中的下降和升井。

伴随着底下传来的如岩滑一般的轰隆巨响，大山内的雷鸣声终于停止了。后来，大家下到矿井深处，发现好几条下陷坍塌的通道，包括海拔四十四米处的隧道，就是马里奥·塞普尔维达过去曾祈祷的地方。

10月11日，周一，地面救援人员将"凤凰号"救生舱深入到地下六百米进行测试。矿井内，大家开始清理避难所，就像人们长途旅行前都要好好整理一下家里一般。路易斯·乌尔苏亚召集大家开会，这是被困三十三人的最后一次会议。他说，大家应该记住矿山坍塌时、饥饿难耐时的互帮互助，还有这为了生存而并肩作战的漫长六十九天。然后，几名矿工走出来表达感激、赞颂友情。维克多·扎莫拉表达了对马里奥·塞普尔维达的感恩，是他在避难所里大家情绪最低落的时刻激励着他们。豪尔赫·加利古洛斯，腿肿了好多天的北部老矿工，走上前来感谢南部来的机修工劳尔·巴斯塔斯。"他一直表现得很绅士，我很欣赏他这一点。是，他有时候脾气很爆，但他一直在帮我。"加利古洛斯说完后，路易斯·乌尔苏亚看着他和乔尼·博瑞斯，说道："我们有两位矿工经常在一起工作、彼此帮助，但是最近，他俩大打出手。我觉得，他们应该上前握手言和。"在三十一人的注视下，加利古洛斯和博瑞斯握紧了双手，拥抱了彼此。

最终，胡安·伊利亚内斯走上前，用威严的男中音进行了一次发言。"因为这将是大家最后一次的相聚，我觉得有必要达成一个协议，这对大家以后都好。"他说道。从现在起，到出去以后，大家都应该尊重大多数人的共同决定。他们即将各回各家，很多人都会远离此处，"所有人再次相聚几乎不可能了。不管是否愿意，每个人都应该遵从集体的决定"。伊利亚内斯提醒大家之前的协定：他们不能单独泄露集体的经历。这些故事会是大家最宝贵的财富，属于这个大集体。"我希望各位都能尊重我们之前的协定，像大男人一样。这并不仅仅是集体的利益，更关乎自爱，因为只有真正自爱的人才会去捍卫他人的权益。"演讲最后，伊利亚内斯有些失控，因为他正请求大家信守一个口头的承诺，这个神圣、沉重的话题就像是说话时呼出的气息那般缥缈，转瞬即逝。他请求大家忠诚于荣誉和团结之类的抽象概念，要抵制住外面的种种诱惑——地上疯狂、自由世界里的真金白银和名声。一名工人上前表示异议——埃斯特班·罗哈斯说，他不信任伊利亚内斯，也不同意他说的话。有些赞同罗哈斯的人窃窃私语，突然间，会议气氛变得极其紧张。每个人都得独自照顾家人，而不是依赖某个集体，这是理所应当的责任。但是，这只是少数人的观点，最终大家达成一致，任何书籍或电影带来的收益都需平均分摊。然后，他们投票选举伊利亚内斯成为大家出去后的正式代言人。

对马里奥·塞普尔维达而言，这一投票结果让他很是受伤，这些他为之付出和奉献的矿友们也让他很寒心。井下，他拥有着全新的使命，成为正义之声、真理之声，要为矿友们积极争取权益。但是现在，到达地面后，他却无法讲述阿塔卡马沙漠所见证的奇迹。"他们把我踢出了领导层，"他说，"井下漫长的七十天时间内，这是最大的背叛。"

受困圣何塞也让马里奥·塞普尔维达充满了使命感，他清楚地看到了自己作为一名工人的伟大。他对矿井有所亏欠。10 月 12 日下午，离第一名工人乘"凤凰号"升井仅剩十二小时，他准备跟井下的矿洞和通道告别。他走到自己在避难所的休息处，竖起一块纪念牌，纪念在这里的这段时间。最后一人离开之时，这些弯曲回转的通道将成为时间"胶囊"，成为智利及采矿史上的一个重要里程碑，注定会被封存和隐藏数十年甚或几个世纪之久。因此，马里奥留下了一封告别信，在床边石墙的钢筋网上，他放了一块纸板，上面写着他的全名、出生日期以及"马里奥·塞普尔维达自 8 月 5 日至 10 月 13 日曾在此驻留"这样一句话。他还贴上了家人的相片，并用塑料花圈环住，还有他收集的一些小国旗。然后，他就在海拔九十米附近收集石头留作纪念，这里曾见证了很多次冒险行动，包括引爆炸药试图发出信号那次。"对我而言，那里代表着生命、希望以及存活的欲望。"马里奥说。他打算把这些石头送给救援中起关键作用的总指挥安德烈·苏格雷特和工程师安德烈·安吉拉，还有智利总统。

与此同时，劳尔·巴斯塔斯也在做离开的准备。劳尔也收集了一些石头——但他只是把石头带到深坑处，朝空旷的悬崖扔去以发泄愤怒。接招，圣何塞！然后，跟其他矿工一起，劳尔带着记号笔，在圣埃斯特万矿业公司所有的器械车辆上愤怒地一通涂鸦，写了一些"感谢"矿主和矿主他妈的话。劳尔也去跟自己睡觉的地方说再见了，在海拔一百零五米处。他用家人送下来的复印相片做了一张拼贴画，并找出了那些陪他度过漫漫孤独长夜、抚慰他无限思家之情的照片。"我看着这些东西，想起了井下的种种，吃不到的美食、错过的生日等等。"他说。他走到一处僻静、没人看得见的通道，点燃了这些相片。"我希望远离这一切，这些糟糕的回忆。"他说。很快，相片都化作灰烬，被通道里的微风吹散了。返回海拔一百零五米后，他销毁了任何可能留下的痕迹。跟马里奥·塞普尔维达一样，劳尔·巴斯塔斯也想象到了圣何塞未知的未来。很久以后，有人会带着摄像机重回这段历史之中，重回这些他曾遭受最可怕孤寂的山洞里。"我不希望任何人看到关于我的任何东西，不希望他们说，'看，这里，这就是劳尔·巴斯塔斯睡觉的地方。'"

"这一切都应该是私密的，是我一个人的秘密。"

离开矿井前，维克多·塞戈维亚专门写了最后一篇地下日志。"大地将要生产三十三个孩子，经过两个月零八天的孕育之后。"他写道。他回顾了在圣埃斯特万公司以及其他矿场里工作的历史，那种种回忆竟可追溯到 1998 年。这十二年间，他干过的所有工作，他见到工友遭受的事故，都在脑海中重演。他当过钻工，负责过爆破，开过大铲车。一名卡车司机在邻近的圣安东尼奥矿井塌方中遇难，另一名工人在赶往矿场的路上出事故丧生。他在圣何塞也亲眼见过两人丧命。维克多并没有责怪矿井，"那些没有投入资金来巩固井下安全的家伙们"才应该对此负责。这么些年了，矿井好像他的第二个家，他对这些简陋的构造和粗糙起伏的内壁有着持久不变、坚不可摧的感情。日志中，维克多画了一个心形，并在里面写下了"我爱圣何塞"。这矿井跟他很像：有缺陷、被忽视，可也值得尊重和爱护。"圣何塞是无辜的，"他写道，"犯错的是那些不知如何妥善经营的人。"

在参与"凤凰号"救生舱设计的那些智利和 NASA 官员以及工程师中，还有两位海军军人，一名美国人及一名智利人，他们在各自国家的潜艇舰队中都有着丰富的救援经验。两位潜艇兵曾实践过的水下救援跟圣何塞即将展开的救援行动相似。他们一致同意，矿工们的升井也应该遵循潜水救援的原则：身体最为强健的工人先进入救生舱，因为他能更好地应对升井过程中可能出现的任何复杂状况。有鉴于此，智利救援负责人们决定，三十一岁的健壮工头、乌尔苏亚的二把手弗洛仁科·阿瓦洛斯将成为三十三人中第一个升井的矿工。

弗洛仁科·阿瓦洛斯出来前，一个人必须先下去。救援行动即将展开的那天上午十点，曼努埃尔·冈萨雷斯得知他会是进入"凤凰号"的第一位救援人员。在英国海湾（bahía Inglesa）的海滨城市用过午餐后，他就由司机开车带到了圣何塞，抵达方案 B 孔道的现场。这是一辆载人厢式车，车窗贴有有色防晒膜，可以保护其免受车外喧嚷场面的干扰。曾经荒芜沉闷的山坡如今到处是人：家属和救援者们可以感到欢庆的气息；记者和摄像人员准备向远近各地直播庆祝现场。冈萨雷斯下去、第一名矿工升井后，两名海军医疗人员也会下到井下，但是目前，他才是关注的焦点。夜幕降临，救生舱和井道的最后准备工作完成，冈萨雷斯严肃紧张的脸庞出现在营地里的大屏幕上——救援人员也为家属们支起幕布，以便他们追踪救援进展。钻探现场的他抬起头，看到了上面山脊上排列的记者和摄像们，各处都是灯光，好像进入了一个圆形大剧场，精彩的一出戏剧即将拉开帷幕。

冈萨雷斯走向救生舱，晚上十一点零八分，他进入舱内，系好安全带，准备就绪。他身着橙黄色连体衣，头戴白色安全帽，表情严肃，无法完全抑制对未知的恐惧。之前他已被告知，送他下井的系统设计有多个安全保障冗余度——比如，这台奥地利制造的、升降救生舱的大吊车能负重五十四吨，大概是舱体本身重量的一百多倍。但是，踏上救生舱的钢板后，他就立足于一百三十层楼高的井道之上；从上到下，自由落体都需要十二秒钟，一旦发生意外，肯定必死无疑。

"请保持镇静，"救援总指挥跟他说，"我对你有绝对的信心。"

智利总统和矿业部长也在现场。"祝你好运,曼努罗。"总统称呼他的昵称。

十一点十七分,"凤凰号"开始降下。救生舱以八十二度的斜角进入矿山,冈萨雷斯看不到下面的井道。他有收音机,但大约一百米左右,信号就消失了。舱内还安有摄像机,如果出现问题,他可以用手势跟地面沟通。"我的任务是确保一切运行正常。"他说,在这十七分钟的行程中,他基本都在四下查看。下到两百米,他看到一股水从井道裂缝中流出。温度越来越高:地上的夜晚春寒料峭,但矿井深处却俨然热带的酷暑。离底部一百五十米时,他感到了轻微的变化,因为井道不再呈八十二度角倾斜,而是垂直通到下面。他最大的担心是救生舱打开时矿工们的状态。很有可能,有人会很恐慌,甚至没等轮到他,就硬闯进救生舱里。

实际上,下面的矿工们正面临着相反的问题。有一个人不想离开矿井。"凤凰号"之前在井道内测试时,曾导致石头滚落,现在维克多·塞戈维亚确信,只要他进入,这些松动的石块就会卡住救生舱。更糟糕的是,大山的塌陷让救生舱即将进入的山洞墙壁上裂开了一条大缝。"在这儿,至少我还活着,"他说,"为什么要进入那井道里找死呢?"

"听着,"弗洛仁科·阿瓦洛斯说,"我第一个进去,如果我被困住了,咱们都别想出去了。"这番话终于让维克多平静了些。后来,当弗洛仁科准备升井时,大家都低下头进行了最后一次祈祷。六十九天前,他们跪在地上,祈求上帝救出他们。现在,他们要祈求上帝保佑弗洛仁科,保佑他的升井"之旅"安全。这将是三十三人最后的私密一刻,很快,营救行动就会被公开放映。更有舞台感的是,他们还在救生舱出现的地方安装了很多亮灯,随之而来的摄像机会将直播视频影像通过光缆传输到地面。然后,智利政府会将视频输出到现场的媒体和卫星卡车上,信号再传输到沙漠星空上的人造卫星,世界各地大大小小屏幕前的几亿人都会注视着圣何塞矿井的内部。救生舱离目标越来越近，当时是圣地亚哥时间晚上十一点半，伦敦和巴黎天还未亮，新德里是正午时分，洛杉矶则是晚餐时间。

救生舱从井道中滑下，降到了海拔一百三十五米的山洞里。光着膀子、穿着白色短裤的乔尼·博瑞斯第一个走到门前，欢迎身着崭新橙黄色连体衣的冈萨雷斯到来。乔尼眼含热泪，两个男人立刻拥抱了彼此。转身面向其他的矿工，这位救援者宣布："上面有密密麻麻一堆人等着你们！"其他人都走上前，跟他握手或拥抱，冈萨雷斯还开了一个紧张的玩笑："你们这群家伙最好别吃我豆腐！因为后面还有两名海军特战潜水员正跟着我，他们可最擅长打架了！"

对这群被困十周的家伙们而言，冈萨雷斯看起来特别干净、清爽。迷人的微笑、胖胖的脸颊、阿塔卡马烈日下工作数日造就的古铜肤色，他就像来自遥远、明亮世界的旅游者。"之前，我们完全感觉不到其他人的存在。"一名工人说，而现在，一个来自人间的活生生的同胞竟来到他们当中。

对冈萨雷斯而言，这三十三人就跟原始人一样。好几个人都袒胸露背，短裤卷起成"尿裤"的模样，靴子也剪切得各式各样。"他们好像山洞里的野人。"冈萨雷斯会在井下待二十四小时，稍后，他就有机会四处看看：拐弯处，他看到为遇难工人建起的神龛，越溜达他越感觉，自己好像回到了过去那更简单、更危险的采矿历史之中。"这些人完全没有任何防护设备。"他说。没有防护面罩，也没护目镜，井内的湿热度远远高于其他矿井。日常的工作环境简直是"惨无人道"。他说。在这里呆一天都是对身体和耐力的巨大考验，可这群家伙却生活了漫长的六十九天。天呐，他很好奇，他们是怎么做到的？

现在，他必须救出他们。"我叫曼努埃尔·冈萨雷斯，来自厄尔特尼恩特的救援人员。"他用平静、威严的语气说道。他告诉他们通过井道上升的旅程是什么样子。"听着，只会感到轻微的摇晃，不要害怕……气压的变化会比较明显。"升井前的最后准备工作包括检查弗洛仁科的血压和脉搏。"啊，没关系。"冈萨雷斯看着这些高读数说道。"反正，这只是法律所需。"他核查了一份清单，给弗洛仁科绑的安全带装上了监控器，又在他手指头上绑了一个。冈萨雷斯来到海拔一百三十五米不到十五分钟，弗洛仁科·阿瓦洛斯就准备踏入"凤凰号"救生舱中。"我们上面再见。"他走进舱内，在冈萨雷斯关上门时，他对其他人说。几秒后，"凤凰号"开始上升，跟电梯一样平稳，救生舱很快消失在井道内。上升过程中，弗洛仁科感到好像进入了石头的身体内。"感觉很好！"他朝下面的人大喊，"这里感觉很不错！"下面的大家也呼喊着回应他，他们的声音从他脚底传上来，弗洛仁科慢慢上升，离开了这个生活了十周的"家"，这个囚禁了他漫长十周的监牢。

地面上，弗洛仁科的妻子莫妮卡和儿子正在出口附近等待：莫妮卡曾梦游走遍了这座大山，他的儿子、七岁的贝伦也一直在此守候。山坡下远处的"希望营地"里，"市长"玛利亚·塞戈维亚正在大电视屏幕上观看救援，想到这群大男人要挤进这条石头通道，她就断定说：矿山就像是生育他们的一个女人。跟在圣埃斯特万公司矿场上的很多女人一样，玛利亚也能切身感受到这一类比。"如果你准备要生孩子，你就会知道孩子可能会顺利降生，但是也可能出现风险，甚至根本就生不出来。"婴儿可能脐带绕颈致死，也有可能在产道中窒息而亡。这些男人在山中上升之时，救生舱可能会掉回井里，或者大山会塌陷毁坏井道、产生裂缝，困住"凤凰号"和里面的"乘客"。玛利亚·塞戈维亚生育过四个孩子，现在她为之战斗的这些矿工就要从大山母亲两千一百英尺长的"产道"中上升出来。如果大地不准备松手，那他们就出不来。但是，或许，大地根本就不想再留他们了呢。

救生舱内，弗洛仁科是清醒的，他会亲眼见证这次重生，舱内小灯照亮的井道内石壁在眼前缓缓滑下。他还戴着 8 月 5 日下井时的那顶有些褪色的红色安全帽。当时，午夜差几分钟，在缓慢上升的旅程中，10 月 12 日变成了 10 月 13 日。耳边只有救生舱发出的"咣当咣当"之声：听起来好像在坐一辆年头已久的过山车。能感到前后晃动，但三十分钟的行程中，弗洛仁科一直很平静，因为大山内的漫长磨难即将结束。他很孤单，但上面有十二亿人在热切地等待，视线全部聚焦在大山内即将突出的圆柱形舱上。

弗洛仁科开始回想大山内发生的一切，随后，外面生活的种种回忆也涌现出来：遇见孩子母亲的那一天，儿子们出生的那一天，孩子们开始上学的那一天。他意识到自己的生活多么幸福啊。而现在，他依然很幸福，坐着救生舱从矿井的石洞内缓缓上升，承载着那么多看不见的男男女女的希冀与祝福。他能感到，空气越来越稀薄，耳朵堵塞了，然后嗡的一声耳鸣了。救生舱进入井道的最后一段，外面的微风吹进舱内。有几秒钟，周围全是钢铁加固的内壁，咣当声也消失了，一切都静得可怕。突然，收音机里传出响亮而刺耳的噪音，他听到了人的声音，很多人呼喊指令的声音，朝他、朝彼此，地面上的各种声音在头顶上方盘旋。突然，外面爆发出热烈的掌声。"凤凰号"还在缓慢上升，外面涌来那么多光线和色彩，弗洛仁科抬起头，看到一个晒得黑黝黝的男人，头戴白色安全帽，正从舱门的钢筋网里盯着他看。

第三章

南十字星空之下

十八　在更好的国度

　　8月5日晚，贝伦·阿瓦洛斯"宣布"他父亲弗洛仁科去世了。但10月13日午夜，他亲眼见到，父亲从摇摇欲坠的山里复活了！全世界的镜头面前，贝伦哭得泪流满面，他不由自主地开始鞠躬，站在身旁的第一夫人不断安慰他。弗洛仁科·阿瓦洛斯从救生舱中走了出来，紧紧抱住他的妻子和孩子，并和总统先生、戈尔本部长以及其他救援人员一一握手。几百名来自世界各地的记者和主播都激动不已地报道着眼前发生的这一幕。救援舱周围却异常安静和孤寂——因为一个小时后，马里奥·塞普尔维达才能升井出来。这个"内心如狗"的男人离洞口还有二十米，人们就能听到他的喊叫。"快点儿！"他大喊，声音从圆柱舱体的顶部通过井道传出。"快点儿！"他又大叫，外面的妻子和救援人员都笑了。当"凤凰号"终于升出井外，他发出了动物般的吼叫，大家更开怀地笑了起来。门开了，马里奥立马拥抱了妻子，然后他拿出从井下带上来的袋子，里面装着海拔九十米处收集的碎石。他将石头作为纪念品送给戈尔本部长、救援指挥们以及总统先生。他摘下安全帽，像绅士一样向第一夫人低头致敬。一会儿，他开始拥抱救援人员，不时大喊"牛蛋们"。然后，他就带头高喊起："智利矿工！"他自由、疯狂地挥舞着双臂，直到一名救援人员打断了他，请他取下安全带，毕竟下面还有很多矿工等着呢。最终，马里奥躺在担架上，被抬进了附近的一间候诊室。稍后，他会乘飞机（和其他矿工一起）飞往科皮亚波的医院。

胡安·伊利亚内斯是第三个出来的人，他后面是卡洛斯·马玛尼，智利总统在井道口迎接他，稍后玻利维亚总统也在医院接见了他。之后升井的是小家伙吉米·桑切斯，他爸爸一直在洞口等待。之后是带领大家多次祷告的奥斯曼·阿拉亚，以及写了"三十三人"字条的乔斯·奥捷达。接着，克劳迪奥·雅尼兹摇摇晃晃地走了出来，虚弱地像匹刚出生的小马驹。在这阴沉黎明灰色而柔和的光线中，他年轻的面部轮廓显得尤为鲜明。他紧紧抱住女朋友、孩子们的妈妈，激动得站不稳脚步。后来升井的是马里奥·戈麦斯，这个为了多拉一车矿石、多挣一份钱的卡车司机，他坚持要在救生舱前跪拜祈祷几分钟。第十位矿工出来了，阳光刺穿了阴云，普照着大地。井道上的男男女女对着下面的阿莱克斯·维加大喊："戴上遮阳镜！"阿莱克斯曾担心井下长时间的黑暗会让他变瞎，但现在他却要担心大漠阳光这一潜在危害。救生舱升出井口时，他自觉地戴上了眼镜。他的爱人杰西卡，8月5日早上拒绝跟他吻别的爱人，长时间深情地拥吻着他，像电影中那般热情和炽烈。这个拥抱里充斥着太多的渴望，伤感而令人动容，周围的人停止了鼓掌，变得安静起来，只能听见杰西卡哭泣的声音。

"不要哭，"阿莱克斯说，"都结束了。"

豪尔赫·加利古洛斯和埃迪森·佩纳也先后升井出来了。埃迪森嘴里一直在说："谢谢你们相信我们还活着！谢谢你们相信我们还活着！"后来投到女友（向他求婚，但被他拒绝）怀中时，他还重复说了好几遍。稍后不久，有消息从孟菲斯传来，埃迪森将会受邀去参观猫王故居"雅园"（Graceland）①。接下来，井下数次想法寻找出路的

---

① 猫王埃尔维斯·普雷斯利（Elvis Presley）故居，位于美国田纳西州的孟菲斯市，每年有六七十万游客到此"朝圣"，参观人数在全美名人住宅中仅次于白宫。——译者

卡洛斯·博瑞斯在洞口见到了哭成泪人的老父亲。"镇静点，爸。"卡洛斯说。下一个是诗人维克多·扎莫拉。心理学家伊图拉兑现了对他的承诺，授予他儿子阿图罗"小救援家"的称号。小男孩戴着前面印有当地警察标志的白色安全帽，跟其他小孩子不同，他可以走到救生舱前，帮着打开舱门。刚过正午，维克多·塞戈维亚也走了出来，带着心爱的日记。其后是瘦高、安静的卡车司机丹尼尔·埃雷拉和奥马尔·里伊加达——他曾带着火苗深入到矿井底部。第十八和第十九名是表兄弟埃斯特班·罗哈斯和"野猫"巴勃罗·罗哈斯，"野猫"当天是为了补班，因为之前他为参加父亲葬礼翘过一天班。下午三点左右，达瑞欧·塞戈维亚也升井出来了。他姐姐、"市长"玛利亚并不在场（她在下方营地等候），迎接他的是妻子杰西卡·奇拉。她握住他的脸庞、触摸他的四肢，后来在医院时她也经常这么做，就像母亲不时查看新生宝宝的身体健康一样。"我想看看，他是否完好无损地回来了，"她说，"我觉得他还没意识到发生了什么，他太紧张了。"她仿佛见证了一个中年大男人的新生，这种神奇、超凡的感觉让达瑞欧刚回来的这几个小时成了彩色的回忆。"那种感觉就像是，他开始了一段意想不到的新生一样。"

乔尼·博瑞斯出来时，听到人们大喊："医生！"他并没有立马就见到女友苏珊娜·巴伦苏埃拉，但在经过了几天的私人闹剧后，她确实在场，就站在矿业部长旁边。这些闹剧也在全球的媒体播出过。在最后一次视频电话中，乔尼告诉女友苏珊娜不要担心，他一定会确保她也能在洞口迎接自己。就像丛林之王"泰山"（Tarzan）那般，他说：只要他开口，所有的动物都会照他的意思去做。事实也确实如此。救援人员告诉乔尼合法但已没有感情的妻子玛尔塔说，乔尼想要他现在的女友去迎接他。玛尔塔只能向媒体发表声明，为丈夫的选择表示悲痛。"她是他喜欢的人……我为他感到高兴。"在乔尼被救出的那个早上，苏珊娜在营地厨房煎完了鱼，换上一身新衣服，在警察的护送下赶到了救援现场。

苏珊娜看着乔尼从救生舱中走了出来，明显消瘦了。他正在取下安全带，背对着她。她低声呼唤道："嗨，我的'泰山'。"

第二十三名获救矿工是"CD"萨穆埃尔·阿瓦洛斯，然后是年轻的卡洛斯·布古埃诺和乔斯·安立奎。在外迎接牧师的是相伴三十三年的妻子布兰卡·海蒂斯·贝里奥斯（Blanca Hettiz Berrios）。弗洛仁科的弟弟里那恩·阿瓦洛斯出来时天色已晚，救援现场也暗了下来。之后是克劳迪奥·阿库纳，他刚出来就听到了出生不久的女儿的啼哭声。足球运动员富兰克林·洛沃斯出来后，拥抱了二十五岁的女儿，正是她的眼泪才让联邦政府参加到救援中来。她给了父亲一个全家签名的足球，富兰克林还专门踢着玩了会儿。最后几个矿工出来时，夜幕已经降临。理查德·比亚罗埃尔曾说过，他不会让儿子出生就没有父亲，他做到了。后面是机修组长胡安·卡洛斯·安吉拉；来自塔尔卡瓦诺港市的劳尔·巴斯塔斯；佩德罗·孔蒂斯，他闻到了有生命存在的香甜清新气息。第三十二个升井的矿工是艾瑞·泰特纳，他还得稍等一会儿才能见到刚出生的小女儿。路易斯·乌尔苏亚是最后一个升井的矿工。8月5日，他走进隆隆大山的更深处，只为确保班里所有人都安好，而今晚，他也完成了一项日常的监管仪式：在所有矿工都完好地出来后，他才离开了矿井。他一出来，外面就响起了号角和汽笛声，这欢迎之声响彻整片山谷。他的儿子和总统纷纷拥抱了他。然后，他用很疲惫、微小的声音对皮涅拉总统说了一句话，附近的麦克风差点都没捕捉到。"我是轮班主管，现在该你了。"他对总统说。"好主管。"总统说。到此为止，圣何塞一班三十三人的磨难终于画上了句号。

救援人员曼努埃尔·冈萨雷斯是最后一个离开矿井的人。当"凤凰号"救生舱降下时,他远远地对着直播摄像机,深深鞠了一躬。冈萨雷斯进入"凤凰号"舱内,升井走出了洞口,皮涅拉总统在外面迎接。总统帮着用钢筋盖子盖住了方案 B 通道洞口,并致辞赞扬了矿工和救援人员的勇气和坚持。"今天的智利,已不再是六十九天前的智利了,"他说,"矿工们也不再是 8 月 5 日被困在井下的矿工了。他们被救了出来,更加坚强,也给我们上了深刻的一堂课……今天的智利更加团结、更强大!"那一刻,皮涅拉总统达到了爱戴和支持率的顶峰。

在"希望营地",几千名记者、救援人员和家属都纷纷开始打包返程。那些帐篷、小学校、厨房、祭坛、国旗都不见了。当玛利亚"市长"和被救矿工达瑞欧·塞戈维亚的兄妹们四处溜达着,确保这里被清理干净、规整之时,矿井已经呈现出沙漠考古现场的那种孤寂、荒凉的景象。"我们是最后离开的,那里一个人也没有了。"玛利亚说。只有几个警察还驻守在那里,守着那空空的矿区。事故后第七十四天,下午四点,"我们关闭了'希望营地'这个大家庭"。达瑞欧已经在科皮亚波的医院里,正忙着跟直系亲属团聚。玛利亚决定给他空间,让生活恢复正常。就这样,为了弟弟的自由,她努力奋斗了十周,但还没见上面,她就坐上了返回安托法加斯塔的公车。"离开营地时,我很开心,因为我们赢了,我们赢回了他的生命。但是,我也很伤心,没能跟弟弟见上面。这确实很遗憾。"接下来的几周,玛利亚又推车去烈日当头的沙滩上卖点心去了。回到家中,她在电视上看到达瑞欧成了"名人",世界各地游览、接受荣誉。他们会打电话,但是整整一年的时间,这姐弟俩都没见上面。有一天,玛利亚收到了弟弟寄来的一封信,开头是这样写的:"我为你感到骄傲,'市长夫人'。"

十九　智利最高塔

　　10 月 16 日，在位于科皮亚波的智利社会保障局的会议厅里，胡安·伊利亚内斯带领着六名矿工同事经历了生命中第一次正式的新闻发布会。他们坐在一排麦克风后，因之前被困地下十周，他们的肤色还有些病态般的苍白。三十二名矿工已经出院——除了维克多·扎莫拉，他因牙齿腐烂还得留院医护——成群的记者守候在他们家门口。马里奥·塞普尔维达被秘密护送着离开医院，为避免记者的围攻，他头上还蒙了一条毯子。现在，伊利亚内斯请求记者们尊重他们的隐私。"请给我们留出足够的空间，这样我们才知道如何答复你们。"他说。他还要求媒体不要试图毁坏矿工的整体"形象"，尤其不要诋毁像乔尼·博瑞斯等人的形象，他已经成为很多低俗故事的主人公，人们戏谑取笑他的感情纠葛。"请考虑一下他的精神状态。"伊利亚内斯说。在拉丁美洲，跟其他地方一样，媒体总是先塑造英雄形象，然后再以摧毁这些形象为乐，尤其当英雄们选择不再跟明星体制合作时。伊利亚内斯能感到，面前这群提问的记者可能很快就会将矛头对准自己。他回答了一些极度质疑的问题，比如为什么竟会有人愿意在这危险的矿井中工作——"我需要钱"——他回答说。但是，他拒绝回答与地面取得联系前十七天的任何问题。他们签署了沉默协议，并同意共享任何书籍或电影的收益，所以他们不会讲述那十七天的经历，伊利亚内斯说。从发布会上以及在矿工家门口蹲点的记者的提问中，媒体都在暗示对方给出一些高尚或荒诞的素材。他们认为，这些故事就在面色苍白的矿工们的舌尖上，呼之欲出。你们之间是否发生过内讧？有没有想过性生活？有没有见过上帝？有没有想过吃人？其实，智利的媒体已经在暗示，圣何塞的这些英雄们可能并非如表面那般光鲜高大。显然，这些人是有分歧的。有报道说，当马里奥·塞普尔维达乘"凤凰号"救生舱升井离开时，救援人员无意中听到一些人说："太好了，终于摆脱那个家伙了！"

记者们一直围在维克多·塞戈维亚的家周围，在以矿物命名街区的黄铜街上。一次，维克多穿过记者方阵的围攻走到前门处，他发现还有一些记者已经设法进到了家里，其中有智利较为出名的媒体人士圣地亚哥·帕夫洛维奇（Santiago Pavlovic），智利《特别报道》（Informe Especial）节目中戴着眼罩的主持人。还有记者正在厨房和他的母亲谈话，有的记者从亚洲远道而来。维克多想去后院喝杯啤酒，可那里也有记者。他的亲戚们都说："快告诉他们，让他们离开吧。"与此同时，维克多还在尽力宽慰七十七岁的老父亲。老塞戈维亚生病了，记忆力越来越不行，可当第一眼看到十周未归的儿子时，他却哭了起来。"我以前从未见他哭过，"维克多说，"他一直很坚强。"最重要的是，维克多无法理解家人对待自己的方式，好像他成了名人、很有钱一样，他们看自己的目光都充满了敬畏与憎恨。他们对他没有耐心，总希望看他笑，一直在问他下一步的计划是什么。毕竟现在他不用再工作了，因为智利所有人都知道，一个大富豪曾说过，他会让维克多和其他三十二名矿工都成为百万富翁。甚至多年前抛弃维克多的前妻也突然露面致歉，希望获得他的宽恕。这一切都很怪异，跟梦境一般，就像戴眼罩的主持人怎么会莫名其妙地从电视里来到自己的客厅中盯着他问："我们能谈谈吗？"

媒体爱极了这三十三人——也开始憎恨他们。智利新诞生的民族英雄竟是一群平凡的劳工，他们竟敢蛮横地无视记者们提出的紧迫问题，因为他们计划自己斩获这些故事和经历的版权收益——不是在圣地亚哥，而是要搬上好莱坞的大银幕。有些矿工为了或大或小的金钱诱惑，讲述了一点点故事——"他要了五十美元，但总感觉他有所保留。"采访过一名矿工的日本记者说。如果不是智利媒体必须塑造英雄的话，他们可以轻易地诋毁、搞垮这群矿工，让他们成为平民主义嘲笑的对象。首先，有几家媒体报道指出，国家为实施救援耗费了巨大的财力：政府估计至少有两千万美元，包括接送现场技术专家的交通费用、海军建造"凤凰号"的成本费用六万九千美元、国家燃油公司为各种钻机和卡车所提供的接近一百万美元的燃油费用。10 月 19日，智利小报《第二日报》（*La Segunda*）的报道还加上了矿工们的礼物成本费用：每人"度假、服装、募捐等"的费用超过三万八千美元，包括每副价值四百美元的欧克利太阳镜（Oakley）、苹果公司捐赠的最新版触摸屏 Ipod 播放器，以及前往英国、牙买加、多米尼加、西班牙、以色列以及希腊等地的计划旅行（矿工们受各级政府官员和企业家的邀请前去拜访）。其实最后并非所有旅程都成行了，也只有少数几人参加了所有旅行。但是，路易斯·乌尔苏亚感觉得到，人们的态度发生了变化。"《第二日报》的那篇报道后，人们开始觉得，我们是在捞钱。他们都戴上了有色眼镜。"不过短期来看，人们还是很热衷赠予他们礼物。《第二日报》的统计发表后几天，川崎重工（Kawasaki）智利分公司就给三十三人每人赠送了一台新摩托车。这是我们最昂贵的型号，公司总经理说（每台价值三百九十万比索）。"关键是，这些矿工们值得拥有这些摩托车，"公司执行总监跟电视台记者说，并设法将自己的品牌与矿工们联系在一起："这些人代表着勤劳、奉献、坚韧以及克服险境的能力——这些也是日本最重要公司之一，我们川崎重工所体现的品质。"富兰克林·洛沃斯代表工友们接受了这份礼物，并且说了自回到地面就反复阐述的话："我们不是人们所说的英雄。我们只是受害者。我们不是影星，不是好莱坞明星。"

几天后，艾瑞·泰特纳跟妻子和女儿"小希望"出现在马德里，接受西班牙某访谈节目主持人的提问。我们要送给你一份礼物，主持人说。这时，穿紧身连衣裙的年轻女孩从后台走了出来，推着一辆全新的折叠式婴儿车。艾瑞西班牙之行的下一站就是圣地亚哥伯纳乌球场（Santiago Bernabeu），世界足球的圣地、皇家马德里俱乐部的主场。跟其他三名矿工一起，艾瑞享受了一番 VIP 待遇的巡游，在电视台摄像机的全程跟踪下，去球场里走了一趟。"这是我迄今经历的最美好的事情。"艾瑞透过欧克利眼镜的镜片仰视着那八万五千个空座位说道。那时，艾瑞的笑容里有种奇妙的天真，当他转身看向这一切时，脸都笑开了花。

从圣何塞深暗山洞中出来后的头几周里，三十三名幸存者站到了公众媒体赞誉的闪光舞台上，可同时，他们的内心却充斥着那任凭大山摆布的凶险十周的回忆。埃迪森·佩纳也跟其他人一样沉浸在媒体的聚光灯和溢美之词里——这个在井下跑步锻炼、高唱《伤心旅馆》（Heartbreak Hotel）① 的家伙，似乎成了力量和人类乐观精神的象征。在隆隆的大山内坚强存活下来后，埃迪森·佩纳看到，地上发生的现实依然残酷，太多人开始干涉他们的"正常"生活。埃迪森的思想是滞后于身体的：他的思想还在深暗的大山之内，还能看到塌方反复出现，还被困围在绞刑架巨石之后。作为智利"大使"、采矿和慢跑文化的代表，他在世界各地巡游之时大山也如影随形，跟他前往东京、密西西比州图珀洛（Tupelo）② 等很多地方。而回到圣地亚哥，这些痛苦的回忆更是经常萦绕于心头。"所有平淡的生活、轻松的经

① 美国摇滚乐史上影响力最大的歌手"猫王"埃尔维斯·普雷斯利的一首歌曲。——译者
② "猫王"出生之地。——译者

历，都会让我很吃惊。"埃迪森说。"看到人们正常的生活，我很震惊，我会忍不住说：'嗨，我呆的地方可不这样。在我们那里，每天都要跟死亡决斗，挣扎着存活。'我出来后，发现了'平和'这个怪物。这完全吓到了我，吓到了我们很多人。"井下，埃迪森用跑步来忘却所处的困境。而现在，在地上，他也跑步，想要摆脱平静的状态。10月24日，被救后十一天，埃迪森·佩纳参加了圣地亚哥举行的三项全能比赛中的一项，跑步十点五公里。"医生们，还有心理专家给我制订了严格的养生和体能计划，"埃迪森在竞赛前对某电视台记者说，"我觉得有点不正常。"埃迪森也私下或公开跟别人坦白说，觉得自己情绪不稳定，但他依然接受邀请去观看了纽约市举办的一场马拉松比赛。在纽约时，他在《大卫·莱特曼秀》（David Letterman show）① 上唱了一首"猫王"的歌，比赛开始前又出席了记者招待会。为什么在井下跑步，有人问。"我在跟矿井示威，'我肯定跑得过你，我要打败命运。'"埃迪森回答说。事故前，比起慢跑，埃迪森更喜欢骑自行车，但他不愿只做纽约马拉松比赛的观众，他也要参赛，并且会尽力跑完全程。医生和邀请他的当地跑步俱乐部的几个人都劝他说，未经训练就跑马拉松简直是鲁莽之举。但是，埃迪森执意如此。果然，大约一小时后，他的膝盖就开始酸疼，后来他还坚持步行了十英里，在两名墨西哥裔宾馆服务员和几名跑步俱乐部人员的全程扶护下，埃迪森最终跑完了全程（耗时五小时四十分钟五十一秒）。"我与自己斗争，也跟疼痛对抗。"后来，几名工友们都说，纽约之行对埃迪森·佩纳很不利：正是在那儿，他开始严重酗酒。"如果我们真正团结，就会照顾埃迪森，而不是眼睁睁看着他崩溃颓废。"年轻矿工佩德罗·孔蒂斯说。在纽约，埃迪森跟女友为是否应该旅行的问题产生了激烈的争论，但每次有人邀请他都无法拒绝。"好像成了木

---

① 美国哥伦比亚广播公司（CBS）此前知名的晚间脱口秀节目。——译者

偶。我们都成了任人摆布的木偶。被带去这儿、带到那儿。'这样站。这边，那边。灯光下。'我们想从井下出来，想改变世界。我们经历了重生，啊啊啊……那第一年——我不知该怎么解释，反正很难捱。收拾好行李，排好队。做这个，做那个。做做做！我心想，真的——我们好像都没有了生命。"一月份到达孟菲斯"雅园"赶上"猫王"的诞辰纪念日后，埃迪森更是快速地堕落了。在另一场记者招待会上，埃迪森用带口音的迷人男中音唱起了《你的奇迹》（The Wonder of You）中的几句歌词。"我做什么都是错/你却给我希望和宽慰。"在"雅园"，他全身心地演绎了一个生活在布鲁斯音乐忧郁世界中的男人。在完全不知埃迪森所遭受折磨的情况下，还没等他唱完，好几个听众就发出了感同身受的尖叫。

最初的几周，矿工们向心理治疗师倾诉。"女友说，我会在半夜里惊叫着醒来。"卡洛斯·布古埃诺告诉心理治疗师，他之后要靠服药帮助睡眠。"整夜整夜，所有的回忆都在我脑海里盘旋不去。"佩德罗·孔蒂斯说。而在白天，周围虽是长久的沉寂无声，脑海里伴随的却是巨大的嘈杂。佩德罗和另外五名矿难幸存者登上一辆厢式货车，竟然全被引擎点火启动的声音吓得瘫坐在地。布古埃诺、孔蒂斯与为数不少的幸存者一起，在科皮亚波的智利社会保障局诊所里参加了一项群体治疗项目。每当治疗师出于保护隐私的考虑关上诊所门的时候，好几个人会应声站起准备逃离。"你把我们锁在这里面了！"其中一个喊道，"别把我们关起来！"封闭的空间，加上周围面孔都是当时一起被困的矿友，这让他们几个又重回被困地下时的情绪状态。"我们会走过去把所有窗户都打开，"孔蒂斯说，"因为压力实在太大，他们没办法把大家都聚在一起开展治疗。"他们以单个到访的形式继续心理治疗师的课程，但大多数人仅坚持了几个星期。

心理学家伊图拉非常不赞同以这种方式对幸存者开展灾后心理疏

导。他认为，应该让他们先休假一到两周，然后回归到全新的中等强度工作环境中（当然，这些工作都应该是地上的）。然而，他的多数建议都未被采纳。与此同时，大多数人继续坐在家中，等着享用自己声名远播带来的果实。对于被邀约参加各种以他们的名义举办的官方或非官方活动，他们感到责无旁贷。"他们成了纪念品，成了某种代表。"伊图拉说。硬让一个人去代表能力或权限范围之外的东西，这无疑是将他推到无法认知真正自我的边缘。"最糟糕的莫过于所有人都称他们为英雄。"一位幸存矿工的妻子说。那个竭尽全力解决了这一史无前例技术性难题的政府，那个殚精竭虑营救出三十三条普通人性命的政府，同样应该意识到，这些普通人在被救之后将要面临的心路历程也是史无前例的。然而，他们所经受的那些显而易见的折磨，多数都展现在自己家庭的私人空间中，没有任何官方机构走上前来勇敢地承担起帮助他们重建正常心理的责任。

取而代之的是，10月下旬，三十三人被邀请参加在拉莫内达总统府邸举办的一个公众庆祝活动。这次活动之后，弗洛仁科·阿瓦洛斯还有其他几个人再也不想出现在这种场合了。"我去拉莫内达宫是因为之前从没去过那儿，而且一直以来总想去看看。但那次活动之后，我再也没有去参加类似活动了。"三十三人还被智利政府授予二百周年纪念勋章，表彰他们的英勇行为铸就了智利共和政府二百年来最引以为傲的成就之一。他们听了总统的演讲，那次营救活动被描述成皮涅拉在任期结束前希望达成的一个具有隐喻性质的活动。总统先生在讲到建设一个没有贫困的国家、让劳工们享受更好待遇的时候说，那个七百米深的营救通道是"由我们的工程师和技师们"精巧打造的，并成了"连接生命、信念、希望和自由的桥梁"，它不会是智利完成的最后一个杰作。

对圣何塞矿场的三十三人来说，他们应该像智利这个国家一样，对未来充满憧憬。12月，他们前往圣地亚哥拜访律师事务所，他们又被抬到了一个新的高度。在一系列的推荐之后，矿工们选择了这个国家最大的法务公司，卡利（Carey）律师事务所，委托其将矿工们在地下达成的口头协议转换成具有法律效力的文件。卡利的专家团队还将作为他们的代表，通过与在纽约和洛杉矶的人才机构、美国政府和阿伦特·福克斯（Arendt Fox）法律公司联系，谈判电影和书籍的出版权。卡利在提供一切的同时要求他们集体前往其公司的新办公地点参观，那是在当时智利最高建筑钛合金塔的第四十三层，坐落于圣地亚哥风头十足的街区——"圣哈顿"。

卡利委派了十名律师起草协议，他们都是这个国家最优秀的律师，个个聪明能干、胸怀壮志，他们掌握多国语言，在智利、欧洲和美国的不同法律学校和机构接受过专业培训。当终于面对圣何塞的矿工们时，这些最优秀的人才也肃然起敬。"当你看到他们，你能感觉到一种势不可挡的爱国热情。"其中的一位律师说。看着这些智利普通人的眼睛，就像看着智利的国旗，就像看着安第斯山脉，然而这种敬畏感在他们一坐下来谈论正事的时候就消散无踪了。律师们准备了一份二十页的协议，还有一份幻灯片演示，而矿工们很快就对在智利和美国如何执行知识产权这些细节问题失去了兴趣——一名年轻矿工甚至坐在后面玩起了手机游戏，看上去十分幼稚，一位律师指出。

演示结束之后，律师们起身离开会议室，由矿工们自行讨论决定是否同意这份协议。那间谈判用的会议室位处四十三层，是整个拉丁美洲最令人印象深刻的房间之一，它因面对着安第斯山脉的"曼克胡阿峰"（Manquehue）而被称作"曼克胡阿房"。讨论简短而实际，但几位矿工对马里奥·塞普尔维达非常不满，因为他接受了BBC一名记者的访谈，而从这名记者写的书里矿工们拿不到一分钱。此外，马里奥还单独跟一名拉丁美洲的电影制作人谈判了电影版权，那名制作人承诺支付一笔天文数字的巨款。与卡利公司的协议建议创建一个新的机构，名为"矿工知识产权股份有限公司"（Propiedad Intelectual

Minera，S．A.），而这份协议只有在所有三十三名矿工都同意的前提下才能生效，这三十三人当然包括马里奥·塞普尔维达。马里奥，这个像狗一般的家伙，是智利时下最受欢迎的人之一，他完全可以说走就走自己去签协议。"马里奥非常清楚自己具有怎样的影响力。"一名律师说。他甚至跟律师吹牛说自己可以打个电话，"今天下午就跟总统一起喝茶"。

马里奥·塞普尔维达迫于同伴的压力，预想到他如果一意孤行可能会在媒体面前挨揍，最终也同意了这份协议。"矿工知识产权股份有限公司"就此诞生，而这些 8 月 5 日进入全智利最不堪的地下洞穴工作的人，由此可以在全智利最高塔里体会片刻身为公司"大咖"的感觉。这座摩天高楼的高度甚至不足圣何塞矿井深度的三分之一，然而从它的会议室窗口放眼望去，阻挡视线的只有圣地亚哥南半球夏季的轻雾。整座高楼光线充足，矿工们身处半空望去，可以看到马波丘河（Mapocho River）畔正在修建的一条高速公路，这是象征着智利跻身"一流世界"的巨大工程。一个新的智利正在诞生、前途无限，正如这些矿工们一样。就像总统先生说的，他们象征着这个国家不屈不挠的精神。国会还给他们每个人都颁发了勋章，铸就这些勋章的矿石，正是那些在智利山脉下吃苦卖力的人们开采得来的。

二十　地下的故事

　　一月份，在广泛宣传的迪斯尼乐园畅游中，圣何塞的矿工们都戴着有黑色米奇耳朵的黄色定制矿工帽。二月份，二十五名矿工拜访了中东的宗教"圣地"（Holy Land），以色列旅游局给每人赠送了一顶纹饰有"以色列爱你"字样的帽子。圣何塞矿工们很感恩迪斯尼公司能提供这次机会，让他们和家人畅游这"地球上最快乐之地"；他们也很感恩以色列政府安排他们前往圣墓教堂（Church of Holy Sepulchre）、约旦河以及众多圣地，向拯救他们生命的信仰表达敬意。在这些环球旅行中，除了感恩之情，他们还感受到一些莫名其妙的名人待遇。"就像对待摇滚明星一样——压力很大，"参加了两次行程的佩德罗·孔蒂斯说，"到了迪斯尼乐园后，别人竟然想摸我们，仿佛我们都是上帝，或几乎是上帝。"前往"奇幻王国"（Magic Kingdom）的一名游客在主干道上看到一名头戴黄色安全帽的人物，自称为"智利矿工"。这名游客记起了安全帽人物背后的故事：他从人类历史上最深的石墓中被救了出来。我们不会经常见到奇迹中的人和物，于是，相机镜头纷纷对准了这个黄帽人物，游客们尾随其后一睹风采。"是的，我们能活下来确是奇迹。我们感谢上帝，感谢帮助过我们的恩人们。"佩德罗说。"但是，就像是一部关于圣周（Holy week）①的电影，大家都跟在耶稣的身后。"陌生人们的这些奇怪表现也出现在了"圣地"中。

回到智利后，佩德罗决定不能再任这种英雄或《圣经》故事人物的感觉继续发展了，他的生活必须回归正轨。首先，他买了一辆二手吉普车，并没有购买被困井下时朝思暮想的黄色卡马洛。更重要的是，他决定考大学，拿下电子学专业学位。但开始上课后，他又成了校园里唯一的名人。"我想要放松，可一切都跟我作对。"他说。电视新闻报道和长时间的安静都会令他想起井下的那段时光；看到女友和亲人的脸庞，那段远离亲情、被困井下的感觉又会涌现出来。一天，佩德罗哭着离开了课堂，翘了两天的课。"感觉快要溺水了。"他觉得，自己让所有的人失望，会辜负所有人的期许。他尽力跟帮助他的专家解释这些感受。"心理学家也不理解。"他说。

从圣何塞井下解放的头几个月里，维克多·塞戈维亚并没有做噩梦，也没出现一无是处的自卑感。但是，他的电话一直在响，都是朋友或亲人的来电。他们认为维克多能制造神奇，解决他们的问题。当然，这并不是说他有神奇的超能力，他们基本都是冲着他口袋里的钱来的。他们来电说自己遇到各种困扰，提出各种无厘头的请求。"维克多，我身体出问题了。""兄弟，我家里出事了。""我需要一百万比索。""他们要收回我的电视和家具，帮帮我！"维克多说，他们简直把自己当成"银行"了。"有个家伙给我打电话，要借一百美元，"他说，"可他连一杯啤酒都不请我喝。""只是为了捞钱。"他被各种需要帮助的朋友所包围；最后，亲戚的朋友，还有朋友的朋友都开始朝我借钱。后来，维克多终于决定不再借钱给任何人了，可那时他已经借出了大约六百万智利比索（大概一年的收入），当然大多数都是有去无回。

---

① 天主教和东正教名词，指复活节前的一周七天，用以纪念耶稣在世最后一周的事迹。

我跟他们约见那会儿，大家都开始意识到救援后的财富并没有想象中那般丰厚和持久。跟维克多·塞戈维亚一样，他们的法卡斯资金消失得很快——一百万比索并不像过去那般耐花。大多数智利人都觉得，他们卖故事会获得很多金钱，所以并没有人响应法卡斯的号召，为每人募捐一百万美元。理查德·比亚罗埃尔是我私下接触的第一名矿工，我们在科皮亚波某餐厅的餐桌旁见的面，当时餐厅里并无他人。他跟我讲了很多，比如，他用大扳手用力敲打通下来的钻头；他从小便失去父亲；以及他大儿子家最近刚生了大孙子等等。然后，他谈到了当下和当前的心理状态，现在他没有忙着出国旅游了，他已经回家，那段经历的重压感越发明显。"现在，才是最难过的部分，"理查德跟我说，"我对什么似乎都不在乎。我变得更严肃、更强硬，不会为任何事情落泪。我妻子也注意到了，不管周围发生了什么，我好像都不在乎。脑子里一片混乱。现在，我正跟你谈话，可突然间，我就会不知所云。只有你提醒，我才能记起刚才聊了些什么。"我问他有没有去看心理医生或精神病专家。我看过，他说。但是，接待他的专家说："你没事，可以走了。"理查德回应说："我没事吗？但是，我感觉自己变了。问我妻子，她会告诉你我从前如何，现在又怎么样了。"

去矿工们家里约见时，好几名妻子和女友都说过类似的话：走出矿井的这个男人已经完全不是进去之前的那个人了。"我们熟悉的那个阿图罗还在矿井里。"杰西卡·奇拉跟我说，在家里，大家一般称呼达瑞欧·塞戈维亚的中间名字。现在的达瑞欧·阿图罗·塞戈维亚成了一个坚忍、呆板、冷漠的家伙。"你打他，他也不说话。他对所有的事情都麻木了。"甚至他六岁的女儿都说，"他不是我的阿图罗爸爸了。"杰西卡期望回到从前那美好惬意的日常生活，连轮流接女儿回家都其乐无穷。

"我们过去的生活那么美好有序。"杰西卡在自己客厅里对我说道。

"是，有序的生活，美好。"达瑞欧说。

"他还给我做饭。"杰西卡说。

"是。"达瑞欧说。

"现在，他可不做了。"杰西卡说。想到从前的硬汉子达瑞欧充满爱意地为自己做饭，她就笑了起来。当然，这笑声还是因为，尽管阿图罗变了很多，但是她能感觉到，他正在好转。"两三个月前，情况更糟糕。"

在与乔尼·博瑞斯同居的家中，苏珊娜·巴伦苏埃拉亲眼目睹了她的"泰山"所遭受的种种困扰与折磨。每天太阳下山，窗外黑起来后，他就非常沮丧。有时，乔尼会半夜醒来，戴上那顶旧安全帽，然后就在黑暗的客厅里呆坐着，开着矿灯，好像他又回到了圣何塞的深洞之中，又听到了远处隆隆的雷鸣之声。有时，他还会莫名尖叫，捶打沙发的软垫。"我不知该如何是好。"苏珊娜说。这种情况持续了好几个晚上，后来苏珊娜打开了客厅的灯，抓住、抱紧了他，说，"醒醒，快醒醒，笨蛋，都结束了。"接着，他又整日整夜地睡，一直睡啊睡，简直太不正常了。再然后，他就彻底失眠了。苏珊娜给他做了点心和牛奶，放在托盘上拿给他，还假装是他的生日，给他唱起了生日歌。**"祝你生日快乐……"**就这样，她一直坚持了好几天，每天都会做生日点心，拿来温热牛奶，唱起生日祝福歌。另外，她还让他再去看精神专家，之后，他才开始慢慢平静了下来。

就在这种情况下，我第一次来到了乔尼和苏珊娜家中，在客厅里跟乔尼交谈了两个多小时。客厅里，显眼处摆着几张乔尼和苏珊娜拥抱的相片，救援后拍摄的，乔尼在女友的怀抱里显得很清瘦、苍白却非常幸福。当回忆起塌方和那段忍饥挨饿的日子时，乔尼流了很多眼泪。可很明显，与人分享这段经历，再传播这个故事，是一种精神的宣泄。"我很高兴，你来了，他跟你聊了那么久，感觉好像他终于肯放手了，"苏珊娜后来跟我说，"他是打算遵守承诺，不跟任何人讲述那段经历的。"

几个月后，我再次来到了乔尼的家中，是在妻子玛尔塔起诉了他之后。我跟编剧乔斯·里维拉（Jose Rivera）和制片人爱德华·麦古恩（Edward McGurn）一同前往，我们跟苏珊娜问起了她男友的妻子，她建议我们亲自去找她。"玛尔塔就住在旁边的街区，"苏珊娜说，"乔尼可以带你们去。乔尼，去，带他们过去。"她命令道。乔尼沉默着不想去，苏珊娜爽朗地大声笑道："别紧张，我又不会咬你！"

乔尼走到街角，穿过马路。这个闻名世界的圣何塞"唐璜"，隔着好几户人家，给我们指了指妻子的房子，他脸上露出一丝温和或狡诈的微笑，我根本分辨不出到底是哪种。

我们跟玛尔塔·萨利纳斯谈了几分钟，她就站在便利店柜台的杂物后面。这店还是乔尼贷款买的。玛尔塔说，她把乔尼从矿井里写给她的信卖给了一名美国记者。交谈结束时，她问道，"乔尼拿到拍电影的钱了吗？"

"没有，女士，"我回答，"还没有。"

除了这三十三人，很少有人准确知道乔斯·安立奎在井下说过什么，但全世界都称呼其为"牧师"。从圣何塞出来几周后，在圣地亚哥礼堂大小的福音会教堂里，安立奎给激奋的信徒们进行了一次演讲，还有几位矿友也在场。"我能看到，在上帝面前谦卑下来的三十二人。"他站在讲台上说道，简单讲述了地下他带领矿工进行的祈祷。"现在，感谢主，我有机会在此证实上帝的伟大能力。上帝在那里的恩慈无可否认。谁都不能剥夺那份荣耀。这也是我们在这里的原因。"他说，还挑衅般举起一个拳头，就像高尚事业取得重大胜利的勇士一般。在接下来的数天、数周内，乔斯·安立奎很可能会从知名的"牧师"沦落为牟取利益的巡回演说家，因为三十三人签署的协议规定，谁都可以谈天讲话，但绝不能泄露最初被困十七天的关键细节。大部分时间，安立奎都在家里呆着，极力淡化自己的角色和作用。演讲时，他也煞费苦心地指出，自己并不是一名真正的牧师。"我觉得，上帝在矿井里看到了谦卑，正是谦卑才赢得了上帝的恩慈。"安立奎在接受一位基督徒广播员的采访时说道。谦卑让安立奎承认，自己并非牧师，因为这一职业的人必须经历各种苦难，才能将上帝之言传达给别人，就跟他的祖父一样：多年来骑自行车从一处膜拜之所到另一处宗教之地。"我只是一名下井的矿工，看到了事情的后果而已。"

第一个升井的工头弗洛仁科·阿瓦洛斯拒绝了所有行程邀请，包括特邀他出行的大不列颠之旅。事故周年纪念日，科皮亚波阿塔卡马地区博物馆专门举办了有关矿工的一次展览，他也没去，尽管有总统发表讲话并请求他出席，并且展览地点离家只有十分钟的车程。"我对这些事都没有兴趣。"他告诉我。我去过他家三次，听他讲述圣何塞矿井里的故事经历。他说话时带着一种惊奇和感恩，完全不像矿友们那样被这份记忆所折磨。弗洛仁科已经回归常规生活，接受了一家矿场的一份地上工作，他的儿子们也照常上下学。"我工作，这样儿子们就能安心学习了，"他说，"如果我不去工作，他们肯定就不去学校了。"我们就这样在客厅里坐着聊着，在科皮亚波中产阶级社区他的双层公寓中。他邀我留下来吃午饭，就在8月5日那天他妻子为他准备好汤的那个餐厅里。后来，他的大儿子塞尔萨·亚历准备出发去学校，我看到他吻了吻母亲和父亲的脸颊后告别离去。在北美，人们不常见到十几岁的年轻人会这般爱戴父母，但这在南美却司空见惯。一班矿工工头跟儿子的温馨场面让人很受感动。跟阿瓦洛斯家的所有传统一样，在弗洛仁科井下重生后的岁岁年年中，这些举动都将被赋予更为深刻和丰富的内涵。

当饥肠辘辘、快要饿死时，弗洛仁科想到儿子们会长大成人，各自过着将来的生活，那里没有可以亲吻的父亲。很幸运，这种无法相伴左右的悲剧并没有发生。

在第三次智利之旅的后期，我已经见过了所有矿工，除了一人。维克多·扎莫拉不仅很难联系，他还想从我还有电影制片人那里多要一笔钱。终于到达他位于铁拉·阿马里亚高速路出口处的家中，我们看到车道上停着一辆撞碎的小车。扎莫拉打开门，走了出来。在从井下送上地面的第一段视频中，那个向救援人员致谢的自信男人早就不见了踪影。眼前这个蓬头垢面、迷茫困惑的人引人无限唏嘘。他说自己抵押了妻子的首饰，如今期限已到，可他攒不齐拿回首饰所需的一百二十万比索。电影制片之一莱奥波尔多·恩里克斯（Leopoldo Enriquez）是智利较为成功的金融家，他看了眼抵押协议，说："这属于高利贷。"他同意帮扎莫拉付清贷款，然后，我们就走进了他拥挤的客厅。

维克多·扎莫拉说，外面那辆破碎的车是他的。他开始做生意，买卖水果（屋外还有一大堆烂水果），得开车各地跑。最近在高速路上，他突然昏了过去，撞上了一辆大卡车。维克多一直在睡眠驾驶。他的潜意识，听起来荒谬但真实，总想把他拉回到矿井里：他发动汽车，朝目的地驶进，然后就会陷入晕眩状态，等睁开眼就发现他正在开往圣何塞的路上。维克多说，大山深处的那些记忆一刻都没停下对自己的精神折磨。"最让我困扰的是……我总会看到自己的死去，看到同伴们的慢慢死去。"他告诉我们。同时，在避难所附近，他也看到了矿友们所表现出的人道与脆弱，前所未有的清晰。但这却让亲眼目睹他们慢慢走向死亡的现实更加艰难和痛苦。"在那些关键时刻，你能见证人性的敏感、爱的诞生、团结一致，还有危难时刻的兄弟情谊。"维克多点着了一根烟，边抽边说。这根香烟，还有这样的交谈，似乎让他慢慢地静了下来，这样他才能鼓足勇气跟我们讲述自己在井下的经历，尤其是饥饿难耐的那第一个夜晚。

几个月后，我正在科皮亚波采访路易斯·乌尔苏亚，突然他接到了扎莫拉的来电。他问乌尔苏亚，"三十三人协会"，乌尔苏亚领导的非正式团体，能不能借给他一小笔资金。这不是第一次了，乌尔苏亚说。年轻时的他在街上流浪，靠着旁人的慷慨与仁慈过活。逃离圣何塞后的几个月里，他又回到了小时候的状态，重温了那种孤立无助的境地——只是如今，他拖家带口，有一个妻子和两个孩子。最终，他跟家人离开了铁拉·阿马里亚，回到了他曾经流浪的阿里卡市，离智利北部边境八百英里，二十四小时的车程。在那里，他找到了工作。

　　远离科皮亚波，远离圣何塞矿井，确实对维克多·扎莫拉大有裨益。一年后，我再次跟他谈话时，他已经彻底变了。海滩边长时间的漫步以及倾听亲友们诉说他们自己的问题，将他拉回到了此时此刻。我跟他在电话中交谈，他听起来又成了视频中那个自信、自我的家伙。"有人想跟我聊天，我从不拒绝。"他说。他开始理解，他可以重新塑造那段记忆，激励自己成为更好的父亲和丈夫。"活着的意义还有很多。"他告诉我。

　　扎莫拉所经历的那段危机很严峻，而深陷抑郁和酗酒漩涡的埃迪森·佩纳则更加危险。"一个问题就是，我们无事可做，那大把大把的空闲时间害惨了我们。"埃迪森跟我说。然后，他就开始讲述自己最低谷的那一刻。自 8 月 5 日起，埃迪森似乎旅行了好多地方，比如，深入过深暗轰隆的大山、行走过耶路撒冷的鹅卵石街道。每次回家后，他都会喝酒。"在我的理解中，那些登上月球的家伙，事后都想去酒吧里一个人静一静。这是最糟糕的事情，一个人买醉。"救援一周年纪念日临近之时，因过度饮酒和自杀言论，他被监禁在圣地亚哥一间诊所内。"为了我自己的安全。"他说，他们不准我离开这个配备完善的小型诊所，从外面看，这里跟智利富人们的别墅差不多。

　　"我在那里坐了一小时，我就想死……我开始感到被困的恐怖。"

埃迪森告诉我。他忍不住会将精神病院那紧闭的大门想象成矿井里的那堵巨石墙。"我问他们，能不能让我出来过独立纪念日，他们说，'不行，风险太大了。'所以，我的第二个'9·18'，第二个国家独立纪念日，又在监禁中度过了。"曾有一度，他被捆绑着放进装满软垫的病室，他说，为了避免他自我伤害。

"你被监禁了多久?"我问他。

"想不起来了，"他回答，"也别让我再想了。我讨厌针头和那里的一切。"

他的心理崩溃以及随后被监禁所带来的屈辱，是又一个需要克服的挑战，他说，"经历了那些后，我不知该如何保持好情绪，也不知如何向别人展现自己的积极一面。我觉得，要做到那些，需要喜剧演员的天赋，但我可不是喜剧演员。我确实想过，埃迪森·佩纳要给人们展示不一样的自己，更积极的……最重要的就是，能够谈论那段经历，要理解这只是生命的一段历程。很多遭受那般经历的人都不愿往事重谈。如果你能说出来，那是一种天赋。如果你能坐下来，跟不太熟的人谈话，谈论那些经历的种种，那才是了不起。那是勇气。是认识自我的过程。"

显然，埃迪森·佩纳很了解自己，就跟熟悉三十三人中每个人一样，但这并没有让健康生活变得简单。跟我谈话后几个月，在阿尔加罗沃（Algarrobo）海滩度假地跟影片制作方进行了一天的会议后，他又喝得酩酊大醉、不省人事。那之后又几个月，他跟其他矿工们都赶往科皮亚波，参加乌尔苏亚和协会其他领导召集的一次会议。这次，大家见到了一个不同的埃迪森·佩纳，一个从未见过的全新佩纳。"他已经不喝酒了。"乌尔苏亚说。这个鼓起勇气在井内奔跑、不经准备就跑完马拉松全程、用陌生的语言给陌生人唱"猫王"歌曲的家伙，如今正鼓足勇气戒酒。看到埃迪森争取清醒生活的努力，比看他在圣何塞深暗中跑步更加令人钦佩。

经过数月的谈判之后，政府批准给予老矿工们一笔养老金。年轻矿工也有一笔补助，但根本不够维生，因此他们都拒绝了。几个年轻矿工接受了国家铜业公司 Codelco 提供的梦寐以求的地上工作，虽然这意味着他们必须举家南迁。艾瑞·泰特纳，被困时女儿"小希望"降生的矿工，还没准备好离开生他养他的故乡。他选择留在科皮亚波，失业在家。他很少走出家门，但"我不想在家里呆着，我会对每个人都发怒"。最终，这个一年前全智利最有名的新晋爸爸离开了妻子和小女儿。"我们已经分开三四个月了。每次令她们失望，我都有清楚的意识。我想改变，却改不了。"他告诉我。经过一番独处反思后，"我意识到，重新工作才是解药"。艾瑞·泰特纳回到了妻子和孩子身边，接受了朋友卡洛斯·博瑞斯说起的一份当地工作机会。这份工作需要一名能将凿孔机工人升起举高的机器操作员——在一个地下矿井里。

圣何塞井下逃脱还不到十八个月，艾瑞·泰特纳就又开着卡车进入了另一矿山的矿洞之中。"第一天，我觉得有点怪，"他跟我说，"也不是害怕，我也不知道，就是不想呆在那儿。"所有的工人都把他当名人看，这又让那次经历多了一份奇妙。"第二天，我开始害怕。听到钻机的声音，我就想起了救援钻机的砰砰声。到第三天，我就开始适应了。"之前，他跟医生和心理专家们谈论过很多次有关矿难困后创伤的问题，可如今，他又被迫进入深暗之中。几小时后，这种地下工作必然的危险性和他克服恐惧的能力（他并没有恐慌，也没有逃离）更让他觉得，或许，这里才是他的归属。当然，令他欣慰的是，这个矿井更好、更安全，"不大也不小，刚刚好"。"第四天，我开始喜欢上这里。"他说。地下采矿工作回报丰厚，很快他就攒够了钱，买下了之前租住的房子，并开始进行一系列装修。

艾瑞·泰特纳兜了个大圈子，又回到了原点。他冒着生命危险工作，只想为家人提供舒适的生活。被困圣何塞井下那六十九天为他带来了西班牙直运过来的顶级婴儿车、各种各样的国旗和纪念品、智利国会颁发的奖章以及那些旅行的美妙回忆：佛罗里达迪斯尼乐园千载难逢的畅游、以色列"圣地"的敬畏与触动，还有马德里足球场里那精彩的对决。

对圣何塞曾经的总经理卡洛斯·皮尼利亚而言，矿井的遗址是当地的耻辱。"我不会再在这里找工作了。"他在科皮亚波的家中跟我说。他也没再跟任何人说起过圣何塞的那些事情。矿工们被发现都活着的那一天，"是我一生中最幸福的一天，那种幸福超越了我结婚和大儿子出生时的喜悦"。他知道，矿工们都觉得他才是导致这次磨难的罪魁祸首，他在一份国会文书中看到了大家的事故后证词。在科皮亚波某办公楼，他遇见了一名矿工，彼此交换了几句激烈的言词：皮尼利亚说，他至今还不明白矿井为什么会塌陷，他也一直不相信 8 月 5 日那天会发生塌方。但是，这次事故却让皮尼利亚决定改变，尤其是再回到采矿这一行后，他开始反思自己的为人。"我对人更加亲和了些。"他告诉我。一小时的访谈最后，他看起来垂头丧气。"我不想再成为恶魔老板。现在布置工作时，我几乎一直在说'请'。"

救援后的几个月，卡洛斯·皮尼利亚在其他矿场里谋得工作，位于科皮亚波南部二百五十英里远的奥瓦列市。机缘巧合，圣何塞一班的两名矿工也在那里找到了工作：克劳迪奥·阿库纳和乔斯·奥捷达。跟艾瑞·泰特纳一样，他们也在地下工作。路易斯·乌尔苏亚跟我分享了这些进展，在我看来，这是相当残酷的命运轮回：一个矿井在头顶坍塌，却又不得不接受另一个矿井的地下工作，老板就是那个曾经弃你而去、让你受困漫长六十九天的家伙。

"这就是矿工的生活。"乌尔苏亚如是说。

二十一　星空之下

　　马里奥·塞普尔维达正在圣地亚哥家附近骑马，突然，那些帮他写书、拍电影的家伙们喊他过去开会。我们在圣地亚哥某宾馆的顶楼会议室等他。他姗姗来迟，一如既往的"奇异果"发型，牛仔裤、羊毛外套，满是泥巴的橡胶靴子。穿骑马装的他神情紧张，宾馆的门卫和服务员都对他投以奇怪的目光。获救后的马里奥一直很忙碌。圣何塞获救后一年，媒体的邀约纷至沓来。他被邀请参加智利电视台某真人秀节目，参与人员一半时间生活在"石器时代"，另一半时间在"数码时代"。他还发起了一项基金活动，为8月5日矿难前因地震和海啸而无家可归的人营建新家。女儿斯嘉丽被内华达大学录取，他也受邀去发表演讲，还到过很多其他地方演说。

　　在最初的访谈中，马里奥会哭着讲述他和矿友们是如何齐心协力共同度过被困最初的十七天的。但是，在最近的几次谈话中，我们谈起了他自称"绝对领导"一信被公开后的那复杂的八周时间。还有他回到地面后的经历，以及采访他的BBC记者竟然可以写成一本书这些敏感话题。很多矿工都觉得，马里奥背叛了大家，而他，反过来也很生大家的气，尤其是劳尔·巴斯塔斯。

　　"井下我就想狠踢那个家伙，但他们都制止了我，"他说，"我现在都没有机会了。在上面，等哪天，我发誓……我讨厌那个混蛋。"他的这些疯狂的独白让我们大开眼界，肯定跟他在避难所里所说的那些自白相似。他讲故事，还表演出来，站起身向我们讲述恶魔的呼吸吹到他脖子上时的反应，倒在地上跟我们演示他是怎么装死戏弄埃迪森的。最重要的是，他不时会抬高嗓门：大喊、请求、谴责或是开玩笑。他让我们忍俊不禁，也让人担心他的精神状态。谈起劳尔·巴斯塔斯跟其他"敌人"时，他不断重复那句粗鄙的、关于女人身体某部位的骂人话，完全不考虑在场的妻子、小儿子以及影片制作方的一名女员工的感受。大多数妻子看到丈夫如此暴怒肯定会很担心，但是埃尔韦拉却茫然、超脱地看着他，或许她知道，丈夫这会儿憎恨，可过会儿就好了。当所有矿工都被召集来参加集体会议时，这些"敌人"又都变成了朋友。马里奥又跟圣何塞的兄弟们同处一室，彼此拥抱、谈笑风生，好像从不曾恶言相向过一般。就这方面而言，六十九天的地下生活并没有改变他，而只是让他"上一秒爱/下一秒恨"的多变情绪浮出水面，现在不光身边的人知晓，全世界都知道了。他去过加州、德国、匈牙利、墨西哥以及其他地方，被称为"超级马里奥"，发表几句带有疯狂色彩的有关智利矿工乐观精神的演说。在家里，他收养的狗狗（流浪狗和小狗崽）多达十八条，又购置了一个新的冷藏间（总是装得满满的）。他妻子又生了一个孩子，足月生产，重八磅多的健康男婴。当智利某法官宣判矿场业主对塌方不负刑事责任时，马里奥跟一位当地记者说："这简直让我想钻到地缝里去，永远不再出来。"他得知他的英雄，《勇敢的心》里的梅尔·吉布森并不会出演他的角色，一位西班牙"万人迷"演员已经同意参演这个"像狗一样的男人"角色。

在科皮亚波，玻利维亚移民卡洛斯·马玛尼可不是名人。他拒绝了祖国为他提供的一份体面的政府公职，而跟成千上万的移民一样，决定在他的第二故乡智利闯出一片天地。他在一家建筑公司谋得一份工作，操作铲车，型号和构造跟在圣何塞只操作过半天的机器相似。

一天，他正用铲车把土铲到筛子里，一团巨大的灰尘云瞬间将他带回到 8 月 5 日的圣何塞井下。"我又看到了那次塌方，就跟事故刚发生那一刻一样。"他打开车门，发出一声尖叫。这恐慌的叫声将他惊醒，又把他带回了现实。事故发生已经一年多，卡洛斯也很奇怪，竟然会出现这些闪回的记忆，重新经历被困那段时间里的恐惧和孤独。"当时，最难的部分就是我不认识任何人。"他跟我说。今天，卡洛斯周围的人都认识他，但有些新同事却不愿看到这个有着异国五官、操着阿尔蒂普拉诺高原口音的玻利维亚人能得到这份好工作。"你不该在这儿啊，为什么不回到自己的国家。"他们会说。然后，他们就暗示他有钱——"一个有钱的玻利维亚人，很难想象。"——又戏谑说，他应该邀请大伙都去他家吃烧烤。卡洛斯曾遇到过很多次种族歧视，但从未像现在这般带着嫉妒的意味。这些话让他很生气，但他也只是默默地继续工作。我们见面时，他正开铲车赶往科皮亚波及其南部巴耶纳尔市之间的一片高速路建设场地。他很满足能靠这份工作挣钱养家，这份圣何塞塌方时他刚开始的工作，只不过现在他操作的是一台沃尔沃 150 铲车，更大一些，"更有名气点儿"，他说。工作结束时，他开着铲车离开，为自己能为连接智利的两座城市做贡献而感到自豪。在这个国家，他成了玻利维亚英雄，他也决定继续在这里奋斗生活。

跟卡洛斯·马玛尼一样，这六十九天带来的情感危机也在维克多·塞戈维亚身上出现了滞后反应。被救后一年多，他才感觉到孤单和寂寞。他还清了贷款，这让他感觉自己很有用，可也很渺小，尤其令他困扰的是，没有一位亲友关心他的感情世界。好像他们根本不在乎，他自己认为。他仿佛成了隐士，很少出门。内心的混乱开始体现为身体的病痛，例如，他开始出现手脚肿痛、呼吸困难等症状。医生为他开了药，但刚开始药量太大，他总感到恶心。后来，剂量终于对了，这让他感觉好了些。再后来，他又找到了排解内心伤痛的新方法：他重新开始写作、记日记。他称其为"我的救赎"。在里面，他详细描写了参加的旅行、遭受的抑郁情绪等，并插图阐明所述经历和故事。

被困之时，胡安·伊利亚内斯通过讲故事以及想象家庭工作来保持思维敏捷。回到镇上的家后，他完成了这些家务，包括在海拔一百零五米睡觉时头脑中修理了好几次的排水沟。在圣何塞的三十三名幸存者中，他是第一个重新开始工作的人，在"地质技术"公司效力，正是这家企业的员工和机器钻探了方案B孔道。"工作就是最好的创伤后压力缓解方法。"胡安说。研究表明，创伤后压力的严重性与人活在死亡威胁中的时间长度成正比。而胡安，每天去工作、修机器、回家，如此反复循环，就这样，被困隆隆大山六十九天的创伤正在慢慢消失。他的工作在科亚瓦西露天铜矿中，靠近伊基克港市，相比圣何塞离南部的家更远了，得有一千三百英里。他每次上下班几乎都得坐飞机。他会一直工作十二天，然后再歇十二天。每次轮班、每次往返都将这份伤痛削弱一分。"我学到了很多，也成长了很多。"他提起这份新工作时如是说。

随着时间的流逝，圣何塞一班的矿工们越来越清晰地感受到那六十九天的教训与成长。劳尔·巴斯塔斯记起，自己和妻子总是在奔波，想找份待遇高点的工作；他半夜喝着威士忌和红牛，等妻子工作完回家，正在这时却发生了地震加海啸。他记起，几个月后，自己接受了圣何塞的危险工作，只是为了钱。现在，他问自己：我又在追求什么，为什么？六十九天的孤独让他从焦躁不安中解放出来。家人、家、后院的花园，还有那棵桃树——在他眼中都染上了一层明亮的光晕，时间流逝得也慢了，似乎也更丰富了。"我们不那么急于进步和成功了。"他说。年轻矿工佩德罗·孔蒂斯并不喜欢救援后所遭受的"明星待遇"，当这种成名带来的压力和期待开始消退时，他也感觉好多了。那些让他哭泣流泪的噩梦和白日梦都消失了。"你开始想其他的东西，"他说，女儿和自己的学业、以后的新工作，以及要成为什么样的人等。"你不再一直抓着那次悲剧不放手。"

达瑞欧·塞戈维亚和妻子杰西卡做起了生意。他们加盟成为一家饮料公司的经销商。达瑞欧继续开卡车运送货物，杰西卡做会计，他们的家就是办公室，他们每天在这里与员工们吃早餐。夫妻俩晚睡早起。"不管有没有拍电影的钱，我们都会继续这份工作。"杰西卡说。她很喜欢这个叫法："微企业家"，跟随着达瑞欧大姐玛利亚的步伐。

"没有什么比自己和面更美妙的事情了，"玛利亚说，"如果你所拥有的都是付出辛苦得来的，那你会更加珍视。"曾经的"希望营地市长"又回到了安托法加斯塔，继续在海滩兜售点心。突然一天，她的一个女儿打电话来说："妈妈，你必须再坚强起来。"她三十六岁的女儿西米娜被诊断患有白血病，病情发展很快，需要转院到圣地亚哥的特护病房。又一次，玛利亚·塞戈维亚觉得，自然和命运之力将要夺走家人的生命。她坐上了南下的公车。玛利亚的女儿快要死了，跟任何母亲一样，她必须千方百计地救她。所以，到达圣地亚哥后，她把电话打给了自己认识的最有权力的人——戈尔本部长。部长在办公室接见了她，称呼她为朋友，拥抱了她，并认真倾听了她的诉说，也流下了伤心的泪水。他承诺说，会联系卫生部长，确保西米娜接受最好的治疗。后来，戈尔本不仅兑现了承诺，还带着鲜花和卫生部长一起出现在西米娜的病房里。西米娜的状况好了起来。

愤世嫉俗的人可能会说，戈尔本部长肯定要参与总统选举了吧，他去探望西米娜也是为了在媒体面前装模作样——这报道一定会让人想起戈尔本在圣何塞奇迹中的关键作用。他在搜索和救援中所表现出的怜悯之心和坚韧之志使他成为全智利最受欢迎的政治家。大多数智利人都对皮涅拉政府感到失望，但戈尔本却是冉冉升起的保守党新星，曾对三十三名矿工和亲属全心服务过。救援后两年，他对获得党内总统提名似乎稳操胜券。但他的竞选之旅很快就结束了，因为很多争议浮出水面，包括他在英属维京群岛（British Virgin Islands）开设有一个未经申报的非法账户，这完全破坏了他作为人民公仆的形象。

圣地亚哥的一切似乎离胡安·卡洛斯·安吉拉都很遥远。这位机修组的前组长回到了智利南端湖大地区的家乡小城，过着低调的生活，给当地的学校做做讲座等。他声音温柔、舒缓，举止随和、自然，他跟小孩子和青少年讲述团队合作的重要性，平凡之人也能克服不平凡的险境，以及信念可以在死亡面前赋予你力量。他也是地下三十三人的领导者之一，这并不广为人知，但同伴们都认可他的所作所为。对卡洛斯而言，这便足矣。一年有两三次，他会跋涉智利南北一半的距离，去科皮亚波参加集会，因为大家将他选为领导委员会的三位领导之一。他们商讨要为贫困矿工们建立一个基金。但是胡安·卡洛斯觉得这样还远远不够。在他身上发生了一件非凡的事情，这几乎夺去了他的性命，也给了他一次新生。他依然记得井下大家的脸庞，还有困住他们的石板色的"绞刑架"。在避难所写的信里，在那些饥饿的梦境中，他们跟家人道别，但接下来，整个国家都在努力，要救他们逃离深暗。胡安·卡洛斯想知道，在成千上百万的工人中，为什么单单选择他来经历这些事情。"每天早上醒来，我都会问上帝这个问题：'我该怎么做？'"

事故后两年半，在科皮亚波的一场记者招待会上，卡洛斯·安吉拉和路易斯·乌尔苏亚宣布成立一个新的矿工非营利基金会："阿塔卡马三十三人"（Thirty-Three of Atacama），旨在帮助该地区的穷人与矿工。事实上，采矿工人的文化影响了三十三人中好几个人的童年和家庭生活。当天，圣何塞矿难中的大多数幸存者都在场，有马里奥·塞普尔维达、劳尔·巴斯塔斯、埃迪森·佩纳，还有前矿业部长劳伦斯·戈尔本——他现在不会被指控有直接的政治动机了。这次发布会在纳特依赌场酒店召开，马路对面就是科皮亚波教堂，那里有矿工们心中最为神圣的天主教圣像。大家听路易斯·乌尔苏亚发表了一段备稿讲话。"为什么我们能在悲剧中幸存？"他问道，"我们每个人应该追寻的使命是什么？"自从获得救援后，路易斯就参加过公共演讲课程，在地上，他正努力肩负起地下未能履行的责任——三十三人中无可争议的领导者。他跟我说，他学会跟"大人物"讲话，他曾不止一次给圣地亚哥和旧金山的知名律师和制片方们发去言辞尖锐的信件。但是最终，矿友们还是质疑他的行为（就跟在地下一样），并投票将其开除出了领导委员会。

我最后一次跟路易斯交谈时，他对很多矿友都很生气。但对外人来说，他依然保持着自己在智利采矿历史中的特殊地位。路易斯能感觉到，矿井塌方和救援的一幕将自己和世界各地的陌生人连接到了一起。在智利，人们跟他说，他们永远不会忘记听到三十三人还好好活着的消息时自己正在做什么。那是个周日，家庭欢聚的日子，正是晚餐的时间。"我们刚坐下准备吃饭。"他们说，他们记得教堂敲响的钟声，人们狂奔到街上欢呼的声音。当全世界十二亿人在电视上看到救援成功的一幕时，那些当时身在异国的智利人告诉他，十月份的那些天，作为智利人，会觉得整个世界都在帮助和鼓励我们。人们纷纷来祝贺我们智利人。

从这些陌生人的话语中，路易斯并没有感到他们觉得自己是个英雄，或者他们很敬畏自己。他理解了，他和这些陌生人只是共同经历了一件事情：在这共同的经历中，他在井里，而他们在外面。从这些陌生人身上，路易斯明白了，他们只是很感恩，感恩有这么一段真实、充满希望的故事，感恩这一永恒的奇迹出现在自己的时代，发生在安第斯山脚下自己谦卑的祖国。

第一次见到阿莱克斯·维加是在他科皮亚波的家中，大概获救后十一个月。他状态不好。我问到他的家族史，还有他为何去圣何塞打工。我注意到，他的手都在颤抖。我又跟他聊了会儿，颤抖似乎蔓延到他全身，在南半球春天的暖阳里，他竟然打起了冷战。"你看起来有点紧张。"我说。很快，阿莱克斯就说起了他的"伤痕"，如何跟情绪波动抗争，如何与噩梦作斗争。这些噩梦出现得越来越少，却依旧挥之不去。最让阿莱克斯困扰的是，他觉得自己就应该孤单，没了他，妻子、孩子会过得更好。对这个爱家的男人来说，这种感觉很痛苦，令人迷惑，尤其是经过六十九天日夜渴望归家的经历之后。

最终，阿莱克斯对这一感情危机的反应就是，更紧地抓住妻子杰西卡，更加依赖她。他意识到，他无法离开妻子进行长途旅行，所以每次去圣地亚哥与其他矿工会面，都是三十三人和杰西卡·维加。这并非因为杰西卡是好事之人，而是如果不带她，阿莱克斯都上不了飞机、住不了酒店。其他矿工对此并无成见，因为大家都清楚他目前的境况。

每次再见到阿莱克斯——七个月后、一年后——他都越来越好。在阿图罗普拉特街区的家中，我会见了他的父亲和姐弟，也采访了妻子杰西卡。不久，我就发现，阿莱克斯在井下的很多遭遇杰西卡都不知道。"我能告诉她吗?"我问。最终，她也会在书上读到，或许现在我亲口告诉她会更好。阿莱克斯同意了，于是，我就跟杰西卡讲述了阿莱克斯曾被塌方带来的一股爆炸波炸飞；在不顾一切想要回家的绝望中，他竟然冒着生命危险试图从巨石缝隙中爬出；第十六天，他主动提出大家少吃一顿，虽然其他矿工都说他看起来瘦得可怕，饥饿、虚弱。想到丈夫一直在背负着这些沉重、苦痛的回忆，杰西卡哭了，可很快就停了下来。或许，这让她更深层次地理解了丈夫，好像她一直身处其中的电影剧情突然之间明朗了起来。

圣何塞矿难让科皮亚波市短时间内成为全世界最有名的采矿城市。之后几年，那里的生活很快恢复了正常节奏，人们又回归了采矿的惯例，天气和地质也依旧如达尔文日志中所写那般异常莫测。八点二级大地震袭击了阿塔卡马沙漠。圣何塞三十三人获救后九个月，一场倾盆大雨洗刷了整座城市。十四年来，科皮亚波河里第一次涨满了雨水，河岸被冲垮了，托尔尼尼街区的居民不得不紧急撤离，就跟当年那场将还是孩子的玛利亚和达瑞欧·塞戈维亚冲出家的暴雨一样。后来，托尔尼尼的居民被市政府驱逐，沿通道赶往附近河岸的一座新商场内，这也是城市蓬勃发展的一处象征。这一街区被清空后，那些没被彻底毁坏的废墟里到处徘徊着流浪狗。

大概一百码远处，跨越科皮亚波河的高速桥的另一端，耸立着本市最显眼的雕像，一座铬金色、手拿和平鸽的女人的高大纪念像，以此纪念"阿塔卡马三十三人"的成功营救。该雕像由中国政府捐赠，面朝科皮亚波河干涸的河床，迎接着南部来的车水马龙和人来人往，包括那些来此地矿场打工的人们。城市外缘，圣何塞矿场，在矿工家属们聚集建起"希望营地"的地方，竖立着一座十字架纪念碑，很少有游客会从科皮亚波市区开车四十分钟来此游览。矿井入口被铁丝网围栏从头到脚盖了起来，门卫不留意的时候，你可以走到铁丝网处，瞥见那通往坍塌、空洞的山洞迷宫的阴暗斜坡隧道。

最后一次与阿莱克斯·维加和他的家人见面，不是去采访，而是共进晚餐。我步行出发，在暮色中走进了科皮亚波的一个工人聚居街区，低洼的地面上俯卧着成排的房子。道路上一个人也没有，只有我自己。天越来越黑，灯都陆续打开了。后来，我看到微弱的街灯下聚集着一群年轻人，他们莫名地看向一条空荡荡的沥青路。我从他们身边经过，又路过一片仓库建筑，走过高高水泥墙后堆积的那些木屋和铁皮房子。又只有我一人，可我感到，这些院墙后面忙碌着一群勤劳的人们，他们在所有土地上盖满了房子，堆满了家具和各色物品——但是，这群卑微的人好像只有无人可见时才能真正舒心地享受辛苦所得的成果与繁荣。我拐错了弯，遇见两个在斜坡上滚轮胎玩的男孩子，他们帮我找到了路。

找对地址后，我发现阿莱克斯的家和以前并无二致：未完待建中。阿莱克斯还没有完成他的建筑规划，这也是当初他去圣何塞打工赚外快的原因。还是那间老房子，里面堆着炉子和桌子，还有一间新屋子，里面有一张长沙发和椅子。两座房子之间是一块等待建设的空地。他跟妻子共同修建的那堵墙变高了，快完工了。他跟我握手，我第一次感觉到，这才是操作工具的大男人的有力手掌。经历了两年多的情感折磨后，阿莱克斯采取了好几个步骤来自我恢复：包括重返职场，找了一份修车的工作。我们坐下聊天时，他告诉我，那些被活埋的噩梦依旧还会出现。"我无法入睡，就告诉自己，'我得面对这些恐惧，得回到矿井里去工作。'"他问地下采矿的小舅子自己能否和他一起下井，然后整整一周，阿莱克斯每天都去井里，到地下三百米处。他开车进入下面的深暗之中，在石头通道里四处徘徊，然后再开车向上驶出这些阴暗的山洞，重回阳光之下。自那之后，他再也没做过那样的噩梦，半夜也不会突然醒来大哭。恢复的下一步，他告诉我，就是举办一个所有亲友的大聚会，跟大家分享被困地下六十九天的经历和遭遇。好几年来，他和周围的人都刻意逃避这一话题。"我想翻过这一页，将这些回忆抛之脑后，开始全新的生活。"

阿莱克斯的姐姐普里西拉和流浪歌手男友罗伯特·拉米雷兹到来后不久，阿莱克斯的弟弟乔纳森也来了，聚会的气氛轻松愉快，充满了欢笑。为阿莱和矿工们写书的作者也出席了聚会，杰西卡、罗伯特和普里西拉回忆起当时"希望营地"的情景，那熊熊的篝火、众多的亲属，还有各类奇怪的角色：有来逗孩子玩的小丑、专门前来拍照的明星、前来钻探找人的工人以及来自世界各地的记者。那天晚上，天气很好，有一些人想要抽烟，于是我们就出去了。

外面的水泥院里，他的两个小孩跑来跑去、你追我赶，不时还围着他转圈儿。阿莱克斯脸上浮现出满足、平静的表情，有一种长途归家后的尘埃落定感。现在，他知道了，自己的归来让身边的亲人倍感宽慰，还传递着无穷的力量。在无尽的星空下，我听他家人讲起了更多圣何塞矿场那段时光的事情，尤其是有关 8 月 22 日黎明到来前那几个小时的故事。想想那天晚上，罗伯特说道，多么神奇啊。阿莱克斯说，他记不得了。大家都笑了起来：好吧，阿莱，当时感觉你就跟我们在一起，虽然你还被埋在七百米的地底下。那是八月寒冷的一个夜晚，但维加家人却满怀希望，因为据说方案 B 通道已经接近避难所，他们相信，它很快就能打通到阿莱克斯所在的地方。几天前下了一场罕见的大雨，矿场周围的沙漠里铺满了密密麻麻的小花儿。大家都记得那晚唱的那些歌，包括罗伯特专门写的那首有关"鸭仔"阿莱和七十岁老父进山寻子的歌曲。

那天晚上，在遍布鲜花的沙漠里，在地下满是霉菌的山洞内，阿莱克斯和家人共同见证了一个史诗般的传奇故事，它会永载智利史册，是属于全世界的奇迹。同时，这也是一个亲密的家族故事，仿若阿莱克斯和杰西卡共同营建的这个尚未完工的小家。对阿莱克斯而言，史诗般的奇幻经历结束了，生活又恢复了常规的节奏：每天早上浓雾涌入时，他离家去工作；下午，沙漠的阳光将雾气驱散；如今晚这般的夜间，习习凉风召唤他与家人到庭院里欢聚畅谈。我抬头仰望这南半球陌生的夜空，跟"希望营地"中阿莱家人那晚所见相似的夜。天空中挂着美丽的凤凰星座，还有五颗亮星所形成的十字，这些星群也被称为"南十字星座"。在南半球的星空之下，8 月 22 日黎明之前，他们深信，奇迹很快就会出现。他们齐声高歌，坚信阿莱定会从深山牢狱之中解脱出来。今夜，他们又唱起了这首歌，为从异国他乡而来的我，也为了阿莱克斯。

"'鸭仔'定会回来！"

"他会回来！"

歌曲结束时，阿莱克斯·维加看着这群深爱他的人们，看着这群微笑着沉浸在那夜第一次唱起这首歌的回忆中的家人。

他轻声地说："我回来了。"

致　谢

　　该书的编写主要基于本人对智利矿难三十三名幸存者和家属的采访记录以及维克多·塞戈维亚的日记。大多数采访都是在矿工家中单独私下进行的，有时会有妻子、女友、孩子以及其他亲属在场。另外，在科皮亚波的宾馆以及圣地亚哥卡利律师事务所办公室内，我们还进行了一些集体采访。

　　在任何危及生命、改变命运的群体事件中，人们对某些事情和某些行为会产生重大的意见分歧。这个三十三人的群体委托我对发生在他们身上的故事进行全面、详细的陈述，希望能找出谜底、发现真相。而我也尽最大努力，以期不负所托。文中出现的任何错误，都属个人行为。

　　被困地下头十七天，矿工们的身体以及所处环境的细节描述皆由采访得出——也有几人提供了几段视频。宿命般的 8 月 5 日，乔斯·安立奎带着手机进入井下（而不是跟其他人一样，将手机放在地上的更衣间内），这部手机所摄相片是那段时间的唯一可视记录。另外，智利政府跟我分享了取得联系后不久矿工们录制的非剪辑版视频，还有一些相片资料，从中可清楚看到矿工们身体的变化以及矿井内非人道的恶劣环境。除此，我还获得了矿工自己拍摄的一些相片和视频（用通道里送下去的相机完成）。我与当时的矿业部长劳伦斯·戈尔本一起参观了圣何塞附近一座矿井的内部，这对描述进入地下打工的感受大有裨益。

　　除了采访资料，该书的另一关键文件为智利国会调查委员会提供的事故与原因分析报告。参与矿难救援的 NASA 专家们也口述了他们的故事，在救援行动章节中，这些陈述也为我提供了良好的参考。还有些细节来自美国钻工杰夫·哈特在科罗拉多电视台接受的访谈及其在科罗拉多矿业大学发表的一次演讲。1993 年，《国际地球科学期刊》（*Geologische Rundschau*）几位科学家主持的一项有关阿塔卡马沙漠南部地质与"矿物化"的研究也为地质发展史的段落提供了出处。文中有关达尔文对科皮亚波和阿塔卡马沙漠的见闻皆出自其《贝格尔号纪行》（*The Voyage of the Beagle*）。有关佩德罗·里韦罗失败营救的描述部分基于其 2010 年的矿业杂志访谈记录。2011 年，行业期刊《智利矿业》（*Minera Chilena*）对该救援的全面回顾也提供并确认了很多关键信息。大多有关救援的细节来自智利报刊的实时报道，尤其是《第三日报》与《水星日报》（*El Mercurio*），还有卡洛斯·维加拉·艾伦伯格的《圣劳伦斯行动》一书。作为新闻报道行业的一员，我要感谢报道矿难救援的智利作家和摄像的职业素养，此书也是各位同行的合力之作。

　　在对救援人员和官员的采访中，很多人令人印象深刻，比如戈尔本、克里斯蒂安·巴拉、安德烈·苏格雷特、爱德华多·赫塔多奥、尼尔森、弗洛雷斯、曼努埃尔·冈萨雷斯、轮班主管巴勃罗·拉米雷兹以及卡洛斯·皮尼利亚等。心理学家伊图拉说，在他的"矿工客户"们的请求下，他才接受了我的访谈。最后，我要特别感谢达瑞欧·塞戈维亚、弗洛仁科·阿瓦洛斯以及阿莱克斯·维加的家属，感谢你们在家中陪伴我的那些时日。

　　感谢律师 Maria Teresa Hola 在我初到科皮亚波之时带我游览，给我讲解该市历史，还要感谢很多当地的居民。感谢圣地亚哥卡利律师事务所的 Paulina Silva 和 Pilar Fernandez 跟我讲述与矿工们的故事；还有 Claudia Becerra 和 Soledad Azerreca 帮我联系矿工采访、安排智利之行的后勤等。感谢律师 Guillermo Carey、Fernando Garcia、Remberto Valdes 以及 Ricardo Fischer 等人的信赖，感谢你们的大力支持。

感谢凤凰影业（Phoenix Pictures）的 Edward McGurn、Patricia Riggen 以及传奇的 Mike Medavoy 对书稿提出的高明见解与鼓励。感谢 Nuria Anson 抄写的几百页访谈记录——没有她不知疲倦的高效工作，这本书的出版将遥遥无期。同样感谢布宜诺斯艾利斯的 Jessica Boianover、洛杉矶的 Jazmin Ortega 对其他访谈的抄写。还有布宜诺斯艾利斯的 Ricardo Luis Mosso 所进行的调研。电影编剧里维拉陪伴我进行了大多数访谈，他对故事的把握令我受益匪浅。感谢电影制片 Leopoldo Enriquez 和 Cecilia Avalos 帮助安排采访事宜等。

该书编写期间我尚供职于《洛杉矶时报》。在这一重大项目的攻坚阶段，感谢同事们对工作的分担，包括 Nita Lelyveld、Joy Press、Carolyn Kellogg 以及 David Ulin 等。尤其感谢 Judy Baldwin 对创作过程与人性灵魂等的深刻见解，这些真知灼见让我更加清醒和专注。

感谢莫里斯奋进文娱公司（William Morris Endeavor）的 Jay Mandel、Alicia Gordon 以及 Eric Rovner 对我的信赖，感谢你们带给我如此精彩的项目。另外，感谢我的编辑与好友 Sean McDonald，当我告知他这本书的计划时，他义无反顾地大力支持，并让该书顺利出版发行。

最后，也是最重要的，感谢我的妻子 Virginia Espino 对家庭的付出和对我工作的支持。没有她的爱与支持，也就没有这本书的诞生。谢谢你，我生命的挚爱。

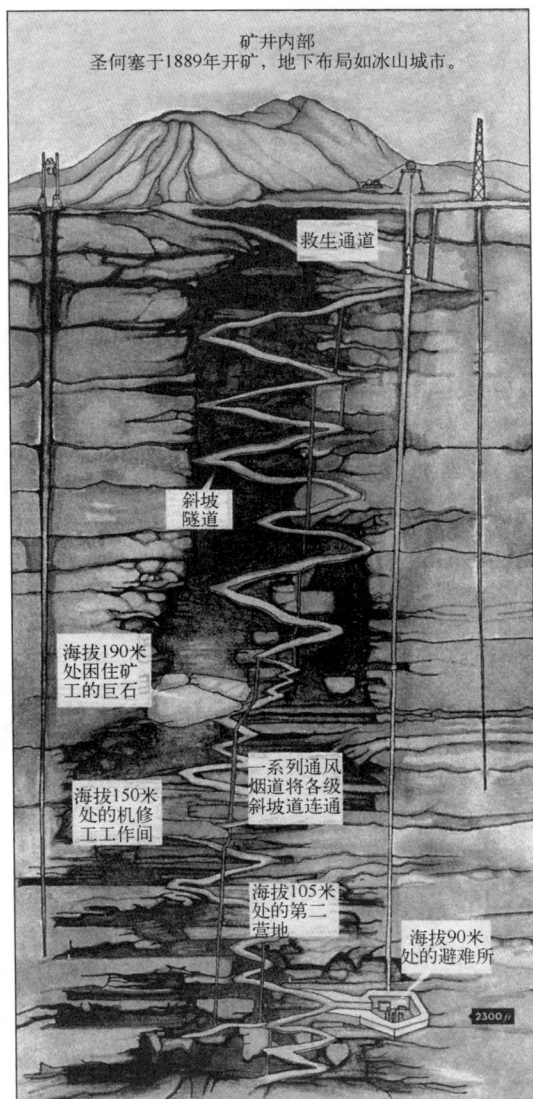

矿井内部
圣何塞于1889年开矿，地下布局如冰山城市。

救生通道

斜坡
隧道

海拔190米
处困住矿
工的巨石

一系列通风
烟道将各级
斜坡道连通

海拔150米
处的机修
工工作间

海拔105米
处的第二
营地

海拔90米
处的避难所

2300 ft

圣何塞于 1889 年开矿，地下布局如冰山城市。*Abi Daker / The New Yorker*；© *Condé Nast*

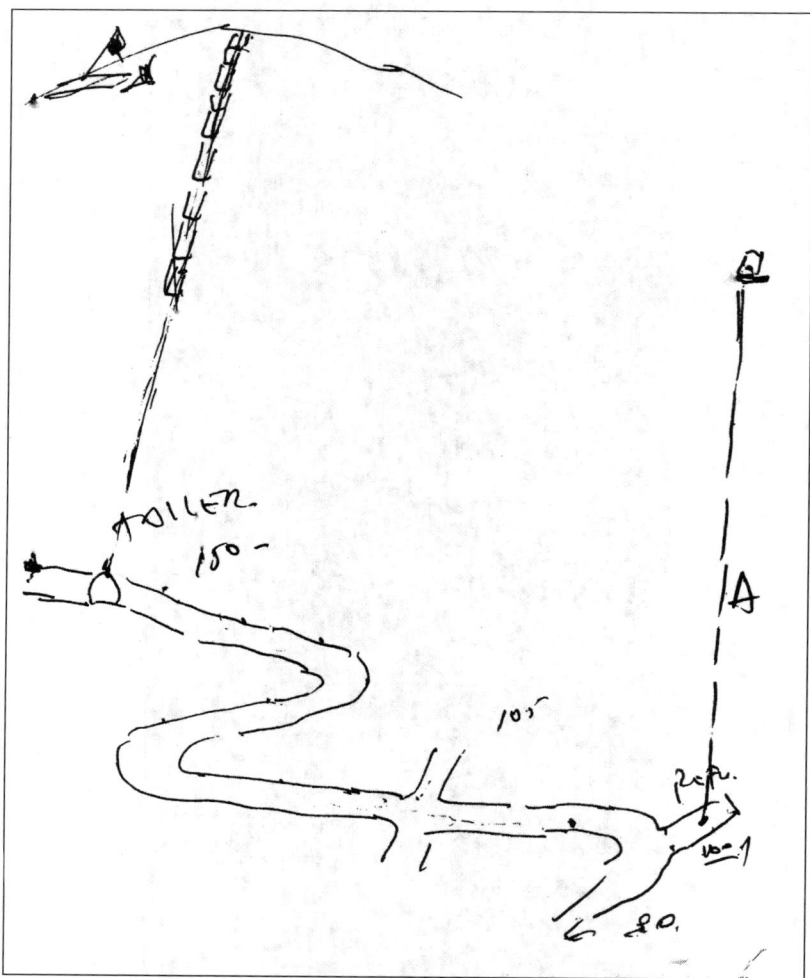

路易斯·乌尔苏亚为本书作者手绘的矿工被困段地图。右面的第一条虚线 A 标明第一条孔道打通到海拔 100 米避难所附近的位置。左面的第二条线标明第二个钻头打通之处：在工作间（更高处）附近，正是通过加宽该孔道，才得以最终降下救生舱将矿工们救出。版权归 33 名矿工所有

与地面取得联系后，矿工们在地下拍摄的相片：一群人正在展示他们吃的金枪鱼罐头，还有用来盛装工业用水的塑料瓶。从左至右：理查德·比亚罗埃尔、胡安·卡洛斯·安吉拉、丹尼尔·埃雷拉以及弗洛仁科·阿瓦洛斯。版权归33名矿工所有

奥斯曼·阿拉亚正在使用与地面接通的电话。他的周围，从左至右：克劳迪奥·阿库纳、胡安·伊利亚内斯以及里那恩·阿瓦洛斯。版权归33名矿工所有

本书作者站在圣何塞铜金矿出口处采访路易斯·乌尔苏亚。版权归33名矿工所有

在科皮亚波市，本书作者（最右）同杰西卡·奇拉、达瑞欧·塞戈维亚、玛利亚·塞戈维亚（达瑞欧的姐姐）以及达瑞欧和杰西卡的女儿合影。版权归本书作者所有

维克多·扎莫拉在阿马里亚的家中，手里拿着妻子的相片。版权归本书作者所有

救援人员曼努埃尔·冈萨雷斯（左）进入矿井后与矿工们打招呼，旁边有胡安·卡洛斯·安吉拉（中）和路易斯·乌尔苏亚（右）。版权归33名矿工所有

图书在版编目(CIP)数据

深暗/(美)赫克托·托巴尔(Héctor Tobar)著；
卢会会译. —上海：上海译文出版社,2017.1(2024.2重印)
(译文纪实)
书名原文：Deep Down Dark
ISBN 978-7-5327-7360-2

Ⅰ.①深… Ⅱ.①赫… ②卢… Ⅲ.①纪实文学—美
国—现代 Ⅳ.①I712.55

中国版本图书馆 CIP 数据核字(2016)第 226922 号

Héctor Tobar
Deep Down Dark
Copyright ⓒ Héctor Tobar 2014
Simplified Chinese Copyright ⓒ 2017 Shanghai
Translation Publishing House
All rights reserved

图字：09-2015-1097 号

深暗
[美]赫克托·托巴尔 著 卢会会 译
责任编辑/范炜炜 装帧设计/未氓设计工作室

上海译文出版社有限公司出版、发行
网址：www.yiwen.com.cn
201101 上海市闵行区号景路159弄B座
上海信老印刷厂印刷

开本 890×1240 1/32 印张 9.5 插页 2 字数 203,000
2017 年 1 月第 1 版 2024 年 2 月第 4 次印刷
印数：13,001—14,000 册

ISBN 978-7-5327-7360-2/I·4484
定价：48.00 元